河出文庫

奇蹟

中上健次

河出書房新社

目次

奇蹟

タイチの誕生

　どこから見ても巨大な魚の上顎《うわあご》の部分に見えた。その湾に向かって広がったチガヤやハマボウフウの草叢《くさむら》の中を背を丸めて歩いていくと、いつも妙な悲しみに襲われる。トモノオジはその妙な悲しみが、巨大な魚の巨大な上顎に打ち当たる海の潮音に由来するのだと信じ、両手で耳をふたぐのだった。指に擦《す》り傷や斬《き》り傷がついているせいか、齢《とし》を取って自然にまがり節くれだったためか、それとも端《はな》から両の手で両の耳を完全にふたぐのをあきらめてそうなったのか、指と指の隙間から漏《も》れ聴こえる潮音はいっそう響き籠《こも》り、トモノオジの妙な悲しみはいや増しに増す。

　トモノオジは体に広がる悲しみを、幻覚の種のようなものだと思っていた。日が魚の上顎の先にある岩に当たり水晶のように光らせる頃から、湾面が葡萄《ぶどう》の汁をたらしたように染まる夕暮れまで、ほとんど日がな一日、震えながら幻覚の中にいた。幻覚があらわれ、ある時ふと正気にもどり、また幻覚に身も心も吸い込まれてゆく。正気に戻った時、自分は酒を飲み続けて中毒になったと思い、きっぱりと酒を断って、昔、甲種合格した時のように健康あふれる体で精神病院を出て路地に戻ると決心して胸を張るが、潮音を耳にし、魚の上顎の部分に打ち当たる海の白い波を見ていると、次第に巨大な魚が酒を欲しくて顎をいっぱいにひいていると思え、街中の酒を飲むだけ飲んだはずなのに、酒を口に入れようとした時に酒の席から引き出されてしまったくやしさが心に満ち、今、精神病院の裏の草の茂みに立っている自分は蟬《せみ》の抜け殻のようなもので、横たわり海の波を一口でも飲もうとしている巨大な魚こそ自分の姿だと思え、口元まで来ては泡でしめらせ匂いをかがせるだけで逃げる波に腹の底から怒りがこみあがり、声をかぎりにどなるのだった。

「飲ましたれ。ワレ。クソ」トモノオジはどなり続けた。

「なんな。ワレ。何がエラいんな。金、そんなに欲しんか？　金じゃったら腐るほどあるど。飲ますの、おしむんか？」

トモノオジは怒りに震えながら、素速くしゃがんで石をつかみ、石でその人を嬲《なぶ》るような精神を打ちくだいてやると身構える。一瞬の隙でも見せたら躍りかかって石で打ちくだいてやる。トモノオジはまばたき一つせず、瞬時に跳躍出来るように四肢を緊張させたまま立っていた。怒りに震えている体に潮音がしのび寄り、耳から入って体に響く。その潮音に気づく度に、トモノオジは怒りと同じくらい悲しみが体に満ちているのを知り、巨大な魚と同じようにゆっくりと体を倒し、草の茂みに横たわる。精神病院の職員に見とがめられなかったら、湾一面が真紅に変わる頃《ころ》まで、そのままの姿でトモノオジはいるのだった。巨大な魚は路地の何人もの者がそうだったように、体中の血を吐き出し呻《うめ》いているのだった。

トモノオジのいる三輪崎《みわさき》の精神病院にタイチの訃報《ふほう》が届いた時、トモノオジは丁度日課のようになった巨大な魚の幻覚に取りつかれ、巨大な魚そのものとなって草の茂みの中に横たわり、世界の七つの海を泳ぎ廻った昔の楽しい事や苦労話をとりとめもなく思い出し、自分自身に向かって話している最中だった。

トモノオジの脇《わき》に立った路地の若衆は、息急《せ》き切って知らせようと急いだ自分の心の昂《たか》ぶりをはぐらかされたように、精神病院の草の茂みに横たわったトモノオジを見て声を呑《の》み、それでも気をふるい立たせて「オジ」と声を掛ける。巨大な魚となったトモノオジは動かない。若衆はかがんでトモノオジの顔をのぞき込む。トモノオジは独り言をつぶやいている。若衆は「オジ、オジ」と揺さぶった。トモノオジは揺さぶられたはずみに声に出して独り言をつぶやいた。若衆はトモノオジの独り言に耳を傾け言葉を聴き取ろうとし、案の定、懸念《けねん》していたように脈絡のつかない意味不明の言葉なのに気づき、路地で昔はならした荒くれのトモノオジであってもアル中になり、あまつさえ齢を食ってしまっては仕方がない、と帰りかかった。

トモノオジにふっと正気が訪れたのは、若衆が精神病院の裏のフェンスを抜けた時だった。トモノオジは起きあがり、若衆に声を掛けた。若衆はフェンスの外に立って振り返った。

「タイチノアニが殺されとったんじゃ」

若衆は、何を伝えてもアル中で精神病院に強制入院させられているトモノオジに伝わらない、とあきらめきったようにつぶやく。トモノオジは一瞬、巨大な魚が吐き出す真紅の潮を想い浮かべ、その魚と自分が急に二つに引き離されるような気になりながら、

「タイチが殺されたんじゃて」と声を出す。

「おうよ。タイチノアニがやっぱり殺されとったんじゃ。皆《みん》な言っとったようにグルグルに簀《す》巻《ま》きにされて山奥のダムに放り込まれとったんじゃ」

「死んだじゃて?」

「死んどる」

若衆はフェンス越しに言う。若衆は幻覚からさめたのか、それとも新たに見る幻覚の一つなのか定かでないトモノオジを哀れむような眼で見る。トモノオジは草の葉を手で払う。ついでに巨大な魚となって潮を飲もうと顎を開いていたので筋肉が痛むと顎を動かすと、若衆はトモノオジなど相手にしきれないというように「しっかりせなあかんど」と大人びてつぶやく。

「タイチが殺されたんじゃと」トモノオジは言う。

若衆が「おうよ」と相槌《あいづち》を打つのを耳にし、トモノオジはまた巨大な魚に戻ってしま

ったようにくるりと背を向けて湾の方に向かって立つ。自分が毎日横たわり、怒りに震え苦しみに呻いたのはタイチの身に起こったこの事だったのか。

トモノオジは震える。

「死んだかよ」トモノオジはつぶやく。

「若い時分、喧嘩《けんか》して相手の眼を潰《つぶ》してしもたけど、おまえが本物の眼、潰されたんかよ」

トモノオジは湾を見ながらゆっくりと身を屈め、口元まで来て匂いをかがせるだけで逃げる波にせいた巨大な魚のように口をあけて横たわる。トモノオジはすぐ巨大な魚になる。巨大な魚は大声でしゃべった。普段と違い大声で話し続けていないと声の隙間から幻覚の種の潮音が入り込み、一層自分が悲しみのまっただ中にひき込まれる気がする。

トモノオジが収容された三輪崎の精神病院に、路地で唯一の産婆だったオリュウノオバが現れるようになったのは、タイチの訃報が届いてからほどなくの事だった。

その日は不思議な事つづきだった。病棟で錯乱した同室の男がアルミの食器で窓枠を叩《たた》き続けるのを見ていて、トモノオジは窓の外にオリュウノオバが立ち自分に手招きしているのに気づいた。幻覚のさめたトモノオジは、はるか昔にオリュウノオバは死んだはずだ、それに律儀者で信心深いオリュウノオバが、馬喰《ばくろう》、博奕《ばくち》打ち、極道、そのあげくがアル中の自分のような半端者に、柔らかい路地の女のように笑みをつくり手招きするはずがないと思うが、立って窓に寄った。オリュウノオバはトモノオジに「元気かよ?」と声を掛け、トモノオジがとまどっていると、「来てみいま」といつものように三輪崎の湾の全貌《ぜんぼう》が見える精神病院の裏に来いと言う。トモノオジはそれも幻覚なのだろうと思い、同室の男に外に老婆が立っているのが見えるかと問いただそうとするが、男はアルミの食器で窓枠を叩くのに忙しくて取りあわない。

「トモよい」オリュウノオバは急いたように名を呼んだ。

「吾背《あぜ》はオバの言う事を聴かんのか? 吾背を一から十まで覚えとるの、このオバじゃぞ」

トモノオジは混乱する。トモノオジは眼をつむり、頭を振り、それからはっきりと自分は今、幻覚の中にいるのだと気づいたように、「一から十まで何を知ろに」と鼻で吹く。

「オバは死んだんじゃがい。このトモは生きとる。イバラの留やヒデの事なら、あれらもう死んどるさか一から十まで知っとろが、何で死んだ者にまだ生きとる者の十まで分かる?」

言い込めてやったと得意顔のトモノオジをオリュウノオバは哀れむような眼で見る。黙ったまま、湾が見える外に出ろ、と手招きする。窓の外に立ったオリュウノオバを見ていて、トモノオジは悪い事をした、と思った。路地にいて元気な時も寝込んでからも、オリュウノオバには誰もが一目置いていた。いつの時代でも後から後から尽きる事なく湧《わ》いて出てくるワルも悪戯者《いたずら》も、オリュウノオバと礼如《れいじょ》さんには本心から悪さをした事がなかった。

トモノオジはオリュウノオバをやり込めた事を謝るような気持ちで外に出る。すぐ幻覚の種のような潮音が耳に籠る。オリュウノオバはトモノオジの姿を見るなり、「トモ。オバは先に行て、お釈迦《しゃか》様にも阿弥陀《あみだ》様にも、お前らの事、頼んだたんじぇ」と言う。オリュウノオバはトモノオジに脇に来て坐れと言う。トモノオジはチガヤの枯れ草の上に尻《しり》をおろした。

「蓮《はす》の花、やっぱし咲いとった。どっさりなつかし顔おった。皆なが、オバ、いま来たんこ？　遅かったねェ、と集まって来るさか、お釈迦様がオバを呼んで、『お前なんな？』と言う。オバの事じゃさか、『なんな、と言うのは、何な？』と口答えしたった。お釈迦様ともあろう人がオバの事を知らんのか？　脇で毛坊主の礼如さんが、オリュウ、口がすぎると止めるけど、オバは一遍はお釈迦様に文句言おと思て腹くくって行たんやさか、と思て、『路地に生まれてくる子、分けへだてなしに取りあげ続けたし、路地に死んだ者の祥月命日《しょうつき》を一字も間違わんと諳《そら》んじて、毛坊主の礼如さんにつかえたオリュウじゃわ』と言うた」オリュウノオバは得意げに言う。

トモノオジは潮音が耳の内側で次第に強く籠りオリュウノオバの言葉をかき消すような勢いになっているのに気づいた。オリュウノオバの声が聴こえるうちに、そして、また自分が巨大な魚になってしまわないうちに、耳に入れたばかりのタイチの訃報を伝えておこうと、「あのタイチを知っとるかい?」と問いかけた。オリュウノオバは不意をつかれたように黙る。

「タイチを覚えとるかい」トモノオジは訊《き》き直した。

「トモ」オリュウノオバは言う。「オバ、誰の事でも一から十まで知っとる」

「俺の事もか」

「もう萎《しな》びて酒飲んでグレとるけど、トモもオバが取り上げたんじゃのに」オリュウノオバはそう言って深い溜息《ためいき》をつく。オリュウノオバの溜息が潮音そのもののように響く。トモノオジはその潮音に促されるように巨大な魚に変わってゆく自分に気づくのだった。

オリュウノオバは、巨大な魚に変わってゆくトモノオジの心の中の悲しみを労《いたわ》るのはただ静かにそのままにしてやる事しかないというように立ちあがる。オリュウノオバは巨大な魚の上顎だとトモノオジに見える三輪崎の湾を見る。光が空から降りそそぎ、湾の崖《がけ》に生えた馬目樫《うまめがし》や椎《しい》の葉が一面にかすんだように光で輪郭がぼけている。誰の眼にもその風景は同じように映るはずだった。オリュウノオバは見つめた。路地で生まれる生命を数かぎりなく眼にして来たオリュウノオバは、生命が光と共に束になって海辺の樹林にふりそそぎ、地面に落ち、海に吸い込まれてゆくと思う。その生命のほんの一粒が、今、路地の誰もが衝撃を受け酷《むご》さに震えるほどの死に方をしたタイチなのだと思い、オリュウノオバは声もない。

トモノオジはタイチの一から十までを知っていると思った。というのもタイチの親の菊之助はトモノオジの遊び仲間だった。オリュウノオバの知っている一が、目鼻が整い、手足が整って月満ちて女親の腹から出て来たのを言うのなら、トモノオジはタイチがタイチになる前、まだ菊之助の股《また》の汁の頃からタイチを知っていた。菊之助は、旅役者に入れ上げた女親が名づけた通り博奕や喧嘩にはからきし押しが効かないのに、女には滅法手が早かった。タイチが腹に入った頃、菊之助はトモノオジの家に青ざめて駆け込んで来たことがあった。

「幽霊が出たんじゃ」菊之助は上ずった声で言った。丁度、トモノオジの家に、後々それぞれ地廻りの組長になって対立するヒガシのキーやんとカドタのマサルの二人がトモノオジの若衆としてごろごろしていた。二人は怖い物なしの頃だから「どれ、捕まえたる」「見世物に売り飛ばしたる」と飛び出す。二人が飛び出してから急に思い当たったように、「トモキ、あれ、幽霊と違うかもしれん」と言い出す。トモノオジはまた色恋沙汰《ざた》の話かと笑いながら、「幽霊じゃと女に脅かされて飛び込んで来たんかよ?」とからかうと、菊之助は「まァ、ええんじゃ」と急に話を打ち切り、久し振りにやった博奕で勝ちに勝ったが、盆の仲間にイバラの留が入っていたので金を取る事も出来ないとグチリ始めた。

「イバラの留が負けを払わんかい?」トモノオジは訊いた。「おかしいの、あのイバラがかい」

「そうじゃ」トモノオジは菊之助の顔をみつめた。

菊之助はトモノオジの視線をそらすようにうつむいた。「そりゃ、なんど、理由があるんじゃろ」トモノオジがそう言うと、菊之助は待っていたように、実のところ、イバラの留の女に手を出し、それをイバラの留に勘づかれてしまったようだと言い、トモノオジと朋輩《ほうばい》の仲でもある事だから、穏便に取りなしてくれないかと言う。

「イバラの留、女の一人や二人に不自由せんじゃから、路地のおまえを半殺しにもせんじゃろが」トモノオジがつぶやくと、菊之助は半殺しという言葉にひっかかったように「女、子供孕《はら》んだんじゃ、性根入れ替えるさか、どうか見逃してくれと頼んでくれ」と言う。子供の頃からの遊び仲間で徴兵検査も一緒に受けた仲だから、気の荒い朋輩には自分が口ぞえしてやるしかないと思っているところへ、外へ飛び出していったヒガシのキーやんとカドタのマサルが駆け込んで来る。カドタのマサルはトモノオジの家のたたきに立って家の中にいる菊之助を見つけるなり、履いている物を脱ぐのももどかしげに上がり、菊之助を蹴《け》り上げ倒れたところを持っている下駄《げた》で額面を打った。咄嗟《とつさ》の事だったので仕方なくトモノオジは菊之助に馬のりになって殴りつづけるカドタのマサルを止める為、後ろから背中を足で蹴り上げた。

「アニ。こいつは女、放《ほ》ったらかしにして来たんじゃ」カドタのマサルはどなり、また血だらけの菊之助の顔に下駄を振りおろそうとする。

「止めよと言うんじゃ」トモノオジはカドタのマサルの顔を拳《こぶし》で殴った。カドタのマサルは下駄を握ったまま倒れる。

「アニ。女、そこの山の登り口で首縊《くび》って死んどる。こいつは見とったんじゃ」

血だらけの菊之助はあおむけに倒れ、動かなかった。

菊之助はトモノオジが訊いても、路地の区長が訊いても、その夜は何も言わなかったが、形ばかりの祝言を挙げタイチが生まれてしばらく経って、その女とも所帯を持つ約束をしていたと打ちあけた。

オリュウノオバははっきり覚えている。普段どの路地の女でも、子を産む時はわざわざ裏山の中腹にあったオリュウノオバの家に来はしなかったのに、菊之助は足元の危なっかしい女を連れて石段を登って、やって来たのだった。オリュウノオバは思うに、それには特別の意味があった。菊之助ははっきり知っていた。自分の周りに女の人垣が出来、何一つ他の男より優れて出来たためしがないのに女が腰から落ちるのは、歌舞音曲に淫蕩《いんとう》をかきたてられる中本の血を持っているからだった。人は誰も菊之助を中本の一統につらなる者なぞとは思っていなかった。しかし、旅役者に入れ上げ、家を出たり入ったりしていた女親から菊之助がまぎれもなく路地に流れる中本の血の若衆だと教えられていた。菊之助はオリュウノオバの家の竈《かまど》の前に坐り、湯をわかしながら、路地に伝わるように、そして、オリュウノオバが路地のただ一人の産婆として現実に見て来たように、これから女の腹を蹴って出てくる子がどんな姿をしていても覚悟していると言った。オリュウノオバが女の腹をさするのにかまけて聞き流していると「オバ、首縊った女、覚えとるこ？」と菊之助にしては無頼な口調で訊く。

「あれも孕んどったんじゃ。あの時、一緒になって、生まれてくる子と三人で暮らしてくれ、と言われた。オレは見とったんじゃ。何にも言わんと」菊之助はそう言って「オバ」と改めて呼ぶ。

「なんなら。うるさい」オリュウノオバはわざと迷惑げに答え、女の張りつめた腹をさすりながら振り返る。竈の火に照らされて菊之助の額から鼻にかけて裂けた傷跡がくっきり浮かび上がる。傷跡は酷《ひど》い殴られようをしたと一目で分かるものだったが、傷跡のある顔は醜くはなかった。

「オバ、もううっすらとしか見えんようになって来たんじゃゃ」

「何がよ？」オリュウノオバは動悸《どうき》を気づかれないように突っけんどに訊く。

「左眼、カドタのマサルに殴られた時から見えなんだが、右の方もうっすらとしか見えんようになって来た」

オリュウノオバは答えに詰まり黙っていると、菊之助は竈の火をいじくり出す。

「お母が役者の芝居、思い出すたんびに、俺《おれ》に奇麗な眼しとる、役者にも滅多におらん、と言うたんじゃけどねェ。見えなんだらどうしようもない」

どうしようもないのならどうするのだ、とオリュウノオバはその時、不吉な予感にとらわれ、心の中で合の手を入れ、菊之助の気の弱りをなじりたかったが、ほどなく破水がはじまったので取りまぎれてしまった。

　タイチはそうやって生まれた。タイチは驚くほど元気な産声をすぐにあげた。オリュウノオバはタイチを手でささげ、人の技とは思えない素早さでどこも欠ける事のない男の子だというのを確かめ、衝立《ついたて》の向こうで息を殺している菊之助に「こんな子が他におろか。見てみ、こんな子おったら何も要《い》らんど」と言う。菊之助は素直に「ほんまか」と嬉《よろこ》んだ。

「よかった。弦のようでなかってよかった」オリュウノオバは菊之助のその言葉に苦しんだ。確かに弦のように手が牛馬の蹄《ひづめ》さながらにただ二本の又に裂けて生まれるより、五本の指がついている方が、子は苦しまなくても済むのかもしれないが、女の腹を蹴って生まれてくる生命そのものに違いはない。オリュウノオバはいつも女の腹から顔を出す子に言った。何でもよい。どんな形でもよい。どんなに異常であっても、生命がある限り、この世で出くわす最初の者として待ち受け、抱き留めてやる。仏が生命をつくり出す無明《むみょう》にいて、人を別けへだてし、人に因果を背負わせる悪さをしても、オリュウノオバは生命につかえる産婆として、愉楽に満ちたこの世のとば口にいてやる。夫の礼如さんもそうだった。金持ちの家であろうと貧乏の家であろうと祥月命日には必ず経をあげに行き、冥福《めいふく》を祈った。この世の入口に別けへだてがないようにこの世の出口にも別けへだてがない。オリュウノオバは五体満足というので嬉び入る菊之助にそう言って説きふせたかったが、「えらい大っきい声やねェ。山も海も俺のもんや言うとるみたいやねェ」とタイチに声を掛けるしか言葉がなかった。

そのタイチの二年後にミツルが生まれた。菊之助はミツルが生まれてすぐに両眼を失明した。トモノオジは菊之助の失明がカドタのマサルの暴力沙汰によるものだと気に病み、丁度、召集になったのが、内地の山奥の銅山の勤務だった事も手伝って、菊之助一家をなにくれと世話をした。


敗戦は未曾有《みぞう》の出来事だった。八月の半ばを境にして一気に何もかも変わった。七歳になっていたタイチが最初に遭遇した激変は、菊之助が死んだ事だった。決して敗れる事のないはずの神国が戦いに負け混乱の渦中にいた時だから、女を腰から落とした当時の見る影もない菊之助が失明して衰弱し、風邪をこじらせ肺炎で苦しんでいても満足な治療も出来ない。

タイチと弟のミツルは菊之助の女に言われたのか、まず博奕場にいたトモノオジの元に来て菊之助が死んだと伝えた。

「死んだ?」トモノオジが絶句すると、タイチは誰に教えられたのか博奕場の並みいるワルの連中の煙草と酒と男臭い匂いのむせかえる中をにらみ、「俺は仇《かたき》を討ったる」と言ったのだった。

中からトモノオジに「どこの子ない?」と訊く声がする。「菊之助の子じゃ」もう一人の声がする。「おお、エラい子じゃ。今ごろ親の仇を討つと言うんじゃから。たいしたもんじゃ」

　トモノオジはそう言う声が中で諸肌《もろはだ》脱いで博奕に興じている菊之助を殴りつけた当のカドタのマサルのものなのに気づき、「タイチ、オリュウノオバと礼如さんとこに、お父が死んだと言うて葬式の準備してくれと言うてこい」と言う。

　タイチは戸惑った顔をする。

「毛坊主が葬式するのに金ら要るか。それでも金要る言うんじゃったらトモノオジが博奕ですぐ勝って持ってくると言え」

　タイチが並の子なら、飛ぶ鳥を落とす勢いの路地の三朋輩と呼ばれた内の一人、シャモのトモキことトモノオジの言葉を受けて、弟のミツルの手を取ってオリュウノオバの家のある坂を駆け上っていくのだろうが、双葉の頃から男気の匂い出たタイチは、五歳のミツルにトモノオジに言われた通り伝えろと言いつけ、さらにオロオロするだけの女親をなぐさめてやれと教え、ミツルをオリュウノオバの家へせかせる。五歳のミツルもしっかりしていた。タイチの言葉を何一つ疑う事なく、博奕場を飛び出して道を駆け降りオリュウノオバの家へ走った。

　タイチは弟のミツルが路地に下りて走り出してから、トモノオジに「金貸してくれんこ」といっぱしの無頼のような口をきいた。博奕をしてみたい、並み居る男らに混じって博奕をやり、勝って自分の手で男親の葬式を出したい。トモノオジはタイチの気持ちを分かったが、七歳の子が近隣の棒引組が集まり、熱中し、一つ誤れば血の雨が降る盆に加われるはずがないし、加わったとしても他の連中が鼻白むだけだと思い、駄目だと突っぱねたのだった。

「かまん。入れたれ」とタイチに救いの手を差し出したのはカドタのマサルだった。カドタのマサルは「ここへ来い」と自分の脇にいた男を押しやり一つ分席をつくり、タイチを手招きする。トモノオジはむかっ腹が立つ。

「ワレ、黙っとけ。タイチにちょっかい出したら承知せんど」

「博奕したてウズウズしとるわだ。ここへ来い」

タイチはトモノオジの顔を見つめる。トモノオジはタイチの顔を見る。タイチはその時、自分を呼んで盆に入れてくれる男が、男親の菊之助を殴りつけ失明させた仇だとはっきり分かったのだった。タイチはトモノオジの無言の視線を振り切るように手招きするカドタのマサルの方へ歩く。

「カドタのマサルよ。タイチの後見人はこのシャモのトモキじゃさか」

トモノオジは、カドタのマサルだけでなく、博奕場に居合わせた無頼者ら皆なに言いきかせるように、ドスを効かせて声を荒らげたのだった。

そうやって始めたタイチの博奕は筋が良いとすぐ見て取れるものだったが、所詮《しょせん》七つの子で手を読まれ、葬式の金をつくり出すまでの勝ちにいたらなかった。しかし後々、世の中が治まってからそれぞれ極道の組を持ったり、何人か全国組織の三つめ、四つめにのし上がって行った者らに、タイチは将来の器として記憶される事になったのだった。

タイチが子供ながら名前を売ったのは今一つあった。というのもその頃、敗戦直後の事だったので、昔からある極道の組も、外地から引き揚げて食うに困った連中が急ごしらえした組も、序列なしに入り混じっていたし、街の繁華街や闇市《やみ》をおさえているのが、路地の三朋輩と呼ばれるトモノオジらだったので、肩で風切って歩いている者らは一人の組長の元に統制取れた組織でも何でもない。世の中が治まってみると、この男が何故あの時、地廻りの中に入っていたのかと疑う手合いが、力まかせにあばれたり、ダンスクラブでジンを飲みながら人のあがりで遊んでいる。

その時入れ知恵したのは駅裏の一寸亭《ちよつとてい》のオヤジだった。その一寸亭は路地から朝鮮人の飴《あめ》屋の集落の脇を抜けてすぐにあったので、路地の三朋輩は三人だけで気のおけない話をする時に使っていたのだが、何しろ、元の徳川新宮《しんぐう》藩よりもはるかに広い、串本《くしもと》・古座《こざ》から尾鷲《おわせ》あたりまでおさめていた路地の三朋輩の、腹蔵のない話の場から、オヤジが小耳にはさんだ話一つでも、うまく転がせば甘い汁が吸える。世の中、盗人とかっぱらいと人殺しばかりのように、三朋輩の耳に、戦前から名を知られた材木商の出はこうで、しかじかの理由で人を殺《あや》め素知らぬ顔で商いをやっている、と素性が明らかになったし、闇の物資をどの男が独り占めしていると判った。一寸亭のオヤジは小耳にはさんだ話を、路地の中に急に湧いて出たようなタイチと年端《としは》も違わない者らにもらしたのだった。

それは、進駐軍から誰かが盗み出し、廻りまわって、路地の三朋輩の元に流れて来た一丁の機関銃だった。トモノオジがそうだったように、朋輩のイバラの留もヒデも、せっかく手に入れたが一丁しかない機関銃の扱いに困惑した。子供の頃から、いや赤子の時から、もっとさかのぼれば生まれ出る前から朋輩だった三人は、拳銃よりもはるかに凶暴な、そのズシリと重いやつを一人が持てばどんな過ちを犯すか、充分に判っていたので、他所との抗争や、時に反抗心をのぞかせるヒガシのキーやんやカドタのマサルをおさえる為に使う、と言いあって、裏山の切り通しの脇にある馬喰の小屋に隠してあった。

一寸亭のオヤジが本心をどのへんに持って、その小耳にはさんだ話を、毛が生えた程度の路地の危険きわまりないひ若い衆らに教えたのか、推測しかねた。元もと子供じみたところのある男だった。

路地の三朋輩が店に顔を出すと、一寸亭のオヤジは調理場で仕込みをやっていようと、何人か置いている女郎らに意見をしていようと、体を二つに折らんばかりにして愛想笑いをつくり「さあ、どうぞ」と二階に通すのだが、一寸亭自慢の忍者屋敷のように仕立てた折れ曲がった狭い階段を、何のつもりか足音を極度に殺して摺り足で歩く姿は、歌舞伎の女形の成れの果てが路地の荒くれ三朋輩に入れあげつるもうとしているようで気色が悪い。うりざね顔のつくりは別として、襟足の毛のねっとりした逆まき具合は女なら苦労しなくても丸まげが結えると嬉ぶかもしれないが、男にはどう見ても不釣合だった。

その一寸亭のオヤジは店の方々に忍者屋敷風のドンデンの抜け穴をつくっていた。二階の壁をどんと叩くと壁は開き、すぐ暗い階段になり、それを降り切って先の壁をまたどんと叩くと田圃《たんぼ》に出る。確か一寸亭の裏は田圃ではなく百姓家だったはずだとトモノオジが尋ねると、オヤジは百姓家が夜逃げをした後、外からは分からないように家と家をつないだのだと得意気に言う。

一寸亭のオヤジの趣向を気に入ったから路地の三朋輩はそこを気のおけない場所として使っていたのだが、一寸亭に集まってくる路地のひ若い衆らは具体的に恩恵を受けていた。何をしてきたのか警察に追われ、走りに走って新地に駆け込み、さらに一寸亭にもぐり込む。ひ若い衆らは土足のまま狭い折れ曲がった階段を駆け上り、途中に仕掛けたドンデンにどんと体当たりして次々暗闇に飛び込み、そのまま田圃まで盲《めしい》たまま駆け抜ける。警察が一寸亭に勘をつけ踏み込んだ頃は、路地のひ若い衆らはもう町中を歩いている。オヤジは迷惑しきった顔で警察に、戦時中ではないのだからやたらに踏み込まれては困る、と言い、それでも後々の事を考えて酒を飲んでいかないか、物を食っていかないかと誘い、手のあいた女郎に露骨に目配せし、相手をしてやれと言う。そんな事がある度に、一寸亭のオヤジは、トモノオジらに、路地のひ若い衆がかわいくてならないという言いかたで話をした。

中本のイクオ、川畑のカツ、松根のシンゴ、それにタイチ。その四人の一等齢嵩《としかさ》が十三のイクオ、一等年少なのが八歳になったタイチ。一寸亭のオヤジは、闇市を組くんで走り廻り、若衆や地廻りの溜《た》まり場の博奕場や闘鶏場の近辺をうろつくその四人に、新しく面白いドンデンの一つだというように、裏山の切り通しの脇にある馬喰の小屋に機関銃があるともらしたのだった。

四人は裏山に駆け上り、馬喰が小屋の中にいないのを確かめ、小屋の中をかき廻した。機関銃はあった。四人のひ若い衆は歓喜の声を上げ、それから何を相談したのか機関銃を抱えて繁華街の中にあるヒガシのキーやんの事務所に向かった。一番齢嵩の中本のイクオが機関銃を抱えて構え、事務所のたたきに仁王立ちになり、「ヒガシのキー、出て来い」とどなった。誰も返事をする者がない。しばらく四人は口々にどなりつづけた。「どてっ腹にぶち込むぞ。ワレら、大っきい顔しくさって」いくらどなっても返事がないので四人は機関銃を構えたイクオを先頭に土足のまま框《かまち》を上がり、障子を開ける。普段ならヒガシのキーやんがいなくとも地廻りの若衆の一人二人はゴロゴロしているのにその日に限っていない。

興奮は失望に変わった。もともとさしたる強い意志があって四人で乗り込んだわけでなく、機関銃という大きな物々しい武器に出くわし、今、のし上がっている極道をそれ一つで葬る事が出来るという衝動に駆られてのものだから、意気消沈するのも速い。気合抜けは齢嵩の方から先にはじまるものだった。繁華街に事務所を構え急速に力をつけているヒガシのキーやんをまず襲い、その足で駅前に事務所を開いて若衆を集め出したカドタのマサルを葬るという計画が、自分ら四人の齢を考えても何一つ現実味のないものだと思うのだった。

「アニ、ヒガシのキーおらんのじゃったら、カドタのマサルとこへ行こら」タイチは子供同士の喧嘩を仕掛けに行こうというような口調で、機関銃の重さに呆然としてしまったイクオに言う。「行こらよ、アニ、皆なぶち殺したろら」タイチの言葉にイクオは余計、気合が抜ける。タイチはイクオが何を感じているのか気づかず、闘いの為に生まれてきた者の気性を剝《む》き出しにして「行こらよ、アニ。行こらよ、アニ」とせっつきつづける。

「うるさい。これはもうトモノオジらに返すんじゃ」イクオは機関銃を下に向けた。タイチはなおカドタのマサルの事務所を襲撃に行こうとせっつく。気合抜けしたイクオに川畑のカツと松根のシンゴが同調すると、闘いの気性が中途半端ではおさまらないのだというようにタイチは唇を嚙《か》み、くやし涙を流し、そのうちしゃくりあげながら「俺は極道になったる」と言うのだった。

　機関銃をイクオから返され、説明を受けたトモノオジも他の二人の朋輩も、口でタイチが並の子供ではないと言いながら、別の事を考えていた。路地の三朋輩の取り決めで他所に置いてあった機関銃を、勝手に持ち出した四人のひ若い衆を強く怒るわけでもなく、一寸亭のオヤジに制裁を加えもせず、一寸亭を以前と同じように密談の場所に使っていたのは、四人の突飛な行為が何かを暴いたと思ったからだった。トモノオジはぼんやりと路地の三朋輩の時代が終わりかかっていると感じたのだった。

ヒガシのキーやんもカドタのマサルも形の上では路地の三朋輩を奉るが、実質上はそれぞれ事務所をつくり、若衆を集め次の時代の準備をしていた。タイチらは馬喰の小屋で機関銃を見つけた時、本能的にそれが路地の三朋輩がそれぞれ持つ気持ちの徴《しるし》だと知ったのだった。トモノオジはやろうと思えば出来るが、路地の他の朋輩と争い殺してまで人の上に立ち、縄張りを治めたくもなかった。イバラの留にしてもヒデにしてもそうだった。


トモノオジの耳のそばで「トモ、よい」と呼ぶオリュウノオバの声がする。「トモ、よい。どしたんな？　また中毒出て鯨にでもなった夢、考えとるんかよ？　つらいもんじゃよ」そうトモノオジの身を嘆く言葉を吐くが、本心は愉快に思っているらしくひゃっひゃっとすげた口から笑いが漏れる。

その笑い声で正気に戻りかかるが、湾に響く潮音に心をとらえられるとまたトモノオジは幻覚の中に引き戻され、自分は実のところ七つの海を泳いでいた巨大な魚で、ある時、天の災いによって岸辺に打ち上げられ体は半ば腐りながら死ぬ事もやらず天を呪《のろ》い続けていると思いはじめ、海と天をどなり呪いの言葉をつぶやく。

「ワレら、ええかげんにせェ」

オリュウノオバがまたひゃっひゃっと笑う。巨大な魚になったトモノオジはオリュウノオバに目をやり、「なんで笑うんな?」と訊く。

「誰の事を言うとると思たら、ワガの事かよ」

　オリュウノオバは荒くれ者のトモノオジがにらんですごもうと何一つ怖くないというふうに見ていた。いつまでもトモノオジがすごんでいるものだから、急に路地の毛坊主の礼如さんの女房に戻ったように、「天にも地にも、おまえになじられんならんわけ、一つもないど」と真顔で説きにかかる。オリュウノオバは自分のつぶやいた言葉にあおられ怒りが体に吹き上がる気がする。天や地を呪ってよいのは、若さの盛りで青い実をたたき落とされるように生命を断ち切られた若衆だけで、その齢までやりたい事をやったトモノオジなぞは呪うどころか、四六時中両の掌《たなごころ》を合わせ天にも地にも感謝し続けるべきだ。毛坊主の礼如さんはいつも言っていた。

　まだ裏山の中腹にあるオリュウノオバの家までの坂道が石段に変わっていない頃、雨が降ると粘土質の土はぬらぬらと滑りやすくなる。家の仏壇で朝の勤めの経をあげ、もうそれだけで死んだ者らのこの世での苦しみに共震《ともゆ》れしたように礼如さんは仏の事しか頭にない。それで一度や二度、坂で滑ったわけではないのだからと、袈裟《けさ》を着、経と数《じゅ》珠《ず》を持って立ち上がった礼如さんに、「秋の長雨はつらいね」と足元に気をつけてくれというつもりで言うと、礼如さんは、「オリュウ。何もかも無慈悲な事などあろかよ」と諭しはじめる。秋に冷たい雨が降らず乾燥したままなら枯葉も枯草も腐らずに地面に落ちて芽吹く種の邪魔をする。一粒の種が地面に落ちて芽吹き、根を張って水を吸い生長し葉を広げて光を受け、花を開いて種を結びまた枯れる。それを誰もが負う一生として感謝してこそすれ、何人がその事を天と地の過ちだと言えるのか。

オリュウノオバは礼如さんに諭された時も今も、路地の土地が人に見棄てられた蓮池《はすいけ》だった頃からある中本の一統の若衆らに降りかかる天と地の災いを思い、この世に降りそそぐ光のうち一つだけ不公平にも針のように痛く人を刺し貫くものがあると思うのだった。


タイチはそのたった一本の針に刺し貫かれたまぎれもない中本の一統の血だった。七つにして近隣の荒くれらに末が楽しみだとも怖ろしいとも知られたタイチは、他の中本の若衆同様、子供の頃から人を充分魅《ひ》きつけるだけの魅力を持っていた。

タイチは共同井戸のそばにあった女親の家に寄りつかなかった。イクオ、カツ、シンゴ、それにタイチ、ひ若い衆ら四人は傍目《はため》にもあきらかに、当時、飛ぶ鳥を落とす勢いだった路地の三朋輩を真似て徒党を組んでいるものとしれた。徒党を組んだとしてもせいぜい出来るのは雨後のタケノコのように輩出した荒くれ者らの遣い走りか、思いついてやるゆすりたかりの類《たぐい》だったが、四人がいっぱしの荒くれを気取り肩をゆすって狭い路地の道を歩いている姿を目撃する度に、オリュウノオバは四人が路地の三朋輩とは違い体の中にわきたつねっとりした淫蕩な血のぬくもりとにおいで、知らずにくっつき、離れかた時も離れずそばにいるのだと知った。四人の誰一人、まだ路地の真中を貫いて流れる高貴にして澱《よど》んだ中本の血だと自覚する者はなかったが、試みに「イクオ、よい」「タイチ、よい」と呼びかけるのに答え足を止め振り返った四人は、オリュウノオバの目には、中本の血のひ若い衆が四人もいるものだから一層、この世の者ではない若衆らがいまこの世の痛い光に刺し貫かれ犠牲になりにきたような気がする。一等齢嵩のイクオが青い澄んだ目でオリュウノオバをまっすぐ見て「俺ら、オバとこに用事ないど」と一人前の若衆のような口調で答える。タイチがさも嬉《うれ》しげに「葬式まんじゅうくれるんか?」とつづけた。

「いくら礼如さんの家でもそうそうまんじゅうを置いておろか」

オリュウノオバはそう言ってタイチの幼い揶揄《やゆ》をかわし、ひ若い衆をからかうのは路地での老婆の役割だというように、

「四人で学校も行かんと山学校ばっかしししとるんじゃったら、オバとこへ遊びに来いよ。まだ骨も固まっとらせん吾背らじゃさか、取って喰《く》いもせん。見逃したる」

「いらんわ」イクオはつっけんどんに言う。

「オバとこに夕方になったら何人も若い娘ら来るど」「ババらに興味ないわい」「ババて言うて、十七、八の娘盛りじゃのに」

「ババじゃ」タイチが言う。オリュウノオバは苦笑し、ひ若い衆の目には十七、八の娘ですらよほど齢を取った女に見えるのだろうと思い、四人が池の中で群れる小魚のように本能で肌くっつけ合い、ここの藻の陰、そこの小石の脇と泳いでいる気がした。

四人は路地という流れのゆるやかな生暖かい水底で卵を生みつけられて孵化《ふか》しそこで育って泳ぎ廻り、たまに路地の外の淵《ふち》や浅瀬に遊びに出る。光の加減によって四人の小魚は不思議な美しい色を発散する。夜叉《やしゃ》鬼人でなくともオリュウノオバですら、小魚をすくい獲《と》る網を持っているなら、路地の道に四人身を寄せあって歩いているのを一網打尽にして鉢にでも入れて飼っていたい。

イクオはもうすでに声変わりしていた。四人の中で一番の齢嵩らしく何もかも知っているように、十七、八の娘をタイチがババだと言うのを聴いてオリュウノオバが苦笑すると、イクオはニヤリと笑い、「オバ、俺らこれからダンスに行くんじゃ」と言う。イクオは何のつもりか白い背広の裾《すそ》をはたき、ポマードで固めた髪を両手でととのえる。カツとシンゴはイクオより一つ下。カツは父親が川畑に養子に出た中本の一統、シンゴは母親が勝一郎や弦と腹違いのきょうだいなので、それぞれイクオとイトコ同士にあたるが、イクオの父親似の顔より二人とも中本以外の血の方が容貌に出ているとオリュウノオバに見えるが、しかしそれも四人じっと見比べてわかる程度のささいな事にすぎない。タイチもふくめて四人のひ若い衆は驚くほどよく似ている。

なおからかいの言葉を繋《つな》ごうとするオリュウノオバなぞ相手にする時間はないというように、「もう、行こら」とイクオが声を掛けると、すぐに四人は見向きもしない。

不思議な美しい色を放つ小魚が、路地の生暖かい水底に微《かす》かに流れ込んで来る外の水を感知して、呼吸をする喉《のど》にか、血の流れる胸にかついた背鰭《せびれ》や尾鰭《おびれ》のような愉楽の本能のようなものを震わせ、路地の中に居続ければ危険が襲いかかってくるのを回避も出来ようものを、前になり後になりしながら外に出てゆくのだった。オリュウノオバは独りごちた。

四人は裏山のはずれについた道から繁華街へ抜けた。齢嵩のイクオも、ましてカツやシンゴ、八歳のタイチではなおさら、四人の抜け出た道がどうやって出来たのか知る由もない。その昔、熊野別当の母で丹鶴《たんかく》姫の住む城があった。川に面したその城を頭とするなら、土地の真中を龍が臥《ふ》せたように小高い山が長々とよこたわっている。城下町はその山の向こう側、路地はその山に隠されたこちら側にあり、明治の時代に蓮池のすぐそばに駅がつくられるまでは、路地と城下町を繋ぐ道は山の頂の一本松の根方につくられた獣道のような、ともすれば草木に隠れてしまうような道しかなかったのだった。駅がつくられ、駅から神社や川原へのびる道が山を切り崩してつくられ、線路が引かれ、いつの間にか路地から繁華街に抜ける道が線路沿いに出来ていた。その道を繁華街に抜け、そこからさらに城山沿いに細い道を行くと、いきなりダンスホールに出る。

トモノオジは幻覚の中で「イクオとタイチ、カツとシンゴ、よう似とるんじゃわ」と愉《たの》しげに語るオリュウノオバの声を耳にし、湾の見えるチガヤの草叢に倒れたまま、その路地のひ若い衆四人だけでなく、路地の三朋輩たるトモノオジとイバラの留とヒデの三人もまた傍目にはうり二つだったと思いつく。

「みんな、似たりよったりじゃったさか」そう言った途端に後の声が出ない。あわててオリュウノオバはトモノオジの頭上にしゃがんで顔をのぞき込み、トモノオジが一尾の巨大な魚に変身しながら深海に堕《お》ちるので、あわてて息を吸おうと口を開閉させているのを見て、「また中毒かよ?」とつぶやく。

トモノオジは首を振る。しかし深海に堕ち込み一尾の大きな魚、名前を与えればクエ、に変身したトモノオジの体は頭と胴の間に首がないので、不覚にも体全体がビクンと跳ねてしまうのだった。クエに変身したトモノオジはとりあえず深海のゆるやかな流れの中に身を置き、遠い水面からのぞき込む豆粒ほどのオリュウノオバに、口を開閉させて、四人の小魚は路地の三朋輩には一口で呑み込んでもものたりないようなものだった、とへらず口をたたき、そしてふと、タイチが犯した決定的な過ちを思い出し、「覚えとるこ?」と訊いた。豆粒のようなオリュウノオバは、クエになったトモノオジを哀れむように見るだけだった。

「覚えとるこ?」トモノオジは再び訊く。豆粒のようなオリュウノオバはやっとうなずき「吾背らが筋書き書いたんと違うんかよ」とクエのトモノオジをなじるように訊く。トモノオジは潮の流れを避けるように身を大きく跳ね口を開けて呻く。

それは突発した事件としか言いようがなかった。タイチが八歳の時、若い衆や戦地帰りの者らは誰彼なしにダンスに熱狂し、男衆らは博奕や闘鶏にうつつをぬかした。路地の男衆らあたりを押さえているのが路地の三朋輩だというのに安気に陥ったのか、まじめに働く者なぞ皆無なほど遊び呆《ほう》けていた。突然、路地の三朋輩の手下だった馬喰が、町の旦那《だんな》衆の一人を殺害したという疑いで警察に引っ張られたのだった。イバラの留もヒデも、最初は、旦那衆が殺された現場に馬喰の使う牛の追い綱が落ちていたという容疑で馬喰は引っ張られたが、その当日、夜っぴいて馬喰は三朋輩が開いた盆で博奕に興じていたので、おいおい警察がそれに気づき釈放されるとタカをくくっていた。それより、馬喰の小屋に隠していた機関銃を、家捜しされる先に他所へ移す必要があると、あわてて小屋に出かけ、間一髪の頃合で機関銃を一寸亭のオヤジに頼んで隠してもらったのだった。

十日経ち、二十日経っても、馬喰は釈放されなかった。

「トモ、あかんど。あれ、どうせ唄《うた》わんじゃろし」イバラの留は、馬喰はその夜博奕をしていたと白状すれば、盆にいた皆なに迷惑がかかると怖れて白状しないのだと言い出した。

「俺ら、あの男、人殺しにしてしまうど」イバラの留は、誰かがはっきりと証言してやらなければ、警察は無実の罪を馬喰になすりつけると言う。それで仕方なく、トモノオジは居合わせたカドタのマサルに証言に行ってやらないか、と持ちかけたのだった。カドタのマサルは丁度、勢力を広げようとしはじめた時なので、すこし考えさせてくれと即答を避け、その間に他所から来て闇市で商いを始め相談役になった男の元に出かけた。

そもそも事の発端は、路地の三朋輩が三人共、人を押さえて上に立とうとしなかったからだった。その三人の三すくみの状態を見抜いて、カドタのマサルとヒガシのキーやんはそれぞれ事務所を持ち手下を集め、いずれ憲兵あがりか大陸浪人を自称する類の相談役をつくっていたが、案の定、相談役に諭されたから、と馬喰と一緒に博奕をしていたという証言を断って来た。路地の三朋輩はカドタのマサルにどんな本心があるのか詮索もせず、ただ白状しろと警察で痛めつけられている馬喰の男気に共鳴し、俺が行く、俺が行く、と三人が三人共言い出し、ついに博奕の自首に出かける者をサイコロ振って丁か半かで決める始末になった。丁半勝負で勝ち抜いた者が警察に出かけ、馬喰はその時、博奕を自分と一緒にやっていたと証言し、ブタ箱に入る。

丁半勝負で勝ったのはヒデだった。トモノオジとイバラの留はヒデを警察の玄関まで送ったのだった。ヒデはそれから一年ほどブタ箱に放り込まれたが、トモノオジもイバラの留も事ある毎にヒデの男気を喧伝《けんでん》した。

その路地の三朋輩の話をタイチがどう聞いたのか、ある夜、息急き切ってトモノオジがいた一寸亭に駆け込み、女が裸のままなのに枕元《まくらもと》に立って、「オジ。オジらのケリ、つけたったど」と思い昂ぶった声でどなる。

「何な、どしたんな?」トモノオジは裸の女を庇《かば》うように起き上がり、見ると、タイチは体中に血をつけている。

「オトシマエつけたったんじゃ。あいつは、もう目が見えん。ナイフでスパッと一文字に切った」タイチは震えながら言う。

要領を得ないのでトモノオジは再度、問い直し、タイチがカドタのマサルの相談役の十五になる息子をナイフで襲い、顔面を斬りつけたのだと知って、唖然《あぜん》とした。トモノオジは事態が明らかになるなり、一寸亭のオヤジに頼んでイバラの留を呼んでもらって、そのままではタイチは浜五郎と名乗る相談役らに報復されるか鑑別所へ送り込まれると分かり、警察へ自首する身替わりを立てる事にした。

トモノオジとイバラの留は、カドタのマサルの相談役浜五郎の十五になる息子を襲った犯人として、タイチとは十も離れたチンピラを仕立て上げたのだった。

警察は一も二もなく納得したが、カドタのマサルも浜五郎も、息子を襲い失明させたのはタイチ以外にないと言い張り、再三再四、鑑別所に収監するように申し入れた。あまりしつこく根に持つので、トモノオジとイバラの留は、機関銃を持ってタイチの後見人だと言って二人だけで浜五郎の家に出むき、たとえ失明した息子が言い張るようにタイチが犯人だとしても、タイチはたったの八歳にすぎない、八歳の子に十五のひ若い衆が喧嘩して負けて、傷を受けたからといって騒ぎ続けるのは腑《ふ》に落ちかねる、と言葉を並べ、これ以上言うなら撃ち殺すと、機関銃を構えた。その機関銃の威力の前に浜五郎もカドタのマサルも口をつぐんだが、苦心して手に入れてみたが唯《ただ》の一度も火を吹いた事のない機関銃の重さが、路地の三朋輩とタイチらひ若い衆の想いの深さのようで、トモノオジは路地という場所をつくづく不思議だと思うのだった。

タイチが浜五郎の息子の目を潰したのは、人の上に立って闘う性として生まれついたタイチが本能のおもむくまま果たした、路地の三朋輩の威力を無視しかかったカドタのマサルと浜五郎の連合勢力への挑戦だった。しかし威力を誇示し、泣く子を黙らせているとは言え、腕っぷしの強さで湧いて出た悪らを押さえているだけの、地廻りに毛が生えた程度のトモノオジやイバラの留、ヒデらは、八歳のタイチのやった事の意味すら分からず、引き金を引きさえすれば火が吹く機関銃をつきつけただけで、悪かった、大人げなかったと頭をタタキに擦りつけて謝る二人を前にすると、すぐに自分らに取って替わってカドタのマサルらが羽振りを効かせるようになると分かっているのに、引き金を引かない。

路地の三朋輩とはまた路地の三すくみだった。トモノオジが引き金を引けば、浜五郎やカドタのマサルだけでなく、子供の頃から腹と腹こすり合わせ尻べべして育ったような、嬶《かかあ》よりも色よりも、いや丁か半かの博奕よりも一分も二分も濃い路地の朋輩をも撃ち殺してしまう。イバラの留が引き金を引いても当然そうなった。浜五郎とカドタのマサルが生命ながらえたのは、トモノオジの血の中にもイバラの留やヒデの血の中にもある路地のねっとりした愉楽のおかげだった。

クエになったトモノオジは、たとえ身がいかようなものに変わろうと血は変わるわけではないと証《あか》すように背鰭を動かし、はるか上の水面からのぞき込むオリュウノオバに、タイチが殺されたと知ったいま、二人が味わうたとえようのない悲しみが、そもそも路地の三朋輩が、後年、タイチの敵となる浜五郎とカドタのマサルを機関銃で撃ち殺さなかった事に由来しても、トモノオジはトモノオジの一世を大事にし、朋輩との友愛を珠《たま》とも宝とも思って殉じるしかなかったのだとつぶやく。

クエのトモノオジから悲しみが溶け出したように水は明るく澄んでいる。

オリュウノオバがどう言おうと、朋輩を信じ、ただの一度たりとも友愛を裏切った事はないと、誇り高くクエのトモノオジは、後年、アル中になって、行きつけの酒屋の土間に置いたトモノオジ専用の椅子《いす》に腰掛け、桝《ます》酒をチビリチビリあおりながら、立ち働く酒屋の女房や三歳になる酒屋の息子に問わず語りに語って聞かせた。イバラの留、隼《はやぶさ》ともオオワシとも称されたヒデと並んで路地の三朋輩と呼ばれた若い時代のシャモのトモキのように胸を張り、眼光鋭く彼方を見据え、潮の流れに流されないよう四肢を突っ張っている。

クエのトモノオジは大きく息を吸った。深海の水がトモノオジに合わせて波立った。水の波立ちを肌に心地よく感じながら、胸を張る。たとえ身が魚になろうと、よしんば獣に変わろうと、トモノオジの五体を流れるのが、イバラの留にも隼の、いやオオワシのヒデにも流れる路地の血である限り、トモノオジは男として面子《めんつ》を失わず生きていける。

トモノオジはひと泳ぎする。

深海の岩場に小魚が群れている。小魚にすれば巨大な巌《いわお》のようなクエのトモノオジだから、背鰭や尾鰭のひと振りで湧き起こった潮の波に身をすくわれないよう、あわてて岩場に身を隠すのだった。

その小魚のあわてようを独り笑うと、トモノオジを見ていたオリュウノオバが、「吾背かて、昔はそんなんじゃったど」とすげた口をことさらすぼめ、おどけてみせる。

「たった一人で巌のようになったと思とるんじゃろが、吾背かて、皆なと変わらせん。忘れたんかよ?」

トモノオジはことさらオリュウノオバの言葉を無視する。オリュウノオバは路地の老婆としてからかいの言葉を投げかけなければ気がすまないように、「トモよ」と呼びかけ、威風堂々と深海を泳ぐクエのトモノオジが、まだ自分の腕に抱き上げた赤子と変わりないというように、「オバから見たら誰が先で誰が後じゃと言うの、ないど」と言う。

「ボケたんかよ?」トモノオジは訊く。

オリュウノオバはトモノオジがからかいにひっかかったというようにほくそ笑む。

「おまえら取り上げたオバにしたら、十年二十年の後先、知らんわだ。トモが先かタイチが先か、忘れたど。祥月命日覚えとっても、後から後から湧いて出てくるんじゃのに、誰が後先か知らんわだ」

トモノオジは混乱する。

「ボケたんかよ?」トモノオジは訊く。

「ボケとらせん」オリュウノオバは声をたてて笑う。

「何を笑うんな」トモノオジは水面の豆粒のようなオリュウノオバをにらむ。オリュウノオバが笑みを消し、真顔でクエのトモノオジを見つめるのを知ってトモノオジは絶望し、自分の周りが音立てて波立つのを感じ「オバよい」と呼びかける。

「オバ、菊之助の子がタイチじゃ。タイチ、菊之助の股の汁から出来たんじゃ。菊之助は俺の連《つれ》の一人じゃったし、イバラの留もヒデもそうじゃ。俺ら三人、タイチを目にかけたんも、タイチが俺の股の汁であっても、イバラの留のもんであってもかまんと思っての事じゃさか。菊之助とタイチの後先、違えたら、どうするんな?」

「知らんわだ」オリュウノオバはなおからかうようにつぶやく。

「知らんて」トモノオジは絶句する。

トモノオジが口を開閉し大きく息をするのを見て「オバ、知らんど」と首を振り、

「誰が先、誰が後というの、ホトキさんかて知った事ないと言うとったど」と蓮っ葉な口調で独りごちる。

「お釈迦さんじゃったら、本当は知っとるかもしらんけど。トモ、あそこじゃて一緒じゃわ。皆な、おったわだ。親も子も、一緒じゃった。蓮の花咲いとって、皆なオバに、よう来たねェ、と言うてくれるんじゃけど、親も子も孫もひ孫も一緒じゃさか、オバ、誰が誰か知らんわだ。あそこで一緒のもんが、何で路地で一緒と違うんなよ。生まれて来るとき、同じじゃのに」

トモノオジは絶望して呻く。

「俺とタイチが何で一緒なよ?」トモノオジは豆粒のようなオリュウノオバに訊く。

「タイチ、庇たの、俺ら三朋輩じゃのに。エラい子じゃと大事に見守ったの、飛ぶ鳥落とす勢いじゃった俺らじゃったのに」

トモノオジは豆粒のようなオリュウノオバをにらみ、声を出して不満をつぶやいた。独り言をつぶやくと、自分の口から漏れる声に促されるように徐々に幻覚が遠のく。深海の巌のようなクエが水面に浮上し、さらに波に押しやられ岩場に上る。その岩場に身を臥《よこ》たえ、息たえだえになりながら、魚から万物の霊長たる人間のトモノオジに進化し続ける妙な眩暈《めまい》のまま、トモノオジはまだ微かに見えているオリュウノオバに「オバ」と問いかけた。「オバはむこうでタイチに会うたんこ?」

オリュウノオバは、魚とも人間ともつかない何とも中途半端な姿のトモノオジを哀れむように見つづけるだけだった。そのオリュウノオバの顔を見つめ、返ってくる言葉を待っていると、またトモノオジの耳に潮鳴りが響く。潮の音はトモノオジを容易に魚に変える。押し寄せた波に岩場のトモノオジは身をまかせ、海にもどり、親が見れば嘆き悲しむ生まれもつかない醜い巌のようなクエとなって深海にもどる。

あたりに群れていた小魚が身を翻し散らばって逃げた。深海の流れの緩やかな場所に所を定めてから、トモノオジは豆粒のようなオリュウノオバに、「オバ、タイチに会うたんか、と訊いとるんじゃのに」と声を掛けた。

「誰にでも会わいでよ」オリュウノオバは自明の事を訊くというように鼻白んだまま海の底をのぞき込み、つぶやく。オリュウノオバは自分の独り言で思いついたように、

「うつらうつら寝とった時も、オバ、皆なに会うたんじぇ」と語り掛けた。

「バイアというとこへ行たオリエントの康《こう》を覚えとるかよ。半蔵《はんぞう》も三好《みよし》も、あれら皆なオバの周りに寄って来た。オリエントの康と三日三晩話しても種は尽きん。半蔵はオバについて廻るし。半蔵があんまりオバについて廻るさか女ら気ィ悪すると思て、『半蔵よ、色男のアニよ。オバは、ホトキさんのところへ来てまで、ヤキモチ焼かれたない、あっちへ行てくれ』と言うと、半蔵が、『ホトキさんのとこへ来て、オバ、まだそんな事言うとるんかよ』と笑うんじぇ。

『おうよ、ホトキさんのとこであろと、路地であろと、一緒じゃだ』

『怖ろし。おれら、やっとここへ来て安気になっとるのに』

オバは半蔵の言い方に笑たんや。オリエントの康も、三好も、オバの廻りを取り囲んどった中本の若い衆らも笑たんや。路地の家でうつらうつら眠って、半蔵よい、オリエントの康よい、と話しとった時とホトキさんのとこと変わらせん。あれらホトキさんのとこへ行ても若死にした姿のまんまやから、袖《そで》めくりあげて二の腕見せたり、胸はだけとったりするし、若さの盛りじゃし、どれもこれも中本の同じ血で甲乙つけ難い色男じゃし、話が腰から落とした女の事になると、ホトキさんも思わず身を乗り出し、生唾《なまつば》を

呑むような男の色気が漂う。オバ、ホトキさんが邪《よこしま》な考え抱いて、せっかく路地に滑り出て中本の血の因果を償《つぐの》うて来たばっかしの若い衆の一人を捕まえ、取って喰うか、自分の稚児にして嘖《さいな》むか、無理難題を吹っかけるんかもしれんと、見張っとる。色に狂た女らだけでなしに、このオバですら、筋肉の浮き出た二の腕や胸の白い肌を見て、こすったら桃色に上気するじゃろし、歯を立てて噛んで引きちぎったら、赤い肉と赤い果物の汁のような血が出るじゃろと、中本の若い衆らを見て思う」

「タイチに会うたんかよ?」クエのトモノオジが訊くと、豆粒ほどのオリュウノオバは「聞かんかよ」とたしなめる。

「何日も何日も笑いおうて、あれらの事じゃさか歌うとたり、踊ったりしてオバのそばにおったんじゃけど、見つけたの、イクオかいね、半蔵かいね?」

「イクオ?」クエのトモノオジはイクオという名前を耳にして胸をつかれ、「オバ、イクオて?」と訊き返す。

「おうよ、そのイクオじゃだ。勝一郎とフサの子で、三月三日に死んどるじゃがい。半蔵もイクオも同じ齢で若死にしとるもんじゃさか半蔵の方が伯父に当たるんじゃろけど、ホトキさんとこでは朋輩みたいに見える。男親の勝一郎じゃてイクオと齢変わらせん。

　イクオが『オバ、あそこに来たの、タイチかよ』と訊く。

『どこな』

『蓮の葉が上にのびて影つくっとるじゃがい、あそこでキョロキョロしとる』

イクオがそう訊くんで、オバ、立ってのぞくが、分からせん。イクオがじれて、『ハンゾウノアニ、カツイチロウノアニ』と自分の男親まで朋輩か齢上の者を呼ぶように呼び『あれ、タイチじゃわ』と教える。

『菊之助の子かよ』

中本の若い衆らは、蓮の葉影で緑色の光に染まって物珍しげにあたりを見廻している
タイチを一目見ようと立ち上がる。イクオが手を振るが、気づかんタイチにしびれ切らして、おめくんじゃ。

『タイチ、バクチしょうら』」

クエのトモノオジは思わず驚きの声を出す。豆粒のようなオリュウノオバはトモノオジの驚きようを笑い「トモキ」と蓮っ葉な口調で声を掛ける。

「吾背は分からせんかもしらんが、バクチ悪り事ないんじぇ。何が悪りんなよ。ホトキさんも怒らせん。丁じゃ半じゃ、赤タンじゃ青タンじゃと若い衆ら騒いどるの、裏の山で花の時季に金の小鳥が蜜吸おと思て群れとるのと同じじゃと思て見とる」

「タイチ、もうそっちでバクチしとったんかよ」クエのトモノオジは訊く。オリュウノオバが笑みを含んだままうなずくのを見て、トモノオジは深海に暖かい水が流れ込んで来たように感じる。

「バクチしとったて?」トモノオジは謳《うた》うように訊いた。どこからか流れ込んで来た暖かい水がトモノオジの体から溶け出した悲哀に澄んだ冷たい水を薄め、いきなり春の海

にまぎれ込まされたようにトモノオジは戸惑いながら、タイチが仏の楽土で、路地の、しかも同じ中本の一統の若い衆らと博奕をしている姿はこの上なく後に残った者をなごませると感じ入り「オバ、オバ。タイチよ、タイチ」と歌のように名前を口ずさむ。オリュウノオバは、クエのトモノオジが相好崩して泳ぎ廻るのを見ている。オリュウノオバはただ巌のようなクエに変わったトモノオジを見つめている。

たとえ巌のようなクエに身が変わっても生きのびているトモノオジと違って、空に満ち溢《あふ》れる光の一粒が生命になり、女親の腹を蹴ってこの世に顕《あらわ》れ出た者らは、中本の高貴にして澱んだ血の因果のまま、およそ想像出来かねる辛苦を辛苦とも気づかないで生命の限度まで生き、不意に青い実のまま大きな力で地にたたき落とされるように生命を断たれる。オリュウノオバはそんな中本の血の若い衆を見つめ続けて来た。

毛坊主の礼如さんと暮らした山の中腹の家で老衰の身を臥たえ、裏山に咲いた夏芙蓉《なつふよう》の花に群れる金色の小鳥の声を幻聴のように思いながら、若死にした中本の一統の若い衆の名前を一人一人、呼び、短い一生を反復し、その若い衆らが、人がこの世に生きる罪の一つ一つを償ってくれるからこの世に光があり、火がおこり温かい物を取って生きていけると、心の中で掌を合わせたのだった。

イクオ、カツ。タイチの朋輩らは、それぞれ中本の高貴にして澱んだ血の命じるまま、タイチよりはるかに先に若さの盛りで、男の気力の絶頂の時、若死にしていた。

七つにして近隣の荒くれからこの子あり、と言われたタイチの生命が、いま音を立て断ち切れた。

　オリュウノオバは溜息をつく。

　オリュウノオバは想い出す。

　八つにしてカドタのマサルの後見人浜五郎の十五になる息子の眼を潰したタイチは、トモノオジが言うように、そのままにしておけば浜五郎からどんな姑息《こそく》な報復を受けるかもしれないと路地の三朋輩が庇い、しばらくは何をするにも一緒だった。

　隼ともオオワシとも呼ばれたヒデが、義侠《ぎきよう》心から馬喰の殺人容疑を晴らす為、警察へ皆なで博奕をしていたと自首して刑務所に入ったのが響いたのか、従《つ》いて廻るタイチら路地の四人のひ若い衆らが足手まといになったのか、三朋輩の威力はみるみるうちに衰え、ヒデが出所した頃は、カドタのマサルは三朋輩の抑えなぞ到底効かぬほどの若い衆を集め、確実に一家を構えていると、誰の目にも明らかなほどになっていた。しかし路地の三朋輩三人共、九つになりますます双葉の芳しさが浮き出たタイチほど威力の衰えを気にしない。どこで生地を仕入れ、誰が仕立てたのか、そろいの白い背広を着、髪をべったりとポマードでときつけたイクオ、カツ、シンゴ、そしてタイチの中本のひ若い衆を連れて、イバラの留、隼のヒデ、シャモのトモキの三朋輩、城山の下のダンスホールに出かけ、二十人もの若い衆を引き連れたカドタのマサルに「オヤジ」「アニキ」と口だけでたてまつられ挨拶《あいさつ》を受け、実際は縄張りの中身をすっかり喰い荒らされているのに気づきもしない。

　タイチは見て見ぬ振りをしていたのか、それとも闘いの性に生まれついたといえたかだか九歳、ジンと甘い音楽と煙草のけむりのむせかえる大人の世界にまぎれ込み、色気の味を知りはじめたイクオやカツ、シンゴらひ若い衆の見よう見まねに我を忘れていたのか、カドタのマサルの輩下の若い衆らとダンスホールのテラスで遊び、風呂へ行く、飯を食いに行くというのに従いていっている。

　その頃、誰彼なしにダンスホールに集まる者らはヒロポンをやっていた。路地の四人のひ若い衆も、ダンスホールのテラスに行けば、自分らより齢上のカドタのマサルの若い衆らがほとんど只《ただ》同然の値段で、しかも進んで注射針を腕に射《さ》せばよいように準備してくれるのを知っていた。

　最初にヒロポンの味を覚えたのは一等齢嵩のイクオではなく、闘いの性に生まれ、その分だけ歌舞音曲にざわめく中本の淫蕩の血を抑えていた九つのタイチだった。カドタのマサルの若い衆がやっているヒロポンを、「何な、それ?」と訊《たず》ね、若い衆がテラスのブーゲンビリアの花影に身を隠して、子供に用はないというように「まだ早い」と追い払いにかかると、屈辱を受けたと唇を嚙み「言え。どつき上げるど」と拳を固めて脅しにかかる。

　若い衆はその言い種《ぐさ》に苦笑し、またタイチがここにタイチありと言われる気のはしかい子だったのに気づいて悪戯心を起こし、「どら、したろかよ」とタイチを手招きして呼び寄せ「ええ気持ちになるど」と腕をめくらせる。

タイチは急に不安になるが、そんな事、おくびにも出さず、中本の一統特有の白い絹のような肌の腕をまくって差し出す。

針が皮膚を破り、血管に入り、注射針の液体が血管の中に流れ込む。血管に液体の一滴が入った途端、タイチは自分がいままでの自分と違うと感じたのだった。

イクオはそのタイチに射《う》ってもらった。四人は若い衆らから手に入れたヒロポンをダンスホールのテラスで射ちあった。若い衆らが何人も見ていたし、イバラの留もヒデもトモノオジも、四人が何回となく互いの肌をなめ合うようにテラスの隅で集まりヒロポンを射ちあっているのを目撃し、ホールの甘い音楽や女の柔らかい肌よりも仔犬《こいぬ》のように身を擦りつけ嚙み合っているのが楽しいのだと苦笑し、色よりも博奕よりも一分濃い朋輩同士の友愛の良さをこうやって覚えるのだと得心したのだった。

オリュウノオバはその路地の三朋輩の感想を間違っているなぞとは露ほども思わなかった。三朋輩が子供にはヒロポンは早いと止めてみても、声変わりし性毛が生えはじめていたイクオや、目いっぱい背伸びしたシンゴやカツ、タイチが、目の前で何人も若い衆らが腕に針を射し「おお、気色ええ」とおどけ、実際に恍惚《こうこつ》となり、愉楽にのけぞるのを見てしまっては、四人の体に流れる路地の、歌舞音曲に現《うつつ》を抜かしあげくは若死にする中本の血が黙っているはずがない。ヒロポンが魔力を持っているのではなく、ヒロポンに感応する血が魔力を持ち、四人は一層、若死にを宿命づけられた中本のひ若い衆の、咲きかけた梅の花のような色香を漂わせる。

　オリュウノオバの眼に、ダンスホールに出かけ、ヒロポンという毒の味を覚えた四人のひ若い衆は、異物が血の中に混じっている分だけ美しさが匂い、白い純無垢《むく》の泡雪のようなもろさが輝き眩《まばゆ》く、後年この四人がどう酷い死を知るのか、物語なら先をめくってのぞいてみるものを、と溜息が出る。夜叉鬼神に魅入られて白い柔らかい手足が引き裂かれるような酷い死に方こそ四人にはふさわしい。四人の酷い死を思いっきり嘆き、仏に訴えてみたい。オリュウノオバは思う。

「オバ」深海からクエのトモノオジが呼びかける。

「オバは怒っとるんこ？　俺ら三朋輩が、あれらまだひ若いのにヒロポンやっとって、それを止めなんだの」

「怒らせん」オリュウノオバは四人のひ若い衆の本能でやるような振る舞いに、たとえオリュウノオバであってもとがめ立てはできなかったと思い、怒ったように言う。ふと自分の言葉の強さに戸惑い、怒っていると言うならトモノオジではなく、ヒロポンに感応するような血を中本の一統に与えた仏に怒っているのだと気づき、オリュウノオバは「どうするんな」と吐き棄《す》てるように言う。

「ひ若い衆らが苦しみもがくの、面白がっとるんかよ。どんなにエラいんか知らんけど、よういかんど」

「怒んな」トモノオジが声を掛ける。

「吾背みたいなアル中に言うてない」オリュウノオバは深海のトモノオジに言う。

「何したいんな」

オリュウノオバは涙声になる。オリュウノオバはその時、はっきりと分かっていたのだった。一時の流行でひ若い衆らは性の愉楽も知らないうちに、ただ瞬時の快楽を求めて肌に針を射し、血管の中に異物を入れるが、それは、イクオはイクオなりの、カツやシンゴはカツやシンゴなり、タイチはタイチなりの中本の一統の者としての始まりに他ならない、と。四人は互いに犬が戯《ざ》れ合うように身を寄せて針を射し、ぼんやりと他の誰にではなく、自分にだけ課された因果から逃れようがないのを気づいている。

その四人が幽霊を見たと言い出したのは、ほどなくしての事だった。

オリュウノオバははっきり覚えている。

逢魔時《おうまがどき》、家の竈に火を焚《た》いて、礼如さんが空襲で死んだ子の命日の家へ経を上げに行って、お布施の代わりに家の女からもらった芋で夕飯にしようと、ふかしていたのだった。久し振りに屑芋《くず》ではない大振りの芋を食べると礼如さんは浮き立ち、畳の上に帳面を広げこまごまとした字を書きながら、オリュウノオバに向かって、経を上げに行って見聞きした路地の者らの暮らし振りを、それが本当なのか、それともお経の中に書いてある悟り足らない業を背負った者の話か分からない、いつもの話し振りで、話していた。

その時、まだほの明るい外の明かりを土間に入れる為に半開きにした戸の向こうに、ふうっと四つの白い影が立つ。

礼如さんに相槌を打っていたオリュウノオバが口をとざし、音もなしに戸口に立った四つの影に、裏山の頂上の一本松にやって来るという天狗《てんぐ》か魔物の類かと目を凝らすと、まだ声変わりしていない声で「オバ、来てくれ」と叫ぶ。

「誰な?」オリュウノオバは声を聴いて瞬時にそれがタイチだと分かったのに名前を訊き、「俺じゃ、俺、タイチじゃ」と大人びて答えるのに、心の中にむずむずと悪戯心が湧き出して「魔物ら、タイチの振りしてオバや礼如さんを取って喰おうとしてもあかんど」と声を作る。

「何、言うとるんな」

「オバや礼如さん、ホトキさんの加護受けて、お経朝夕唱えとるんじゃさか、この家に魔物ら一歩も入れんど」

タイチは声を作って言うオリュウノオバの物言いを分かったのか、分からなかったのか、あきれたように周りに立った三人に「アニら、言うてくれ」と振り返る。それで齢嵩のイクオが声を出した。

「オバ、外に来てくれ。幽霊おるんじゃ。幽霊、ぼうっと光りしてさっきから山におるんじゃ」

イクオは尋常ならざる物を目撃し驚き入ったという声で言い、オリュウノオバに本当はそれが訊きたかったのだというように「誰ぞ恨んで死んだ者おるんか?」と訊く。

「幽霊じゃったら、そうじゃわい」オリュウノオバは答え、ふと、イクオにしてもタイチにしても、親の代、親の親の代に数かぎりなく女の恨みをかっていると思いつき、その女らのうちの一人が四人の中本の血のひ若い衆を見てふらふらと草葉の陰からさまよい出たのかもしれないと気づき、礼如さんに芋をふかしている竈を頼み、四人の後を従いて家を出て、空に残った微かな明かりを頼りに裏山の一本松の道を歩いた。

生い茂った夏草は黒々と映り、一等先に立ったイクオの体が前に進む度にざらざらと音が立つ。一本松が見える所まで来てイクオが立ち止まり「オバ、あれじゃ」と指差す。オリュウノオバは思わず声を上げかかり、息を詰め、イクオが指差す木の茂みの方を見つめた。

確かに、ぼうっと女が草と木が絡まり合って黒々とした影に腰から下を隠したように宙に浮いている。オリュウノオバは、それが光の輪を被《かぶ》った他でもないタイチの誕生の前に男親の菊之助に首吊《くびつ》りを見殺しにされた女の幽霊だと気づきながら、「誰な？」と声を掛けたのだった。幽霊は答えず、ただぼんやりとオリュウノオバや四人のひ若い衆の方に視線をむけた。

「誰か知らんけど、いつまでも恨んでもしょうないど」

「ほんまにィ」イクオがオリュウノオバに相槌をうつ。オリュウノオバはイクオの相槌のうちようを心の中で苦笑しながら声に出して幽霊に呼びかける。

「あれらに二生も三生もあったらええんじゃけど、若い衆ら一生しかない。恨んどるじゃろけど、どうか忘れたてくれ。あれも苦しんで死んだんじゃし。ここにおるの、あれの子じゃけど別やさか、どうか恨みを忘れて成仏してくれ」

オリュウノオバはそう言って手を合わせたのだった。オリュウノオバを真似て四人のひ若い衆が手を合わせると、女の幽霊は微かにお辞儀をするように腰を折ってふうっとかき消える。

天狗や魔物が飛来するという裏山の事だから、夜の山の中にいると何が起こるか分からないのですぐ降りようと説得して道を家の方に歩きかかると、タイチが何を思ったのか「あの幽霊、ダンスホールにおった」と言い始める。

「俺も知っとる」「俺も」シンゴとカツが口ぐちに言う。

「ダンスしたんか?」オリュウノオバが訊くと、イクオがヒロポンを四人で射ち合っている度に、いつの間にか四人の傍《そば》に来てじっと見つめていた、と言った。四人共、同じ幽霊に出くわしていたが、それぞれヒロポンを射つ度に現れる幻覚の一つだと思い、気にしなかった。

オリュウノオバは四人が口ぐちに鳥になった、寺の山門に置いてある仁王になったというヒロポンの幻覚を披露するのを聴いて、いままで何もかもよしと肯《うべな》い続けて来たのに抗《あらが》って、四人のひ若い衆らにヒロポンは絶対によくないと思い立ち、大きな芋がふけたばかりだから家に上がって食べていけと、芋という餌《えさ》で四人を釣って家に寄せ、礼如さんと二人がかりで説教することにした。

礼如さんは四人を前にして芋の皮をむきながら、親からもらった体を粗末にしてはいけないという話をしはじめ、そのうち熱が入り皮をむくのも忘れ、いつの間にか極楽浄土をめざして舟出する話になり、気づいてみれば一口だに芋を口に入れぬまま、四人にせっかく楽しみにしていた芋をたいらげられ、茫然《ぼうぜん》としている。一つだけ残った皮むきかけの芋を礼如さんが食べる間、オリュウノオバが引き取って「ヒロポン射ったら、血薄なってしまうじゃがい」と諭しにかかると、イクオが「オバ、俺ら四人とも元々、血薄いんじゃ」と真顔で言い出す。どうしてそう思うのかと訊くと、イクオは「見せたる」と言って背広を脱ぎ諸肌を見せ、「ちょっとずつ、針の穴から血流れとるんじゃ」と二の腕を右手でつかみ、皮膚をつかむ。指と指の間につかまれた皮膚から手品のように血がにじみだす。

「シンゴもカツもじゃ。タイチも」

オリュウノオバは次々と腕をまくり、注射針の痕《あと》をさらし、容易に塞《ふさ》がらないという針痕から血をしぼってみせる四人の不思議さに驚きながら、とぼしたほの昏《くら》い灯《あかり》の下でもその血がまた鉱物のような輝きを放ち、眩く人を魅きつけるのを見逃さなかった。

オリュウノオバは若死にする者らは禍々《まがまが》しく美しいと独りごちた。尋常であるならひ若い衆が若い衆らに混じってダンスホールに出入りする事もなければ、ましてや異物を含んだ針を肌に射す事なぞありえない。それが路地の中本の一統のひ若い衆では、誰もが尋常ではないと疑わず、気づいて見れば、まだ年端のいかない四人は大人から何のとがめも受けず、取り返しの効かないところまで易々と来てしまっているのだった。イクオの腕に浮かんだ鉱物のように赤い血の玉。「俺も、俺も」と誇らしげに塞ぎ切っていない針痕をしぼって見せるシンゴの、カツの、タイチの血を見て、オリュウノオバは、四人がその齢でごく自然に、路地が元は人に放り置かれた大きな蓮池だった頃からある中本の高貴にして澱んだ血のひ若い衆だと自覚したのを知ったのだった。

誰が言いだしたのか、誰が最初に気づいたのか、それとも蓮池に湧き出る清水で屠殺《とさつ》した獣の血を洗い皮をはいで口に糊《のり》した何人かの中本の者らが獣の生命に畏《おそ》れつくり出した事なのか、中本の若い衆らは若死にを宿命づけられていると言われ、実際、若さの盛りで死んだのだった。

「俺ら、血が止まらんの」タイチが誇らしい事のように言うのを聞いて、オリュウノオバはタイチを見つめる。

にじんだ血を指でこすり、笑いを浮かべるタイチを見て、オリュウノオバはその時、誰が言うとは知れず、中本の一統は七代にわたる仏の因果を背負っていると言われていたのを思い出し、双葉より芳しいタイチこそ、その中本七代にわたる仏の因果を最後に果たす若い衆になるかもしれない、と思い、心の中で手を合わせたのだった。極楽なり地獄なり、何にしろ仏の居る所に出かけ、体中に酷い仏の罰を受けた身をさらし、そもそも路地に降りそそいだ痛い針のような光は何によるのか問い質《ただ》し、さかしらに振りまわした仏の無慈悲をいさめ、仏の本性に立ち返る。タイチの血は後から後からにじんで玉をつくり、果物の汁のように流れた。

トモノオジは思い出す。

路地の三朋輩それぞれ、齢端もいかないひ若い衆四人を陰になり日向《ひなた》になって庇ったのも、荒くれ者らしか出入り出来ない博奕場や闘鶏場に引き連れたのも、タイチがまぎれもない中本の一統の徴を持つ子で、この子こそ、他の一統の者らが及びもつかないような神仏にもまさる力を持ち、路地の三朋輩が出来なかった事をやると確信したからだった。後年、いっぱしの若い衆になった時、人に恥じる事のないよう極道者の立ち居振る舞いを見せておく。

タイチ九歳の時、カドタのマサルが急速に力をつけていたが、それでも元の紀州新宮藩の領地よりも広い土地を勢力圏にしていた三朋輩だったから、大阪、伊勢、松阪から何人もこの男ありと言われた者らが三朋輩を頼ってやって来、子分にしてくれとせっついた。路地の三朋輩は、都会では食うのにも困るのだろうと、頼って来た者らの面倒はみたが、「一匹狼《おおかみ》、三匹だけの組じゃから」と子分は取らなかった。

後年、スガタニ組として名を売るスガタニのトシもその一人で、トシは三朋輩を攻略するには、常時まといつき群れ集《つど》っている中本の血のひ若い衆を手なずけるに限ると思ったのか、四人のいずれも三朋輩の子であるかのように「ボン、ボン」と呼び、金をばらまき、悪さの手ほどきをしてやっている。スガタニのトシがまた朝来《あっそ》の大谷に本元を持つ男だったので、路地の者らがどのようにして朋輩との友愛を第一義だと覚えていくのかよく知っていた。四人のひ若い衆は、齢が十も離れた若い衆のスガタニのトシを自分と同じ齢格好だというようにこだわりなく、一つ蒲団《ふとん》で眠り、ヒロポンを射ち、闇市を肩で風切って歩く。四人が筆下ろしをしたのは、スガタニのトシの手引きだった。

「吾背が教えたんと違うんかよ？」オリュウノオバが訊く。

「俺と違う」トモノオジは言う。

「吾背じゃだ」

オリュウノオバは何もかも責任は三朋輩のたった一人の生き残りのトモノオジが負うべきだと言うように、深海の、まるで記憶の中の路地のように暖かい流れの中に身を置いたクエのトモノオジに断定口調で言う。トモノオジは水面の豆粒のようなオリュウノオバをしばらく見つめ、自分がアル中の幻覚でクエの身となり、死んだオリュウノオバと言葉を交わしているのだと思い至り、目を凝らして見るのだった。耳ではなくその自分の目から潮の音が高まったり低まったりしながら入り込み、さらに自分の腕に今、九歳のタイチが肌に射した注射針のヒロポンが流れ込み、眩暈とも悦楽ともつかない渦を作るのを気づき、抗うように思いっきり大声で、「そうじゃ。俺がタイチに何もかも教えたんじゃよ」とどなった。

「何もかもこのトモキじゃ。教えるの齢上の者の役目じゃだ。習ろて覚えるんじゃよ」

トモノオジがつぶやくと、ひゃっひゃっひゃっと鴉《からす》のような声を出してオリュウノオバが笑った気がした。しかし豆粒のようなオリュウノオバはトモノオジを見つめたきりだった。体の中に渦巻く眩暈とも悦楽ともつかないものに溺《おぼ》れないように身をかわしながら、トモノオジはオリュウノオバにむかってタイチが九つにして如何《いか》にして性の愉楽を知ったか語ろうと声を出すより先にオリュウノオバが、「トモ、つらいんこ?」と訊く。

「何をよ」トモノオジは機先を制せられ歯を剝き出してどなる。

「オバ、つらいど」オリュウノオバが言うと、トモノオジは並ぶ者のない路地一のワルだと誇示するように「ほうほ」と鼻で吹き、「タイチがおらなんだらおらんように世間、廻っていかいでよ」と強がりを言う。

　オリュウノオバが首を振る。

「オバは、タイチが死んだ事、言うてない。吾背の事を言いよるんじぇ。皆なホトキさんとこ来とるのに、吾背だけ残されとる。あれらホトキさんの見とるとこで、唐天竺《てんじく》まで賭《か》けて博奕しとる。警察に追われて一寸亭のドンデンに飛び込んで逃げた時みたいに、ホトキさんとこで博奕しもて、面白かったと言うとるんじぇ。トモ、独りでつらないんかよ?」

「何がつらいんなよ。生きとるのに」

「生きとってもつらいわだ。精神病院に入って、ボケて。面白いど。あれら四人共、ここに来て、オバと一緒にホトキさんと会うて『何な、おまえ、エラそうに』と文句言うたたんじぇ。ホトキさん、悪りかった、と頭かいたり尻かいたりしとったど。生きとったら、そんなん見れんじゃがい。オバが止めなんだら、タイチら、ホトキさんを小突き廻すとこじゃったわ」

「嘘《うそ》を言うな」トモノオジはつぶやく。

「ホトキさんら、おるもんか。ホトキさんがおったら、タイチがあんな酷い死に方するもんか」

子供のようにつぶやいて、トモノオジは簀巻きにされてダムに放り込まれていたというタイチの姿を想像し、タイチ独りがそんな酷い目にあうと胸が熱くなる。どこから湧き起こるのか涙がクエのトモノオジの眼にしみ出す。その涙が体に入り込んだ潮音を圧し流すのか、徐々に幻覚から覚めかかる。背鰭や尾鰭がみるみるうちに元の手足にもどり、アル中になるまで酒びたりだった萎びたトモノオジの身にもどりながら、トモノオジはタイチへの愛《いと》しさがいや増しに増すのを知る。

そこは深海ではなく、精神病院の裏のチガヤやハマボウフウの茂った草叢だった。元の萎びた人の姿にもどって草叢の上に坐り込んだトモノオジが最初にやった事は、かげった日の寒さに身を震わせ、体いっぱいに増えた愛しさが実のところ悲しみそのものに他ならず、それが涙になってもれ出ているのだと知る事だった。トモノオジは悲しみに耐え切れず声をあげて泣いた。

人の姿にもどったトモノオジが手をのばせば届く距離にオリュウノオバはまだいた。子供のように声をあげて泣くトモノオジを黙って見つめ、しばらくして見かねたように

「アニよ」と普通でない言い方で声を掛ける。

「シャモのトモキと呼ばれて、名を売ったアニじゃのに」

トモノオジは「おうよ」と答える。

「また生まれて来るんじゃわ。何回も何回も生まれ直すんじゃのに。吾背のようにクエに生まれ変わるかもしれんし、トンボやバッタかもしれんけど」

トモノオジは顔をあげた。

「何言うんな。タイチはまた人間じゃ」

トモノオジはオリュウノオバをみつめた。

「ワガがバッタに生まれるんじゃわ」トモノオジは吐き棄てるように言う。

「何をえ?」今度はオリュウノオバが気色ばむ。「オバが何でバッタにならなあかんのなよ。悪り事、何にもしてないど。おまえら、ワルらがクエにでもバッタにでもされても、文句言えるもんか」

トモノオジはオリュウノオバが本当に怒っているのを見て、気をそらすように「タイチはタイチに生まれるんじゃよ」と言う。ふと、路地で若い衆だった頃、老婆らをからかった口調を思いつき「あれはエラい奴《やつ》じゃ」と声をつくって言う。

「九つで筆下ろしして十八の娘、腰から落としとるんじゃ」

「菊之助の子じゃもん」オリュウノオバはふて腐れたように言う。

「中本の一統の血じゃもん」オリュウノオバは、路地でその一統は穢《けが》れ澱んだ血だと陰口をたたくように声をひそめ、忌物《いみもの》とはこの事だと言うようにすげた口元を動かし「な・か・も・と」と唇がこすれる汚い音をたててつぶやく。「あれら自分の血、薄いもんじゃさか、女に取りついて血を吸って生きるんじゃわ」

オリュウノオバの物言いに抗い、そうすれば、手をのばせば届く距離にいるオリュウノオバがアル中の幻覚だとかき消えるというように、トモノオジは首を強く振り、「タイチはタイチじゃ」とつぶやく。

蓮華のうてな

タイチの訃報《ふほう》が精神病院にもたらされた時から、トモノオジの幻覚にオリュウノオバが現れ続け、姿を消す事なくいつまでも三輪崎の精神病院にいた。幻覚が覚めかかってふとトモノオジは、アル中か老ボケか精神疾患しか収容していないはずの病院に、路地の家で寝込む前の姿のままでオリュウノオバがいるのを不思議に思い、「何な、オバ。ここで何しとるんな？」と訊《き》く。オリュウノオバは、いままで話の通じない老ボケの老婆の相手をしていて退屈極まりなかった、と顔に出して、「萎《しな》びたトモキでも話し相手になるさか」とトモノオジのそばに来て、眼で病院の湾に面した裏に出ようと合図する。

普段はそのまま廊下を歩いて、突き当たりの重いアルミサッシの枠の硝子《ガラス》戸をトモノオジが力まかせに開け、光が降りそそぎ、潮鳴りの響く裏の草叢《くさむら》に二人は出た。職員の許可を受けず裏の草叢に出られるのが当たり前の事だとオリュウノオバが思い間違いしているのではないかとトモノオジは疑い「オバは知っとるんかよ？　俺《おれ》以外、裏に出入りするもんおらんのじゃど」と教えた。

「誰も彼も、俺に一目も二目も置いてくれとるんじゃさか、外へ出られる。俺が昔鳴らした路地の三朋輩《ほうばい》の片割れ、シャモのトモキじゃと知って、職員らも俺に注意の一つようせんのじゃ」

トモノオジがそう言って胸を張ると、オリュウノオバは先に立って草叢の中を歩き、腰を下ろすには都合よい丸い石の前に来て手招きし、「自慢ばっかしせんと、まあ、坐れま」とすすんで腰を下ろす。胸を張ってシャモのトモキの名に恥じないよう後を追うトモノオジを見て、「誰も何も言わんのは、保護もろうて、その金で飯食わんと酒ばっかし飲んどった穀潰《ごくつぶ》しじゃさか、したいようにせえと放《ほ》っとかれとるんじゃのに」とつぶやく。

時にむかっ腹立つこともあるが、トモノオジはへらず口をたたくオリュウノオバが自分のそばにいてくれるのを有難いと、心の中で思っている。

裏の定席となった草叢でオリュウノオバと子供の頃タイチの身の廻りに起こった不思議な出来事を話し込んでいる時だった。若い衆の一人の運転する車で路地の婦人会の女らが見舞いに来た。

トモノオジは女らに語りかけた。

女らはトモノオジの話を受けられない。女らに紛れていたもの覚えのよいオリュウノオバ一人、トモノオジの話が分かり、相槌《あいづち》をうち、結局、見舞いに来た女らをそっちのけにして、いつものようにトモノオジはオリュウノオバと話し込んでいる。昔をうろ覚えの女らと話すより、字の一つだに読み書き出来ぬのに、路地に生まれた者の生年月日と祥月命日《しようつき》を諳《そらん》じているオリュウノオバと話した方が味が濃い。女らはせっかく見舞いに来たのにと鼻白んだ気持ちを顔に出し、昔の話が皆目分からないとなると、「オリュウノオバ、オリュウノオバと言うて、何どあったん？」とトモノオジとオリュウノオバに厭味《いやみ》を言う。

「タイチもああなったんやさか、しっかりせなあかんよ」女らは口々に言い置いてそそくさと帰って行く。

オリュウノオバの方は、昔、飛ぶ鳥を落とす勢いだったシャモのトモキと男と女の関係だったのかと疑われてまんざらではなさそうに不平の一つも言わないが、自分の取り上げ婆のオリュウノオバと関係があったのか、とからかわれたトモノオジの方は、しばらく腹立ちがおさまらなかった。

湾の潮の光が錆《さび》り淡い桃色に、さらに野葡萄《のぶどう》の色に変わりはじめて、やっとおさまった腹立ちの代わりに、昔の事を記憶する者が一人欠け、二人欠けしてゆく悲哀を感じ、オリュウノオバに、いまさっきもたらされたばかりの訃報の主タイチですら、そのうち誰の胸にも影すらとどめないようになるとつぶやく。

トモノオジは胸が裂ける気がする。

風がなぎ裏の草叢から一望出来る三輪崎の湾が光を撥《は》ねるだけで潮音がたたない時、トモノオジは独り草叢に坐っている。

オリュウノオバは硝子戸の向こうにいて、幻覚のおさまったトモノオジを見ていた。トモノオジはアル中になって萎びたとからかわれると思い、背筋をのばし、「オバ、来いよ。話しようら」と手招きする。硝子戸にさえぎられて声が届かない。トモノオジは耳を向け、それでも聴こえないので耳に手を補ってみるが一向にはっきりしないので、「何言うとるんな、分からんよ」と声を出す。自分の声に促されたように、トモノオジは幻覚なのかそれとも現実なのか分からないまま、「世話の焼けるババじゃ」と独りごちながら立って、オリュウノオバが外を見るのに顔を擦《す》りよせている硝子戸を開けてやる。

「吾背《あぜ》も意地くね悪いんじゃね。この重い戸をどうやって開けられよに」

外にするりと抜け出た途端、オリュウノオバは礼の一つも言わず、トモノオジの先に立って草叢を歩き、定席の石に腰を下ろす。

トモノオジはあきれ顔をする。それでも路地の中で苔《こけ》を生やしたような老婆に何を言っても通じたためしがないのを分かっているので、トモノオジは黙って傍《そば》に坐り、オリュウノオバが路地の家で見聞きしたとりとめのない話に相槌をうつ。トモノオジはそれも路地の男の役目だと思った。アル中になって酒屋に入りびたり、店の者相手に酒を飲みながら話したトモノオジのとりとめのない話の何十倍もの量を、路地の女や老婆らはまき散らしている。

　トモノオジは思い出す。女や老婆らがまき散らし続ける虚実ないまぜのとりとめのない話が、娘らに、たとえ兄弟であっても二人きりで暗がりに行くな、と娘の心得を教え、男の本性とは見境のない犬畜生のような情動だと暴くように、男らも、少ない言葉でどうやって女をわが物にするか教えあう。女らが忌物のように声をひそめ男親と出来てしまった娘を噂《うわさ》するが、当の男親は博奕《ばくち》場で何事でもないと言うように、「つい、べべしてしもたんじゃ」と、自分の娘との過ちを話すのだった。

「あかんど、そりゃ」連《つれ》の一人が言うと、男親は、「おうよ、あかんの分かっとるけど、可愛いわだ」とかわし、博奕をし続ける。

　丁度イクオが色気の味を知りはじめたばかりなので、四人はトモノオジの子分だと自称して朝来の大谷から流れて来ていたスガタニのトシの微に入り細にうがつ話を固唾《かたず》を飲んで聴いているが、性の愉楽が男の本性だと教えられても、九歳のタイチは未だ声変わりもしていないし性毛の芽も出ていない頃なので、腕に針を射すヒロポンほど実感がない。ただ路地のひ若い衆四人は、当時スガタニのトシが根城にしていた路地のはずれの朝鮮人の飴《あめ》屋の二階にひと固まりになって犬の仔のように泊まり込み、スガタニのトシが実演入りで話す女との手管を耳にし、「したいね」「こすりつけんな」とはしゃいでいる。イクオがひ若い衆のうちで唯《ただ》一人性毛が生えているのを自慢する為、蒲団《ふとん》に起き上がって下穿《したば》きを下げ、毛をひっぱるのを、三人でのぞき込む。

そのイクオが、女とやった、三人に見せてやるから黙って従《つ》いて来い、と言ったのは、風が温もり、朝鮮人の集落との境の溝に黄色い水仙が花をつけた頃だった。

温もった風が下の芋飴の甘くねっとりした匂いを運び、タイチらは朝鮮人夫婦に騒々しいと叱られると分かりながら、急勾配《こうばい》の階段を飛び降り、外に出た。

「どこでするんな」カツが飴屋の家の格子窓をのぞき込んでいるイクオに訊いた。

イクオが振り返り黙れと言うように後ろの丈高い野薔薇《のばら》の陰にいた少女を目で教えた。イクオが少女を呼び、歩き出すと、シンゴ、カツ、タイチの順で従いてゆく。オリュウノオバは四人が路地の裏山に向かっているのを知っていた。

飴屋の芋飴の匂いが途絶えるあたりから、人に会わないように線路沿いの道を選んで木を打ちつけただけの家の裏に廻り、子供らだけが知っている雑草の生い茂った山の登り口に入る。冬でも葉の落ちる事のない茨《いばら》やアケビの蔦《つた》の絡まった茂みをかき分けて歩くと、アメリカの空襲や艦砲射撃のたびに路地の者の駆け込んだ防空壕《ごう》が、崩れた入口を茂みでふたぐようにあった。その前を通りかかろうとして、ふと人の声がするのに気づいた。イクオは人の声が幾つも重なるのを耳にし、立ちどまり、茂みの彼方に目を凝らした。

「何な?」とシンゴが後からイクオに声を掛けた。

「誰そ、おるんかいね?」イクオはつぶやき、茂みを手で払いながら崩れた防空壕の方へ歩み寄り、「誰な？」と訊いた。

人の声は話しやまない。土砂が覆った防空壕の入口にイクオはかがみ込み、「誰そおるんか？」とまた声を出した。

「オバケじゃ」後からタイチが言った。イクオがタイチの言葉によほど驚いたのか素早く体を起こし、タイチに「ワレ、そんな事ばっかし言うな」とどなった。そのイクオの声に合わせるように、それまで途絶えていた風が吹き、路地を抱きかかえる具合の裏山の木や草の茂みが一どきに音を立てて揺れた。

さっきまで何をしゃべっているのか不明瞭だった人の声が、風に乗って大きくはっきり聴こえた。声は風に乗って運ばれて来る山の向こうの町の喧噪《けんそう》に違いなかったが、タイチらは裏山が物を言ったように思い、すくみあがる。

オリュウノオバは駆け込んで来た四人のひ若い衆の話を聴いて、一も二もなく声は路地がまだ人に放り置かれた蓮池だった頃から裏山に巣くった魔物の類《たぐい》のものだと教え、一人の少女を四人で弄《もてあそ》んで見とがめられなかったかと訊いた。

山の頂上の一本松に飛来する天狗《てんぐ》の家来か、それとも別のものか、路地を抱きかかえるような具合にある裏山で、人はよく魔物に会う。魔物は声高に、今、どこで禍事《まがごと》しでかしたばかりだ、次はどこを狙って騒ぎをつくるかと話し笑い合い、聴き耳を立てている者を見つけようものなら、力のまま投げ飛ばし、八つ裂きにする。

オリュウノオバは自分が見たように話しながら四人を観察し、たとえ魔物が声高に禍事を相談しあっているのに出くわしたとしても、四人は発情《さかり》のついた犬のように少女を裸にし、まだ固い肌を触り、いじくり廻したろうと思い、「吾背ら四人でタライ廻ししとったの、魔物ら見とったんじゃわ」とかまをかけた。

四人は顔を見合わせ笑い、タイチが「あんなブツブツ言うとる魔物ら、怖ろしもんか」と言い出す。

「防空壕の中でブツブツ言うて、イクオノアニがしとっても、まだブツブツ言うとる。俺が乳吸うても、言うとる」

タイチが秘密をスッパ抜いたというように、齢嵩《としかさ》のイクオが後からこづいた。

オリュウノオバはイクオを見た。イクオは一瞬、眼に恥ずかしげな笑みを浮かべた。若い娘ならふらふらとでもなりそうな中本の若い衆がつかの間に見せる、自分の体の甘い血の匂いに酔ったような笑みだった。オリュウノオバはそのイクオの笑みを見て、長い間、路地にいる唯一人の産婆のふりをしていたが、実のところ本性は裏山に巣くう魔物の類で、イクオのように性の愉楽を知ったばかりの匂い立つ甘い血に酔った中本の若い衆をばりばりと骨ごと食べに来たと思い、改めて、イクオ、シンゴ、カツ、タイチと見て、四人が若死にを宿命づけられた中本の血のひ若い衆にまぎれもなく、四人が四人共、齢に相応して色気が匂い立つと思うのだった。

オリュウノオバは四人に弄ばれた少女が、たとえまだ蕾《つぼみ》のようにしか愉楽の味を知らずとも、天人にも比す気持ちだったろうと思い、むくむくと悪戯《いたずら》心が湧き起こり、イクオに少女がどこの誰だと訊ねる。イクオは、西の共同井戸の脇《わき》にある中井の十三になる娘だと言った。

オリュウノオバは心の中で声を上げる。イクオの男親のカツイチロウの初めての相手も、今は溝口に嫁いだが、中井の娘だった。イクオは何のこだわりもなく、むしろオリュウノオバの好奇の眼を煽《あお》るように、「あいつ、他の三人見とってもかまん、と言うんじゃ」と一部始終を話した。

「自分から股《また》開いて、俺に上に乗って、こう肩、手で押さえて、ぐっと突け、と言う。突いたら、入った」

イクオはまた一瞬、甘い血に酔ったような目をしてオリュウノオバを見る。イクオは中井の娘の上に乗って、飴屋の二階でスガタニのトシに教えられたように体を動かしているうちに果てた。呆然としたまま起き上がったイクオの次にシンゴが乗り、次にカツ、その後にタイチがまじないのように乗り、スガタニのトシの言った手順どおり唇を吸い、乳を撫《な》ぜた。シンゴもカツもタイチも、イクオの時間の二倍も中井の娘を嬲《なぶ》っていた。

タイチが中井の娘の体に乗り、一物をぬらぬらする中井の娘の股間《こかん》に押しつけたまま乳首を吸っていると、また裏山の木が突風を受けて鳴り出し、防空壕の中からか、青々とした茂みからか、人の声高に話す声が響いた。人の声が話しかけた気がしてタイチが顔を上げると、イクオが齢嵩で色気の味を知った者の特権だと言うように、勃起《ぼっき》し濡れた物をしごきながら、「いつまでもせんと、どかんかァ」と圧し殺した声で言う。

「順番じゃのに」タイチが抗《あらが》うと、イクオは、「俺について来たんじゃ。したかったら自分で捜せ」と足でタイチの尻を二度三度、踏みつける。タイチが起き上がると、代わりにイクオが娘の股の間に身を入れひざまずく。「お前、俺を待っとったんじゃねェ」女を知りつくした男のようにイクオは声を掛け、中井の娘の体に身を重ねてゆく。

オリュウノオバは四人の話を聞きながら、娘と性の愉楽の中にいるまだ骨も肉も固まっていない裸のイクオの姿を想い浮かべる。

トモノオジは、腰を犬のように振っているイクオを見つめているタイチを想像する。タイチの耳に、イクオの切迫した息づかいや、娘の立てる声を娘の上で掻《か》き消すような裏山の草や木の音、風が吹く度に波を打って大きくなる人の声が重なり響いている。

空を雲が通りかかる度に、裏山も路地もかげった。

タイチは子供心に、周りの物という物があえぎ、声を出しているのに気づき、自分が不思議なところに生まれ育ったと思うのだった。

雲が切れると空からねっとりとした光が射《さ》し、茨の茂み、雑木の葉も、肌に射したヒロポンの液に感応するように光がにじみ出す。小高い山の中腹からのぞける路地の道も傾きかかった杉皮の屋根も一様に光り、到底そこには痛みや苦痛なぞは入り込む余地なぞないように明るく楽しげに見える。

タイチは路地が蓮池を埋めたてた跡地だったというのは、この事を言うのだと思った。

タイチが十になった頃、路地の中で突拍子もない事件が続出した。二月の火祭りで酒に酔って石段から転がり落ちた路地の者が、神火をもらって後から後から降りてくる氏子らに踏みつけられて大ヤケドをしたので、町でも路地でも誰彼なしにまた戦争のような事があるかもしれないと警戒していた矢先だった。その頃はまた、オリュウノオバが扱った子の何人も体に損傷を受けて生まれ、親も黙っていたしオリュウノオバも黙して語る事はなかったのに、ヤスエの子がおかしい、ミツの子の手に指が六本あったと噂が広まっていた。

路地の者らは、丁度、タイチらとつるんで廻る路地の三朋輩の自称子分スガタニのトシの手引きで、他所から流れて来て飴屋の隣の納屋に住みついたイチロウ夫婦が、スガタニのトシの口利きで屠場《とば》から牛の臓物をもらい受け、井戸で洗ってから切り分け、路地だけでなく大浜の方にまで売り歩く商売をしていた頃なので禍事が次々起こるのは、元々は大きかった蓮池を満たしたほどの清水を二カ所、東の井戸、西の井戸と呼んで今に残しているものを、見た目も汚らしい脂や血のついた臓物で洗い穢《けが》したからだと言い出す。

女らは井戸を使うイチロウ夫婦に露骨に苦情を言い、仕方なくイチロウ夫婦は飴屋から甕《かめ》を買い受け、井戸から桶《おけ》で水を汲んで来て満たし、住みついた納屋の前では狭いので飴屋の前に盥《たらい》を置き、臓物を洗っている。そのうち飴屋の入れ知恵か、洗った臓物を鍋《なべ》で煎《い》って脂を取り、イチロウ夫婦は生の臓物と脂カスの両方を持って行商に廻りはじめる。臓物を煎るのは屠場で生の臓物を仕入れ、水洗いしてからの事だったので、脂の臭いは昼遅くなってから路地や新地の方に流れた。

路地でも新地でも臓物や脂カスを買っていたので苦情は出なかったが、飴屋の二階を根城にしたスガタニのトシや路地のひ若い衆は、飴と臓物と脂の臭いにいぶされるようでいたたまれず、一寸亭のオヤジに頼み込んで、二階の奥の物置に移った。

その物置にも一寸亭のオヤジは仕掛けをしていた。奥の掛け軸をはずせばすぐ引戸になっていて、その引戸を開ければ縄バシゴで裏の農家の屋根に降りるようになっている。

一寸亭の物置に移って二日目に、路地の方で半鐘《はんしょう》が鳴り、スガタニのトシと路地のひ若い衆は階段を降りても時間にさして違いはないものを、掛け軸をはずし、戸を開けて、ネズミ小僧にでも扮《ふん》した気になって縄バシゴで屋根の上に降りる。路地のひ若い衆は、警察や町の者に追われて逃げた若い衆らから聴いて知っていたので杉皮葺《ぶ》きの屋根の木で押さえた部分を小走りに歩くが、スガタニのトシは杉皮の上を歩き、たちまち踏み抜いてしまった。

足を傷つけてしまったとうめくスガタニのトシを庇って屋根の上に立っていると、一寸亭のオヤジが引戸の間から顔を出し、「飴屋が燃えとるらしいで」と声を出す。

「飴屋」タイチが言う。タイチの声を合図に次々と路地のひ若い衆は農家の屋根から下に飛び降りる。足を傷つけて動けないスガタニのトシは、一寸亭のオヤジに傷を見てやるから縄バシゴを伝って戻って来い、と言われている。

火事は飴屋とイチロウ夫婦の住む納屋を燃やしただけでおさまった。路地の者誰もが、風が強ければ、芋飴の甘ったるい匂いと脂カスの匂いが届いたあたりまで確実に炎は広がっていたはずと、胸なぜおろした。


そのうち誰の口からともなく、飴屋の失火でも臓物から脂を取り脂カスをつくるイチロウ夫婦の油断でもなく、火はつけ火によるものだと言い出した。噂は渦巻き、裏山の中腹にあるオリュウノオバの家まで噂を運んで来る者もいる。失火は失火でも、他所から流れて来たイチロウ夫婦が井戸で臓物を洗うのを禁じられ腹いせにわざと火を出した、いや、闇《やみ》市の商売にあいた朝鮮人の飴屋が家に火をかけた、いや、タイチに息子が眼を潰されて以来、路地に恨みを持ち、しかし路地にイバラの留、オオワシとも隼とも呼ばれたヒデ、シャモのトモキがひかえているので手出しの出来ない浜五郎らが人を使ってやった。オリュウノオバに息もつかせず噂を伝えた女は、下の道を相変わらず小魚が群れるように肌くっつけあって歩いているひ若い衆四人を見つけ、何を思ったのか、「吾背ら、安気でええねェ」と声を掛ける。

その声に気づいてタイチがオリュウノオバの家の方を振り仰ぎ、女とオリュウノオバが立って水底をのぞくように見ているのに気づき、「葬式まんじゅう」と小憎らしげに口を曲げ、ぺっと唾を吐いた。

「浜五郎らに恨まれるの、吾背が悪りさかじゃのに」女が言う。

「何で悪りんな」タイチが食ってかかると、女は本当に怒ったように「何をえ」と気色ばみ、踏んづかまえて女親の元へ突き出してやると坂を駆け降りかかる。

路地のひ若い衆は走り出した。

オリュウノオバはクモの子が散るように走り去る四人の姿に笑い入り、ふと、噂が路地に起きるもっと不吉な事の前ぶれのように思い、あわてて心の中で手を合わせ念仏を唱え、女が帰ったのを潮に、日暮れて来たのにわざわざ裏山からあしびの青い枝を切って来て仏壇にそなえた。仏壇の前でしばらく手を合わせてから、屑芋《くず》をふかそうか、それとも礼如さんがお布施の代わりにもらって来て取ってあったウドン粉で吸い物をつくろうか、と思案し、何はともあれ釜に湯を沸かそうと甕から水を汲みかかってふと見ると、夕暮れの路地の家並みの上に、どの家からか分からないが、おぼろな青い光が立ちのぼっている。胸をつかれ、目を凝らしていると、おぼろな青い光はそのうち一つになり、ゆらゆらと浮き上がった。決して風に吹かれているのではない、確固とした信念に満ちたように、青い光の塊は家並みの上をゆっくり舞ってオリュウノオバの家のある裏山の方に向かって来る。

オリュウノオバは水を汲んだひしゃくを持ったまま、「誰なよ」とつぶやいた。青い光の塊、それははっきり火の玉と知れたので、オリュウノオバは誰かの魂が、今、抜け出たのだと思い、声に出して、「おうよ。可愛い者よ。よう見ていけ」とつぶやき、火の玉がゆらゆらと家並みの上に輪を描いて近づいてくるのを見つめていた。

青い光の玉がオリュウノオバの家の前に来て、一瞬止まり、次に裏山で鳴り騒いでいる金色の小鳥の群れる夏芙蓉《なつふよう》の方へ飛んでいくのを見送り、我にかえって、誰が死んだのかと不安いっぱいのまま佇ずんでいると、坂を駆け上って来た者が、「オバ、おるんか」と声を掛ける。まだ声変わりしていないその声がタイチのものなのに気づき、火の魂がタイチのものだったのかと思い違いして驚愕《きようがく》し、坐り込むと、タイチが戸口に立ち、息を切らせながら、「オバ、いま、火の玉、見たこ?」と問いかける。オリュウノオバが胸の苦しさにあえいでいるのにタイチは笑い、得意げに、「俺、はっきり見たど」と言う。

オリュウノオバは戸の外に出て裏山を振り返った。

すでに昏《くら》くかげった空に一層黒々と浮き上がった山の草木の茂みから、頂《いただき》付近にある甘い芳香を放つ夏芙蓉の花に群れる金色の小鳥がいつになく強く鳴き交う声が響く。ふと、そこにいて、得意げに火の玉を見たというタイチが、オリュウノオバの知らない事を知っているのではないかと疑い、「山の鳥も鳴いとるんじゃけど、誰ないね?」と独りごちる。

「何て鳴いとるのか、吾背に分かるか?」

タイチは怪訝《けげん》な顔をしてオリュウノオバを見つめるだけだった。オリュウノオバは、その時のタイチの顔をはっきり覚えている。

十歳のタイチは、甘い芳香を放つ夏芙蓉に群れて鳴き交わす金色の小鳥の澄んだ声が、この光の満ちた現世の愉楽そのものを歌っていると聴き、火の玉となって体から抜け出た魂が元の生命に戻った今、小鳥の声はそれを悦び寿《ことほ》いでいるとも悲しみ嘆きにくれているとも聴こえていると思っている。

しかしオリュウノオバは、齢十歳のタイチがそんな事を考えているはずがないのを分かっていた。鳴き交う金色の小鳥の声を耳にしタイチが思うのは、せいぜい霞網《かすみあみ》をかければ一網打尽に出来る、トリモチを仕掛ければ生きたまま捕獲出来、籠《かご》に入れて飼って鳴き声を楽しむ事が出来るという、礼如さんが聴けば激怒する類のものだった。

外にいると肌寒く、オリュウノオバはタイチを家に招き入れた。

「吾背も火の玉、見たんこ?」オリュウノオバが訊くと、タイチは山姥《やまうば》の家にでも連れ込まれたように不安げに、「青い火の玉、ふわふわ浮いとった」とつぶやいた。

かまちに腰掛けたタイチに、仏壇から当時は貴重だった甘い米菓子を一つ分けてやり、オリュウノオバは竈《かまど》に火を熾《おこ》しもせず、板の間に坐り込んだ。タイチは米菓子をまたたく間にぽりぽり音を立てて食い尽くし、火の玉となって体から抜け出た魂の去来を案じているオリュウノオバの気持ちなぞ知ったことではないというように、「オバ、おれらこれから銅《アカ》盗みに行くんじゃ」と立ち上がる。

「何をえ?」オリュウノオバは驚いて訊き返す。タイチはしてやったと言うようにニヤリと笑い、「盗人じゃよ」と大人びた言い方をし、手についた米菓子の粉を手を打って払い、「イクオノアニが俺に言うんじゃ、アカの在るとこに犬が番しとる。犬殺してアカ盗るんじゃさか、礼如さんに先におがんどいてくれと言うて」

タイチはあきらかにオリュウノオバをからかう口調で、たたきに立ったまま奥の仏壇に手を合わせ「マンマーイ」と声を出した。

「アカ盗むのに犬殺すさか、先にホトキさんにお経上げてくれて？」

オリュウノオバは「マンマーイ」とことさら深々と頭を下げるタイチに訊き返すと、タイチは何もかもが悪戯だと言うようにくすくす笑い、オリュウノオバが怒り出すより先に「線香の味した」と米菓子を言って悪態をつき「盗人しに行こ」と坂道を駆け降りる。

オリュウノオバはしばらくタイチを怒っていた。仏にすれば、路地の中の一介の靴職人が、わが子が死んだからと発心を起こし、寺もない路地の者の往生を願って経を読み、南無阿弥陀仏を唱える礼如さんや産婆のオリュウノオバは迷惑かもしれないが、礼如さんとオリュウノオバ、二人が心から誓った仏の弟子として朝夕にお経を唱和し、花を供え水を供え、乏しい食物の中から季節の果物を供え、人の生が因縁で出来ているなら無益な殺生をするものではないと、鳥獣虫魚の肉の一切から脂の類、卵の類までを断って暮らしてきた。

オリュウノオバは、路地に新しく住みついたイチロウ夫婦の売る脂を取った脂カスを何度も買おうかと思案した。脂カスをひとつかみ売ったとしても何ほどの利ざやがあるわけではないが、人に嫌われながら屠場で仕入れた臓物を洗い煎って脂を取り、さらにそれを売り廻る夫婦の事を思えば、買ってもやりたいし、また脂カスは、兵隊検査さえ通らなかった虚弱な礼如さんの体に悪いわけはない。オリュウノオバはイチロウ夫婦の姿を見る度に思案し、売り声を耳にする度に芳しい脂カスの味を思い出し、唾が出る。

しかし、オリュウノオバは脂カスを買わなかった。牛の脂も内臓も肉も、人に食べられる為にあるのではないと礼如さんは言った。牛は人に食べられる為にこの世に生を受けたのではない。

オリュウノオバは礼如さんに訊いた。牛馬を屠《ほふ》り、肉を切り、皮を剝《は》ぐ者らは殺生の罪があるのか。肉を食い、皮の靴を履いた者に罪があるのか。

礼如さんは罪があると言った。

では、牛馬を屠殺《とさつ》し、肉を切り、皮を剝いだ者は、肉を食い、皮の靴を履いた者より罪が深いのか。

礼如さんは困惑し、考えがまとまらない時いつもするようにふくれっ面になり、それから路地の中で屠場に働いていた男らの名前をつぶやき、思いついたように仏壇の前に坐って経を上げる。オリュウノオバは礼如さんの後姿を見ながら、流れ出た血も目にする事なく、断末魔に呻《うめ》く獣の声を耳にする事のない者らの方が罪が軽いのだと礼如さんも仏も一様に口をそろえて言うと、この世の不公平に暗澹《あんたん》として、路地の不信心者の若衆が仏にからかい半分で祈るように、「マンマーイ」とつぶやいた。

そのオリュウノオバに、アカを盗む為に番をしている犬を殺すから、先に祈っておけとタイチがからかう。オリュウノオバは一時、タイチに怒り、生まれて十年も経てばこの世の汚濁にまみれると嘆き、タイチが女親の腹を蹴《け》って出て来て、何一つ欠ける事のない男の子だと分かった瞬間、安堵《あんど》と失望のないまぜになった気持ちを思い出し、ふと、タイチがアカの番をする犬を殺すと言う殺生をことさら言い、盗みを言い、悪態をついたのは、あきらかに路地の者の体から抜け出たと分かる火の玉をみて悲しみ苦しむオリュウノオバの気持ちをなだめに来たのだ、と思いついた。

オリュウノオバはタイチが並の子ではない、まぎれもなく中本の一統の血を持つひ若い衆だった事を思い、タイチの優しさに心の中で手を合わせた。

それからほどなくして裏山で鳴き交っていた小鳥の声も静まり、夕飯を済ませ、経を読んでいる礼如さんのそばで繕い物をしていると、下の道を走り抜ける者がいる。

荒らげた声が響き、障子を開けて身を乗り出す。声高に話す人の影が見え、声の中に泣き声が混じっているのを耳にして礼如さんが経を読むのを止め、「なんど、あったらしい」とオリュウノオバの顔を見るので、オリュウノオバはまず、タイチらがアカを盗む計画をし、アカの番をする犬を殺す計画をしていると打ち明けると、礼如さんはおし黙ったまま下の道の話し声に耳をそばだて、何を聴き取ったのか見開いた目に涙を浮かべ、そのうち両の目から滂沱《ぼうだ》と流し、おお、おお、と呻く。オリュウノオバは声を聴き取れず、ただ礼如さんの涙を見て不安のまま涙を流した。

礼如さんが涙声で「オリュウ、えらい事や」と言うのを聴いて、今、火の主が誰だったのか明らかになったのだとオリュウノオバは鳥肌立ち身を固くする。「まだ、ヒデというたら、一花も二花も咲かせる齢やのに」礼如さんが涙を流すのに疲れたようにオリュウノオバを見て嘆息をつくのを聴いて、「ヒデが死んだ」とオリュウノオバは思わず声を上げた。イバラの留、シャモのトモキと一緒にひ若い衆の頃からつるみ、遂には路地の三朋輩として並び称されたオオワシとも隼とも呼ばれたヒデが死んだ。

オリュウノオバは下の道の話し声に耳を澄まし、何が原因で死んだのか聴き取ろうとして出来ず、信心深い礼如さんの耳にすがるように礼如さんの顔を見つめる。礼如さんは何を聴き取ったと教えず、涙を拭《ぬぐ》う事もせず、経の文句も口を衝《つ》いて出ないというように無言のまま開いた仏壇に線香を足し、ただ手を合わせる。

下の道に人の声が増え、突然の訃報に何人も声を上げて泣く者がいるのが山の中腹の家の中にいても手に取るように分かり、オリュウノオバは無明《むみょう》の中に突き落とされ、ただ礼如さんの後から仏に手を合わせてすがる事しか手段《てだて》のないまま、路地の者らの声が日暮れ時から夜に落ち込むまで鳴き交わし波をうっていた金色の小鳥のもののような気がし、心の中で、死んだというヒデにここは元は蓮池《はすいけ》を埋め立てて出来た路地だから、短くはあっても蓮の花を踏んで生きたようなものだと語りかけ、ヒデが女親の腹から生まれ出て最初に抱き上げたのを覚えているように、魂が去る時をも来世に渡ってまで覚えていてやると言うのだった。

そのうち、山の中腹のオリュウノオバの家に、ヒデが何故死んだか知らせに駆け上ってくる者がいる。

ヒデはカドタのマサルの若い衆に刺されて死んだ。その知らせを受けて、オリュウノオバのみならず礼如さんまで、原因は三朋輩が三すくみの状態でいたために他所から流れて来た浜五郎を後見人にして一気に勢力を拡大したカドタのマサルにつけ入られた事にあると言い、イバラの留やシャモのトモキがどう報復に出るのか考えるより、残った二人はもとより路地の若い衆やタイチらひ若い衆が浜五郎とカドタのマサルに一気に血祭りに上げられるのではないか、と案じ始める。

ヒデの死体が病院から路地に運ばれ、家が狭いので集会場に安置され、ヒデの刺された前後が明らかになるにつれて、ヒデが死んだ悲しみより、路地の者らに降りかかる災難を案じ、集会場に集まった者らは声をひそめながら、死体の傍につきそい悲嘆に暮れているイバラの留やシャモのトモキをなじる者もいる。

トモノオジはヒデの死の前後を思い出して苦しみに呻くのだった。

それは三朋輩には予測がつかなかった事態だった。それ以前からカドタのマサルは浜五郎と組み、もともと対抗していたヒガシのキーやんなぞ太刀打ち出来ないほど若衆も集めていたし、縄張りも拡げていた。一寸亭で三朋輩が集まると、その都度三人のうちの誰かから、カドタのマサルの力が強くなりすぎていないかと話が出たが、たとえ力が強くなろうとカドタのマサルの力の及ぶのは新宮だけで、三朋輩の威力の及ぶ範囲を考えれば取るに足らないと鼻で笑った。

「アニ、おれら、これから、新宮ならカドタ、勝浦ならヒキド、いう具合にまかせて、それらを三朋輩で治めるという具合になるど」

　イバラの留がそう言いもし、それが証拠に、カドタのマサルは三朋輩を別格扱いにし町で会っても「アニ」と擦《す》り寄り、折りにふれて博奕場に金を届けてよこしていると言い、三朋輩は気を許し、ならばいっそ勝浦にも古座にも川向こうの木本にも、カドタのマサルくらいの下手をするとこちらの寝首を掻きかねないような元気のよい男を育て連合を促進させた方がよいとまで言っていた。

　ヒデの死体の傍にイバラの留と坐り込み、トモノオジは路地の誰彼なしに二人を刺すような目で見ているのを知っていた。イバラの留に「若衆がヒデに獅子《しし》吼《く》られたさか刺したんじゃと言うても通らんの」と小声で言い、外に出ようと目で合図する。イバラの留はトモノオジの気持ちを瞬時に分かったように、「アニよ。今度は俺の番じゃ」と、トモノオジに三朋輩の一人としてオオワシとも隼とも呼ばれたヒデの傍に従いていてやってくれと頼み、居あわせた路地の者らに頭を下げながら集会場の外に出て行く。残ってヒデの顔を見ながら、心の中でトモノオジは、ヒデが欠けてついに路地の三朋輩はバラバラになり、いつの日かイバラの留と血で血を洗う抗争をするかもしれないと思い、そのおぞましさに身の毛がよだち、今、歯車を止めなければ止める時期はないと決心し、立ち上がる。

　ヒデの足元に坐り、呆《ほう》けたようにヒデの死体を見つめていたオリュウノオバが、「トモキ、どこへ行くんな？」と強い口調で訊く。

「どこへ行くて、決まっとるがい。今、留が行た。俺も行くんじゃ」

「どこへよ？」

「どこて？　カタキを討つんじゃ、カタキ。どこに潜ろと、ヒデがやられたように腹ぶち抜いたる」

「そんな事を言うな。ヒデが死んどるのに。オバ、ヒデの火の玉に会うたど。ヒデ、このあたり、舞いもて山の方へ行たど。何にも怨《うら》んでない、と言いたど」

　オリュウノオバはあきらかに作り話をしているというようにトモノオジを見、周りに坐った女らを見、助け舟を出してくれというように礼如さんを見る。

　トモノオジは取り合わなかった。集会場の入口を出かかるトモノオジに、「行くなよ、人殺しても、吾背が死んでも、何になるんな」とオリュウノオバの涙声が届いたが、

「俺らが死んだらな、誰も浮かばれるもんか」とつぶやき、トモノオジは濃い路地の闇の中に滑り込む。山の下についた道をダンスホールめざして歩きかかり、しばらくして向こうから人影が近づいてくるのを知った。闇の中で身をかがめ透かして見て、路地の

ひ若い衆四人だと気づき、トモノオジが声掛けようとする先に、「オジ、俺ら銅盗んで隠して来た」とタイチが言う。

「番犬、首くくって吊るして、アカ盗んで小屋の中に隠して来た」

タイチが妙な言い方をすると気づき、ふとイバラの留がその小屋に隠してある機関銃を持ち出したのをひ若い衆らが目撃したのかもしれないと思い、「鉄砲、あったか？」と訊くと、シンゴが「あった」と答える。

「何どあったんか？」イクオが訊き、小屋に盗んだアカを隠しに行ってイバラの留に会い、小屋に盗品を隠しておくのならシャモのトモキに断りを入れておけ、と言われたと言う。

「ヒデが殺されたんじゃ」トモノオジは言う。

「ヒデノオジが」イクオが絶句し、イバラの留は小屋でしばらく機関銃をなぶり、意を決して元の箱に納め、藁《わら》をかぶせ、そのまま何も持たず小屋から出て行った、と言った。イバラの留が機関銃ではなくヒデを殺す為に使ったドスで報復をするつもりなのだと知り、トモノオジが「カドタのマサルの魂《たま》、もらいに行たんじゃ」と言うと、タイチが、「あいつが殺《や》ったんか」と声を出し、イクオらに「アニ、俺らも行こら」と、面白い遊びが始まるというように声を掛ける。

最初は路地のひ若い衆四人が後に従いて来るのを止めようとした。しかし、タイチが

「行こら」と声を掛けると、イクオ、シンゴ、カツの中本の血のひ若い衆は、これから始まる事が歌舞音曲の類で、見そびれば損をする、手の一つ足の一つでも動かさねば後で悔やむというように、「オジ、連れてくれ」「行こら」と口ぐちにせがんで、闇の中で仔犬らが親にじゃれつくようにトモノオジにまといつくので、四人が四人ともヒデの実の子でもないしトモノオジの子でもないが、路地の三朋輩、ひ若い衆四人を自分の子であっても朋輩が孕《はら》ませた子であってもかまわないと日頃思っていたと思い出し、闇の中で息を弾ませ「かまんか?」と許しを求めるタイチに、「従いて来るんじゃったら従いて来い」と圧さえた声で言うのだった。

トモノオジはそれっきり口を利かず、濃い闇の覆った山の下の道をダンスホールの方に向かった。四人のひ若い衆はトモノオジの足音に足音を合わせて従いてくる。路地の方からかそれとも反対側からか微《かす》かに風があるらしく、裏山の頂上あたり、オリュウノオバの家の上あたりに自生した夏芙蓉のねっとりした甘い香りが山の際を示すようについた道に漂い、トモノオジは歩きながら、もの心ついた頃《ころ》から、いやもっと以前、縁あって路地に生まれこの世に待ち受けるオリュウノオバの手に抱き上げられて以来、朋輩だったオオワシとも隼とも呼ばれたヒデはもう甘い性の愉楽そのもののような匂いを識《し》る事もないのだと思い知った。

トモノオジが足音を殺すと四人のひ若い衆も足音を殺す。歩を速めると四人も従う。時折、闇の中にまぎれ込んだ獣の声がする。声はトモノオジらが傍を通り過ぎても、黒々とした影が人間のものではなく、風に揺れる野茨や弾力のある蒼《あお》いチガヤの類のように気を払う事なく夜の濃密な闇を謳《うた》うように続き、はるか過ぎてから、今の五つの影は朋輩と路地のオジの為に報復に出かける神仏も許した影だと悟ったように途切れる。がさがさと茂みを駆け逃げる。

ダンスホールに着いて入口から姿を見せれば何があるか分からないと考え、トモノオジは四人にカドタのマサルか浜五郎の姿を見たならひとまず自分に教えろと命じ、四人を裏に走らせた。そのままトモノオジはテラスの屋根にのぼり、ホールの天井にしのび込もうとして穴を捜す。穴はどこにも開いていなかった。

屋根にのぼったが、ダンスホールが空襲で焼け残った古い洋風の家のままフロアをつけ足したものだったから、トモノオジの体の重みで瓦《かわら》がぐずぐずと砂糖菓子のように足元で崩れ、暗闇の中で立往生してしまう。

チッ、チッ、と路地の者らが盗人に出かけた時に唇をこすり合わせて立てる合図がした。ネズミが鳴き立てるような合図はダンスホールの周りの暗闇の中からダンスの音楽に混じって幾つも飛び交い、トモノオジは天井からフロアに忍者のように飛び降りてカドタのマサルと浜五郎を葬るという筋書きをあきらめ、テラスの屋根に戻る。

ふとトモノオジは、昔、路地の三朋輩がひ若い衆の頃、川そばの旦那《だんな》衆の家に盗人に出かけた事を思い出した。三人が三人共、金品を盗る事より、闇の中をマシラのように走り、屋根を歩き軽々と舞い降りる事に魅了され、家の中に入り金庫を担ぎ上げて外に出る。盗んだ金の大半は一晩のうちに女に化け、酒に化け、博奕に化けて泡と消え、後には旦那衆の家に入ってしでかした悪戯の数々、棚の書類をばらまき尿《いばり》をまくとか、「ネズミコドウ、参上」と襖《ふすま》に書き殴るとか、ひ若い衆らが昼間、路地の中で年寄りや女らを相手にやり顰蹙《ひんしゅく》を買う類の悪さとさして変わらない事をしでかした記憶だけが宝物のように残り、三人が三人、よい朋輩を持っている幸せを確かめ合うように、「面白かったネ」「また、行こらい」と言い合っている。

テラスの屋根からひ若い衆の頃のように音もなく暗闇の中に飛び降りると、暗闇の中から合図がする。合図を返すと、「オジ、入口にトメノオジ、来た」とシンゴが走り寄り、トモノオジが「カドタのマサル、中におるんか?」と訊き返すと、シンゴは答えず、イバラの留にそう言われてタイチとイクオがダンスホールの中に潜り込んだ、と言う。テラスの下のブーゲンビリアの植込みの方から猫のように黒い塊が走ってくる。シンゴを見て「二人共おらんど」と言うのを聴いて声がカツのものと知り、「イバラの留は?」と訊くと、「入口で用心棒らともめとる」と言う。

一瞬、トモノオジはカドタのマサルと浜五郎に図られたと思ったのだった。カドタのマサルは路地の山に小屋掛けしただけの博奕場に出入りしていたので、路地の三朋輩がどんなに仲がよいか、重々知っていた。生まれた腹も種も別々だが、種の頃から芽の頃から双葉の頃から何をするにも一緒で、一つの魂が三体になって生を受けた、三つの魂が一体の生となって現世した、とも思うしかない切っても切れない仲だと知っていた。その一体が刺されて血を流して死ねば、残る二体は、いや、残る体は、血を流して死んだ以上に苦しみもがき、報復に走るのは分かっている。

　カドタのマサルも浜五郎も、その報復の為に逆上した時を狙って二人を一時《どき》に返り討ちしようと、周りに集めた若い衆に檄《げき》を飛ばし、行方をくらます。

「ここに、おらんど」トモノオジは言い、トモノオジの声の大きさに驚くシンゴとカツに、「イクオとタイチに言うて機関銃持って来い。それから、二人はカドタのマサルと浜五郎さがせ」と言いつけ、イバラの留がいるというダンスホールの入口に走り出した。

　走りながらトモノオジは刃物を握った。

　暗闇の中からダンスホールの入口に走り出て、入口にたむろした若衆らが立ち上がり、あっけに取られたように見るのを「寄るなヨー」と声を出して制し、そのまま中に入る。すぐ若い衆がトモノオジを制しかかったので、トモノオジはドスを持った手で下から腹を切り上げるように振り払った。

　悲鳴が上がり、そばに寄ろうとしていた者らが後ずさりすると、フロアの奥から荒らげた声が飛び、中にいた若い衆らがフロアの隅にどき、奥から走り出てきたイバラの留が、「われら、よう聴け。いつでもカドタのマサルの魂、取ったる」と血しぶきを体に浴びてどなる。

　イバラの留はトモノオジの顔を見るなり、「カドタのマサルを逃がした」と言い、イバラの留はそれでも当面の腹立ちを抑えるくらいの獲物はあったというように、バンドの楽器が置いてある脇の楽屋通路を顎《あご》で差す。

奥で人の呻く声がし、人の動く気配がしたが、トモノオジには見えなかった。イバラの留はトモノオジに獲物をすぐに見せられないので苛立《いらだ》ち、血糊のついた刃物を振り廻し、「ワレら、ボーッとせんと手伝わんか」と歯を剝き出して怒鳴る。

「二股膏薬《こうやく》らクソにも役の立たん」

イバラの留はダンスホールに集まった若い衆らがカドタのマサルの組織する組の連中なのに、ただ路地の三朋輩の片割れの前では意気地がないとどなり、まるで自分の組織する若い衆のように「ほらッ、引きずり出すの、手伝たらんかァ」とどなる。

「はよ、手伝わんか」楽屋口からスガタニのトシが顔を出しどなる。

フロアにいた若い衆らは、そう動けばオオワシとも隼とも呼ばれたヒデの刺殺で一瞬にして、一つと思っていた地廻りの組がカドタのマサルの組織する組と路地の三朋輩の二つに割れた事にとまどっているのと証せるというように、スガタニのトシの声のままゾロゾロ動き、楽屋の中に逃げ込み、イバラの留に刺された二人を引き出す。両手両足を五人がかり十人がかりでフロアに運び出し、一等最後にこれもイバラの留やスガタニのトシと同じように返り血を浴びたタイチ、イクオが顔を出し、「オジ」と呼ぶのを耳にして、トモノオジは刺殺されたのがカドタのマサルの後見人の浜五郎だと気づいたのだった。

呻き続けるもう一人の若い衆を、「邪魔しくさって、ぶち殺したってもええんじゃ」と憎々しげに言うタイチの声を聴いて、トモノオジはもしタイチがせめて二十歳にでもなっていようものなら、カドタのマサル側につこうか、路地の三朋輩の片割れ側につこうかと右往左往している若衆らをタイチの元に集め、知力を尽くしてタイチを組織の頂点に置くものを、と思ったのだった。

三朋輩の片割れの意地をまざまざと見て心から震えている若衆らはフロアの中で手足となって忠実に言う事を聞き動くが、イバラの留もシャモのトモキも、依然として組を持とうと思わない二匹の一匹狼だと知っていた。

後年、若い衆らは、一つは依然として勢力を温存し続けるカドタのマサルに、一つはカドタのマサルと並び立ったが温厚なヒガシのキーやん、一つは大阪に出て組を持ったスガタニのトシの三つに割れるが、いまはただ突然、路地の三朋輩の一人の刺殺を機に吹き出した情の濃さ、悲しみの深さを見て茫然《ぼうぜん》とするしかない。

タイチは返り血を浴びたまま齢端《としは》もいかない身で、その情の濃さ、悲しみの深さが実のところタイチが一端《いっぱし》の極道となる為の何にもかえがたい滋養だと気づいているように、「呻くな、死なせん」と浜五郎の死体の傍らに寝かされた巻き添えを食って刺された者に怒鳴っている。

そのタイチが、「カドタのマサルの魂、取らなんだら、ヒデノオジ、怒る」と言い出して、トモノオジはその役こそ自分のものだと心に決めイバラの留を見つめ続けると、ヒデの刺殺の報せを聴いてから激変した事態の重大さに気づいたようにイバラの留は、「アニ、ちょっと二人だけで話そら」とトモノオジの腕に手を掛け、外に出る。テラスへ歩き、イバラの留が外の新鮮な甘い空気を吸い、月明かりもない闇の一画で路地の者らが集まって朋輩の死を悼み、夜伽《よとぎ》をしていると気づいたようにふうっと溜息《ためいき》をついた時、テラスの下のさっきトモノオジらがダンスホールの中に躍り込もうとして機会をうかがっていたブーゲンビリアの根方で人の気配がする。

イバラの留は緊張し、トモノオジは先ほど事態の判断を誤り、イバラの留が多勢の中へ単身決死の覚悟で斬り込みをかけたと思い、蜂《はち》の巣にしてやると機関銃を運んで来るよう命じたのを思い出し、一瞬イバラの留がどう誤解するかもしれないとうろたえる。

「おい、誰な」イバラの留が声を出すと、「機関銃、持って来た」とシンゴが言う。

イバラの留は「なんな?」とどなり、疑うようにトモノオジを見る。

「間違うな、留」トモノオジはイバラの留の腕に手を掛けて言う。

「なんない?」イバラの留はトモノオジの手を振り払い、「ヒデのアニが死んだら、朋輩の約束も帳消しかい?」と睨《にら》みつけ、昂《たか》ぶりが一気に押し寄せたように、「かまんど、アニ。そこらの三下の若いのに刺されて死んだ隼のヒデの事思たら、赤子の時から朋輩にしてもろたシャモのトモキに撃たれるんじゃさか、痛いも痒《かゆ》いもない。気持ちええ」と言う。

「誤解するな」トモノオジは言葉少なく言い、イバラの留を見つめる。イバラの留はトモノオジの眼を見つめ返し、トモノオジが無言のままなのでやっと昂ぶりが収まったように「悪りかった」と一言つぶやく。

イバラの留はまたしばらく暗闇の方を見つめて黙り、決心したように、敗戦直後なら知らず、復員して来た者も所を得ておさまりかかった今、闇市にはばを効かせていた浜五郎を殺ったのでは警察は黙っていないと言い、今からカドタのマサルの命は一切自分にまかせてくれないかと訊く。浜五郎を殺ったのも自分だから、その相棒のカドタのマサルを殺るのも自分の役目だと言い、しばらくは警察の目を逃れるために身を隠し、居所を確かめてからカドタのマサルを殺る。

「俺が自分で決めとる」トモノオジが首を縦に振らないと、イバラの留は「ヒデノアニの葬式、誰が出すんな」と、若衆のような口調で食ってかかる。

「俺の子供もまだ小さいが、ヒデノアニとこの子供、もっと小さい」

「俺りゃ、子供、おらん。女、生まれたらすぐ、こんな極道者と一緒におれんと、さっさと逃げたど。子供のとこにおったらんかよ。俺があれ殺った事にしたらええんじゃ」

トモノオジが言うと、イバラの留は「何をえ?」とむかっ腹立ったように声を上げる。

「アニ、俺が仇《かたき》を一つ討ったんじゃ。二つ討たな気がおさまらん」イバラの留はトモノオジに朋輩なら分かってくれと頼み、トモノオジがその気勢に圧されて微かにうなずくと、一刻も猶予がならないと言うようにスガタニのトシを呼ぶ。イバラの留はテラスのブーゲンビリアの葉陰に隠れるようにしてスガタニのトシに手短に成り行きを話し、顔を上げ「俺の分もおがんどいてくれと礼如さんに言うてくれよ」と言い、入口を出てゆく。そのイバラの留の別れの言葉のあっけなさに茫然としていて、ふと言いつけられた事に手間がかかると気づいたようにスガタニのトシは飛び出して行きかかり、ふと気づいて立ちどまり、「親分」とトモノオジに声を掛け、一緒にイバラの留に加勢してダンスホールに乗り込んだので、同行して身を隠す事になったと説明し、トモノオジに世話になった礼を言い、タイチらに「また、どこそで会うじゃろ」と手を振り闇の中に走り出す。

トモノオジはしばらくテラスに立ち、気を鎮めるように夜伽の行われている路地の方を見つめていた。三朋輩の一人まで突然居なくなったのは、路地が元は蓮池だった事を不愉快に思う仏のとてつもなく邪悪な意志による気がして、心の中でオリュウノオバと礼如さんに「オバら、お経いくら上げてもあくかい」と言ってみる。

「オバも礼如さんも、ヒデノアニが使い走りのような若い衆に刺されて死んだの、ホトキさんの呉れた寿命じゃと言うけど、あんなええ男を何で殺さすような事をするんな?」

「オバに訊いても礼如さんに訊いても知るかよ」

「何でお経上げて知らんのな?」トモノオジは訊く。トモノオジは路地の方から暗闇の中を夜伽する女らが涙を流し語る声が聴こえてくるかもしれないと耳を澄まし、ただ虫や獣の声ばかりなのを知り、ふと死んだヒデノアニが渾名《あだな》されたのがオオワシであり、隼であるのに気づき、空を見る。

オオワシと言い隼と言い、背中に彫る刺青《いれずみ》の図柄を彫師に頼むような気軽さで、強い見栄えがよいと言う理由で自分からヒデノアニは勧んで名乗ったが、オオワシも隼も空を翔《と》ぶ。トモノオジの渾名シャモは哀れにも翼が退化し地面を素速く駆けはするが、空を翔べない。

警察が来る前にダンスホールを引き上げ、オオワシとも隼とも呼ばれたヒデの傍に居てやろうとトモノオジはタイチとイクオを呼び、目で合図してテラスから飛び降り、ダンスホールの裏からもと来た道を引き返しにかかると、シンゴが闇の中から走り出て、

「オジ、この機関銃、どうするんな?」と訊いた。

トモノオジはとまどい「どう?」とシンゴの手から機関銃を取り、中に込められていた弾を抜き取り、無造作に闇の中に放った。機関銃の鉄の重さで雑木の枝の潰《つぶ》れる音が立ち、ただ夜目には黒々とした茂みとしか見えないところに狐狸《こり》の類かイタチか山犬か獣が潜んでいたとみえて、草木をかき分ける音をあらぬ方向に立てながら走り去る。

四人のひ若い衆は四人共、トモノオジが一丁あれば怖い者知らずになれるほどの威力を持った機関銃を何故棄《す》てたのか分かったように、走り出た獣が立てる音に笑い入る。笑い終わってしばらく歩き、路地の裏山の下についた道に入って微かに流れる夏芙蓉の匂いをかぎ、タイチが急に、今、外でやって来た事は温かい蓮池の水につかったような

路地の中では嘘々しい歌舞音曲の類だったと言うようにクスッと鼻を鳴らして笑い、「今晩、オリュウノオバ、葬式まんじゅう配るんかいね」と訊き、思い出したようにタイチが母親に言いつけられて山へ女郎蜘蛛《ぐも》を獲《と》りに行った弟のミツルを呼びに行って、裏山の茂みの中からオリュウノオバの勝手口をのぞくと、オリュウノオバはいつの物か分からない固くなった葬式まんじゅうを二つに割ってあぶり、すげた口で難儀しながら食っていたと言う。充分焼けなかった芯《しん》の部分を口の中から放り出し、また火であぶり、オリュウノオバは食べた。

金色の小鳥の群れる夏芙蓉の木の下の雑木の茂みは、山の中でも一等女郎蜘蛛の多いところだったが、そこはまたオリュウノオバの家より一段高いところだったので、流しの中にいるオリュウノオバも、外の便所の中にいるオリュウノオバものぞける。オリュウノオバが便所に入るのを見ていたし、安普請の隙間だらけの板壁の間からオリュウノオバが中に居るのは見えている。弟のミツルが石を放りはじめ、板壁に当たっても怒り叱《しか》る声もしないのでタイチが不思議に思い、しばらく投げ続け、何の反応もないのであきらめて、五匹も六匹もつかまえた女郎蜘蛛を木の枝に乗せたまま弟のミツルを連れて山を降りかかり、オリュウノオバの家の前に出て二人はふんづかまった。叱言《こごと》がうるさいと思い、ミツルの手にあった女郎蜘蛛を乗せた枝を「オバ、クモじゃ」と目の前に差し出すと、オリュウノオバは声一つ上げず枝を取り上げ、「ほれ、早よ、帰れ」と枝を裏山の茂みの方に投げ、「声も出せん者に悪り事するもんじゃねぇ」と二人を家の中に連れ込もうとする。

「ホトキさんに参ったら芋飴くれる言うけど、オリュウノオバとこのは、何でもホトキさん臭い」

タイチが言うと、口々にオリュウノオバの話になり、トモノオジは四人がしでかした事ごと、トモノオジがまだ四人と同じひ若い衆だった頃、タイチの男親の菊之助やイクオの男親の勝一郎、それに今日死んだばかりのヒデとしでかした事だと思い至り、四人がそのうちアニと呼ばれ、オジと呼ばれる時が来ると思うと、子供の頃からワルで通り、長じてからも博奕の匂いのしなかった日はなかったくらいの無頼のトモノオジとて人の世のうつろい易さに思い至り、オリュウノオバや礼如さんのように仏の名前を呼んでみたくなる。


トモノオジは何はともあれ身動きつかない体となった三朋輩の一人、オオワシとも隼とも呼ばれたヒデに、男が男にしか言えない事があると思い、血糊のついた体も洗いもしなければ服を着替えもしないままで、路地の者らが驚き案じ、あの無頼者がまた、とはすかいに見られながら集会所に入り、誰と誰の手にかかって湯灌《ゆかん》を受け、痛む傷も人生の垢《あか》も洗われ棺桶に安置されたのか、白い装束を着て生まれ出た時と同じ姿でうずくまったヒデに、朋輩の一人、イバラの留がカタキの一人浜五郎を刺殺し、いま一人カドタのマサルを追って姿をくらました事を言い、物言わぬ朋輩の一人に、アニ、おおきに、また、あの世で遊ぼらい、と心の中で語りかける。

芽の頃から、双葉の頃から朋輩だったアニとの記憶はそっくりそのままトモノオジの人生をたどり返す事になる程あり、見つめている眼から雨滴のように涙が棺桶の中に落ちるのを物ともせず、今、見ておかなければ永久にないと見つめ続け、トモノオジはヒデと自分がそっくり入れ替っているような錯覚を抱く。

トモノオジとイバラの留とオオワシのヒデ、三つの魂が一体なのか、一つの魂が三体になったのか、ひ若い頃から今まで互いが敵娼《あいかた》とした女にまでちりちりと焦《じ》れ立ち、遊廓に登って一人がいつまでも出て来ないとなると、朋輩に怒るより女郎に必要以上に男をもてあそぶなと釘《くぎ》を刺した事もあった。それぞれ三人、何一つ欠ける事なく、どんな時でも女はついて廻ったが、路地の三朋輩として復員後のし上がり、三人が三人共腕ずくで荒くれを抑えつけていく度に、嬶《かかあ》捨てても朋輩捨てるな、と昔から路地に伝わる言葉どおり、朋輩の良さを分かり、朋輩の為なら生命さえ棄てると肝に銘じ続けたのだった。

トモノオジが涙滂沱となって朋輩の姿を眼に刻み込もうと見つづける後で、三朋輩に従いて廻っていたひ若い衆ら四人が見守っている。最初はトモノオジが棺桶を抱え込むように独り言をつぶやいていたので、つま先立ち首を伸ばしたり飛び上がったりしていたが、齢嵩のイクオをトモノオジが呼び、「アニ、イクオもおるど」と名を言うと、四人は本当の子供ですらそうはしないと思わせるほど棺桶を取り囲み、中をのぞき込み、

「オジ、俺じゃど」と口々に自分の名を言い、涙を流す。

それまで荒くれ者とワルのひ若い衆四人をはすかいに視《み》て、心の中で遊ぶ連、一人減ったさか、さみしいんじゃ、と鼻で吹いていたような者らまで、まだ声変わりもしていないタイチらが自分の名を言い、あの世に行っても覚えていてくれと訴える声に胸かき立てられ、涙を抑え切れず、路地の三朋輩の一人、オオワシとも隼とも呼称されたヒデの夜伽に集まった者誰彼なしに、その集会所が波の上に浮かんだ一隻の粗末な小舟のような気がし、悲しみが体の中に充満し、こらえ切れなくなったように時折り声を上げて経を詠《よ》む礼如さんに合わせて手を合わせるのだった。

涙にくれるトモノオジの背中を、集会所の入口から入って来た男が、とんとんと二度たたいた。


トモノオジは振り返って、肩をたたいたのが刑事だったのに気づいて物も言わずに立ち上がり、ふと自分が刑務所に入っている隙に逃げたカドタのマサルが路地の三朋輩の腕の庇護《ひご》のない路地に来て、路地の何もかもを乱し壊してしまう気がしてたとえようのない不安に襲われるのだった。

刑事の後を従いて少し前かがみになりながら夜伽の者らの眼に見守られ、路地のひ若い衆らに見守られ外に出るトモノオジをオリュウノオバは見つめ、小高い山裾《やますそ》の、春になれば蓮華《れんげ》の花の咲き誇る清水の湧《わ》き出す池のほとりに人が棲《す》みつき、人が増える毎に蓮池を埋め立てて今にいたった路地を、オオワシとも隼とも呼ばれたヒデがどう思い描き、イバラの留、シャモのトモキがどんな風に考えていたのか、匂い立つほどの男盛りの三人の二世の契り三世の契りを思い、一層切なさがこみあがり、息をするのも苦しいほど涙があふれる。そんな事があったのかどうか確かではないが、三朋輩それぞれ腕に刃物で傷をつけて血を出し、三体から流れ出た血をまぜ合わせすする。オリュウノオバの腕に抱き上げられた時以来、かた時も身をひたさなかった事のない風を受けて起こる山の茂みの波動。蓮池を土で埋め尽くし湧きあふれ出る清水を共同井戸として塞《ふさ》いでも、いつまでも終日、響き続ける明け方の蓮華の花弁の開く音。その愉楽の味を何物にも代えがたいものとしてここに至り、いま三朋輩は離れればなれになる。

明け方まで夜伽の場に出入りする者らを見ながら、オリュウノオバは三朋輩が心のよすがとした蓮華の台《うてな》のような路地の一から十までも死んだヒデの魂になったように思い描き、人を殺《あや》め、さらに朋輩の仇を討とうと身を隠したイバラの留、事を引き受けて刑事と共に出かけたシャモのトモキの身になって女子供や若い衆の動きを案じ、夜伽の場に時を告げる闘鶏の声、裏山の夏芙蓉の梢《こずえ》で眼を覚ました金色の小鳥の愛らしい幾つもの澄んだ鳴き声を耳にし、オリュウノオバは、半蔵よ、三好よ、と若死にした中本の一統の若衆を一人ひとり呼び出し、語りかける。

「オバ」とタイチに声を掛けられても、オリュウノオバはそれが夢なのか現《うつつ》なのか、裏山から波を打って届く金色の小鳥の鳴き声で思い出した若死にした中本の若衆の頃なのか、それとも三朋輩の一人、オオワシとも隼とも呼ばれたヒデが殺された今の事なのか判別がつかず、タイチがすでに酷《むご》い死に方をし、オリュウノオバの前に来て、もうすでに完了してしまっている一生をオリュウノオバに反復しているような気がして思わず溜息をつき、「おうよ。可愛い者よ、なんな?」と訊く。

タイチはオリュウノオバを見て笑みを浮かべ、三朋輩の時代が今を境にして終わり、これから自分らの時代が来るのだというように、「なんにも心配するの、要らんのじぇ」と大人びた物言いをする。

「トモノオジもすぐ戻って来るし、俺ら、四人でカドタ組ぐらいやったる」

オリュウノオバはすでに若死にをしたタイチにいま出会っているような気のまま、若死にするタイチなら十歳という齢で誰も言わないような言葉を吐くだろうとまた溜息をつき、「おうよ」とただ肯《うべな》うのだった。

夜伽の次の日、葬儀が浄泉寺の和尚の手でそそくさと行われ、路地の毛坊主の礼如さんはただ和尚の後に従いて経を唱え、和尚の下働きをしたが、路地の者も当の礼如さんも、和尚と礼如さんを比べればどちらが死んだオオワシとも隼とも呼ばれたヒデの死を悔やみ、魂を慰藉《いしゃ》しようと真剣になっているのか一目瞭然なのに、一段も二段も下の者として礼如さんが扱われているのを奇異に思わず、不平を鳴らす者もない。

野辺の送りをやり、南谷の墓地に埋葬し終わって葬儀が終わり、裏山の中腹にある家に帰りつき、オリュウノオバと礼如さんは二人同じ気持ちのまま、ただヒデの成仏だけを願って仏壇に手を合わせるのだった。

日暮れかかり、また裏山で甘い蜜と匂いに酔い痴《し》れたように夏芙蓉の花に群れる金色の小鳥の鳴き声が一層波立っていた。オリュウノオバの耳にも温厚な礼如さんの耳にも、たとえ金色の小鳥の群れが仏の遣いですべてこの世は無常のものだと教え諭すものとしても、夜伽をやり葬式を出して虚《うつ》ろなままの状態では耳に障《さわ》った。

「エーエ。つらいもんじゃよ。人が死んでつらてかなわんのに」オリュウノオバは独りごちた。礼如さんはオリュウノオバの涙声すらも耳に障るというように、「オリュウ、言うなよ」とつぶやき、経を詠みはじめる。

その時、不思議な事が起こった。オリュウノオバの家の障子に、路地の方から山の方に向かって大人の腕で二尋《ひろ》ほどある翼を持った鳥が翔び立つ影が映り、翼の巻き起こした風が障子戸を打つ。隙間から入り込んだ風で仏壇のろうそくがかき消え、経を詠むのに一心だった礼如さんが、「何な?」とオリュウノオバに訊く。オリュウノオバは礼如さんの言葉に答える声も出ず、大きな鳥が翔び立った裏山の方に耳を澄ますと、さっきまで耳障りなほど騒いでいた金色の小鳥の声はぴたりと止んでいる。礼如さんも金色の小鳥の声が止んだのに気づいたように立ち上がり、「どしたんやろか?」と障子戸を開け、耳を澄ますのだった。

その礼如さんの姿を下の路地の道にいた若い衆の一人が見つけ、いまさっき三朋輩の一人の夜伽と葬儀を出したばかりの毛坊主の礼如さんを用が終わればからかわなくてはおられないというように、「礼如さんもオリュウノオバも来いよ。タイチら、銅、どっさり盗んで来たさか、山分けしたると」と声を掛ける。

礼如さんはじっと下の路地を見つめていた。

「このひ若いのら、面白い事言うとるど。アカ盗んだ時殺した犬、ホウトトにして食わんかと言うんじぇ」声がまた掛かる。

からかいの言葉のひどさに礼如さんが怒り障子戸を閉めると思いきや、縁側からふらりと降りて素足のまま下の方へ歩いていく。信心を忘れ、若い衆らの口車に乗って、昔、犬を食ったと直に言うのをはばかってほう魚《とと》かよ、と呼んだからホウトトと呼ぶと言われる犬の肉を食おうとして下駄《げた》も履かずに下へ降りてゆくとは思わないが、あまりの礼如さんにあるまじき振る舞いにオリュウノオバは驚き、あわてて立ち上がり、外へ駆け出ると、すでに礼如さんは下の道に降り、道にたむろした若い衆の一人に、興奮して女のようにかん高い声で、「誰が、バチ当たりな事、言うたんな？　えっ？」と詰め寄り、からかわされている。オリュウノオバがまきつく着物の裾をはだけ一刻も早く礼如さんをワルの若い衆から庇おうと急ぐと、下からまた若い衆の一人が、「オリュウノオバ、メコレオうずくと」と反対言葉を使ってからかい、笑いころげる。

礼如さんは若い衆らに一層激怒して顔どころか首筋まで赫《あか》く染め、硝子が軋《きし》むような声で「吾背ら、地獄に堕《お》ちる。よう行かへんど」と叫ぶ。「メコレオうずいて、礼如さんの針金ほどのボンレチでも欲しと」若衆の一人はそう言ってから、後手に若衆に喰ってかかっている礼如さんの頭を素早くこづいた。礼如さんは振り返り、あらぬ方の若い衆に向かって手を振り上げ、「不信心ものら」と打ちかかり、また若い衆の一人に頭をこづかれる。

オリュウノオバは坂道を駆けながら、「何するんな、吾背ら、礼如さんに」と声を上げ、下の道に降りて何はともあれ若い衆ら四人、それにひ若い衆ら四人にこづかれ、からかわれている礼如さんを救おうと中に入った。オリュウノオバが怒りで震えている華《きゃ》奢《しゃ》な子供のような礼如さんの体を抱きしめると、若い衆らは面白い見物だというようにどっと笑い、中の一人が「メコレオ、タイレシ。マレイ、タイレシ。エレイ、コラレイ」と流暢《りゅうちょう》な反対言葉をしゃべり、卑猥《ひわい》に腰を振る。

「オリュウノバレバ、ヌレイ、ツレイ、ウレクナ？」タイチが言う。

オリュウノオバが取りあわず、腕の中で怒りに震える礼如さんをなだめるより獣のような若衆の群れの中から一刻も早く逃げ出すのが先だと抱えたまま歩きかかると、タイチが前に立ち塞がり、反対言葉を操れるのが自慢だというように、「オリュウノバレバ、ヌレイ、ツレイ、ウレクナ？」と繰り返し、オリュウノオバが分からなければからかう意味もないというように、「おりゅうのおば、いぬ、いつ、食うんな、と言うた」と自分で訳してみて、「ツレイ？」と訊く。

路地の中にいつでも湧いて出るワルが博奕をするとか盗人をするとか、いずれろくでもない用の為、言葉を逆さにひっくり返してレの音をはさんで単語をつくる反対言葉を用いる。若い衆らは路地の中でも外でも、犬が犬の匂いを嗅《か》ぎ分けるように反対言葉をことさら使い、相手が自分と同じ質のものかどうか確かめる。

　オリュウノオバは礼如さんを腕に抱え、なおからかい笑いさんざめく野卑な若い衆やひ若い衆に取り囲まれながら、若い衆やタイチの唇から飛び出すその言葉が、蓮池を埋め立てて広がった路地、知らずに蓮華の花を踏みしだいているような蓮華の台にいる事の証《あかし》なのだと分かっていた。上背があり、力が漲《みなぎ》り、生命が今を盛りと凶《まが》まがしいまでにたぎっているようなワルの若い衆らが、女と男の性器の名前を連呼し、からかい笑いさんざめき卑猥な仕種を繰り返そうと、女親の腹を蹴ってこの現世に裸体で出て来た時、一等最初に抱き上げ、五体のすみずみまで調べ視て現認し、撫《な》ぜて無明の垢を洗い落としたのはオリュウノオバだから、若い衆らが猛《たけ》れば猛るほど、オリュウノオバは泣いて物を訴えるしかなかった生命が破裂するほど漲っていると心のどこかで感じ、何ひとつ怖れる事も要らないと胸を張る。

「なにをよ」と反対言葉を鼻で吹き、なお若い衆の口からつぎつぎと出る反対言葉にからかわれ続けながら、オリュウノオバはタイチが十歳ながら反対言葉の習熟で若い衆らと比べても一歩もひけをとらないのを知り、長じれば路地の三朋輩が自分で名のり人から呼称されたオオワシや隼、イバラやシャモどころか、大鵬《たいほう》にも龍虎《りゅうこ》にもなって、路地の三朋輩がそうだったように人の柱にも杖《つえ》にもなるだろうと思い、腕の中でまだ怒りに震えている礼如さんに後で叱られると分かっていながら、仏とは実のところ礼如さんの説くような浄《きよ》らかで心正しいものではなく、犬の肉どころか人の肉もうまいと食うのだと言いきかせるように、「ホウトト食うぐらい、何で騒ぐんな、黙って食べよ」と挑発してみるのだった。

「吾背ら知らんのじゃよ。オバらの娘の頃の若い衆ら、雨降って仕事ない、明日は祭りじゃと言うたんびに、何匹も犬つかまえて来て、裏の夏芙蓉の木の下で裂いて肉食たんじゃわ。今でもあのあたりさがしてみ、犬の骨、転がっとる」

オリュウノオバが言うと、「ほんまか？」とタイチが訊く。

本当であってはならなかったが、本当だった。

輿に乗り過ぎた若い衆らは、そうやって屠れば肉がうまくなると木に生きたまま犬を逆さに吊るし、屠り、皮を剝いだ。肉は細かく切って若い衆らの気紛れで家に配られ、町の誰かがわが子のように可愛がっていたものをかどわかし生きながら裂いたと罪深さを隠しながら、「ホウトトかよ」とごまかし、食ったのだった。オリュウノオバも礼如さんも持ち込まれた肉をはねつけ、一口だにしてはいないものの、若い衆らが暇つぶしの遊び半分で犬を屠るたびに、蓮華の台のここが実のところオリュウノオバと礼如さんの為につくられた地獄の一つではないかと疑い、溜息をつき合い、二人だけで交わす反対言葉の陰語のようにわけも分からず殺生をやっている者らを許してやってくれと仏壇の前で手を合わせ、お経を詠む。

その当時も今も、夏芙蓉に金色の小鳥の群れが来て路地の中で流れた獣の血に昂ぶったように鳴き騒ぐ。小鳥の鳴き声を耳にしていると、徐々に仏が若い衆らの振る舞いを面白がっている気がして楽になり、荒くれの若い衆も肉をもらって食う蓮華の台にいる者らも、一世だけ楽しければよいと悟っていると思いはじめ、「かまんわ」と声に出して言ってみる。

オリュウノオバはそんな事を言えば怒りに震える礼如さんが怒り過ぎてひきつけを起こしかねないと分かっているので黙っていたが、オオワシとも隼とも呼称されたヒデが死んだ今、タイチがそうしたいのなら、犬の肉であろうと人の肉であろうと食べたい物を食べればよいと思い、タイチに今日という日が特別な日だと諭すように、「吾背ら下で騒いどったのに、見なんだかよ、二尋も三尋もある羽根をした大鷲《おおわし》がここから舞い上がったど」と言う。

タイチはまた「ほんまか?」と訊く。

「見なんだかよ?　オバも礼如さんもはっきり見た。ヒデが翔んだんやだ。オバや礼如さんは見た。殺生せんと信心しとるさか、はっきり見た」

「ほんまか?」タイチは訊き直し、それから自分の言い方が子供じみていたと気づいたように、「葬式まんじゅう」とつぶやく。

「何をえ?」オリュウノオバが訊き返すと、路地の三朋輩の崩壊の日、オリュウノオバと礼如さんをからかってさみしさを紛らせていたのだと白状するように、「葬式まんじゅう食たら、ヒデノオジ、ほんまの大鷲になったの見えるんか?」と憎まれ口をたたく。

「おうよ」

オリュウノオバは大きくうなずいてみせた。

七つの大罪／等活地獄

そもそも路地の高貴にして澱《よど》んだ中本の血のタイチをトモノオジが想い浮かべ、あの時はああだった、この時はかくかくしかじかだったと神仏の由緒をなぞるように三輪崎の精神病院で、幻覚とも現実ともつかぬ相貌のオリュウノオバ相手に日がな一日来る日も来る日も語るのは、アル中のトモノオジの深い嘆き以外なにものでもなかった。

精神病院に入る前から、路地からの道の出口にある酒屋に入りびたって酒をあおり、酒屋から追い出されて今度は駅前の広場に据えられたベンチで、昔、人でごった返し物であふれ返った闇《やみ》市跡の広場をぼんやりと眺めながら、幻聴を耳にし幻覚を眼にしていたが、そのトモノオジの耳に、いまをわが春として匂うような男盛りのタイチが、対立する二大組織の抗争に巻き込まれて女の家から忽然《こつぜん》と姿を消したと伝える声があり、誰の声か、おそらく路地のひ若い衆のものだろうか、その時からチューインガムの匂いのする舌ったらずの声がそそのかしたように幻聴も幻覚もいっそう強まり、何度めか、駅の改札口まで出かけ大声で怒鳴り続けて公安に外に引きずり出され、そのまま三輪崎の湾に面した精神病院に放り込まれた。トモノオジはその精神病院でも、年老いて双葉の頃から手塩にかけたタイチの運命をいま目にするのは、神仏が自分に課した罰以外なにものでもないと怒り、声を嗄《か》らして怒鳴り、疲れ果てて涙を流して悲しみ、さらに涙も涸《か》れてから体の芯《しん》にいすわっていた空気より雲より軽い霞《かすみ》のような溜息《ためいき》がもれる。

トモノオジは正気になってタイチが忽然と女の部屋から消えた姿を思い出した。

精神病院にひ若い衆一人二人が訪ねて来て、ぽつりぽつりとタイチが姿を消した時の様子なり、タイチがどのようにして抗争に巻き込まれたか話をしていくが、ひ若い衆らはトモノオジの姿を見て、そこにいて相槌《あいづち》を打っているのは昔鳴らした路地の三朋輩《ほうばい》の片割れシャモのトモキではなく干涸《ひから》びたアル中の哀れな年寄りにすぎないと失望したように、「しっかりせなあかんど」と声を掛けて帰っていく。正気の時はいっぱしの言葉を掛けるひ若い衆を鼻で吹きせせら笑うが、潮鳴りを耳にし幻覚に捕らえられると苦しみが倍増し、呻《うめ》きながら草叢《くさむら》に横たわるしか手がなく、トモノオジはただそうやって湾に打ち寄せる潮の音を聴き光を浴びて幻覚に囚《とら》われたままでいる。

それでもまだその頃《ころ》は、簀《す》巻《ま》きにされたタイチがダムの川底から死んで上がったと分かる以前だからまだよかった。姿を消した家にテレビがつけっ放しになっていた、シャレ者のタイチが着ていた英国製の紳士服が鴨居《かもい》にぶら下がっていた、掛け蒲団《ぶとん》がいまめくられ床から起き上がって出ていったというようにあった、という話から、正気に戻ったトモノオジは、おそらく手下の誰かが敵を手引きしたのだろう、そうでなかったなら、女も路地の者も他所に出掛け、普段なら必ず一人二人いる手下の若い衆を人払いしてタイチが一人居るのを知っている者がいて、そこを狙ったのだろう、と推理するのだった。

手下の若い衆に裏切り者がいるか、タイチの動向に詳しい者が筋を書き手引きし、「タイチ、おるかー」と声を掛け、聴き覚えのある声に心をゆるして戸を開ける。荒らげた声もなければ、銃声もない、血も流れていなければ、部屋も乱れてはいない。もし戸を開け、拳銃をつきつけられたとしても、タイチはそれで口を閉ざし抗《あらが》うのをあきらめる男ではない。タイチが心を許した相手だったからこそ戸を開け、その相手だったかららこそ寝巻姿のままで外に出て車に乗り込んだ。

トモノオジは忽然と姿を消した状況を推測し、何処かに拉致《らち》監禁されているか即座に殺されているか五分五分の確率だろうと踏み、或《あ》る時はひ若い衆に「心配いらん。生きとるど」と言い、タイチが生き続ける限り、路地の三朋輩が果たそうと野望を持ち結局は潰《つい》えたものを叶《かな》えてくれると言い、或る時は、おそらく中本の血のタイチは、他の中本の若い衆がそうだったように盛りの頂点で生命を断ち切られたのだと確信し、トモノオジは路地の三朋輩の野望もタイチの意地も、いまは夢幻の中でしか目にする事のない蓮華《れんげ》の池の花についた露ほどもはかないものだったと嘆いたが、それが予想した最も悪い訃報《ふほう》がもたらされてからというもの、昼となく夜となく現れるオリュウノオバ相手にタイチを語り合いながら、生きながらえて語るしか他に嘆きを和らげる手がない自分が仏のしつらえた新たな地獄にいて責め苦にさいなまれているように感じるのだった。

オリュウノオバはトモノオジが「地獄じゃよ」と溜息をつくと、不信心者がよく言うと軽蔑《けいべつ》したように見て、「吾背《あぜ》も念仏でもうたえ」と言う。

トモノオジは草叢から起き上がり、昔鳴らしたシャモのトモキとして胸を張り、「地獄六つしかないんじゃったら、七つめ地獄かいくぐっとるシャモのトモキじゃ」とつぶやき、ふと、幻覚から覚めてオリュウノオバと向き合っている自分は、七つの地獄の海を征服して来たいまだかつて路地の者誰一人として成し遂げた事のない事をやった男のような気がしてオリュウノオバに、「誰もおるかよ、七つの海、わがもの顔にして来たの」と豪語する。オリュウノオバは鼻で吹く。

「アホよ。地獄八つあるんじゃのに。クエになってかよ？」オリュウノオバはあきらかに軽蔑した笑みをつくる。

「クエじゃわい。クエじゃさか、六つと言うんじゃわい。まだ地獄、二つあるのに」

トモノオジは聴く耳を持たないというように、「幾つあってもかまうか」とうそぶき、六つであろうと七つであろう、たとえ八つあろうとその地獄の海を征服して来た勇者だと胸をそらし、三輪崎の湾に撥ねる海の光を見つめた。タイチがその光の中から現れ、ゆっくりとまるで滑るように歩いて来て、トモノオジがオリュウノオバと差し向かいに坐っている草叢に来て、「オジ、一緒にどこそへ行こらい」と声を掛ける気がする。

タイチは十歳の頃そうだったように、若い衆になっても白い背広を着ている。トモノオジはタイチを見た。その草叢の上に立っているのがまぎれもなくタイチなのにトモノオジが驚き、「オバ、見てみ」と声を掛けると、オリュウノオバは振り返りもせず、「知ったあるよ」と声を出し、タイチがオリュウノオバの肩にかけた手に手を重ね、「オバは何でも分かる。分からん事あるかよ」と言い、タイチの手をつかんで、立っていないで前に坐れと言う。タイチは坐ろうとしなかった。

「ちょっと、連《つれ》、待たしとるさか」

トモノオジは驚き目を見張ったまま言葉が出なかった。連というのは、タイチよりはるか前に死んだ四人のひ若い衆のイクオ、カツの事かと訊《き》こうとして言葉が出ず、代わりに涙が両の眼にあふれると、タイチは「オジ、何も悪り事あるかよ。連と遊びに行くんじゃのに」とトモノオジに声を掛ける。

「何どあったんか？」オリュウノオバがタイチの声から異変を見抜いたように訊く。

「吾背がオバとこ来る度に、何どあったど」

トモノオジはオリュウノオバの背後に立った若衆のタイチを見つめた。タイチの表情のどんな小さな変化も見逃すまいと眼を凝らし、ふと時折、病院裏の草叢に生起する音に自分の両の眼が感応したように揺れ、震え始めたのを知り、トモノオジはまた音と共に深海のクエになってしまうと不安になり首を振って、両の耳を塞《ふさ》ぎ、一層響き籠《こも》る潮鳴りや草の葉の音に苦しみながら若い衆のタイチにすがりつくように見つめ続ける。そうしていると自分の息の音が加わり、やがて自分が若い衆のタイチに変わってしまう気がする。

「トモノオジ、大丈夫か?」タイチになったトモノオジがいっぱしの口調で訊く。

「おうよ」トモノオジはことさら胸を張り答える。

「オジもオバも考え過ぎじゃ、おれら、連と遊びに行くだけじゃのに」

タイチはオリュウノオバの肩に掛けた手と反対の手で草叢の中から丈高いチガヤの葉をちぎり口に嚙《か》み、チッと音をさせて葉を飛ばす。口の中に青い汁の味が残った。タイチは湧《わ》いて出る唾をまるめ歯と歯の隙間から音させて飛ばす。タイチの眼にくっきりと間断なく吹きつける湾からの潮風を受けて、鋭い葉刃を光らせながら揺れるチガヤや、白い葉裏を見せて身をそらすヨモギの草叢のまだ柔らかい葉に、カマキリの卵のように白い唾がかかったのが見えている。

「オジ、もう行くど」タイチが言った。トモノオジが我に返ったように、「ちょっと居れ、まァ。オジとオバに、いままで、どこで何しとったんか、言うてくれ」と言うと、

「いま、路地から来たんじゃのに」と返し、思いついたように白い背広の上着を広げ、顔を近づけてみて、「花の匂いする」とつぶやく。

「おうよ、夏芙蓉《なつふよう》の風《かざ》じゃね」

「イクオノアニもカツノアニもシンゴノアニも、俺《おれ》ら四人共、あの山の花の木の匂いする」

「おうよ」オリュウノオバはつぶやき返した。

トモノオジは、オリュウノオバがひ若い衆に毛が生えた程度の、まだ肉も骨も硬く固まっていないタイチを見て、路地の裏山に咲き誇り、あたりを匂いで染め上げる夏芙蓉の花の匂いがするという一言が、タイチやイクオら四人の若衆の属する中本の一統の暗い宿命の証《あかし》だというように溜息をつくのを知った。オリュウノオバはしげしげと見つめ、女のオリュウノオバでしか感応しない性の魅力に昂《たか》ぶったようにうわずった声で、「吾背らの一統の半蔵も三好もそうじゃだ」と言い、トモノオジに向かって、「女ら、鳥みたいにこれらの周りで騒ぐんやァ」とタイチの体についた中本の一統の若衆の徴《しるし》を見つけ、教えるように言う。

オリュウノオバが見つけた徴が何なのか、トモノオジは分からなかった。オリュウノオバは徴とはこれだと言うように、「ヒロポンを射っても血ィ止まるようになったかよ」と秘事を暴くように訊く。

タイチはニヤリと笑い、白い背広の袖《そで》をまくって見せ、光沢のある絹のシャツの袖をオリュウノオバの前に「こう」と突き出す。シャツごと腕をつかむと、白い絹の生地の裏に赤い血の滴《しずく》がにじみ出した。タイチは血に鼻を当ててかいだ。

「花の匂いする」

タイチは十五歳だった。十五のタイチが赤い血をしぼって見せ、自分が他でもない若さの盛りで命を断たれる中本の血の者だと知ったとトモノオジは気づき、オリュウノオバに、タイチの酷《むご》い死は誰が謀《はか》ったのでも誰が手を下したのでもない、路地の者らを生きながら地獄に突き落とす悪意を持った者の仕業《しわざ》なのだと語りかけようとした。

声が出なかった。声が出ないままトモノオジはオリュウノオバを見た。オリュウノオバはトモノオジを見て、タイチが中本の一統の若衆だからこそ生きながら地獄に突き落とされても路地の者らは一世を限って生きていられるのだというように、「タイチの花の風かいだら、ホトキさんじゃて、ムラムラするわい」と言う。

「何がホトケが偉いんなよ」とトモノオジは声が出ないまま独りごちると、オリュウノオバはトモノオジの思っている気持ちを見抜いたと言うように、「タイチ、ホトキさんに手を合わせよ」とことさら言う。

タイチの顔を見る度に、オリュウノオバは口が酸っぱくなるほど、注射針を射《さ》した痕《あと》がふさがらないと自慢げに言うタイチに、瞬時の快楽でしかないのだからヒロポンを止めろ、それより後々の事を考えて路地に来たなら母親の家でもオリュウノオバの家でもよい、たとえ一言でも仏壇の前で南無阿弥陀仏と声を出し、手を合わせ、頭を下げろと言い続けた。

十五のタイチは神仏の子として心の奥底では仏につかえる礼如さんやオリュウノオバの言う事を人より分かっているのに、まだ女親の胎《はら》から生まれて来た時の無明《むみょう》の柔毛《にこげ》がとれないように、「なにをよ」と語気荒く言い、なお強く仏壇に手を合わせろと勧めると、周りの若衆らにことさら悪振ってみせるというようにぺっと唾を吐き、「オバ、芋飴《あめ》でもしゃぶりもて、念仏となえとけ」と言う。

そのタイチが自分から進んで、「オバ、参らせてくれ」とオリュウノオバに言った。外から人に聞かれぬように音を殺して戸をかすかに開け、それ以上に開けると夜這《よば》いか盗人に来たと間違えられるというように開いた戸口に顔を突き出し、「オバ、ホトキさんに参らしてくれ」と声を出す。オリュウノオバは一声聞いてそれがタイチのものだと分かったが、礼如さんは寝入り端《ばな》を起こされ驚愕《きょうがく》し、棒切れを捜しに流しの方に這《は》い出しかかる。オリュウノオバは礼如さんを「タイチやよ」と止め、礼如さんが鎮まってから急に不安になり、それでもたとえタイチが鬼の本性を持とうと、この世のとば口で両手を開いて待ち受けた産婆のオリュウノオバに酷い事はすまい、いや、たとえタイチに魔がさし、酷い事をしでかしに来ようとわが子のように抱き上げ、人の世を無事に生きられるか案じた子にされるなら仏の試練だと思うしかないと立ち上がり、暗い家の中を足で畳を擦《す》って歩き土間に降り、「タイチかァ」と声を掛けると、「オバ、参らせてくれ」と同じ言葉を答える。

「ここにみんなおる」

「誰なよ？　誰と誰なよ」オリュウノオバが訊いた。タイチは一刻も待てないと急《せ》いた気持ちがありありと分かる声で、「アニら三人おる。イクオノアニ、シンゴノアニ、カツノアニ」と言い、戸を握ったまま身を震わせ、「寒なって来た」と言う。オリュウノオバは戸を開け、待ち受けたように暗い土間に転がるように入って来たタイチを見て、一瞬声を上げた。タイチはそのまま暗がりの中を仏壇の方に這って行き、仏壇の前に行くのが待ち切れないように蒲団の上で手を合わせる。

イクオが土間に入り、カツとシンゴが月明かりの外にいる。

「どしたんな?」オリュウノオバが訊いた。イクオが、「オバ、恐ろし」とつぶやく。

「タイチの女、子供産んで殺した」

オリュウノオバは暗闇の土間に立っているイクオではなく、外の月明かりに立っているシンゴとカツのいずれも匂い出たような若衆二人を見て、十五のタイチが何に苦しみ、夜中、仏にすがりに来たのか分かり、驚き、次にどうして女が子を孕《はら》んだ時も産んだ時も路地で唯一の産婆の自分に一言もなかったのかとむらむらと腹立ち、「タイチ、われらァ」と炎が体から吹き上がる気のまま暗闇の中を走り、仏に祈っているタイチにつかみかかった。

オリュウノオバ、体から、炎、吹き上がる。もう若衆と言われる齢《とし》になったといえ、骨も固まっていない十五のタイチの髻《たぶさ》持って揺さぶり、仏壇に向かってただ手を合わせるタイチを、「ようも、ようも」と言葉にならない言葉を吐き、仏に向かってかオリュウノオバにか、「バチが当たったんじゃ」とつぶやくのに、今度は声も嗄れたまま髪をつかんで頭《ず》が高いというように畳にこすりつけかかる。

家の中の暗がりで一瞬に起こった出来事に呆気《あっけ》にとられ、それでも朋輩の一人が酷《ひど》い目にあっていると気づいて本能で体が動くのか、戸口から「タイチ」「どしたんな」と中本の一統の若衆の声がする。中本の血の若衆は声ですら甘い。

オリュウノオバは肩で息をし、今日という今日は夜叉にも鬼人にもなっていいと思いながら、女にだけ耳に届くような甘く響く声の方に向かって、「ようも、ようも、このオリュウノオバがおるのに」と言い、後の言葉が続かず、膝《ひざ》を折り頭を下げてうずくまったタイチをただ抱きかかえ、興奮にこらえかねて泣き声をあげる。

闇の中で礼如さんは「オリュウ」と名を呼んだ。礼如さんが名を呼んで言わんとする事は分かった。仏の一等忠実な弟子の礼如さんは、仏の事を考え、仏に従っていれば罪も穢《けが》れもなく何の試練も受ける事はないと言うように、人の生命のとば口に立ち、前世の報いか単なる仏の気まぐれの悪意か傷を持って生まれ出る子らに立ち会う産婆のオリュウノオバに、救われない者らが救われない事をしでかしたにすぎないと言うように、「どしたんな」となだめる。

「礼如さんにとやかく言われる事ない」オリュウノオバは泣きながらタイチの背を撫《な》ぜた。

わが両の腕《かいな》で抱き上げた小さい物がいま男になり、仏が与えた一等酷い罰を目にして震えている。オリュウノオバはわが体から吹き上がった炎がタイチを包み、闇を包み、朝夕祈り続けた仏壇の仏も家も焼き払ってしまえばよいと思いながら、タイチに折り重なって涙を流し、「何がおとろしんな」と言うのだった。

「おとろし事、あるもんか」

タイチは「おとろし」と震え続けた。

タイチが孕ませた娘は、親にもきょうだいにも内緒で子を産んだ。子は生きて生まれたが、到底人間とは思えない状態で、娘はすぐさま殺して土に埋めてしまった。タイチは震えながら、言葉に出して事実を言わなければ気が済まないというように言い、また仏壇に手を合わせる。

礼如さんはタイチの話を聞いて初めてタイチが何に出くわして仏に手を合わせに来たのか知って、「信心せえよ」と言い、仏壇を開け、火を灯《とも》す。火を灯した仏壇の前に坐り経を詠《よ》みはじめた礼如さんの背に、オリュウノオバは、「仏が、何がエラいんな」と毒づく。

礼如さんの後に坐り、膝に手を置き、火が灯って浮き上がった中の小さな金色の阿弥《あみ》陀如来《だにょらい》を見つめ、タイチは何を考えるのか、阿弥陀如来に何を問うているのか、まばたきひとつせずにいる。

この時タイチははっきりと中本の一統に生まれた宿命を知ったのだった。他のイクオやシンゴ、カツという中本の血を持つ若衆がそうなように、灯した仏壇の火の明かりで浮き上がったタイチは子供でもなく大人でもない、花にたとえるなら棘《とげ》のある梅の花のようにそこにいるだけで高貴さがあふれる。誰が見ても、その柔毛が取れかかったばかりの若衆が、路地の中でもあの一統が、と棒引かれて来た穢れた中本の血のものだとは思わない。

　中本の若衆は誰もが生まれて来る子の事を案じた。それが何によるのか、蓮華の池で獣から剝《は》いだ皮を洗ったせいか、屠殺《とさつ》した獣の血を浴びすぎたせいか、何人も獣の手足を持った子が産まれた。

　オリュウノオバはタイチの顔を見つめながら、タイチではなくタイチの種が、種ではなく種をつくる前世が、いま匂い出たような若衆を苦しめていると思い、「タイチ、オバがまじないしたる」と声を出した。タイチは振り向かなかった。

　オリュウノオバは立って流しに立ち、竈《かまど》にかかった釜《かま》をのぞいて甕《かめ》から水を汲み足し、火を熾《おこ》しはじめた。家の中に入ると、自分らもまたタイチの二の舞になると言うように月明かりの外に立ったままのイクオ、シンゴ、カツを、「吾背らもついでにせえよ」と声を掛け、土間に盥《たらい》を置き、沸き立った湯を釜からひしゃくで汲んで入れた。

「タイチ、オバがもう一遍、洗ろたる」オリュウノオバが言うと、タイチは何の疑いの声も出さずふらふらと立ち上がり、着ていた服を脱ぎはじめる。上着を脱ぎ、ズボンを脱ぎ、下穿《したば》きを取り、両手に抱えられるほどのものがよくぞここまで大きくなったと胸がつまるほど、服を着ていると分からないが、腕にも脚にも筋肉がつき、すでに若衆の体をしている。

　産婆といえ女のオリュウノオバの前で裸になって、タイチは何一つ臆《おく》する事なく、むしろオリュウノオバの目にさらす事が仏に祈っても拭《ぬぐ》い取れない血の穢れを浄めるというように、前を隠しもしない。陰毛も性器も、それが中本の一統の若衆の徴だというようにオリュウノオバに見せて、沸いた湯を水でぬるめるオリュウノオバの脇に立つ。オリュウノオバが盥に手を入れ、「熱い事ない」と独りごちると、タイチは盥の中に入る。

「オバ」湯の熱さにふと我にかえったようにタイチは言う。

「俺ら、本当はあんなにおとろし姿かいね？」

　オリュウノオバは黙ったままタイチの肩をおさえた。タイチは肩をおさえたオリュウノオバの手が、盥にしゃがめと言う事だと気づかないように立ち、性器をつかみ、「俺ら、もう子供つくらんとこ」と言い、オリュウノオバの手からひしゃくを取って盥の湯をすくい、肩からかぶる。二度立ったまま湯をかけ、立ったままではオリュウノオバがどう手出しも出来ないと気づいて盥にしゃがみ、オリュウノオバが子供を洗うように手拭いで湯をすくいタイチの背を撫ぜるように洗いはじめると、タイチは「オバにこうして洗われたんじゃね」と独りごち、ふと自分の体を見、異変に気づいたように両腕を突き出し、「こう、桃色に光っとる」と声を上げる。

「なんど、おかしいんじゃね」タイチは戸口に立って中に入ろうとしない若衆三人に語りかけ、三人から言葉が返らないので、「赤子《ネネ》も桃色じゃったと。イクオノアニも見とる」とオリュウノオバに言い、土間の昏《くら》がりの中で、仏壇にともした灯の明かりで湯に濡れた肌が桃色に輝くのに自分でみとれるように見て、「これからアニらと他所へ行くんじゃのに、大丈夫かいね」とつぶやく。

戸口で誰かがネズミの鳴き声を立てた。タイチは外を見る。月明かりの外に、中本の一統の若衆三人の他に誰かがいるように、「オバに体、浄めてもろたんじゃさか、畏《おそ》ろしもんないど」と言う。

また外で合図の音がした。今度は戸口ではなく下の路地の方から響いたとオリュウノオバの耳にも分かった。漠然と不安になって「誰な？」とオリュウノオバが訊くと、タイチは戸口を見続け、合図の主をさぐり当て得心したように、「連」と答える。外の暗がりからイクオが「もう来たど」と声を掛けると、タイチは湯の中から立ち上がり、漠然とした不安のままでいるオリュウノオバの気持ちを察知したように、「アニらと一遍、外へ行てこと計画した」と説明する。仏壇にとぼした灯だけの家の昏がりの中で、桃色に輝く濡れた肌を乾いた手拭いでふき、服をいま一度つけるのを見守りながら、オリュウノオバは十五のタイチが言葉でなく声でなく、タイチの種の中心にある霊魂でオリュウノオバに向かって、何故、今、生まれ育ったここにいようものなら危害を加えに来る者もない路地から他所へ行くのか、オリュウノオバにも分かる言葉で説いてくれる気がした。

「おおきによ」と大人びた口調で礼を言い、仏に祈り、湯で洗われて傷が癒《い》えたのか、また痛むままなのか、外で鳴き交わす若衆らのネズミの鳴き声の合図の方へ出て行く。

中本の若衆ら四人、月明かりの坂を下の道に降り、下の道にいたいずれダンスホールか玉突き場でとぐろを巻く類《たぐい》の何人かの連と合流し、路地の道を外に向かって歩いていく音に耳をすましながら、オリュウノオバはしばらく戸口から月明かりの外を見つめたまま盥の湯を放す事もせず、ぼんやりとして仏のしでかしたのは慈悲なのか無慈悲なのか問うている。いくら問うたとしても、誰が誰と誰の間の子で、産まれた日は幾々日、死んだのが何年何月何日とよく諳《そら》んじはするが、字の一字だに読み書き出来ぬオリュウノオバに大それた答えなぞ見出せぬのは百も承知で、ただぼんやりと、月明かりの中を行くタイチが気づきもしないだろうが、山にまだ若い緑の透き通るような色のススキの穂が風に揺れている藪《やぶ》の茂みの中には翡翠《ひすい》のような山葡萄《ぶどう》が実をつけ、いたるところに萩《はぎ》の花が咲いていいて、タイチの傷の痛みを和らげ、慰藉《いしゃ》しようとしていると仏の慈悲を思い、溜息をつく。

タイチはそのオリュウノオバの溜息を分かっていた。同じ中本の血を持つイクオ、シンゴ、カツの三人が、歩を緩めればたちまちタイチが相手にしていた娘が見るだに怖ろしい子供を産み殺した現場に引きずり戻されるように早足で黙りこんで歩くのに合わせながら、タイチは四人の連のうち一等最初に禍事《まがごと》が現れた自分の血の穢れの濃さに絶望し、オリュウノオバが山の中腹の家の昏がりにいて溜息をついてくれるのに慰藉される。

タイチら四人の中本の若衆は、二人の連の手引きでその夜のうちに矢の川峠を越えたのだった。次の日、尾鷲で一日遊び、さらにその次の日、フジナミの市に入った。

オリュウノオバはそれがタイチに起こった禍事のせいだとしばらく思っていたが、タイチらが他所へ向かってすぐに路地の若衆の家が何軒も家宅捜索を受け、同時にトモノオジが路地の辻に張り込んでいた刑事に連行されてから、四人がフジナミの市に入ったのは、カドタのマサルの後見人浜五郎を殺したイバラの留とスガタニのトシの元にシャモのトモキの連絡を持っていったのだと知れた。

当時、シャモのトモキは一人殺され、一人逃走している路地の三朋輩の片割れとして権勢を保つ為、カドタのマサルに対抗する地廻りのヒガシのキーやんに接近し、四人の中本の若衆をもっぱらヒガシのキーやんに預ける形だったが、そうしたらそうしたでヒガシのキーやんに縄張りを食い荒らされる。闇市跡のマーケットも魚市場もすでにカドタのマサルに渡っていて後は材木景気で沸く花街と遊廓《ゆうかく》一帯だが、子分を持たず一匹狼で来たシャモのトモキはヒガシのキーやんに接近すればするだけ、体よく利権をかすめられている始末だというのに気づき始めた。

或る時、ヒガシのキーやんがシャモのトモキに「兄貴、いっぺんに決戦しかけたらんかい」とカドタのマサルを一掃する出入りを持ちかけた。シャモのトモキは逃走しているイバラの留とスガタニのトシの居所を知っている。シャモのトモキは連絡役に中本の四人の若衆を選んだ。

四人の若衆だけでは新宮からフジナミの市まで不如意がつきまとうと、ヒガシのキーやんは若衆頭級のを二人つけた。

それがヒガシのキーやんの陰謀だったと後で噂は流れたが、事の真偽は確かでない。

が、シャモのトモキは突然連行され、それから一年ほど刑務所にいたし、イバラの留もスガタニのトシもフジナミの市で逮捕されている。

　オリュウノオバは、フジナミの市に入った中本の血の四人の若衆が、隠れ家にしていた京町の伊勢畳を使って作る草履屋の二階でイバラの留とスガタニのトシに会い、シャモのトモキとヒガシのキーやんの計画を伝え、その時、イバラの留が「なんな、あの二人、おかしいど」と二人の連をとがめるのを聴いて、何もかも神仏のように読み解くのを分かった。

　シャモのトモキといいイバラの留といい、いずれも路地の血に変わりないが、中本の血の若衆のように神仏の意志で動くのではないので、一つ二つ飲み込みが悪い。タイチはイクオに旅の途中から、「アニ、何どおかしいど」と言い続けたのだった。「ドスも何本も持っとる」

　タイチはダンスホールに出入りしたりビリヤードに入りびたる連の二人が、実のところヒガシのキーやんが差し向けた刺客で、隠れ家にいるイバラの留とスガタニのトシを殺るつもりだと推測し、新宮に一人残ったシャモのトモキも危ないと案じたが、イバラの留、スガタニのトシの実力と比べれば連の腕など物の数ではないと結論を出したのだった。

　連の二人は何の挙にも出なかったが、その代わりに、朝、刑事が寝込みを襲った。四人は一斉に草履屋の二階から、かつて一寸亭の二階からいつも逃げ出した時のように屋根伝いに逃げて難をのがれ、同時に新宮からフジナミの市まで旅をして来た連の二人が、四人とは別の方向に向かって屋根から飛び降りるのを察知して、四人一緒の心で心が四つの身となったように四方に散り、屋根を飛び降り、無言のまま裏切り者を逃がしてなるものかと追う。

タイチは屋根から人の家の庭に飛び降り、築地に沿って走り、弾《はず》みをつけて石塀をよじのぼって連の一人が飛び降りた家の方に走り、今度は板塀をよじのぼる。飛び降りようとした瞬間、植え込みの中に人が身を隠すのが見え、タイチはそれが連の一人でヒガシのキーやんの手下の若衆頭を張る男だったのに気づき、一瞬、相手が自分の父親がわりにも思う路地の三朋輩の一人イバラの留の魂《たま》を獲《と》って名を挙げようとたくらむなら、俺がその男の魂を獲って名を挙げてやると決心し、音を殺して板塀を飛び降りた。小走りに植え込みに駆け寄りながら、男らと争って血を流させて自分の穢れた血も浄化出来ると思う。

タイチは植え込みを廻り込み、連の若衆頭の後に急ぎながら、胸に納《しま》っていた小刀を抜いた。植え込みにしゃがんで自分の荒い息の音で耳が聾《ろう》され、人が近づくのを感知できない若衆頭が鈍重な生きるに価しない獣のようにタイチは思い、体の中から湧いて出る軽蔑にたまらずニヤリと笑い、身をかがめ、若衆頭を後から鶏姦《けいかん》する姿勢になって、チチとネズミの鳴き声を真似た合図を出す。若衆頭が驚いて振り返りざまを狙って小刀を喉首に当てた。小刀は皮膚に当たったが、深く切れてはいない。若衆頭は悲鳴を上げた。

「殺すど、動くな」タイチは中本の若衆特有の甘ったるい声で言う。

「動いたら殺すど。このヤッパで、浜五郎の子供も目潰したんじゃど」タイチは若衆頭の耳元でそう言い、丁度、家の者が庭で時ならぬ悲鳴を聞きつけ起き出し雨戸を開けたので、身を隠す為、若衆頭の耳元にぴったりと口をつけ、頭を下げ、背中に身をのしかける。

　開けられた雨戸がまた閉まってから、タイチは若衆頭の喉首に小刀を押しつけたまま立ち上がらせた。背丈が十五のタイチとは違うので、タイチは小刀を持ち変える。血が喉からしたたり落ち、胸にかかり、動顚《どうてん》した若衆頭が「死んでしまう」と声を出すので、「死なん。逃げたら殺す」と言い、自力で板塀を飛び越えて外に出ろと言う。

　一方、イクオ、シンゴ、カツの三人は、連の一人を羽交い締めにしていた。

　若衆頭を連れて朝の京町の路地を歩きながら合図を送り耳を澄ますと、遥か彼方の家並みが切れたあたりから、鳥の声でも犬の声でもない同じ心を持ち、同じ事をしでかす者だけが交わす唇を自分で吸って立てる合図の音が微《かす》かに聴こえ、四人が四人共、同じ気持ちで瞬時に動いたと男らしい誇りに満ちた音に思え、「われらの考えとるの、お見通しじゃ。許さんど」と言い、タイチは後々の為、徹底して酷い方法で血まみれにして殺してやると決心するのだった。

タイチは知っていた。復讐《ふくしゅう》するなら、よく斬《き》れもしない竹のノコギリで、ひとひき挽《ひ》いては千僧供養、二ひき挽いては万僧供養とやるように、殺された者の為、死んだ者の為、奸計《かんけい》にかかり殺されかかった者の為に復讐する。

血まみれの若衆頭を連れたタイチの合図の音と羽交い締めした連を同行したイクオ、シンゴ、カツの合図の音の間がせばまり、すっかり明け切った狭い路地の辻でついに音は重なり、中本の若衆四人、顔を見合わせ、心は一つなのを知り、無言のまま路地を歩き出す。

どこをどう通ったのか昼になる頃には、中本の若衆四人と二人の連は山奥の渓流の脇にいた。その渓流を横切りさらに奥へ向かえば電力会社が建設するダムがあり、大きな飯場があるのを四人は知っていた。

渓流でタイチは水を飲み、水の冷たさと紅葉した辺りの山肌の美しさに朝から昼までこらえてきた怒りが吹き上がったように連の二人を見て、「われら、ぶち殺したろか」と怒鳴る。

「俺らが、何した?」若衆頭が言う。

「われら、俺らをだました」

「何をだました」そう言う若衆頭を、「つべこべぬかすな」とイクオが殴り、倒れかかったとこを、シンゴが蹴《け》る。

「アニ、こいつら、縛ろら」タイチは言った。タイチは率先してベルトをはずし、朝から狙い定めていた若衆頭の手首を縛って立木に固定する。シンゴがベルトをはずし、もう一人の連を縛りにかかったので、ふとタイチは思いつき、「アニ、俺一人、極道で生きるんじゃさか、手出しせんといてくれ」と言い、中本の他の三人の若衆に向かって、連の一人を終生の手下にする為、生命を救《たす》ける、その代わりにすぐ新宮に戻ってヒガシのキーやんに、親や兄弟と思っているイバラの留やスガタニのトシを狙い、それがかなわないので刑事に密告した若衆頭を処刑したと知らさせ、イバラの留、シャモのトモキが居ないといって勝手な真似をするなと伝えさせる、と言い、イクオやシンゴの答えも聴かないうちに、いきなり、「われ、さっき、死んどったんじゃ」と小刀で腕を斬りつける。若衆頭は悲鳴をあげ、逃げようと身もだえした。

「じたばたするな。われのした事、考えたら、こうされるの、当然じゃ」タイチはまた腕を斬りつける。

「卑怯《ひきょう》者を簡単に死なさしたらんど」

若衆頭は小刀を素早く振るうタイチから逃げまどい、小刀が当たるたびに悲鳴を上げ、「われは人間かア」と怒鳴る。タイチは一瞬、不思議な言葉を聴いたと動きを止め、急に意味が分かったというように、「人間じゃったら、あんな子、産むか」と笑みを浮かべ、素早く若衆頭の脚を斬る。

「帰ったらヒガシのキーに言うとけ。おまえとこの一番喧嘩の強いのが、タイチになぶり殺しにおうたと言うて。どこの組の者でも、おまえをなぶり殺しにしたと聴いたらおびえるわい。おまえ、イバラの留の魂取って男売ろと思たように、俺が売るんじゃ。カドタのマサルやヒガシのキーになめられてたまるか。俺が天下取るんじゃ」

「われは鬼かァ」

タイチはニヤリと笑う。

「鬼じゃ」タイチは独りごちるようにつぶやき、若衆頭の肩から下腹に向けて一文字に斬り裂いた。若衆頭が出血で力なく立木にぶらさがってから、タイチは連の一人に新宮へ帰れと命じ、連が震え上がったまま、「子分じゃと言うなら、一緒にそばに置いてくれ」と言うのに、聴く耳を持たないというように、ただ「行け」と命じ、返り血を浴び血だらけの服のまま渓流に入り、石で小刀を研《と》ぎはじめる。研いだ小刀を上着に納ってから服を着たまま水につかり、手で血糊をはたいて洗い、ただ呆気に取られ、闘いの本性に生まれついたタイチを見つめているイクオ、シンゴ、カツの三人に、「これで、ちょっとは供養になるわの」と話しかける。三人はタイチの激しさがどこから出て来るのか分かったというように、渓流の周囲の山肌の紅葉と変わらないような血に染まったままのタイチを見直し、中本の若衆だけにしか分からない互いの淫蕩《いんとう》な穢れた血の甘い匂いが周囲に漂い出したというように、互いが互いを確かめるように見る。

シンゴが立木に屠殺された獣のようにぶら下がった若衆頭をどうするのか訊いた。イクオが齢嵩《としかさ》の者の知恵だというように、「飯場のすぐそばじゃし、そのあたりに放《ほ》っといても、誰も知らせん。もし誰ぞ気づいても、天狗《てんぐ》にでも悪さされたと言うわい」と言い、タイチが「天狗」と笑い、よい言葉を教えてもらったというように、天狗のタイチ、とつぶやくと、カツが「天狗のタイチ、言うのええねェ」と返す。

「俺ら飯場へ行たら、イバラの留じゃとかシャモのトモキじゃとか、あんなふうに名乗ろらい」カツはそう言って渾名《あだな》を思案する。

こと切れた若衆頭を四人がかりで立木からはずし、タイチは両の手首を縛っていたバンドを解いて何事もなかったように水で濡れたズボンにつけ直した。穴を掘って埋めようと一瞬タイチは思うが、そのまま放置したところで土の中に埋めたところで若衆頭の卑劣さは軽減するものではないと思い、土に埋めもせず草で隠しもせず、立木から取りはずした時の姿のままにして遊びに飽きた子のように、「行こら」と仲間を誘う。

そうやって四人は飯場へ向かったのだった。

オリュウノオバはダム建設現場の飯場に向かう四人の中本の若衆を想像した。この間まで流れの緩い水たまりのような路地の中を青く美しい光を放ちながら群れて泳ぐ小魚のようなひ若い衆だった四人は、すでにもう飯場で流れ者や荒くれ者らと寝泊まりして力仕事をする若衆になっている。

フジナミの市の奥の飯場までは、そのあたりが伊勢の奥、大台ケ原のそばに位置するものだから、トラックが通るようにつけられた曲がりくねった道を行くよりも沢伝いに尾根に登り、尾根から尾根に伝って歩いた方がよほど速い。

だがすぐ日暮れてくる。オリュウノオバは、尾根伝いに歩けば日が暮れるまでに飯場へ着けると甘く見て山の真中で日暮れに出会い立ち往生するタイチら四人をありありと目に想い浮かべたし、「行こら、月明かりあるさか大丈夫じゃど」とイクオの言葉に乗り、月明かりの中を歩きはじめ、茂った雑木の中についた獣道を追い、不意に道が途切れ、あまつさえ月を自分らの目印にしていたものだから方向さえ見失って途方に暮れる姿を想像した。

その時、彼方から歩いてくる者がいる。どんな山奥であろうと炭焼きや山仕事の人夫らがいるものだが、路地を離れ、若衆になって初めて山の飯場へ組をくんで出掛けた四人は、山には鳥や獣か魔物の類しか棲んではいないと思っているし、さらに悪い事にタイチは若衆頭を殺《あや》めたばかりだった。タイチの胸には自分を鬼と認め天狗とも認めたという畏れがあり、今、自分らが伝っている獣道の向こうから山に巣くう本物の鬼や天狗がタイチを迎えに来たと思った。

ざわざわと風に雑木が鳴り、草が鳴る。

四人は立ち竦《すく》み、目を凝らしたのだった。

夢でも幻でもなく、風で揺れて立つ草木の音ではない動く気配の度に体に当たり払われる草木の音が立ちのぼり、確実にこちら側に近づいてくる。

目の届く距離まで来て四人は声を上げた。女が肩までの長い髪をザンバラにし、口に櫛《くし》を啣《くわ》えて歩いてくる。一人なら逃げ出しかねないところを、タイチもイクオもカツもシンゴも、声を上げて逃げれば後で連から笑い者になるし、逃げようと試みたところで雑木の茂みに行く手を立ち塞がれる事は決まっている。四人は金縛りにあったように立ち竦んだまま、ザンバラ髪、櫛を口に啣えた女が四人の脇を通りすぎるのを待った。

オリュウノオバは中本の若衆四人の魂消《たまげ》ようを独り笑った。

昔からそんな事は路地によくあった。男ならどんな夜道であろうと怖れる事は要《い》らないが、女は違う。路地がいまのようでなく、まだ蓮池のある頃、道は蓮池の脇の水の浸った細い畦《うね》か裏山の頂上の一本松の根方についたドウと呼ばれる道しかなかった。ドウとは一本松の根方にある天狗を祭った祠《ほこら》を御堂と呼んだからだが、夜遅くそのドウを行き来するのに、女らは髪を解き口にそれを啣えたりしてたまたま出くわした男らが夜道に女一人が歩いていると思って悪さをしないように、幽霊か魔物のような振りをしたのだった。

男らは震え上がり、一物は縮み上がる。たとえ擦れ違ってそれが幽霊や魔物の振りをする物の用に足つ女だと気づきむらむらと悪戯《いたずら》心を起こそうと、よほどの者でない限り気だけあせって一物は縮み上がったきりで使い物にならない。ひ若い衆が若い衆になろうとオリュウノオバは何の忠告も与えなかったが、娘には折りに触れて、たとえ親や兄弟であろうと男は女と違うので暗いところへ行くな、暗いところで二人になるな、と説いたのだった。

何の知識も与えられていなかった四人の中本の若い衆は、いま山の尾根に従《つ》いた獣道で擦れ違ったのが山の中に住む炭焼きの女房か近くの村の女だと気づきもしないで幽霊か魔物に出くわしたように声もないまま立ち竦み、しばらくして女がたどって来た道を見当つけ、急ぎはじめる。

四人それぞれまちまちの事を考えていた。齢嵩のイクオはダンスホールで手当たり次第にひっかけ捨てた女の生霊《いきりよう》が伊勢の奥、大台ケ原のそばの山の中まで追って来たと思っているし、シンゴはシンゴで、やはりダンスホールで知りあった女が路地の不良と遊んでいると親に折檻《せつかん》され毒を飲んで死んでいたので、その霊が怖ろしい姿で立ち現れたと思っている。カツは路地の女の誰か、中本の一統の血を持つ者が死に、霊魂が山の中にまで来て四人に訣《わか》れを言いに来たと思い、タイチはタイチで、親の代から祖父の代かららつもりつもった悪業、腰からふらふらと落とし弄《もてあそ》び、あげくは捨てて苦しみの奈落に突き落とした中本の血に、女らが魔物となってまで魅《ひ》かれて山の尾根に幻のように立ち現れたと思っている。

月明かりで銀色に雑木の茂みが光り、風が吹く度に滴がこぼれ落ちるように揺れ、音が潮鳴りのように立つ。風が一層強く吹くと銀の光は山の暗闇に吸い込まれる。美しいといえばこれ以上美しいものはないし、まだひ若い衆の柔毛が取れたばかりの四人にふさわしくない荒涼とした景色だと言えばこれ以上のものがないほど明るく熱くたぎるもの、とくとくと脈打つものがない。

四人は黙ったまま尾根を歩き続け、夜が白みはじめてから下の方につくりかけのダムを見つけた。ダムに向かって道を降りはじめ山の中腹まで来た時、路地よりはるかに遅く日が山の際に顔を出し、一気にあたりが明るくなり、それまでくすんだ色だった山の草木が中本の若衆四人のまだ若い熱い血に感応したように金糸銀糸で織った錦《にしき》さながら眩《まばゆ》く、錦の中にまぎれ込んだように辺りが輝く。日の光が射すと山の方々で中本の若衆四人がそこに来た事を寿《ことほ》ぐように季節はずれの鶯《うぐいす》が鳴き、郭公《かっこう》が鳴き、百舌《もず》が鳴き出す。

オリュウノオバは鶯と言い、郭公と言い、タイチがこれから遭遇する奇妙な出来事を予測しての事だと知れた。

四人は飯場へ着くなり雇ってくれと現場監督に申し出、そこに同じ路地の中本の血の若衆がいるのを知らされた。四人を待ちかねていたように現場監督は、その若衆は平気な振りを装っているが両目とも物の識別が出来ぬほど見えなくなっているはずだと言い、出来たら飯場から家へ連れ戻ってくれないかと言い出す。

「誰ない？」タイチがイクオに訊いた。

現場監督に導かれて四人はその中本の一統の若衆が混じって働くという現場に行き、あれがそうだと現場監督が指差すのを見て、イクオは即座に「ミヨシノアニじゃ」と声を出した。

現場監督は随分前からミヨシの立居振舞いが尋常ではないと気づいて、他の者に気づかれては理由あって山奥の飯場まで流れて来た者ばかりだから何が起こるか分からないと案じて、ミヨシを人の居ない飯場の裏に呼び出して質《ただ》したのだった。目は悪くないとミヨシは言い張り、なお訊くと怒りはじめる。

現場監督は手短に説明し、ミヨシをもと来た路地に連れ帰ってくれるなら路用も出す、一月の日雇い賃も出すと言い、四人を見る。四人が四人共、同じ中本の一統の若衆を路地に送り届けるといえ、飯場に着いてすぐ路地に戻るという事に変わりなく、しばらく遠く離れて声も掛けずにミヨシを見つめていた。

不思議な光景としか言い様がなかった。ダムをつくる為、発破を仕掛けて砕いた岩を大小取り混ぜて一輪車に乗せたり、二人組になってモッコで担いで他所へ捨て、大きめの動かし難い岩は削岩機で割るか人の手でノミと金鎚《かなづち》で割っているが、ミヨシは一人、立ち働く人夫から取り残されたように、人力でそんなもの割る事は無理だと分かるほどの岩を股に敷き、ノミを振るっている。

ミヨシは諸肌《もろはだ》を脱いでいた。いつ彫ったのか、背中に牡丹《ぼたん》の花にとぐろを巻いた龍の刺青《いれずみ》があり、それが金鎚を打ち降ろす度にミヨシを飯場で守っているのは自分だと言うようにむくむくと動く。双葉の頃より極道しか他に道はないと決めていたタイチでなくとも、イクオやシンゴ、カツすら、白い肌が日に焼けて褐色になった姿形のよい中本の若衆に背中の龍ほど似合いのものはないと感心して見とれ、そのうち尋常でないのはミヨシの眼が悪い事ではなく、女を腰から落とし歌舞音曲にうつつを抜かし淫蕩な血のざわめくまま生きるという中本の若衆が他の者と同じように働いているからだ、と思いはじめる。

ミヨシは見えるのか見えないのか、金鎚を振り上げ、ノミを打つ。金鎚がわずかにそれてノミをかすり、ミヨシは瞬時に手を離した。四人共、声をあげ、ミヨシの方に怪我《けが》はなかったかと走り出すと、何事もなかったように岩を股に敷いたまま「何な？」とミヨシが振り向く。

タイチはミヨシを見て、路地の中で子供の頃、何度か見かけた顔だという事に気づき、路地に湧き出たような若衆が一人減り二人減りして他所で生きていると思い、「アニ、大丈夫こ？」と思わず声を掛ける。

ミヨシの方はそう声を掛けられても声の主が誰なのか見つめてみてもおぼろな像しか眼に映らないものだから分からないし、声とて五つも六つも齢の差があれば声変わりした声も聴いていないのであてにならない、しかし、人をアニ、と呼ぶ言い方、大丈夫こ？　と訊く言葉使いを聴いて、そこにいるのはまぎれもなく自分が生まれ育った路地から来た者らだと気づき、「誰らない？」と訊き、声を出したのが菊之助の子のタイチ、一等齢嵩なのがカツイチロウの子イクオで、他に同じ中本の一統のシンゴ、カツがいると知り、あきらかに安堵《あんど》した声で、「やれよォ、親指ひしゃいでしまうとこじゃった」と言う。

「アニ、眼、見えんのこ？」イクオが思い切って訊いた。

ミヨシは言い淀《よど》み、返答をする前にする事があると言うように、「そこの手拭いと服を取ってくれ」とあらぬ方を指差して言い、タイチが岩の横からひとまとめにした物を取って渡すと、「夜は見づらいけど、昼は見えいでの」と言い、子供の頃からの鳥目にすぎないと言った。

そのミヨシの不如意を見て現場監督が気を効かせたのか、それともミヨシの方から同じ路地の同じ血の四人と寝起きを共にしたいと申し出たのか、四人はミヨシの居る大部屋に入った。寝る時も風呂に入る時も飯を食う時も一緒で、そのうち四人の誰もがミヨシが自分らと変わりなく眼が見えていると錯覚しはじめた。

朝、五人が二班に別れ、シンゴとカツが二人組でモッコ担ぎ、タイチはイクオ、ミヨシと共に発破で砕いた岩をさらに小さく削岩機で砕き、鉄鎚《てつつい》とノミで割るという現場に廻り、日が昇り切らないうちにミヨシが鉄鎚で左の親指を叩《たた》き潰《つぶ》すという事故が起こった。イクオが歯を喰いしばって痛みをこらえるミヨシの指に血止めの包帯を巻き、タイチが現場監督に知らせに走った。現場監督はミヨシを見るなり、何故、目も効かないのに飯場にいるのだとなじり、眼が見えると応じるミヨシに、何か町に戻れないような事をしでかして来たのかと訊いた。ミヨシは答えず、ただ「バチが当たったんじゃよ」とつぶやいた。

怪我をしたまま現場にいても仕方がないと現場監督に言われ、イクオがミヨシを背負い、タイチが三人分の装束や道具を持って飯場へ帰りかかると、イクオの背中のミヨシが、「親指、叩き潰しても、声も出さなんだど」と独りごちる。

「他のやつらじゃったら獅子吼《ししく》ろが、俺はどうせ親指くらい潰すじゃろと思て腹決めとったさか、声も出さん。バチ当たるんじゃさか」

「バチ言うて何ない?」イクオが訊くと、「バチじゃだ」と自明の事を訊くなと言うようにつぶやいてミヨシはイクオの上に身をそらし、背中から降ろしてくれ、と言うのだった。

イクオが身をかがめながら後手に廻した腕をほどくと、親指を潰す怪我をした者とは思えない勢いで弾ねるように下に降り、「目も見えんし、親指も潰れたし。もうバチ当たるの済んだかいね」とタイチに笑いかける。タイチが若衆頭を殺したのを気に病み、「アニ、人殺したんか?」と訊くと、急に目が見えなくなったようによろよろと歩き出し、イクオが「アニ」と体を支えると、「人殺したくらいで、こんなバチ当たるかよ」と笑う。

「イクオ」ミヨシは歩きながら自分の体を支えている中本の若衆に言う。

「水の音するじゃろ。山の上から流れて来た水、岩の間に集まって下の方へ流れいるんじゃろ。ここへ来て三月目に、もうボンヤリとしか見えなんだんじゃ。ホトキさんおるんじゃったら、訊いてみたいよ。火つけたバチか、人殺したバチか、女売ったバチか。何のバチな、言うて。小さい時から鳥目じゃったけど、火つけんうちから、人殺す前、女売る前から、眼、見えんようになったんじゃさか」ミヨシがそう言って黙ると、イクオが「アニ、つらいねェ」と言い、声を詰まらせる。

ダム工事用のトラックの為に山肌を切り裂いた道が昼の光で眩いほどで、タイチに、ミヨシの体を支えて歩くイクオの眼に涙が後から後から流れ落ちているのが見えている。イクオは飯場へ着くなりすぐにミヨシの身の廻りをまとめ、ミヨシと共に路地に向かったのだった。

タイチは、ミヨシがイクオに手を引かれ山を降りてから、来る日も来る日も「バチが当たった」というミヨシの言葉を思い浮かべ、解いても解いても解きされぬ謎のように、バチという言葉を考えていた。

タイチは路地の若い衆で双葉の頃より連のシンゴやカツと飯場の一つ部屋で寝泊まりし、朝の光と共に起き出して人夫らに混じって飯を食い、深山の清涼な秋の朝を、いずれ他所から来た荒くれの人夫らに混じって現場に出掛け発破で砕いた岩を運んだり割ったりしながら、ミヨシが呻いてつぶやいたバチとは、降りそそぐ光のどこに潜んでいるのか、と考えた。

若い衆になったといえ齢端もいかぬタイチは、空にある日が万物の生命の輝きを寿ぐだけで、生命の輝きを極みまでおしやるのを知らない。極みの頂点で万物は、草木なら草木、獣なら獣の五毒が体の中に現れ、それがまたもう一つの極みに至り、死に至るのを知らない。

オリュウノオバは何一つ欠ける事なくしなやかな初々しい筋肉の張った裸の胸を風に

さらしているタイチ、日の光の撥ねる山の木々を見つめ問いを抱きながら獣のように呼吸する若衆のタイチを見つめ、タイチに、オリュウノオバに人の五体の廃疾《はいしつ》を治し、途中で断たれる人の生命をまっとうな寿命まで永らえさせる力があるなら、どこの一統の者よりもまず中本の血の若衆らを治し、生命を永らえさせる、と語りかけ、中本の一統の若衆が苦しみ怒るからこそ、仏の慈悲の有難さが際立つのだと語りかける。

タイチは風を感じながら、風が憎いと思う。山奥の人の手が入っていない、神代の昔植えられた杉の美林に降りそそぐ光が、まるで大きく広げた葉の先から泡立ちながら湧き上がるように光るのを見ながら、その光から自分がうとんじられる身にあるのだと思い、物言わず光を受ける事の愉楽にひたっている杉の木に、苦しみもがく中本の血の若衆として火を放ち燃やしてやろうか、と独りごちる。

オリュウノオバは「タイチよ」と語りかける。「そんな事、想うな」オリュウノオバはつぶやく。

「何でなよ？　何でバチ当たらんならんのなよ？」タイチは直截《ちょくせつ》に訊く。

オリュウノオバは黙る。何度もオリュウノオバ自身、若死にする中本の一統の若衆を見る度に、礼如さんにも、仏にも訊いてきたのだった。

タイチはその時、路地に起こった出来事を誰に聞かずともはるか遠くに離れた飯場で正確に把握していたのだった。

イクオが山奥の飯場から連れ帰ったミヨシは、まるでその為に路地に戻って来たように、十日も経たないうちに裏山の一本松に首を縊《くび》って死んだ。イクオはすでに飯場に戻ったばかりなので、ミヨシの縊死《いし》が知らされたのは四月ほど経って、正月を越えて何人か路地で正月を迎えた若衆が飯場へ出稼ぎに行っての事だった。

イクオ、シンゴ、カツ、それにタイチの四人は、四カ月前に盲《めしい》たミヨシを飯場で見つけたのと同じ衝撃を四カ月経って受け、中本の血はどうにも逃げようのない宿業なのだと、それぞれ肝に銘じる事になるのだった。

町中をチンピラ同然の身で徘徊《はいかい》していた頃と違って育ち盛りの四人、飯場で力仕事をやり、めっきり肉がつき、どの荒くれの人夫らと比べても遜色《そんしょく》のない筋肉がついた四人は、或る時、飯場の風呂場で四人それぞれ短い生命ならどう生きてくれん、と話しあっている。

元々、役者にしても不思議でない器量の持ち主ばかりだったたし、いずれの親も女を腰から落とし、仕事なぞ口に糊《のり》する賃だけで充分と心得て、雨の時も雨でない天気の時も、三味線を弾いたり笛を吹いたり、イクオの父親のカツイチロウなぞ凝りに凝って、着物の上に袈裟《けさ》をまとい、鋲《びょう》を打った雪駄《せった》を履いて、どこで調達したのか深編笠を被《かぶ》り、見よう見真似だが器用に尺八を鳴らし、色街の方へ女をわかせに出掛ける、歌舞音曲が飯より好きという質《たち》だったたから、「若死にするんじゃったら、女、姦《や》りまくったるわい」と口々に言い出す。

中本の血でただ一人闘いの性に生まれたタイチは、風呂場の中でまだ何の兆候もない疵《きず》一つない裸を見せ合い、若死にする宿業なら短い生命を苦痛でなく痺《しび》れるような快楽に生きてやると言うのに、他人事ではない身だから同調し、正月も路地に帰らず遣い途のなかった日雇い賃を持ってフジナミの市の女郎屋に女を買いに行くのに同調したのだった。

風呂を出てすぐに山を降りる身仕度をしはじめると、ミヨシの訃報を持って来た路地の若衆は、「どこに行くんな?」と訊き、イクオが四人を代表するように、若死にするなら汗水たらす必要ない、楽しい目だけして生きるとうそぶくと、「女に股の汗、塗ってかよ?」と露骨に軽蔑心を顔に出してせせら笑う。

「吾背らの一統は、そんなんじゃさか、あの一統は、と言われるんじゃ」

「ほっとけ」イクオは言葉を返した。

「地道に働く気がないさかじゃ」

路地の若衆は四人が交互に鏡の前に立ってわざとらしく顔を見るのを、穢れた物を見るように見る。

「どうせ若死にするんじゃさか」シンゴが鏡に向かって笑いかける。その自分の笑みがよほど気に入ったのか、笑みを浮かべたままリーゼントの髪をかきあげ振り返り、路地の若衆に、「アニ、俺ら四人共、町におったら散髪代まで要らんのじぇ。ダンスホールの脇の散髪屋、俺ら四人の散髪、ただでさしてくれと言うんじゃ。俺らが髪をこんなふうにしとったら、みんな、ここへ同じようにしてくれ、言うてくると言うて、タダ。アニら、金、要るじゃろがい？」

「いらんよ、そんな頭」路地の若衆は言う。

四人、まるで山を降りる事が楽しくてしようがないように、口々にフジナミの市に行けばどんな女を選んで相方にするか話し、いままで経験した女がどんな具合だったか話す。

しかし、どんなに歩を速めても山はたちまちに暮れ、イクオが話した一等淫乱な、事が終わっても興奮し続け、イクオの精液のついた性器をなめるだけで足らず、尻の穴も足の指もなめ続けた女が、暗い山の中に棲む山姥《やまんば》の一人のように思え始め、中本の一統の若衆が若死にするのは、ミヨシの言うようにバチでも何でもなく、実のところ腰から落とした女の中に何人も山姥が混じっていて、若い精気を吸い取られたからだと思いはじめる。

月は飯場へ来た時と同じように空に架かり、山を銀色と昏い闇に染め上げていた。

タイチら四人は、ひとかたまりになって歩いた。


明け方、フジナミの市を目前にして、夏芙蓉の花に群れる金色の小鳥のようだった四人のうちから、草の蔭《かげ》、木の茂みのそここに残っている夜に身を隠すように、ふっと離れる者がいる。しかし離れたとしても、他の三人と歩調を合わせているのでそれがひとかたまりの連だというのは一目瞭然の事だし、何が面白いのか笑い転げ、鳥や獣の声音をつくり話し興じるのは変わりないのだから、一人離れて歩く効きめなぞありえない。

オリュウノオバは、一人離れて幻のように草の蔭、木の蔭に籠っていた夜の暗闇さえかき消える中を連と共に歩くタイチを、息をひそめて見つめている。

夜の闇はタイチの抱く罪も怒りも、五衰する天人の放つ臭気のような体の甘い匂いも隠してくれるが、日毎訪れる朝の光はなにもかも苛烈《かれつ》にさらしてしまう。闘いの性に生まれた十五のタイチ、心の中では人を殺めた、人を傷つけたという気持ちより、相手の不正を断罪したという気持ちの方が勢い勝っているが、自覚せずとも一歩町に近づく度に日の光に容赦なく身をさらす事になり、オリュウノオバの目には、天空から雨あられと降りそそぐ朝の光が切先の鋭い槍《やり》とも針ともなってタイチの体に突き刺さっているのが見える。

タイチは光の当たる草の葉が眩《まぶ》しいと思う。木々の梢《こずえ》の葉の一つ一つが鋭く光を発し、夜中歩き続けてくたびれた目に、異様に眩しいと思う。タイチはその草の葉に当たる光、梢の葉の一つ一つが発する光が仏の手で放たれた槍とも針とも気づかず、いま生きながら地獄に堕ちて苛《さいな》まれているのだとも気づかず、道端の草の葉をちぎり口に入れ、湧いて出た唾と共にチッと音させて吹き飛ばす。まことに一人、タイチには罪も罰も口に入れて飛ばす草の葉のようなものだった。

草の葉の青い汁が口に残る。湧いて出る唾を舌先でまるめ、嚙み、白い綿のように作り、白い歯と歯の間から音させて遠くへ飛ばす。若衆らは何時でもオリュウノオバには思ってもみないような事を得意がる。日の光を受けて純白に光る唾は得意がる代物ではないのに、タイチは明るく眉をあげて見るのだった。

そうこうしているうちに四人の若衆らはフジナミの市の町中に入り、元の若衆頭を殺った時のように足早に裏道を選って歩き、イバラの留がいた草履屋の二階にも戻れないものだから、そのまま遊廓に向かったのだった。


朝、まだ寒い玄関に、咲きはじめたばかりの花のような四人の中本の若衆が性の悦楽の予感にうち震えながら立ち、「おるかいのー」と甘い声を出して人を呼ぶ。中から答える女の声がしたがすぐに顔を見せないものだから、四人は待つ時が惜しいと断りもしないで上がり、奥に向かった。長い暗い廊下を歩いていると気配を察して出て来た女が四人を呼び止め、夜の眠りの絡んだ声でやんわりと苦情を言い、女郎らはいま起きたばかりだから控えの部屋で待っていてくれと言う。

控えの部屋で四人は所在なく床の間に掛かった富士の絵を眺め、生けた梅の花を眺め、そこがさながら路地の若衆宿だというように腕相撲をやり、そのうち路地ではああだった、こうだったと話になる。

路地の話はいつしても四人には面白かった。そこが他所と較べればどんな小さなところであれ、どんなに貧しいところであれ、春も夏も秋も冬も、朝も昼も夜も風を受けて揺れる緑の山があり、音が絶えず湧き立ち、音が人を庇護《ひご》する壁のように立ち籠っていたから、そのあるかないかの音に包まれて育った者には路地の名を呼ぶだけで喉《のど》が鳴るような想いがする。

一刻も早く路地に帰りたかった。

四人共、想いは同じだった。

イクオはイクオの、タイチはタイチの想いはあるが、違いはささいな事にすぎず、空耳のように鳴り続ける蓮《はす》の花の開く音が響き籠ったと言われる頃から今に至るまでの路地へ、空を翔《と》ぶ鳥のように羽根があるなら、今、女郎が性の準備をして姿を見せる間に路地に戻り、湧いて出る清水を使った共同井戸の甘露の滴を一口でも二口でもすすって来たい。

控え室の中で性にじれ、路地にこがれ、体の中心に渦を巻く情欲が性の為か路地のせいか分からないまま、四人の若衆、「おお、したいよ」「はよ、来い」と獣が呻くような声を上げげ、遊廓を取り仕切る内儀《おかみ》が、さあ、用意が整ったから、と呼びに来て女郎らの待つ部屋に入る頃には、相手がどんな女でもよいという気になっている。

女郎らは十人、思い思いの格好で坐り、四人が部屋の入口に立つと顔を上げた。女郎らの前に立って四人それぞれ相方を指差してみて、いままで四人一心同体だったのが四つに割れ、四つの違う性の悦楽にふけるのだという自明の事に気づき、それぞれ女郎にしなだれかかられながら目を見つめ合う。

四人共、中本の一統だった。自分が性の悦楽にうち震え、体の芯から性に感応するなら、他の三人の中本の一統もそうだった。性にじれ、猛り、怒りのように三人が昏い眼をしているなら、自分の眼もそうなっていた。

タイチは部屋に入るなり、鏡台に顔を映して見て、三人と同じように自分が昏い眼をしているのを確かめ、鏡の中に映った女郎が薄い蒲団の中に長襦袢《ながじゆばん》のまますべり込むようにに入るのを見ながら服を脱ぎ、裸になった。素裸になって振り向いて、蒲団の中に半身起こして自分を見つめる女郎を見て、タイチは体の芯から嬉しくなり笑みが湧き上がってくるのに気づく。

女郎はタイチの笑みにつられて笑みをつくる。タイチが「つい、嬉して、笑いたなる」と言うと、場数を踏んだ女郎然として薄い掛け蒲団をはいで、誘うように立て膝をし、乱れた裾をタイチの前にさらし、「男前やねェ」とささやく。

タイチは十五歳だった。十五歳のタイチが路地や飯場で齢上のアニやオジからどんなに女を嬉《よろこ》ばせる手管を教えられていたとしても、ただ耳で聴くだけで、実際に当たって試したわけでないから使える性の技はさして多くはなく、むしろ相手の女郎が、こうする、ああする、と導いたが、タイチの体の芯、タイチの種の種にある中本の一統の徴は、さして凝った技を使うわけではないのにタイチの体からしびれるような悦楽の波が押し寄せ、昂《たか》まりに押しやり、女郎は身も世もあらぬほどの声を出す。

若いしなやかな獣のような中本の一統の四人、それぞれ相方の女郎と交わり、夜になって遊廓を出て、事は起こったのだった。

「アニ、鳩撃ちと言うの、知っとるこ?」タイチはイクオに訊いた。

「あの女郎、俺に撃ってくれと言うんじゃ。そうやんで、撃ったろと思う」

タイチは一日だけ時間をくれと言った。


タイチの申し出にイクオもシンゴもカツも思案した。朝、遊廓に登り夜になって外に出るという若衆らにはつかの間の悦楽だったが、じれていた性の炎に水をかけてみれば、体の中に渦巻くもう一つの情動、一刻も早く路地に戻りたい路地をこがれる炎の所在に気づくのだが、一日だけ時間をくれと言い出したのが一等齢若いタイチであり、鳩撃ちの目新しさもあり、遊廓を変えてその晩もフジナミの市に泊まる事にした。

鳩は哀しい習性を持っていた。どこで飼われていたのかふと釣られて他所に迷い込み、そこに充足すればそこを拠《よりどころ》としてどこに居ようと戻る。拠から他所に迷い込み、新しいそこに充足すれば、そこに戻り続ける。

鳩は女郎だった。相方になった女郎は、自分をどの遊廓に売ってもよいからここから籠脱《かごぬ》けする手引きをして欲しい、と頼み、十四の歳で博奕《ばくち》打ちの男親の手で遊廓に売られて以来、今まで二度、実の男親の手で鳩撃ちされて来たと身の上を説き、男親が鳩撃ちして博奕の金をつくるのみならず、次の遊廓に売られるまで実の娘なのに女として弄ぶと言う。

十五のタイチ、女郎にいたく同情したのだった。

路地に似たような話は幾つかあった。男は博奕打ちと言っても仲間うちで米二合賭《か》けたり、その日の下駄《げた》直しであがった金を賭けるションベン博奕とか世帯博奕と呼ばれる博奕打ちで、怠け癖が加わり、それで自分の女房を裏山の向こう浮島の遊廓に出し、時折、女房恋しくなれば浮島に登って女房を抱き、そのうち博奕の負けがこんで女房を鳩撃ちした。女房を手近な浮島に置いておけば苦労もないものを、撃った先がフジナミの市だから会うにもままならない。そうこうしているうちに、女房は誰かに撃たれてフジナミの市の遊廓から忽然と消えた。

路地の誰もが男を笑い、女房に同情した。博奕打ちも、路地に何人もいる男と同じような甲斐性《かいしよう》のない者らも、女らの笑いに合わせて苦笑し、女房を遊廓に売ってその女房を指名する愚か者も、女房を鳩撃ちする愚か者も他にないと言い合った。

タイチが相方の女郎に同情したのは、路地の愚か者に憤慨した記憶があるからだが、今ひとつ、実の娘を自分の女にして弄ぶという行為が、タイチの何かに火をつけた。

「おお、撃ったるわ」と二つ返事で女郎の頼みを引き受け、路地に帰ろうと急ぐ連の三人を説いてフジナミの市の港近くの遊廓に登ってもらい、タイチ一人、元の遊廓に戻って、内儀に相方の女郎がよかったので三人の連を先に帰して自分一人引き返して来たと嘘《うそ》を言う。内儀は何一つ疑いをはさむ事なく、性の悦楽を知りはじめた齢頃の若衆なら、傍目《はため》には相方がトウが立ちすぎ器量もいまひとつで不釣合極まりないが、春をひさぐもののの手練手管にのぼせ上がっての事で珍しい事ではないと、満面に笑みを浮かべ、中本の若衆の硬い棘《とげ》はあるが咲きはじめた香ばしい梅の花のような男振りに、相方の女郎でなく内儀自身が、とちらと邪《よこしま》な想いが浮かぶのか科《しな》なぞつくり、「まア、上がって。そうやけど、あの子、今、忙しよって」と客を取っている最中だと言い、タイチの顔を見ている。

タイチは一瞬、失望し、それが女郎の勤めだと思い直し、「かまん。待つ」と内儀に言い、部屋に入るなり別な女郎はどうか、なんなら自分が、と持ち掛ける内儀に返事もせずにいる。それでもあきらめきれないのか、茶を持って来、茶を呑《の》み干すと、フジナミの市の名物だと言って甘いタレのついた桜鯛《さくらだい》の鮨《すし》と酒を持って来て内儀があれこれ話をしかけるが返事もせず、そのうち酔客が三人登って来たと内儀が下働きの女から呼ばれて出て行き、タイチはニヤリと笑う。

一仕事する前に腹ごしらえだと、折に詰まった甘いタレのついた桜鯛の鮨を泥土でもつかむように取って口にほおばり、指についたタレを敷いた蒲団の枕元にある桜紙で拭い、女郎が来る間にどこに何があるのか下調べをしておこうと障子を開けて手摺《てすり》から身を乗り出して外を見、そこが二階で煉瓦《れんが》の塀と距離があるが、少し度胸のある女なら飛び移れる程のものだと知り、タイチは障子を閉め、念の為に命綱を作っておこうと蒲団の敷布を破きはじめる。敷布を綱のように強固にする為に腕の長さほどで結んでこぶをつくり、さらに蒲団の布を破り継ぎ足してどうにかこうにか二階の窓から吊るせば下の道に届く長さに仕立てて一段落し、それでも女郎が来ないものだから、廊下に出て、突き当たりまで足音を殺し身を屈めながら歩いてみる。

　突き当たりは案の定、ドンデンになっていた。ドンデンを勢いよく体で突いたものだから、遊廓の裏の甕や鍋を積み上げた物置場に落ちそうになり、あわてて柱をつかみ身を支えながら苦笑する。

　部屋に戻り、敷布や布を剝いだので綿のむき出しになった蒲団の上に寝そべって女郎を待った。ごろごろ転がって綿を衣服につけて遊んでいたが、うとうとしかかり、ふと廊下を小走りに駆けて来る者がいるのに気づき、タイチはその足音があまりに大きいので、女郎ではなく自分を狙いに来たカドタのマサルかヒガシのキーやんの放った手下だと疑い、素早く起きて障子を開け、手摺に乗り、障子を閉めた。

　女は部屋に入り、綿のむき出しになった蒲団だけでタイチがいないのに気づき、驚きの声を出す。その声を耳にしてタイチは、そこにいるのが自分に報復しようとする者ではなく、身の上に同情した女郎だったのに気づき、手摺の上に軽々と立った身の敏捷《びんしょう》さを誇るように仲間との合図の音を出し、女郎が気づくより先に障子を開け、「ネズミコドウ、参上」と義賊然として女郎の前にピョンと飛び出す。

　女郎は時間がないと言った。遊廓の内儀は因業で、今、取っている上客を帰す事はない、名指しして登って来たのは齢端もいかない若衆だから適当になだめ、元の客に戻ればよいと、時間をあまりくれなかった、と言い、鳩撃ちなら次の機会にして、今日はただ性のまぐわいだけにしてくれと言う。

タイチは首を振った。首を振ってみて怒りがこみ上がり、まだ客の出入りの激しい時間に女郎の籠脱けなぞどのくらい危険な手品か、盲目になり、「われ、オレに連いて来たらええじゃ」とヤクザ者然として声を出し、用意していた綱を持ち手摺に結ぶ。

「綱にぶら下がって下りたら、オレが向こうの塀で引き上げたる」タイチは女郎に言い、まず綱を煉瓦塀の向こうに大きく投げ、次に手摺から難なく塀に飛び移る。

「ゆっくり下りよ」タイチは綱を持ち、女郎に言う。

女郎は躊躇《ちゆうちよ》していた。煉瓦塀の上に立ったタイチを何事か訴えるように見て、タイチが勢《せ》いて圧し殺した声で、「早よ、下りよ」と言うと、意を決したように手摺に手をついて障子の敷居に立ち、手摺にしっかり結んだ綱を持つ。女郎は再びタイチを見て、躊躇していたのは手摺と煉瓦塀の距離や高さにおびえていたのではないと言うように、襦袢の裾を夜目にも白い太腿《ふともも》のあたりまで捲《まく》り上げるやいなや、タイチよりも軽々と手摺の上に立ち、綱を持っていると逆に身が不自由になって危ないというように綱を手から離し、まるで軽業を生業にしていた女のように弾みをつけて手摺を蹴ってタイチの立つ煉瓦塀の上に飛び移る。女郎の身の軽さをたいしたものだと褒《ほ》め、タイチは塀の上で身を屈め、遊廓の中をうかがって誰もまだ気づいている者はないと確かめ、塀を下に飛び降りようと女郎に合図する。

女郎はタイチより先に飛び降りた。飛び降りた途端、女郎はまるで前から組をくんで連れ舞い、阿吽《あうん》の呼吸を呑み込んでいるように暗がりの中に駆け入り、タイチを待つ。女郎が機敏に動くので、遊廓から女郎を籠脱けさせているのでなく女郎を相手に面白い遊びをしている気になり、煉瓦塀の上からトンと足音も軽く飛び降り、瞬時に駆ける猿《ましら》のように身を隠すタイチは、暗がりの中の女郎のそばに寄ると屈託のない笑い声を立て、それから一刻も猶予がならないと、女郎に後に従いて来いと言って港の方に向かって走り出す。

港のそばの遊廓、錦水楼《きんすいろう》の近くに来て、タイチは自分が女郎相手に面白い遊びをしているのではなく、女郎を遊廓から籠脱けさせ、鳩撃ちをしようとしているのに気づき、そのまま女郎を連れて連のいる錦水楼に行けるわけでもないと思い、女郎を一晩でもかくまってくれる者がないか考えた。フジナミの市の地廻りの顔をあれこれ思い浮かべてみたが、イバラの留もカドタのマサルも居ない今、遊廓を大切な金蔓《かねづる》にしたフジナミの市の地廻りが、たとえどんなに度量があったとしても、遊廓の内儀や男衆らの元から逃げ出した女郎を二つ返事でかくまってくれはしないと分かり、それなら飯場の日雇い賃もまだ残っている事だし、その足で駅まで行って汽車に乗り、遊廓のある大きな町まで高飛びしようと考え、フジナミの市の汽車の駅まで行った。

汽車は無かった。進退谷《きわ》まり、それでタイチは、イバラの留やスガタニのトシが新宮で事を起こした時、頼って身を隠していた草履屋に一抹の危惧《きぐ》の念を抱きながら行ってみる事にした。イバラの留からもカドタのマサルからも、京町の草履屋のどんな噂も聴いていなかったが、新宮からタイチら四人と共にヒガシのキーやんの若衆頭格らが来た途端、草履屋が警察に襲われたのは、若衆頭らだけでなく草履屋も草履屋に出入りする者らもグルだったという嫌疑が頭から離れず、機会があれば質してみようと思っていた。闘いの性に生まれたタイチは、籠脱けさせた女郎をこれから鳩撃ちするところだ、よろしく頼む、と相手には無理難題と映る事を持ちかけ、まず相手の反応を見、その反応のいかんによっては一気に、イバラの留とスガタニのトシを売ったのはおまえらだったのかと訊くよいきっかけが出来たと思い、さらに相手が「おうさ」と無頼者然として答えるのを耳にした時、どう決着をつけようかと想いをめぐらす。

タイチははっきり自覚していた。草履屋の前に立ったタイチを見る相手の顔の表情で、何を詳しく説明されずとも、シャモのトモキ一人残された新宮の勢力図がどうなっているのか、路地の若衆や男衆らがどんな羽振りなのか分かる。京町の草履屋がイバラの留、スガタニのトシを売ったなら、それまで紀州新宮藩の領地より路地の三朋輩の取り仕切る縄張りの方が広いと豪語していた勢力図が、オオワシとも隼とも称されたヒデの死をきっかけに寸断され、少なくともフジナミの市は路地の三朋輩の勢力圏でもなく、むしろ三朋輩の崩壊をきっかけに、ヒガシのキーやんと連合状態に入ったという事になる。

タイチはバラバラになった路地の三朋輩の気持ちを想って胸が張り裂けるほどだった。三朋輩の誰一人とってみても充分に子分を養え縄張りを治める実力を持つのに、種の頃から双葉の頃から朋輩だった事が禍《わざわい》して、三朋輩すなわち三すくみとなり、一つが欠けるとたちまち昔日の権勢はうたかたの夢になる。

歩きながら呻き、呻きながら歩くタイチを女郎は見ている。それで女郎は、どこへ行くのか、と訊いた。

タイチは京町の草履屋だ、と言った。

女郎は草履屋を知っているように、ああ、と声を出し、それから何を思いついたのか、十日ほど前にこんな事を聴いた、と言う。

子供をもっこに入れて父親が遊廓に売りに来た。父親の態も子供も貧乏の極みという姿をしていたが、子供を買い取って育て上げ、今は立派な旦那《だんな》を持つ女郎になっている。

「たしか京町の人や、と言うとったけど」

タイチは女郎が何を言うのか気づかず、ふーんとうなずいている。

女郎はさらに京町には幾つも話があると言った。

今は町は様変わりしているが、あたりは葦《あし》が生い茂るほどの沼地で、そこに藺草《いぐさ》を植えて畳の原材料を取っていた。

「昔、好きおうた二人がおったんやな。それでも貧乏なんや。夫婦二人、どんなに好きおうても、貧乏やからしょうない。二人は沼で畳に使う藺草を刈っとったんや。或る時、男の人の方が女の人の方に、こんなに貧乏をおまえにさせるのはしのびない。おまえ、俺と別れよ。俺を捨てて他所へ行け。女の人は、それは出来へん。そうまで言うんやったら、うちを女郎に売って。それで男の人は女の人を女郎に売ったんやな。売った金で種をようさん買うた。繭草をようさん作って、金たくわえて、金持ちになって女の人、もらいうけたる。それまで辛抱や。それで、来る日も来る日も沼の中に這いつくばって働いた。女郎になった女の人は、泣く泣くよその人に抱かれた。そのうち旦那がついた。身請けされて、他所へ行く。あの人、どこにおるんやろと思て、一目見たいと思て、京町の沼の横、通った。分からせんわな。菅笠《すげがさ》して沼の中に這いつくばっとったら。男の人は女の人をすぐ分かった。女の人は分からせん。沼で這いつくばっとるし、仕事きついし、齢取るし、若い昔のままの男の人と違う。女の人はおじいさんが働いとると思うだけで、分からせん」

タイチは女郎の話に、ふーんとただ相槌を打った。

「他所に売られても大丈夫やから。しっかり言うて」

女郎は草履屋の前でタイチの手を握る。

草履屋は灯《あかり》を落とし戸口を閉めていたが、外から呼ぶタイチの声を聞くと、こんな夜更けに誰だと訝《いぶか》る声がし、タイチが用心して名乗らず草履屋を呼び続けると、呟《しわぶ》く声がし、戸の突っかい棒がはずされ、建てつけの悪い戸が半開きになる。

半開きの戸口からのぞいた男は草履屋だったが、外に立ったタイチを見る顔は知っている草履屋の物ではなく、業の深い、同じ鍋の物をいまさっきまで食い合っていても、くるり振り向けば別の事を思い巡らし、尻口で物を言うような男の顔だった。

草履屋は夜の外に立ったタイチを見て驚きうろたえ、次にそこにいるのがイバラの留でもスガタニのトシでもなく、筆おろしをしたかしないか、骨も固まっていないような十五のタイチだと気づき、あなどりがむくむくと起こったように、「なんな、こんな夜んべに」と、夜半、尋ねて来た理由を訊くのではなく、歯を剝き出して怒鳴りつけるように言う。

タイチは草履屋の変わりようで何もかも分かった。

イバラの留やスガタニのトシが居た時は、目尻を下げ笑みを顔いっぱいに浮かべ、「おお、坊ら、来たんか、入れ、入れ」と招き入れたのに、同じ顔でこうも変わるものかという取りつく島はどこにもない悪意に満ちた顔を向け、あまつさえ、タイチの脇に立った女郎を見て驚き目を凝らし、「ハナギヌか」と訊き、女郎が答えないでタイチの手を握ると、何の目的で来たのか悟ったのか、「おまえらァ」と声を荒らげ、「籠脱けさしたんか、伊勢の馬喰《ばくろう》がイリキンロウに売ったんじゃのに。売るの、オレが世話したんじゃのに」と怒鳴り、半開きの戸を開け切り、いきなり手を上げ、「われェ」と女郎に打ちかかろうとする。

咄嗟《とつさ》にタイチは女郎を庇《かば》う為、草履屋の腹を蹴った。女郎は素早くタイチの体の陰に隠れ、草履屋をかわし、「鬼」と叫ぶ。

タイチに足で蹴られよろめく体を起こし、不意に、夜の闇の中で怒りに火が噴いたようなタイチが並の若衆ではなく、路地の三朋輩が手塩にかけた闘いの性に生まれついたタイチだった事に気づいたのか、素手ではかなわないと暗い土間の中に駆け入り、草履造りに使う千枚通しを持ち出し、「われェ」とタイチめがけて体ごと当たってくる。

女郎に手を握りしめられ身を寄せられていたし、草履屋が千枚通しを握り、捨て鉢に体当たりすると思わなかったタイチは、不覚にも左腕を突き抜かれ、いきなり差し込む火のような痛みのまま草履屋に押し倒されて転がる。草履屋が一方の手でタイチの顔をわしづかみにして押さえ、一方の手で千枚通しを引き抜いて再度、突きにかかろうとするのを、身をよじり力を込めて抗い、女郎がタイチの上にのしかかった草履屋の頭を石で打ちかかるのに救われ、やっとの事でタイチは草履屋の体から逃れ、草履屋の手から千枚通しをもぎり取り、一突きめは路地の三朋輩の無念を晴らす為、二突きめは女郎の為、三突きめはタイチに傷を負わせた罪の為と、都合三回、火のような痛みが夜の闇に広がってゆく気になりながら、正確に心臓を突き刺した。

心臓に突き刺すやいなや、千枚通しを引き抜きもせず、タイチは炎が自分の体から外に漏《も》れ続ける痛みに呻きもせず、女郎に無言のまま逃げると合図して、今さっき来たばかりの道を走りはじめる。

駆け出す足が一歩前に出る度に炎が漏れ、藺草を植えた沼のほとりまで来て息が切れ、足がもつれ、タイチの体から漏れ続けているのは炎でなく血で、千枚通しで刺し貫かれた左の腕の傷が火のように痛むのに気づいて走りやめ、あたりを見廻す。

女郎に一緒に従いて来いと合図したはずなのに廻りに誰も居ないし、遅れて従いて来る気配もない。

タイチは腕の傷をおさえながら沼のほとりに坐り込み、息が苦しいまま、傷をおさえた手が流れ出続ける血でぬらぬらと温かいのに気づき、このまま蘭草の沼のほとりで死ぬのだと、ぼんやりと考える。

月が空にかかり、連と夜通し歩き続けた山の尾根の光景のように、丈高い蘭草は青白い月の光を受けて銀色に光っているが、人を殺め、傷つけた罰なのか、それとも種になる以前の、血の中にある罪のせいか、タイチの眼の前に路地の者らが目にした大きな蓮の優しく明るい花もなければ緑の葉もない。

タイチは何もないさみしい蘭草の沼ではなく、路地の中にいま居たい、と心の底から思い、路地からオリュウノオバが、トモノオジが、どうせ生き永らえても他の一統の若衆のように長くはない宿命と知りながら、生きろと励ましてくれるのを、籾殻《もみがら》を吹いて火を熾《おこ》す息のように感じとり、力をふりしぼって歯で服を裂き、歯と右腕を使って血の流れ続ける腕を縛る。

オリュウノオバは、腕を縛り、朦朧《もうろう》として沼のほとりの草叢に倒れ込み、眠ったのか意識を失ったのか、それともこと切れたのか判別のつかないタイチを想い浮かべ、そうやって籾殻を吹き、火を熾し、熾った火を木屑に移して大きくするしか手がないように竈の前に坐り、まんじりともせずにいる。

朝になり、ようように日が射し、タイチは生きているのを知り、横たわったまま体に当たる日の光を感じられるのは、路地にいるオリュウノオバやトモノオジが、夢なのか、現なのか、幻なのか、タイチを励まし、命の火を熾し続けてくれたからだと思い、まだ痛み続ける傷をものともせず起き上がり、フジナミの市の地廻りがヒガシのキーやんと連合を組んだと分かった以上、新宮で何が起こっているのか分からない、一刻も猶予がならないと、錦水楼にいる三人の連を誘って戻ろうと、歩き出す。

歩き出して、タイチは朝の日が槍のように痛く体に刺さり、目が開けていられないほど眩しいのを知り、また無意識のまま木の影、草の影を選って歩きながら、自分が死にかかってなお生きているのは、この世の罪という罪を背負って定められたところまで生き、最後にタイチがやったどんな酷い罪よりも酷いやり方で罰を受けて死ぬからだと思い、急に気分が晴れて腕の痛みが和らぐのを感じ、ニヤリと笑う。

タイチは口の中に唾をため、チッと音をさせて飛ばした。

同じ中本の一統の三人の連が、錦水楼で女郎相手に性の悦楽にふけっている間に、イバラの留とスガタニのトシを売った草履屋に報復し殺したと思い、自分一人、罰を受ける身だと得意にさえなり、タイチは事を起こす発端になってはぐれた女郎を神仏の化身のようにさえ思い、心底、女郎の身を案じる。

疾風怒濤

トモノオジは長い間、裏庭に立っていた。

幻聴や幻覚に見舞われずとも、アル中のトモノオジが収容された精神病院の建つ三輪崎の湾は日の加減で景色が嘘《うそ》のように変わり、何が幻覚で何が本当か分からなくなる。いまさっきまで明るく輝いていた海も湾の緑の草木も、空が曇り、さらに沖の方から黒い雨雲が、陸を往く何よりも速く駆けて来て空を覆いつくすと、ここが新宮へ行こうと思えばわけなく行ける距離にある三輪崎の湾なのに、日の永遠に射《さ》さぬ寒い極北の国のような貌《かお》になり、さらに風が吹き、雨が降りはじめると、日の熱と黒雲の寒さがぶつかり、凪《なぎ》と風雲がぶつかり、それまで黒雲が空を覆うのを鳴りを潜めて見守っている湾の潮や草木が一斉に牙《きば》をむき、身を震わせ逆毛を立て獅子《しし》吼《く》しはじめ、誰にも手出しの出来ない状態になる。

湾の牙をむいた潮は、裏庭に立って、一部始終を見届けてやろうと目を見開き、風雨をものともせず四肢に力を込め踏んばって立っているトモノオジの体にまで飛沫《ひまつ》を撥《は》ね、心の中でトモノオジは、たとえ身がヨロボシのようになろうと、井戸のカッタイになろうと、路地の三朋輩《ほうばい》の片割れ、シャモのトモキは一歩もひかず、潮や草木の霊と化した路地の若衆らの荒《すさ》ぶりようを見てやる、とうきうきし、心の中でタイチに声を掛けている。

オリュウノオバは黒雲が空に広がるや、「暴風雨《しけ》じゃわ」とサッシ戸の向こうに逃れ、それでも裏庭に居続けるトモノオジが気にかかるのかぴったりと硝子《ガラス》に顔をつけて、トモノオジが風に吹き飛ばされるのを案じるように見ている。

風雨が一層かさにかかって昂《たか》まり、日を浴びた時は愉楽で粘るような緑の光を放つ湾の草木がさらに強く抗《あらが》って強く激しく逆立つのを、トモノオジはタイチ十五の歳の獅子奮迅の姿を見るようで、決して幻覚に落ち込んでいるのでもないのに、自分に吹きつける雨や風が、当時タイチの周りに敵となって立ちはだかったカドタのマサルやヒガシのキーやんらの動きのようで、「負けるもんか。ワレら、人をナメくさって」と思わず怒鳴り声を上げ、海の潮や草木の霊と化したタイチら路地の若衆らの手助けとなるならと顔を上げ、目を見開き胸を張り、手で払う。

トモノオジは、サッシの硝子戸の向こうで、自分をオリュウノオバが無言で刺すような眼で見つめているのを分かっていた。幻聴や幻覚に陥るなら、今こそクエにでもイルカにでも鯨にでもなってオリュウノオバの視線を避けて深海に潜り、暴風雨の日、濡れねずみになり、あまつさえ腕に深手まで負って路地に戻ったタイチや三人の中本の若い衆に事の子細を聴かされ、事実を知り、路地の三朋輩の一角が崩れるやたちまち芯棒を失くし、カドタのマサルどころかヒガシのキーやんにまで兄貴、兄貴とたてまつられ骨抜きにされていた不明を恥じたかった。

　ただトモノオジにも弁明の余地はあった。新宮でのカドタのマサルの勢力の伸長ぶりが急すぎるのに目を奪われ、さらにそれに対抗しようと小競り合いを繰り返すヒガシのキーやんが、イクオが路地に伝えたような事はなかったと否定し、このまま小競り合いを放置しておけば必ずカドタとヒガシはぶつかる、ぶつかれば元は路地の三朋輩の下にいた兄弟が血で血を洗う事になり、路地の三朋輩が治めた一帯は、カタギの者ですら安気に道も歩けないところになると、暗に抗争の種は路地の三朋輩の三すくみにあったとツケをまわし、こうなればシャモのトモキが立って二つをまとめるしかないと勧め、トモノオジも、隼ともオオワシとも呼ばれたヒデが死んで、イバラの留が警察に上げられた今、無駄な血を流す地廻りらの為に、カタギの者らの為に、怒りに封をして、あえてシャモのトモキ一人が上に立ってみようと思ったのだった。

　濡れねずみの四人が雨戸を打ちつけたトモノオジの家の戸口の前に立って戸を叩き、トモノオジの女が、「誰な、こんな大暴風雨の日に」と叱言《こごと》をつぶやきながら立って、中に転がり込んで来た四人を見、千枚通しで刺されてまだ医者にも見せていないというタイチを見、さらに四人から、ヒガシのキーやんがどんなに嘘を塗り固めようと、イバラの留とスガタニのトシを殺そうとし、売ったのはヒガシのキーやんだし、草履屋だ、と口ぐちに言うのを聴き、トモノオジは、自分が完全に誰からも奸《はか》られていた事に気づき、愕然とし、呻《うめ》き声を上げ、「オジ、復讐しようら」ときらきら光る眼で見つめるタイチを見つめ、体の中で何かが崩れ溶けてしまうのを感じ、三朋輩の時代が確実に終わったのを気づいた。

暴風雨で杉皮葺《ぶ》きの屋根に乗せた石が屋根を転がり下に落ちる音がしていた。「外におったら、頭の上に落ちてくる」タイチが世迷い言をつぶやくので、トモノオジも、「屋根から石、落ちよと、外で当たる者おろか。石、落ちても、暴風雨の日に外におるの、博奕《ばくち》打ちか、すね者か」と世迷い言を返す。

オリュウノオバは、東の井戸のそばに建ったトモノオジの家の暗い中の一部始終を知っていた。

何の因果か若死にする高貴にして澱《よど》んだ中本の血の若衆がそうなように、トモノオジは四人の若衆を前に、怖ろしい者がどこにいると胸をそらせ、肩怒らせて、好んで鉄火場を渡って来た博奕打ちの荒くれの極道の自分を支えていた何かが崩れ、別の違う男に変わる。これが中本の一統なら、ミヨシがそうだったように魂が魔物に抜かれたように気力がなくなり、一直線に若死にの方に滑り落ちていくのだが、トモノオジは何の自覚もないまま生きながらえ、酒を飲み続け、干《ひ》涸《から》び齢を取っても死ぬ事もなく、生き続ける。

不運なのはタイチだった。路地にただ一人残っているトモノオジが以前と同じように後見人顔をしているが、酒を飲み続け、そのうち誰にも相手にされなくなる時に、今を盛りと勢力を伸ばしているカドタのマサルやヒガシのキーやんの二人を敵として地堡《ぢほ》を築こうとするのだから、道は容易ではない。

ただオリュウノオバは、タイチの才覚を知っていた。ずぶ濡れのまま、トモノオジの家の土間にまだ傷口の固まっていない腕をおさえて立ち、「オジ、復讐したろら」と言い、トモノオジが何の方策も見当たらぬのに、「おお、やったろら」と語気だけ荒く、気性だけは激しく言うのを聴いて、誰と組をくんで、どう打って出れば有効に勝ちを制するか、本能でかぎ取る闘いの性に生まれたタイチは、易々とヒガシのキーやんの謀《はか》り事に落ちるトモノオジのもろさを感じ取り、苛立《いらだ》ち、「腕、刺されてなかったら、こんな暴風雨の時、殴り込んだるんじゃが」と歯ぎしりする。

トモノオジは血のにじんだ腕をおさえて土間に立ったタイチを見て、自分が何を言っているのか気づかないまま、「まァ、待てよ、勢《せ》くなよ。やる時は一気にやったるんじゃさか、時を待とらよ」と、親分然として言う。

トモノオジの諌《いさ》める言葉を聴き、戸の外に吹き荒れる暴風雨の音を聴き、タイチは今はっきり敵として顔の見えるカドタのマサルとヒガシのキーやんを想い描き、歯ぎしりしながらも、自分がフジナミの市の沼のほとりで息が消えず、路地にいて音を聴いているのを、大きなものの加護のたまもののような気がした。

家に上がれ、オカイサンを食え、濡れた服を脱げ、と言うトモノオジの声そのものが、人の声ではなく路地に漲《みなぎ》り籠《こも》る大きいものの声のような気がし、タイチは三人に率先して「やれよォ」と大人ぶった声を出して土間から板間に上がり、濡れた服を脱ぐ。

三人の若衆も後に続く。

タイチが裸になると、トモノオジは「おうよ」と声を出し、飯場から戻って急に骨も固まり筋も張った一人前の若衆の体になったと言い、家の奥から洗いざらしのサラシを持って来て腹に巻けと言う。

「何も着けなんだら、いざという時、救かるもんでも救からん」

タイチは刺された左腕を見て、「不意、突かれたんじゃ」とつぶやく。

トモノオジが左腕の効かないタイチの腹にサラシを巻いた。骨が大人のものになり、外の暮らしで筋肉がついたといえ、まだ十五の幼さの残るタイチの腹に手をかけ、強くサラシを巻きながら、トモノオジはぼんやりと実の子にかたみ分けをしてやっている気になり、朋輩だった男親の菊之助が今のタイチを見たらどう言うだろうか、と考える。

オリュウノオバだけでなく路地のかたぎの暮らしをする者らから博奕と出入りしかないトモノオジは棒引かれていたが、そのトモノオジですら、「復讐したろら」と眼をきらきらさせ極道の世界に片足も両足も入れかかったタイチに一瞬の気後れを抱き、ただ黙々と、敵に小刀で突かれた時に生命を皮一枚でつなぎとめる役割をするかもしれないとサラシを巻くしかないが、女を腰から落とすだけで猛ったところの一つだになかった菊之助なら、闘いの性に生まれ猛ったタイチが手に余り、神仏に与えられた業苦の一つのように不運を嘆く。当のタイチは腹にサラシを巻き終わるや、戦いに出かけるサムライが甲冑《かっちゅう》を身に着けたように、これでどんな敵の刃も防げると、こみ上がってくる喜びの笑いをこらえる事も出来ない。

タイチがサラシを巻き終わると、他の三人が、「俺《おれ》も、俺も」とせがんだ。トモノオジは二本まで用意し、一本を齢嵩《としかさ》のイクオ、一本をシンゴに与えたが、カツの分がない。それでカツに、外は暴風雨だが、西の井戸の脇《わき》のカナメの家に行って一本もらって来い、と言いつけた。

カツは自分だけに不公平だと不平をもらしたが、「ないものは、ないんじゃ」とトモノオジが言うと、素直に下穿《したば》き一つの姿のまま暴風雨の外に飛び出す。ものの三分も経たないうちに、「えらい事じゃ、大変じゃ」とカツが息をきらして戻り、風が強いので戸を閉め切った家の中にいるトモノオジに、火急の事態を知らせようと戸をたたく。

タイチもイクオもシンゴも、カツの声を聴きつけ身構えた。三朋輩の片割れ、シャモのトモキらしく若衆らが閉め切った家の中でサラシを着けるのを、女物の、いずれ路地に巣くう盗人稼業をやる者が盗み、博奕のかたに置いたのだろう、赤いあえかな花模様の着物を肩に羽織って見ていたトモノオジも、気持ちは同じで身構え、言葉少なにタイチに、「そこの押し入れに、五、六本入れとる」と言い、立ち上がる。

トモノオジは物を言うなと目配せして、立って戸の閂《かんぬき》を外して戸を開け、横しのぎの雨と共に家の中にカツが飛び込むや、戸をまた閉め、「どしたんな?」と訊《き》く。

「風で家、何軒も吹き飛んどる」

カツが言うと、敵の来襲がカドタのマサルの一団でもなく、ヒガシのキーやんの身内のものでもなく、今、自分らも遭遇の真っ只中にある暴風雨のせいだと意外に思ったのか、「何をえー」と頓狂《とんきょう》な声を出し、タイチに安心しろと言うように目配せして、ふと余計不安が昂じたというように、「どこな?」と訊く。

「ケンキチノオジとことカナメノアニとこ。他に屋根が飛びかかっとるとこ、何軒もおる」

カツが早口で言うと、サラシを巻き終えてもいないのにイクオが、「俺とこら、大丈夫かいね」と言い出し、カツが大丈夫かどうか見て来なかったと首を振ると、居てもたってても居られないように半分ほど巻き終えたサラシの端を、後で丁寧に巻くと、巻いたサラシの中に繰り込み、「オジ、俺ら、外から今、戻ったばっかしじゃさか、家、大丈夫かどうか見て来る」と言い、外に戸を開けて飛び出す。

俺も、俺も、とイクオの後を従《つ》いてシンゴ、カツが暴風雨の中のただ白っぽい外に飛び出し、一人、タイチは躊躇《ちゅうちょ》した。

「どしたんな、行かんのか?」トモノオジが訊くと、タイチは、「俺のとこは弟のミッルおるし、お母、用心深いさか、会館に先に逃げとるじゃろし」と言い、腹に巻いたサラシを見て、「濡れてしまうし」とつぶやく。

トモノオジは笑った。たとえ闘いの性に生まれ気性の激しい若衆でも、十五は十五だと笑い、トモノオジはタイチに、ことさら「アニよ」と呼びかけ、「ケンキチノオジもカナメも、どうせワーワー騒いどるじゃろから、二人、手伝いに行たろらい」と言い、女物の着物を脱ぎ棄て、下穿きとサラシ一つ、タイチと同じ格好になり、土間に降りた。


東の井戸から路地の者らが天地の辻《つじ》と呼んだ会館横の三叉路《さんさろ》に来ると、路地の者総出のように集まり、風雨が山にぶつかり、渦巻きながら落ちて来るのがありありと分かるような、家の屋根がめくられていく様を見ていた。

屋根は杉皮だった。杉の皮を屋根に葺き、板切れで止め、その板切れの上に赤子の頭ほどの石を置いたが、山に当たって渦巻く風雨はまずゴロゴロと重しのつもりの石を転がし、杉皮を一枚ずつめくりはじめる。庇《ひさし》のあたりがめくれかかると、見守っていた男衆の中から闘鶏のシャモを占うように、「もう、あかんど」「行てしまうど」と声が掛かり、庇がめくれ、風雨の動きと共に踊るように庇が動きはじめ、一気に屋根が飛ぶと、見ていた路地の者から、溜息《ためいき》とも歓声ともつかないどよめきが上がる。

タイチも声を上げ、屋根を飛ばされた家が風雨の思うまま玩具《おもちゃ》のように潰《つぶ》れるのを目を凝らし見ていたが、トモノオジの脇に濡れねずみになって立った男が「あそこ、あそこ」と杉皮が動きはじめた家を指さすのを見て、今なら総員で屋根を打ちつければ吹き飛ばされるのを防ぐだろうにと不思議になり、顔にかかった雨を手で拭《ぬぐ》いながら、「オジ、行って、板、打ちつけたろら」と声を掛けると、トモノオジは無鉄砲な事を言うとタイチを見て、「あくかよ」と断定する。

確かにトモノオジの断定どおり、屋根の杉皮がぶくぶくと方々で浮きはじめ、重しの石が一つ二つ転がりはじめたと思いきや、何の予兆もなかった庇が一気にめくれ上がり、空を覆った黒雲から入道ほどの腕が顕《あらわ》れて力まかせにひきはがすように杉皮の屋根は難なくはずれ、艾《もぐさ》をでも揉《も》むようにくしゃくしゃになり、屋根の形すら残さずばらばらと宙に飛ぶ。屋根に葺いていた杉の大木からはがした皮は四方八方にただの木っ端か木屑のように飛散し、路地の者らはただあまりの吹き飛び方の派手派手しさに声を出す事もなく見とれた。

家の本体が潰れるのを見て、その家の者が中に家財道具があると走り出しかかり、見物していた者らに止められた。

潰れた家はなお風を受け、何時頃に普請したのか板壁がはがれ、襖《ふすま》がはがれ、そのうち竹林の中で稚児に尾を摑《つか》まえられた虎の図を彫った欄間《らんま》が潰れた家の木切れと共に宙に浮き、山に吹き当たり渦巻いて吹き上がる暴風雨に乗って、東の共同井戸から天地の辻、皆《みん》なが身を寄せ合って避難した青年会館の上を、高く舞い上がったり、失速してふわふわ墜《お》ちかかったりしながら生命を吹き込まれたように飛び続け、路地の者ら総員、驚き、何の徴《しるし》だと口ぐちに言い見守る中を、山の中腹にあるオリュウノオバの家の外に置いた甕《かめ》に当たり、宙を飛び続けた生命が甕に吸い取られたようにポロリと下に落ちる。

　赤茶色の何の変哲もない甕だった。戦争が終わって路地に男手が戻り、また路地にも人が生まれ、それにオリュウノオバも礼如さんも齢を取ったので何人もの男や女が共同井戸から桶《おけ》に水を汲んで家の中の土間の水甕まで運んでくれたから、今はただ底の方に溜まった水にボウフラが浮いているしかないが、戦争中も戦争前も、物を煮炊きする飲料用や産湯に使う天水を溜めておく甕だった。

　その甕に当たって地面に落ちた欄間を、トモノオジの脇にいたサラシに下穿きひとつ、腕に血の滲《にじ》んだ包帯を巻いたタイチが、誰も彼もが見ている中を暴風雨に抗いながら坂を駆け上がって拾い上げ、自分の身の丈ほどもある欄間を差し上げ、「トモノオジ、生きとるど」と声を上げる。

　不思議な事とはこの事だった。

　トモノオジはどうせ濡れねずみになっているからと、天地の辻に同じように濡れねずみになって手を拱《こまね》いて暴風雨の荒れるがまま成り行きを見守る男衆や若衆らといたし、オリュウノオバは礼如さんと早々に避難した青年会館の中にいて、女や子供らに混じって、腕に傷を受けたタイチがその腕を庇《かば》いながらも竹林の虎を彫った欄間を高々と差し上げ、雨に濡れ、風雨に崩れかかった赤土のぬらぬら滑り易い坂に足を取られないよう降りて来るのを見ていた。

タイチの足が坂を一歩降りる度に、虎を彫った欄間に、風雨を鎮め、逆毛立ち荒れ狂う裏山の草木を慰藉《いしゃ》する霊力が籠っているように、暴風雨が治まりかかり、坂道を下に完全に降り切り、天地の辻で男衆らに混じって立ったトモノオジに、「オジ、こりゃ、生きとるど」と欄間を手渡す頃《ころ》は、山の上の方には黒雲さえ切れかかっている。黒雲はタイチの手の中にあるその欄間の霊力に祓《はら》われ追われるように切れて流れ去り、トモノオジや男衆らが何の絵なのか、どの家のものか、どういう経由で杉皮で屋根を葺くしかないような路地の家に持ち込まれたのか詮議《せんぎ》し、何はともあれ青年会館に運び込もうとタイチがささえ上げ、青年会館の板間に安置した頃には風は治まり、空が明るくなり、雨はただの優しい絹のようになっている。

その人に危害なぞ加えない、草木を湿らせ生き物の喉《のど》を潤す甘露のような雨のうちに、暴風雨の被害になった家の家財の選り分けを総出でやろうと路地の者が力を合わせはじめて、最初は自分の潰れた家の廻りには近寄るなと言っていたケンキチが観念したように手助けを受け入れはじめ、明らかに盗んだ品物ばかりだと分かる柳行李《やなぎごうり》二はいもの女物の着物や、引き出しにぎっしり詰まった腕時計やラジオを青年会館の中に運び入れ、女らに手伝わせて濡れた着物を青年会館の広い部屋に紐《ひも》を何本も通し広げて干し、実のところ昔、金持ちの家に盗人に入り、その時見た欄間がどうしても気にかかり、三日前に欄間だけを盗んで来たのだと白状した。

盗んだ濡れた着物を干すのを手伝っていた女らも、外から潰れた家の跡から家財を運ぶのを手伝っていた男らも、トモノオジもオリュウノオバも、礼如さんすらも、盗人の奇矯な行為を嘲った。

他の家同様、杉皮を被《かぶ》せただけのようなケンキチの家に欄間を飾るような場所はなく、それでも板壁に掛けておけばよいと、竹林の中で稚児に尾を摑まれ振り返った虎という、意味ありげな図の欄間を掛けていた。

その欄間が暴風雨を呼び、次々と路地の家が潰れるという禍事《まがごと》を引き起こしたように女の一人が、「えらい物、盗んで来たねェ。どうするんな」とからかい、青年会館の中に満艦飾のように干した着物なら一つ二つ引き受けてやると言うと、ケンキチは、「要《い》らんよ」と女のからかいを鼻で吹き、「あれ、タイチにもろてもらう」と言い出す。「もう、盗人もなにもしたないくらい、その虎、空、飛びはじめた時、腰抜かしたんじゃさか」

ケンキチはオリュウノオバなら自分の感じている畏《おそ》れを分かるだろうと言うように見る。オリュウノオバは外で男衆らに混じって立ち働くタイチを見て、盗人のケンキチが盗人というこの世にあってはならない罪を生業とする者だからこそ一層、タイチの性の中、種の中にあるこの世ならざる物の力に気づいているのだと感じ入った。

オリュウノオバは、ケンキチが盗人をやれるのもタイチが尻《しり》ぬぐいをしててくれるからだと思っている気がして、「ケンキチ、吾背《あぜ》がろくでもない事しかせんさか、何どが怒り出したんじゃわ」と言い、家財道具を喪《な》くし、何軒も家を潰された者らがいるのだから、あたりかまわず干した盗品の着物も時計も総て人にくれてやれと勧める。

「要らんよ」とケンキチはオリュウノオバの意見を鼻で吹いた。

路地で盗人する者は過去に何人かいたがケチではなかった、と言うと、ケンキチは何を思ったのか、運び込んだ引き出しを掻《か》き分け、中から鉱石ラジオを取り出し、「オバら、これじゃ」と言って音を鳴らし、オリュウノオバがよほど年老いた時代遅れの人間のように、迷信が鉱石ラジオで直る、と言う。

「オバら、俺が盗人したさか、神風吹いたり、ホトキさんが風吹かしたりして罰下したと言うじゃろが、三日前から南洋の方から台風来とったと言うとったんじゃわ。よう聴いとけ。暴風雨、俺のせいじゃと言うなよ」

ケンキチはそう言って、それでもタイチの力を否定しがたいように、潰れた家から鍋《なべ》釜《かま》を運び込んで来たタイチに、「吾背に欄間預けるさかね。割ったるなり、何なりしたらええ」と言う。

タイチはケンキチの不安も畏れも分かっているというように、「くれると言うんじゃったらもらう」と申し出を素直に受け入れ、板間に安置したのを持ちにかかって、自分の女親の家にもトモノオジの家にもそれを掛ける場所がないのに思い至ったように、「俺が一家張ったら事務所に飾るさか、それまでここに置いとく」と言い、二人のやりとりを注視していたオリュウノオバと礼如さんに、「ここの方がええやろがい。それともオバら、欲しいんこ?」と訊く。

オリュウノオバより礼如さんが先にかん高い鳥のような声で、「どこの、どんな謂《いわ》れのあるものか分からんのに、盗んだ物を仏の家に置けるものか」と怒り出し、雨が止んだら元の家へ返しに行くのが筋だと言う。

「警察に捕まれと言うんかよ?」

ケンキチはふくれっ面し、昏《くら》い眼をして怒っている礼如さんを睨《にら》み、会館の中で着物を吊るすのを手伝った女らが、「なんな、エラそうに」「何様やと思うんな」と言葉が出ると、明らかに毛坊主の礼如さんをからかうムカデムチムチという言葉をつぶやく口の動きをし、顔をそむけ、外に向かってぺっと音させて唾を吐く。


女らは小声で盗人のケンキチの悪ぶりをなじったが、怒った礼如さんと盗人のケンキチの取り合わせを面白がっていた。

昔、路地を檀家にしていた寺が天子様に弓引く謀反《むほん》に連座し死罪に遭い、それで長い事、葬式も祥月命日《しょうつきめいにち》も、うろ覚えの経と耳で聴いた通り、ただ「マンマーイ、マンマーイ」と唱えて手を合わせるだけで過ごしてきたが、二人の子が生まれてすぐに死んでから、礼如さんが一年ほど他所の寺へ行って仏の修行をして来て、毛坊主になったのだった。それで路地の者らはどのくらい救かったか分からなかったが、心の中で礼如さんが正式の坊主ではないとあなどりがあって、時折、若衆らが悪さをする。

路地の者の法事を青年会館でやった時、説教が佳境に入り、この世の無常、仏の慈悲を説く為、オリュウノオバには涙なしで聴けない名調子で、あちらの山で鹿が鳴く、こちらの山でも鹿が鳴く、オリュウが泣く、ヨシエも泣く、と自分の女房や女親の名前を詠《よ》み込んで言っている最中に、誰かが放り込んだのか、自然にバチ当たりが天井から落ちたのか、大きすぎる袈裟《けさ》の襟首からムカデが入り込み、礼如さんの首を噛《か》んで、つい説教の最中だから荒立ても出来ず、ムカデムチムチ、クイツク、クイツク、と名調子の口調で言ってしまったのだった。

ケンキチはその悲嘆にくれるような声を出す礼如さんを目の当たりにした事もないのに、また口の中に唾が湧《わ》いて出たように、ムカデムチムチ、クイツク、クイツクと口を動かし、ぺっと唾を吐き、「いまさら盗んだ物返しに行て、どうするんな」と言って礼如さんを見、何を思ったのか、「俺ら死んでも葬式でお経らあげてくれるな」と言い出す。

「葬式も要らん。どうせ、ちょっと風強吹いたら屋根飛んでくし、家潰れるとこで生まれて、ろくな物も食わされんと、字の読み書きも習わんと、盗人ばっかしして来たんじゃさか」

ケンキチはオリュウノオバに無言のまま、毎日経を詠んで法を犯さず暮らしているからといって、居るのか居ないのか分からない、居るとすれば人を救うどころか人に業苦を授けるような仏の考えで縛るな、となじるように見て、「オバ、俺の男親、知っとるこ？」と言いだす。

「タイチの男親も眼、見えんようになったけど、俺の男親、早うから淋病《りんびょう》で眼、潰れとったんじゃわ。中本の一統と違うさか、遺伝《そん》と違うど。淋病もろて来て、眼潰れて、女親、早うに逃げたさか、俺が盗人して男親、養うたようなもんじゃ。盗人せなんだら、殴る」

　居合わせた女らの誰もが眉をしかめているが、タイチがケンキチの話に目を輝かすのを見て、オリュウノオバはまだ何もかもを滋養にしてしまう齢頃のタイチの耳をふたぎたいと思い、そのうちに、中本七代に相渡ると人の噂《うわさ》する仏の罰を最後に背負う若衆なら、路地にはケンキチのように育つ者が何人もいたのを早いうちに知っておくのも悪い事ではないと思い始め、自分の方から、「罪のない者がどこにおろに」と、ケンキチの罪なぞオリュウノオバが見て来た者らの罪と比較すれば物の数ではないと煽《あお》るような事を言い出す。

「男親、空襲で死んで、盗人するの、俺の遊びじゃだ。タイチらがダンスホールで遊ぶんと一緒じゃだ。金持ちの家でも貧乏人の家でもかまん。ごそっと盗んで来たる」

　ケンキチはそう言い、自分を見つめているタイチに会館の中に満艦飾に干した色とりどりの着物を見ろと言い、「女、盗っ人に行た後の俺の味がええじゃと」と昏い眼でニヤリと笑う。

「女も一緒に連れて行くんかよ？」

タイチは籠脱《かごぬ》けさせたすばしっこかった女郎を思い出して訊くと、ケンキチは路地のアニの身分に当たる齢嵩の者の口調で、「女らを連れて行くもんか。女らを信用したら、寝首掻かれる」と言い、路地の女らが何人もいるのに、盗人に出かけ獲物を持って家に戻り、待ちくたびれてすぐにでも獲物の中身を見せてくれと勢く女を払い、女を盗人の昂《たか》ぶりのままで抱く一部始終を話したのだった。

礼如さんは眉をしかめ、オリュウノオバも最初はそうだったが、暴風雨で家が潰れ、これから何日か戻るところのない者らが青年会館で同宿する以上、なるようになるしかないと思い切り、女が他所から通って来てはいるが定まって所帯を持っている様子もない独り者のまだアニと呼ばれる齢格好のケンキチが、居合わせた路地の女の誰かに魂胆を抱きつつ閨話《ねやばなし》するのを楽しむ事にした。

ケンキチは案の定、同じように暴風雨で家を潰されたカナメの女房と出来るが、その時は誰を狙っているのか当のケンキチも分かっていなかったはずで、それが証拠にカナメの女房が、独り身の男が齢端もいかないタイチ相手に閨話するのは薄汚いと言って、満艦飾に干した着物から滴《しずく》が垂れると払いにかかるとケンキチは怒鳴りつけ、二人でののしり合いをしている。

日中にあらかた家財道具を青年会館の中に納《しま》い、雨が鎮まったままだから無事な者だけ家に戻りかかると、ケンキチの運び込んだ鉱石ラジオを聴いていたタイチが、「まだ暴風雨、続くど」と礼如さんとオリュウノオバを引き留める。

礼如さんは家の仏壇が気にかかると抗ったが、今日ここに居てやらないと、と説得されると素直に従い、それぞれ家族や連ごとに自然に出来たどの輪にも入らず、オリュウノオバのそばにも来ず、青年会館の広間の戸襖を開け、観音開きの仏壇を開け、何ひとつ現実の事に関心がなく心の中は仏の事でいっぱいだと言うように蠟燭《ろうそく》に火をとぼし、線香をつけ、そこにいる者らがどう聞こうと、どう迷惑しようと知った事ではないと経を詠みはじめる。

オリュウノオバも、オリュウノオバの輪の中にいた老婆や女らの何人も礼如さんの経の声が聴こえるとすぐ手を合わせたが、案の定、タイチらの集まった若衆らの輪の中から、「葬式まんじゅ」「ムカデムチムチ、クイック、クイック」と声が飛ぶ。

タイチを見るとタイチまでムカデムチムチ、クイック、クイックと声を出しているので、路地の者あらかたが居あわせた今が釘を刺す時だとオリュウノオバは、「タイチ、ちょっと来いよ、オバ、話したる」と手招きした。タイチが立ち上がりかかり、「どうせヤマンバの話じゃ」とそれをイクオが止めるのを見てオリュウノオバは身を乗り出し、「オバのまだ娘の頃の事やけどの」と勝手に言い出した。

悪代官がいて、年貢を上げる為に、灰で編んだ草履を持って来いと言った。灰で草履が編めるはずがない。さあ、困った。知恵ある者がいない。年寄りもいない。というのもその頃は、代官の命令で働けない年寄りを穀潰《ごくつぶ》しだからと、ことごとく山に姥捨《うばす》てをしていた。年寄りがいれば知恵も出るのに。困り切っていた時、一人の百姓が、実のところ、親を姥捨てにするのにしのびなくて床下に穴を掘って隠していると打ち明けた。それに訊いてみる。年寄りに訊いた。何の事はない、草履を燃やして灰になったものを、そっくりそのまま壊さずに持って行けばよい。

オリュウノオバがそこまで話すと、若衆の中から、「そんな知恵のある年寄り、この路地におるもんか」と混ぜっ返す声が掛かり、オリュウノオバが思わず苦笑すると、タイチは先を話せと言うようにイクオの制止を振り切ってオリュウノオバの脇に来て胡座《あぐら》をかき、「オバ、その村、皆殺しにされたんこ?」と思ってもみない事を言い出す。「何をえ?」とオリュウノオバは頓狂な声を出し、悪代官が知恵者は実のところ姥捨てにした年寄りだったと気づき、知恵を捨てるのはもったいないとその場で反省し、以降、年寄りを山に捨てるのは止めた、と筋をひととおり語り、「ふうん」と相槌《あいづち》を打つタイチを眺めた。

タイチはめでたしめでたしの結末を、そうだったのかとうなずきはしたが、一人の知恵者が代官を怖れさせ、後々自分に楯《たて》つくのなら、今のうちに皆殺しにして禍事の種を根絶やしにしてしまうという想いつきが目に浮かぶように、雨の篠《しの》つく暗い外を見つめ、外から来る者がいないか足音を聴きとろうとするように耳を傾ける。

雨の音以外に何もなかった。雨の音を耳にしながら青年会館の中で身を寄せ合っていると、タイチならずとも再度の暴風雨を避けてここに居るのではなく、誰も乗ったか彼も乗ったかと名を呼んで確かめ合い、艱難辛苦《かんなんしんく》の穢土《えど》を嫌い、仏の浄土へ向かう為、泥土であれ板切れであれ舟の形をしたものに乗り込んでいる気がし、オリュウノオバは脇に胡座をかいて物音を聴きとろうとするタイチに、「もうどこへも行くなよ。ここにおれよ」と語りかける。

タイチはオリュウノオバに目を移し、いまもなお知恵者一人の為に村の者総員が根絶やしされる光景が目に浮かんでいるというように顔をしかめ、「オバ、俺ら一家つくれるかいね？」と訊く。オリュウノオバが意外なタイチの物言いに驚いて見つめ直すと、タイチは千枚通しで刺された腕を見ろとオリュウノオバの前で体をねじり、「ひとつも血、止まらん。ぽたぽた漏《も》れとるんじゃ」と言い、それがオリュウノオバに問いたかった本当の事だと言うように、「俺、一人前の極道になれるまで生きとるんかいね？」と問いかける。

オリュウノオバは若衆のとば口に立ったばかりのタイチが何人もの若死にした中本の血の若衆らと同じように訊くと思って胸塞《ふた》がれ、胸の中で骨の固まりかかったばかりの若衆が血の宿命をぼんやりと感じる切なさに涙しながら、「何を言うんなよ。吾背は生まれた時から、海も山も俺のもんじゃと言うたんじゃのに」と怒ったふうに作り声を出して言う。

「そうやけど、血、止まらんわだ」

オリュウノオバはタイチの腕の血の滲んだ包帯を、そんなものは何ほどの物ではないと言うように見る。

「もうちょっと齢行て若衆になったら、血もすぐ止まるようになるんじゃわ」と分かり切った事を訊かれ苛立つというように物を言う。

「吾背らがオバの言う事を聴いて、ヒロポンを打たんと真面目に生きとったら、治るんじゃわ」


そうこうするうちに風雨がまた強くなり、灯が切れた。起きていても仕方がないと女らは蒲団《ふとん》を敷きはじめ、女らの何人か、同じ路地の者といえ我が夫以外の男衆らや若衆がそこにいるのに不安がり、仏壇から何本も備え置きの蠟燭を出し、礼如さんのとぼした仏壇の蠟燭で火をつけて自分ら夫婦や親子の枕元に置き、床につく。蠟燭の明かりだけの暗がりの中で、敷いた蒲団の数だけ小声で話すのが床の中にいるオリュウノオバに聴こえたが、それも外の暴風雨の音と重なり、うとうとしはじめると戸口あたりで博奕やらトランプやらを声を殺してやっていた若衆らが、金も賭けずにやるのに興ざめし、暴風雨の夜はそうやってやりすごすしか手がないと悟ったように、俺は誰と寝る、と蒲団を分け合う相手を選び合う声がする。

若衆の一人一人に蒲団が行き渡るはずがないので、一枚の蒲団を二人、三人で分け合うしかないが、誰と誰が組んで寝てもよさそうに、相性があるらしく、いつまでも俺は誰、おまえはあっち、と声がし、そのうち床についている男衆の一人から、「ええ加減にせえよ。祭りに泊まり込んどるのと違うんじゃど」と叱言が出る。

それで渋々蒲団を分け合う相手を決めたのか、どやどやと寝につくが、蒲団に入って静まり寝についたと思いきや、誰がチンポを押しつけた、誰がいじくった、と騒ぎ出し、男衆の一人が寝入り端を起こされたと怒り出し、蒲団をはねのけ、「われら、騒ぐ奴ら、ここから出て行け」と怒鳴る。

「家、何軒も潰れとるんじゃど。ワレら面白がっとるんじゃけど、所帯持っとる者、明日の日にでも首くくらんならんかもしれんと思案しとるんじゃど」

男衆の叱言に若衆らは声もない。そのまま若衆らは寝入ったのか咳《しわぶ》く声ひとつないが、オリュウノオバは寝つかれず、同じ蒲団の中で背中を向けて眠る礼如さんの立てる寝息に耳を澄まし、外の暴風雨の音に耳を澄まし、そのうち一人、足音を殺してオリュウノオバの蒲団の方に歩いて来る者がいるのに気づき、決して山姥《やまうば》ほどの齢の自分に夜這《よば》いを仕掛ける者がいるとは思わないが、低いが断固はねつける声で「誰な?」と尋ねた。

「起きとるんこ?」

その声を聴いてタイチと分かり、オリュウノオバは身を起こし、「どしたんなよ?」と訊く。

「オバも起きとるじゃろて思て」タイチは言い、起きているなら話を聴いてくれと言い、オリュウノオバを青年会館の流しの板間の方に呼び、流しの引戸を開け外の明かりを入れる。タイチは引戸から入ってくる暴風雨の夜のあるかないかの微《かす》かな明かりに傷のある腕を「こう」とさらし、それではオリュウノオバに分からないと言うように包帯の結び目をほどき、ほどき終わってから一条たらりと流れ出す液を見せ、「オバ、俺、幾つまで生きるんな?」と訊く。

「オバ、分かるんじゃったら言うてくれ。すぐ死ぬ、言うんじゃったら、今からでもせんならん事ある」

タイチは低い声で責付《せつ》くように言い、流しの昏がりの中で寝つかれずに起きたものだから山姥のような蓬髪《ほうはつ》のオリュウノオバを見つめる。路地の者らに言わせれば千年も万年も生きる産婆のオリュウノオバだし、またオリュウノオバ自身も短い中本の血の若衆の齢を占う事くらい難ない事だと自信もあるが、暴風雨の夜、外の幽明にかざしてみせる十五のタイチの流れて止まらない腕の血の物深さにうたれ、ただ裏山の藪《やぶ》の昏がりで目を凝らすフクロウさながら見つめ、「いつ死ぬんな」と責付くタイチの声音の甘さに世迷い事を考えている。オリュウノオバはタイチを抱きしめ、空を覆う雨雲の上にか暗い夜の中にか在《おわ》す仏の慈悲といえば慈悲、無慈悲といえばこの上ない無慈悲から身を庇ってやりたい気にうずいたまま、心の中で、半蔵もオリエントの康もミヨシもこうやってオリュウノオバに中本の高貴にして澱んだ血を訴え若死にしていったと思い、半蔵よ、オリエントの康よ、ミヨシよ、とすでに若死にした若衆の名を呼び、それぞれの若い衆に若衆の齢になったといえまだ蕾《つぼみ》も固いタイチが血の宿命を問うていると語りかける。

外は絹のような雨に変わり、黙ったままタイチを見つめる間に、また戸板や庇《ひさし》を鳴らすほどの勢いになるのだった。

いつまでも黙ったままのオリュウノオバにタイチが焦《じ》れて、腕に包帯を巻きかかり、「言うてくれんのじゃったらかまんのじゃ」と捨て鉢な言葉をつぶやくと、タイチの背にした流しの引戸から見える外が一面に青くぼうっと明らみ、音もないまま稲妻が二度走る。

「訊かいでもええ事じゃのに」オリュウノオバはつぶやく。オリュウノオバは涙を流す。「オバ、礼如さんと違う。ムカデムチムチ、言うとるんと違う。オバは赤子《ネネ》、抱き上げる産婆じぇ。そのオバに、いつ死ぬんな？　と訊いて苦しめて。誰でも怒る。山も怒る。木も怒る。オバがタイチの死ぬ事を考えよか。爪《つめ》の先ほども、自分の取り上げたネネが死んでしまうと思おかよ。そうでのうても、火、消えてしまうのに」

オリュウノオバは涙で曇る目をフクロウのように見開いたまま、タイチの体が外の青白い明かりに浮き上がるのを見つめたのだった。

タイチが外の明かりに気づかないのは、雲の上か夜の中にか在す仏がタイチの性急な酷《むご》い問いを耳にして、オリュウノオバにだけタイチの死ぬ年月日とその若死にの様を教えているからなのだと気づき、タイチに教えてやろうと、「外が青うなっとる」と指差す。

タイチは振り向き、流しの引戸から外をのぞき、「オバ、この辺りも蓮池じゃったんか？」と訊く。

「おうよ」オリュウノオバは昏がりの中でうなずく。

「水、いっぱい広がっとる」

タイチの幼い言い方にオリュウノオバは一瞬、路地が元の蓮池に戻るのだと驚き、「どう」と立って外を見て、降り続ける雨で路地の溝が溢《あふ》れ、青年会館の方にまで洪水さながら広がったのだと分かったが、その水が青白く明かりを放っているのを知って一層驚く。タイチにはその明かりは見えないのだった。

清水の湧き出る蓮池だった頃、牛馬の皮を剝《は》ぎ血を洗ったので、溝から溢れた雨水が今、青白く明るいのか。きつく巻かなければ体の全部の血が流れ出してしまう中本の一統のタイチの罪は、仏の楽土の蓮池を獣の血で穢《けが》したからか。

タイチに何を言って慰めてやれるものではないと、オリュウノオバは溜息をつき、「しんどいさか、寝るど」とタイチ一人、流しにおいて広間に戻り、寝息を立てる礼如さんの背にしがみつくように脇に入る。


その日を境に、何をどう思ったのか、タイチは自分の若死にの齢を十八と自分で決めたのだった。折りにつけ、「後ちょっとじゃさか。三年じゃさか」と言い出し、連や齢嵩の若衆らが理由を訊くと、最初は自分で分かると言っていたのが、それでは人を説くのに手間がかかると思いはじめたのか、オリュウノオバが占ったのだと言いはじめ、何人もからオリュウノオバは問いつめられる事になった。

タイチの後見人を自任するシャモのトモキことトモノオジは、普段は産婆と毛坊主の住む家なぞ仰ぎ見るのも辛気くさいとうそぶいているのに、タイチは十八までの命だとオリュウノオバが言ったと耳にして坂道を駆け上がり、真顔で問いつめる。問うてどんな言葉が返るか不安になり、答えをなるたけ穏便にしてくれと言うように、トモノオジの周りにいる若衆に、米、ムギ、芋から味噌《みそ》、醤油《しょうゆ》、さらに芋飴《いもあめ》の類まで運ばせ、本当にタイチは十八で若死にするのか？　と訊く。

オリュウノオバが一笑に付し、そのうちタイチに訊かれた時に言ったように、人の生命にしか心砕いた事はないと怒り出すと、トモノオジは「やれよォ」と声を上げ、安堵《あんど》し、目を細め、大暴風雨の日、フジナミの市から戻ってから、タイチは一家を張るほどの勢いだと言う。

タイチは、四人の中で一等齢若い若衆という扱いを受ける身ではなく、むしろ齢嵩のイクオ、カツ、シンゴの三人を手足として使うような状態になっている。

オリュウノオバには奇異な話だった。路地には昔から一つ齢が違っても齢上をアニと呼び、齢下をオトトとして遇する習わしがあると思って、「どしたんなよ。なんどあったんかよ？」と訊くと、トモノオジは、イクオとタイチが諍《いさか》いを起こし、果たし合いをしたのだと言い出す。その諍い、果たし合いがおかしいとオリュウノオバが言い出すと、「おうよ。そうやんで、イクオが気抜けしはじめとる」と眉を曇らす。

イクオとタイチの諍いは暴風雨の日、路地の青年会館に泊まり込んだ頃から起こったのだった。同じ中本の血の若衆といえ、若衆らは若衆特有の肌合いがある。六日泊まり込んだ青年会館で蒲団を分け合って眠る時、タイチはイクオとくっついて、時にシンゴを入れたりカツを中にはさんだりして眠ったが、或《あ》る時、イクオがタイチにてんごうしたのか、イクオと寝るのは厭《いや》だと言い出した。それがそもそもの始まりで、諍いが起こったのは、タイチが再建する潰れた家は杉皮ではなく町家のように瓦葺《かわらぶ》きにするべきだと言い出し、それをイクオが「金ないのに、どうするんな。鳩撃ちして稼ぐんか？」とからかった。タイチはむかっ腹立ち「俺は女に悪り事してない」と言うと、イクオは同じ中本の血の若衆だから何もかも分かるのだと言うように、「この中に悪り事、入っとるわだ」と包帯の腕を叩《たた》き、さらに「朝になったら勃《た》っとるこの中にも、悪り種つまっとるわだ」とタイチの股間をつかんだ。

イクオは中本の血の気安さでタイチの二つのこだわりを嬲《なぶ》ったのだった。というのも若衆らはそれぞれ親から五体を、流れる血をもらったが、イクオの男親の勝一郎とタイチの男親の菊之助では、誰の目にも菊之助の方が女には悪事を働いていた。朝になれば勃っているタイチの性器が娘に孕《はら》ませた子がどんなだったか、イクオもカツもシンゴも、オリュウノオバも知っていた。

即座にタイチは殴りかかり、イクオが飛んで逃げると、サラシの中からトモノオジからもらった小刀を取り出して構え、「ワレ、俺を誰じゃと思とる。考えてから物を言え」と身構え、「瓦ぐらい、頼母子で買うたらええのが分からんのか？」と言う。

トモノオジの言う話にオリュウノオバは、目の前に当の二人がいるように、「おうよ、そうじゃわ。鳩撃ちした金を誰が当てにしようか」「頼母子で出来るんじゃわ」と合の手を入れる。合の手が入る度にオリュウノオバがタイチ一人に加勢しているように思え、タイチと双葉の頃から育ってきた同じ中本の血のイクオが一層気抜けし、一人だけ連舞の輪から離れてしまうようでトモノオジは言葉を止め、家の外の応急《きゅう》修理した屋根や急遽《きょ》仕立てたバラック小屋の方に目をやり、「暴風雨で飛ばされても、われわれ同志、小屋ぐらい一晩でつくるの、屁《へ》のかっぱ」と世迷い事を言って、また同じ腹に生まれた犬の仔《こ》のようなイクオとタイチの諍いの話に戻る。

路地で棒引かれた中本の一統といえど、タイチの五臓六腑をへめぐるのは他の誰より濃い高貴にして澱み穢れた血だとからかわれ、アニのイクオに小刀を抜き構えたんかを切るタイチはポマードで固めたリーゼントの髪が額にほつれているし、怒りに燃える目はきらきらと闘いの性がむき出しになって輝き、きつく噛んだ唇は真紅に近く活動写真の一コマのようだった。

イクオはその怒るタイチをなお煽るようにヘラヘラ笑い、こちらの方は齢嵩でその分ませてもいるし、自分の表情が相手にどう映るか知ってもいるので、ちょっと崩れ拗《す》ねた若侍のように肩の力を抜き、身構えもせず同じように腹に巻いたサラシの中に入れてある小刀を抜きもせずにいる。

タイチが小刀で斬りつけかかると、カドタのマサルの手下のようにはいかない、右に突き出した後どう動くか、タイチの手口を全部知り抜いているというように前後左右に身をかわし、「頼母子ら、俺らが言い出したら、博奕の金だましとろうとするんか、と皆な言うぞ」と言い、「鳩撃ちしたらええんじゃ、鳩撃ち」と言って笑う。

トモノオジが思うに齢嵩のイクオの言う事にも道理はあった。暴風雨で潰れた家を再建する為、容易に吹き飛ばない屋根の為、何十軒かで組んで金を出し合い月々誰かが当たる頼母子を、トモノオジの元に出入りする若衆が言い出しても、鼻で吹いて笑うだけでまともに取る者は誰もいるはずがなかった。ワルの盛りの若衆ならワルらしく、女が放っておかない毒の種を持つ色男振りを使って、フジナミの市から新宮に戻るや出入りしはじめたダンスホールやカフェで女の子らが群れになって従いて廻っているのだから、その中から三、四人、逃げ足の速い賢そうなのに話を持ちかけ、遊廓《ゆうかく》に売り、一軒、籠脱けさせて、また売って一軒、そうやって瓦を買う金を作ってやった方が、路地の者、皆なが納得もする。

しばらくタイチは真剣に小刀を振っていたが、イクオのすばしっこいのと、中に入ってとめるシンゴ、カツの努力もあり、小刀をまたサラシの中に納った。

トモノオジはタイチが他の三人を圧さえてしまう事になる理由をすべて分かっていた。路地の三朋輩《ほうばい》が権勢をふるう世が世であれば、ワルはワルらしくものを考え振る舞うというイクオは、何の臆《おく》する事もなく女が腰から落ちる色男のワルとして齢下のオトトらを圧さえるが、いまだ後見人を自任するとはいえ誰も言う事を聞く者のいない凋落した三朋輩の片割れシャモのトモキことトモノオジでは、色男のワルのイクオより生真面目なタイチの方が通りがよい。ひいては齢嵩の三人を圧さえてしまう。

その後、何を諍ったのでもなかった。相も変わらず四人はトモノオジが路地の家に戻っているならそこに出入りし、酒を飲みたく変わった話を亭主や女らから聴きたくもなって一寸亭の二階の奥座敷に陣取れば一寸亭を自分らの物のように使い、ダンスホールへ行き、カフェでゴロ巻き、ふと気づけば、タイチが「イクオノアニ、太田屋へ行て、あそこの若いの、ここへ連れて来い」と命令している。イクオを呼ぶのに路地の物言い通りにアニと名の下につけてはいるが、明らかにタイチはイクオを手足に使っていた。

酒を飲み続けるトモノオジの横で、タイチは路地のトモノオジの押し入れから引っ張り出した日本刀を当然の事ながら自分のものだと言うように鞘《さや》を抜き、立って振り廻し、活動で見たのか女の安白粉《おしろい》をはたき、トモノオジの話に相槌を打つ。

トモノオジが聴くと、新宮の料亭のどことどこが用心棒を頼んで来た、どこの製材所がストライキをする者らを追い散らす為に十人ほどワルを集めてくれと頼んで来たと言う。

トモノオジはそれで首尾はどうだったと訊く。

「十人もいるか、三人で充分じゃと、三十人ぐらいの木場の奴ら、木刀で次々と小突き上げたった」

愉快で胸のすく出来事だったと笑うタイチに、四人ではないのかと訊くと、「あかんアニじゃ」とイクオの事を言い出す。

製材所で働く者らに仕返しする絶好の機会なのだった。蓮池のほとり、小高い山の麓《ふもと》に住んだ者らは食う物に事欠く状態だったから、町家のように薪《まき》を買う金などなく、物を煮炊きし暖を取る木屑は朝毎に子供らが製材所や木場へ拾いに出かけたが、製材所で働く者らは木屑を拾う女子供を犬猫のように追い払った。逃げ遅れた者らは懲《こ》らしめなければまた来ると、木切れで打ちすえられた。

ワレの木か？　追って来る者に怒鳴った。

そいつらがストライキに入り、工場を自分の物のように占拠しているので追い出してくれと言われ、タイチらは金をこちらから出してでもやりたい事だ、と工場の持ち主から請け合い、朝、手に手に木刀を持って出かけた。前の晩まで「スイカ割るみたいに頭割ったろらい」と言っていたイクオは、朝、腹が痛いと言って行かなかった。タイチはシンゴとカツに、腹が痛いのでも製材所の者らへの恨みを忘れたのでもない、新しい女と乳繰り合いたいのだと分かっていると右手で雌握りをつくり、笑い、それで余計、自分らがやらなければ誰がやると気合が入り手当たり次第、殴りつけたのだった。

オリュウノオバはトモノオジの話を聴き、何ものかとてつもない大きな変化が起こりはじめたと体が震えた。

四人の中本の若衆が他所から戻った暴風雨の日が、その境目だった。その境目になった暴風雨自体、風が止み、雨が収まり、空に光が戻ってみれば夢か幻のようにこの世の出来事と思えないような事だったが、しかしトモノオジと並んで坐ったオリュウノオバの家の日の当たる縁側から一目すれば、夢でも幻でもない事がはっきりする。

屋根に板だけを打ちつけた家が何軒もあった。杉皮を買ってもトタンを買っても金がかかるから、吹き飛び潰れた家の戸板や壁板をめくれ上がった屋根に打ちつけ、夜露をしのぐ用に足しているが、ひと度雨が来れば物の役には立たない。オリュウノオバは今はこれ以上、痛苦を味わうような雨を降らしてくれるなと神仏に祈るしかないが、めくれ飛んだ屋根なら葺き換えも出来るが、その神仏の力でめくられ、ひんむかれた修復のかなわぬものがあるのを知っている。

オリュウノオバは日の外を見る。

日が不揃《ふぞろ》いの家並みに当たりふつふつと湧き出していると思え、その後から後から清水のように湧き出す日に、疵《きず》を受けた若衆の若死にの兆しを治す薬が入っていればよいものをと念じ、兆しが顕れた途端、一瀉《いつしや》千里に若死に転がる中本の若衆らを想い出し、オリュウノオバは眼を閉じる。たとえばタイチが、いまイクオが、中本の若死ににおびえ不安になるなら、人が人の生命を生きる限り、朝に花開き、夕に萎《しお》れるように老いさらばえ、咳《しわぶき》一つするにしても痛む身となり、死ぬる宿命があるぞよと説き、遅いか早いかの違いだけで皆な死ぬのだからおびえる事ない、不安になる事ないとなだめるが、何故一瀉千里に崩れて若死にするのかと理由を問われれば、黙るしかない、ただ眼をつぶるしかない。

トモノオジからイクオの気抜け具合を聴いてから、オリュウノオバはイクオの動向に耳をそばだて、何の手当てもありはしないが仏の忠実な弟子としていつも浄らかな事ばかり考え行っている礼如さんのそばに来れば仏の無慈悲も一つ和らぐと考え、道を歩いているのを見かける度に、「イクオよ、ちょっと来いよ」と手招きして家に呼んだのだった。

イクオはタイチらと連れ立っている時も、女を連れている時も、オリュウノオバの意図が分かるのか、それとも持って生まれた性根の優しさがそうさすのか、わずらわしいという顔一つせず、「なんな、オバ？」と坂道を駆けのぼる。

オリュウノオバは勢いよく坂道を駆けのぼって青い息をもらすイクオの顔を見て、四人のうちの一等齢嵩らしく男の色気が白梅の花のように咲き匂うのを確かめ、オリュウノオバの眼にもはっきり映る色気が不吉な兆しそのもののように思え、心の中で嘆声をあげながら何喰わぬという顔で、「イクオ、フサノイネら元気かよ」と意地悪くカマをかける。

「お母かよ？」イクオは訊き直す。

「おうよ」オリュウノオバは言う。

イクオは肯《うべな》うオリュウノオバの声を耳にして、何もかもを悟ったというようにふっと眼を伏せ、下の道で自分を待つ連《つれ》の方を見て、「元気じゃわい」と答える。

オリユウノオバがその返答の取りつく島のなさに言葉を継ごうとすると、女親のフサや一等下に生まれた弟のアキユキの話に触れられるのを厭《いと》うように首を振り、若衆らの流行を真似てチッと音させて唾を吐き、「用事ないんじゃったら、連、待っとるさか、行くど」とオリユウノオバの返事も聴かないうちに坂道を駆け降りる。そのイクオの姿を見てオリユウノオバは、路地に生を受けた高貴にして澱んだ中本の血の若衆の男気も誇りも哀しみも無言のまま読み取り、「おうよ」と独りごちる。

そもそもイクオの身辺にまとわりつく数奇さは、イクオがまぎれもなく中本の血の一人として、カツイチロウを男親に、古座の出のフサを女親に生まれた事に本地があった。カツイチロウは山仕事をする人夫で、フサにイクオの他に娘三人を産ませ、さらにタイゾウを産ませた。タイゾウは育たずにすぐ死に、ほどなくして小さい者が巻き添えを招いたように男親のカツイチロウが死んだ。

路地の三朋輩の一人と自称他称し、人からも自分からもイバラの留と名乗った男が路地に現れ、シャモのトモキやオオワシとも隼とも称されたヒデとつるみ、肩で風切り博奕場に出入りしはじめたのはその頃だった。フサの家にイバラの留が出入りし、そのうちフサは子を孕み産んだ。そのフサの産んだ末の男の子アキユキがまぎれもなくイバラの留の種なのは路地の者が誰しも認める事実なのに、フサとイバラの留の間に何があったのか、フサは大腹を抱えている時も産み落としてからも、この子に男親はない、もしあるのだとしたらカツイチロウだ、この子は中本の子だと言い募り、或る時イバラの留がアキユキを貰い受けに行ったのをけんもほろろに追い返した。

そうやってフサが産み育てたアキユキもイクオも三人のイクオの妹も何ひとつ別けへだてせずにいたが、或る日、イクオが外から家にもどると、家の中で三人の妹らが騒いでいる。

「どしたんな？」イクオが訊くと簞笥《たんす》の袖《そで》をかたっぱしから開け、押し入れの奥までひっかき廻していたヨシコ、ミエ、キミコの三人が、「母さんとアキユキ、おらん。服もない」と泣き顔をつくる。

イクオは直感し、それでも三人の妹の気持ちを思慮して、「服、ないことない。もっとさがしてみい」と怒鳴りつけ、家の裏の柿《かき》の木に身を隠すようにしてその場を抜け出て踏み切りに出、汽車の線路を走って駅に行った。イクオはその時こそ、女親というものが普段言っている事を平気で裏切る情けないものだとつくづくと身に沁《し》み、案の定、プラットホームに他所行きの姿で立っていた女親のフサと弟のアキユキを見つめ、ただ涙を流した。

イクオはフサに訊かずとも、女親が一人種の違う末の弟のアキユキを連れ、新しい男と駆け落ちしようとしているのが分かった。

オリユウノオバは何もかもを理解出来た。ツバクロの雛《ひな》の中に一羽ムクドリの雛が混じっているような、中本の血をひくきょうだいの中で、荒くれ者の、自称他称する路地の三朋輩の一人の血のアキユキは元気もよく物に動じもせずに育ち、他からのけものにされるどころか押し退《の》けてまで我を唱えるだろうが、女親としてはツバクロはツバクロ、ムクドリはムクドリの違いがいつ出るか不憫《ふびん》でもあり、それで一人アキユキを連れて行こうとする。だがイクオも三人の妹も、男親のカツイチロウが若死にし頼りは女親のフサしかない今、男親の違うアキユキ一人連れて他所へ男と駆け落ちしようとされて、中本の血のカツイチロウの種になる子供らが苦の種、毒の種だと捨てられかかった気がする。

それはそれで収まったが、ほどなくしてフサはどう子供らを説いたのか、それともイクオや三人の妹らが女親や種違いの弟の幸せの為にと身を引いたのか、アキユキ一人を連れて路地の家を出て、新地の先に竹原の一統の繁蔵と所帯を持ったのだった。

オリュウノオバもトモノオジも、幼いタイチですらも、男と女が一緒になりすぐ離別するというのが路地の常とはいえ、新所帯を始めたフサやアキユキを視《み》るイクオや路地の三朋輩の一人イバラの留の気持ちを推しはかり、人の痛い気持ちには目をつむるしかないと見て見ぬふりをしたのだった。

イクオは坂道を下に降り切り、連の中に入って道を見下ろしているオリュウノオバを振り返り、フサとアキユキの二人を見て見ぬふりをするのが親やきょうだいをよかれと思う男の気持ちだと言うように笑みをつくり、連の中に戻って不意に自分の優しさに照れたように雌握りをつくって手を突き出し、「オバ、こんど、これしょうらよ」と悪態をつく。

「なにをえ？」オリュウノオバは言う。

オリュウノオバは頓狂な声を出してみて、しゃがれ艶《つや》を失った鳥のもののような自分の声に気づき、一瞬に時をさかのぼるようにカツイチロウの最初の子としてフサの腹に産まれたイクオを取り上げた時を思い出し、何もかもがその時に停まっておれば苦はないものをと独りごちるのだった。

産婆のオリュウノオバの腕に抱かれ泣き声を上げたイクオが雌握りをつくって悪態をつく若衆になったのは当然の事だし、またそうでなければ周りが別な苦を背負い込む事になるが、その若衆がいま一瀉千里に若死に転がるとなると当然の事が禍々《まがまが》しい。

イクオはオリュウノオバがそれ以上、別に悪態をなじりもせず、ただ家の脇から下の道の若衆を見つめているだけだから急に自分の一挙手一投足にまといつく眼差しが疎《うと》ましくなったように、「行こら。行こら」と連に呼びかけ、オリュウノオバを振り返りもせず路地の外に向かって歩き出す。オリュウノオバはその四人の若衆の姿を見て、ついこの間、小魚のように群れていたのが潮の大きな流れをも断ち切って泳ぎ切る若衆になっていると思い知り、まだ小魚の頃なら温かい水たまりのようなここに遊んでおれば危害を加える者もないから停まれと声を掛けもするが、硬い棘《とげ》はあるが男の色気の匂い出た若衆らに育った今、若衆らを魅《ひ》きつける色香のある娘ならいざしらず、干涸び萎びたオバの身で鴉声《からすごえ》ではなすすべもない。若衆らが路地の道を外に出ていって、オリュウノオバはつくづく我が身を振り返るのだった。まだ月のものある頃だったら晩《おそ》い夏から初秋にかけて咲く鶏頭も百日草も神経にこたえないが、朝の勤めを終え、仏に祈って仏の慈悲利益《りやく》だけを考えぼんやりしている礼如さんに、今日は誰々の祥月命日、誰々の命日と諳《そら》んじた事を伝えるその声が裏山にまぎれ込む鴉の声となった今、真っ赤な血の塊のようなのも強い勢いのも神経にさわり、裏山の草木の茂みを揺すりながら下りてくる風にはらはらと小さな花弁をこぼす山萩、そのうち冷え込み長雨が来れば萎れ溶けてしまう紫の露草のあるかないかの花が好ましい。

タイチが十五、イクオが十九、オリュウノオバが気にかける中本の一統の血ではないが路地の三朋輩イバラの留の種になる弟のアキユキが七つ。オリュウノオバはその大暴風雨のあった年を極端に鮮明に覚えている。

大暴風雨で家が何軒もバタバタ倒れたその年はまた、路地を囲い込むようにある裏山で何人も天狗《てんぐ》に出くわした、狸《たぬき》や狐《きつね》に化かされたという話が渦巻いた。天狗も狐狸も眼新しいものではなく、路地がまだ蓮池だった頃から路地の裏山に出没し、行手を遮るように立った大男に、生意気な、道を開けろと怒鳴り、髻《たぶさ》つかまれ投げ飛ばされた、とか、何でもない裏山の道を狐狸にだまされ一晩中歩き廻り朝になってようよう家に帰りついた、と何人もが痛い目にあっていたが、昔の道を通っていた山仕事の人夫のキチノアニの後から女のものの足音が従いて来た、酔って帰るカナメの前に突然、板戸が立ちふさがり、豚が二頭、走り出た、というように狐狸に悪戯《いたずら》される羽目になったと耳にして、路地の者らは大暴風雨の後だったものだから、大暴風雨も天狗や狐狸の悪戯も戦争や震災の前触れだと言い合った。

しかし戦争でも震災の前触れでもなかった。タイチが自ら若死にすると定めた十八の歳に、イクオが死んだのだった。今から振り返れば、イクオはその大暴風雨の日に他所から戻って三月三日の雛の日に路地の家の柿の木に首を縊《くび》って死ぬまで一気に、四人の中本の若衆のうち一等先に若死にする者として、人ではなく神仏の神々しさを放つように中本の高貴にして澱んだ血の人を魅きつける魅力も、人が疎ましいと目をそむける穢れも一身に顕したのだった。

オリュウノオバは、タイチがイクオの運命を見て取って奇妙としか言いようのない警戒心を抱きはじめたのを、はっきり覚えている。

或る時、タイチが一人、連から抜け駆けするようにオリュウノオバの家に来て、自分には解けない出来事だと言うように、「オバ、ヨソノオジが天狗を見たというの知っとるこ?」と訊き、オリュウノオバが、今ごろ話を知ったのか、誰もが知っていると鼻で笑うと、「イクオノアニが会うたと言うんじぇ」と言い出す。オリュウノオバが身を乗り出し、「イクオが天狗に会うたてかよ?」と訊き返すと、タイチは「おうよ」と言い苦笑しながらイクオから直接聞いたのだと話し出す。

ダンスホールでイクオに従いて廻る娘の一人を送って行き、山道を通って路地に戻っ

ている と、裏山の頂上の一本松の上で眠りから眼を覚ます男の声がした。欠伸《あくび》をする声と共に松の太い梢《こずえ》がわさわさ揺れ、咄嗟《とっさ》にイクオが茂みに身を隠すとくんくん鼻をかぎ、「臭い」と言う声がする。

「臭いオメコの匂いつけくさって、眠れもせん。出て来い」

そう怒鳴って大男の天狗が松の梢からひらりと舞い降りる。イクオは茂みの中で身をすくめたが天狗にたちまち嗅ぎ出されて見つかり、「われ臭い匂いさせて、眠たいのを邪魔して」と引きずり出された。イクオは天狗にいまさっき姦《や》ったばかりの娘の匂いがするとこづかれ、謝れと言われ、謝っても眠りを破られた腹立ちは収まらない、それなら活動に出てもおかしくない色男の若衆だから尻べべさせろ、と言われた。「嫌《いや》らわ」とイクオが拒むと、天狗は最初、尻べべさせたなら唐天竺《てんじく》にまで連れてやると機嫌を取ったがイクオが拒み続けると、おまえの生命を取ると言う。イクオは「おう、取れるんなら取ってみよ」と答えた。タイチはイクオの声音を真似てから、「オバ、ほんまに天狗、生命、取るんかいね?」と天狗が十八までの寿命だと公言しているタイチではなく、諍いを起こして抑えにかかったイクオの生命を取ると言った事に嫉妬《しっと》するように訊く。

「さあよ」オリュウノオバはタイチの気持ちを傷つけないように相槌をうち、中本の一統の若衆ならではの、この世とあの世の二つの場所で傍目《はため》には同じなのにあるかないかの差を競う気持ちを知って途方に暮れながら、「天狗がそう言うんじゃから、そうじゃわい」とつぶやく。

　タイチはオリュウノオバがそうつぶやくのを、タイチの五体を流れる中本の血がイクオより薄いのだという意味に取ったように口をへの字に曲げ、裏山の方を見つめ、「イクオノアニ、この頃、女とばっかし乳繰りおうとるさか、天狗におどされるんじゃ。俺じゃったら黙っとらせん、勝負したる」と言い、胸のシャツをはだけ、サラシの中から小刀を取り出し、ヤクザ者然として縁側の板を鳴らして置き、「オバ、拝んでくれ」と思いつめた声で言う。

「なんなよ?」

「なんなよ言うて、ドスをホトキさんに置いて拝んでくれと言うんじゃ」

　タイチはそう言い、誰に習ったのか、いつそんな金を手に入れたのか、米を一俵ゆうに買える金をお布施だと縁側に置く。

「なにするんな?　人、殺すんか?」

「天狗」タイチは言う。

「天狗て?」オリュウノオバは戸惑う。

「何も悪り事せんど。オバも礼如さんもこの山におるけど、何も悪さして来んど。ワルばっかしやられとるだけじゃのに」

「俺が始末したる」

　オリュウノオバの言葉にもタイチは引きさがらなかった。イクオの生命を取ると言った天狗を征伐する事が、路地の内へも外へも、闘いの性に生まれたタイチここにありと証《あか》す事だと言うように、オリュウノオバが戸惑いおろおろしていると、縁側から家に上がり、自分で小刀を仏壇の前に持っていって置き、線香を供えて鐘を鳴らして祈り、オリュウノオバにも祈れと言うのだった。そうしたところでどんな霊験があるのか心もとなかったが、オリュウノオバは仏壇の前に坐り手を合わせ、「マンマーイ」と声を出した。

それでタイチが天狗を征伐したのかどうか、本人からも周囲からもとんと耳にした事がなかった。ただタイチが齢嵩のイクオを注視し、奇妙な警戒心を抱き続けているのが見て取れた。タイチは一等齢嵩のイクオがダンスホールや玉突き場で自分らと一緒にいるよりも、一人離れて活動写真の俳優に似ていると群がり寄る娘らといる方が多いのが、路地の三朋輩の意志を継ぎ、カドタのマサルやヒガシのキーやんらと互角の組織をつくろうと躍起になった自分の気持ちに水を差すように思った。

その玉突き場が駅前の路地と目と鼻の先の距離にある「蓬萊《ほうらい》」だったら何でもないが、カドタのマサルの縄張りの中にある「タイガー」の場合、三台ある台のうち二台をタイチのグループが占拠しても、後の一台をカドタのマサルの組の若衆が占める事が常になっていたので、玉突きの連中から一人離れフロアで娘らと話しているイクオが気にかかり、時々焦《じ》れて「イクオノアニ、女らとばっかし話しとって、腐って来やへんかよ」と一緒に玉突きをして遊ぼうと呼びに行くのだった。

イクオはタイチの胸の中を何一つ分かろうとしなかった。タイチにしてみれば、カドタのマサルの縄張りのタイガーでの玉突きは、単純な遊びではなく闘いの一つだった。オオワシとも隼とも呼ばれたヒデが殺され、イバラの留、スガタニのトシがいなくなり、路地の三朋輩では唯《ただ》一人しか残っていないが、大暴風雨の日に他所から戻ったタイチが集めた若衆のグループは、玉突きの場で腕が当たった、足を踏んだというう程度で、カドタのマサルの組の若衆と乱闘を起こし、タイガーを店開き出来ないように打ち壊してやる決心をしている。

タイガーやダンスホールに出かける前に、タイチは「ちょっとでも何どあったら言えよ。すぐやるんじゃから」といつも若衆に言い聞かせたが、イクオはいつも一人抜けたというように娘らとばかり話し、笑い興じているのだった。タイチが焦れて声を掛けると、イクオはタイチが玉突きで負けが込んで気が立っているのだというように、「玉突き、おまえら弱いさか、好かん」とあきらかに子供に言うような物言いをする。

「カツもシンゴも弱いし」イクオが言って目の前の娘の三つ編の髪に手を伸ばすと、三つ編の娘はイクオがタイチに向かって話したのではなく、自分の髪を褒《ほ》めたのだというように、「この髪、編むのに一時間もかかったんやで」と言う。

タイチはイクオがもうタイチから目の前の娘の話に関心が移っているのを知っている。

「一時間もかかったんか?」イクオが言うと、三つ編の娘の脇にいた娘が「一時間」と意味のない相槌を打つ。

「イクオさんの写真の出とる散髪屋にも、一時間と言うと笑われた」

「ああ、蓬萊の」イクオが言って、女とばかり話していて腐ってこないかと訊いたタイチが玉突きのゲームを中断してそこにいるのを思い出したように、タイチを視る。タイチはそのイクオにはっきり分かるように口をへの字に曲げ、今のイクオはかつてのイクオと何もかも違っていると態度で示すようにクルリと後を向き、玉突き台の方に戻る。

「蓬萊」の散髪屋は蓬萊の玉突き屋の隣にあった。散髪屋と玉突き屋は兄弟だったが、兄の方の散髪屋が玉突き屋に出入りする四人の中本の血の一統に、散髪のモデルになり写真を撮らせてくれないかと言った。四人共、即座に断ったが、いつの間にかイクオ独り髪型を変え写真を撮らせている。タイチが非をなじる気持ちで散髪屋の窓に飾った写真を指差して「なんな、アニ」と言うと、イクオはタイチの言葉など頓着しないと言うように飾り窓の中の自分の写真をのぞき込み、「ええ男じゃねェ」と声を上げる。

イクオは娘らに、タイチもカツもシンゴも散髪屋からモデルになってくれと言われたと説明したらしく、娘の一人が「あんなん、ツンツンしとるさか、女の子ら誰も写真もらいに行かへんわ」とイクオにへつらい、タイチをけなす言葉が聴こえてくる。

「まだ、赤子《ネネ》じゃさか」イクオの言葉が耳に届く。タイチはイクオの言葉にむかっ腹が立ち、一瞬、振り返って小刀を抜き、娘も孕ました、山の飯場へも行った、女郎を籠脱けもさせた、どこがネネなのか言ってみろ、と一等齢嵩のイクオにすごみ脅してやろうかと思うが、もしカドタのマサルの縄張りのタイガーでやれば四人の仲間割れを敵に見せつけ、やろうとする事のなにもかもが裏目になると思ってこらえ、その代わりのように、隅の台で遊んでいるカドタのマサルの組の若衆がはしゃいだ声を上げたので思いっきりスティックで玉突き台を叩き、「うるさい、ワレら静かにしくされ」と怒鳴った。

カドタのマサルの組の若衆は六人、タイチの方は娘らと話しているイクオを入れて七人、数の上では差がなかったが、台を叩き怒鳴ったタイチが誰よりも先に不満気な声を挙げる者に勝負を挑むという気迫を見せにらみつけているので、戦意をくじかれたのか声もなかった。ただ台を叩く音も怒鳴り声も、同じ血で双葉の頃から一緒に育って来たタイチのものだから何ひとつ耳に障《さわ》らなかったというようにイクオが、周りに群れた娘らが持った自分の散髪のモデルの写真を、「あんたの、ちょっと薄いの。あんたの濃い、どっち先なん」と見較べている声がする。タイチはイクオのその声を聴いて一層、焦れる。

イクオがクスクス笑う。娘らが笑う。

「あんた一番目、二番目はあんた、三番やろ、四番、こんな順番に写真作ったんやな。だんだん薄なってゆく」

イクオがそう言うと、薄く淡い写真になっていくのがよほど面白い事なのか、それとも周りに群れている娘らをその順番で股《また》開かせてゆくという暗号のような事を言ったのか、娘らは笑い入る。

タイチはその娘らの笑い声が、路地の三朋輩が崩れた今、躍起になった自分を嘲る声のような気がし振り返り、「イクオノアニ」と名を呼んで見つめた。一呼吸おいてイクオは顔を上げ、挑むでも煽るのでもない、しかしはっきりとタイチを突き放すような鋭い眼を向け、「なんなよ、タイチ」と答える。「アニ」とタイチが物を言いかけるのを遮るようにイクオはタイチの焦れる気持ちの一から十まで分かっているのだと言うように、「焦《あせ》っても、しょうあるもんか。なるようにしかならん」と言い、ふと三つ編髪の娘の手から写真を取り、「こう、タイチ、見てみい、アニの写真、こんなに影薄い」と見つめる。

タイチは悪寒に襲われたように身震いする。

イクオ外伝

オリュウノオバはタイチの焦《じ》れる気持ちを分かっていた。というのも、周りにタイチが何人若衆を集めようと、刻々と時間が経つに従って路地の三朋輩《ほうばい》の元の縄張りはカドタのマサルとヒガシのキーやんの勢力下に腑分《ふわ》けされていくのだった。タイチらがまだ路地の三朋輩の片割れシャモのトモキがいるとすごんでも、自分らが三朋輩の直系だと言ってみても、齢端《としは》のいかないチンピラらがゴロ巻いているとしか町の者も他の土地のヤクザらも思わず、タイチが十六の齢になる頃は、タイチを中心にした四人の中本の若衆、その周囲の十人ばかりの若衆らは、ただの喧嘩《けんか》好きの不良グループのような扱いを受けている。

タイチは心外だった。

カドタのマサルもヒガシのキーやんも、齢を喰い面の皮が厚い分だけ焦れてもがくタイチらの一派の扱いを心得ているように、自分の傘下の若衆らにタイチら一派との小競り合いを禁じたので、町中を肩で風切って歩けても縄張りのどこもタイチらを見限るようになり、用心棒代を出し渋るようになった。

タイチはそれで一計を案じ、イクオにもシンゴにもカツにも内緒で、自分の集めた十人の総員、タイチと同い齢かタイチより一つ二つ下の若衆らを連れて一寸亭に入りびたりになったトモノオジの元に行き、「誰もおれらを相手にせん」と実情を訴え、組をつくるから名前をつけてくれと頼んだ。トモノオジは朝から酒びたりだったが、タイチが他の三人の連《つれ》と一緒でないのをいぶかり、「なんな、一人、抜け駆けするんか？」と訊《き》き、タイチが暗に路地の三朋輩の失敗を繰り返したくないと「オジじゃったらどうする？」と、イクオの行状、そのイクオとタイチの間でどっちつかずに振る舞うシンゴやカツの性格を言うと何もかも了解したというように、では朋友会とでもつけろと命名し、酔いが急に廻ったのか、「吾背《あぜ》ら、このタイチの盃受けるのも、シャモのトモキから盃受けるのも同じじゃと思えよ」と言いおいて、女に新しい盃を持って来させ、タイチに酒を注がせ、一人一人に盃を与える。盃がひととおり行き渡ってからトモノオジはタイチを見つめ、「子分も大事じゃけど、朋輩ないがしろにしたらあかんど」と言い、そう念を押しながらも、十人の若衆を引き連れる朋友会の会長になったタイチが必然の理《ことわり》としていままで犬の仔《こ》同士のようにつるんで来た朋輩を一人一人退け、今のトモノオジのように独り残る姿を見るように眼を細め悲しげな顔をする。

タイチはその朋友会の結成は時期を見てイクオやシンゴ、カツに知らせようと決心し、十人の若衆には絶対に人に漏《も》らすなと口を封じた。

イクオ、シンゴ、カツに内緒のまま朋友会として名を売る為にどう派手な出入りを仕掛けようかと思案している最中、朋友会を結成してたった三日目に、タイチが根城同然にしている蓬萊の玉突き屋に入りかかると、散髪屋から髪を切りべったりとポマードでときつけたばかりのイクオが出て来て「朋友会、作ったんかよ」といきなり訊く。驚き戸惑ったが、朋輩で齢嵩《としかさ》のイクオといえ臆《おく》する事なぞないと、タイチは「おう」と答えた。普段は娘らに取り囲まれ仕事にもつかずブラブラしているのは荒っぽい事を好んでの事ではなく中本の血の成せる業だとうそぶくように、喧嘩の話を若衆らがしていようと石をかたげて力競べをしていようと、笛を吹いたりギターを弾いたりしているのに、イクオは齢下のタイチが「おう」と答えるとその答えようが齢上の者に向かってのものではないと難くせをつけるように、「なんじゃ、その、おう、と言うのは」と言い、タイチがさらに「おう、で何が悪りんな」と突っかかると、「今まで一緒に四人でやってきたのに、ええかげんにさらせよ」とすごむ。

タイチは話が違うと気づき、苦笑し、「アニもええかげんにしてくれ」と手を振る。「朋友会作ったの、アニらを敵にするのに作ったんと違う。裏切り者のカドタのマサル、叩《たた》き潰《つぶ》す為じゃ。裏切り者のヒガシのキーやん叩き潰す為じゃ。同じ路地の中本の一統のイクオノアニやシンゴノアニ亡き者にする為に作ったんと違う。もちろんかまんけど。ナカモトのイクオが朋友会に刃向かうというんじゃったら、亡き者にしたるけど」

タイチは時代劇映画で耳にした亡き者を冗談のつもりで使うと、イクオは活動映画のように一歩後ずさりして、「ワレの正体、見た。ワレは子供の時から人の生命、何とも思てない冷血漢じゃ」と言い、亡き者にするなら今やってみろと身構える。丁度、散髪屋が顔を出し、隣の玉突き屋から朋友会の若衆らが騒ぎを聴きつけて外に出て来、兄弟同然の者同士の諍《いさか》いといえ、結成したばかりの組織の親分が喧嘩を売られていると若衆らは口々に「足腰立たんようにしよか」「血祭りに上げたるど」と口だけすごみ、散髪屋の調停で店の中に二人入り、イクオに朋友会結成の意図といきさつを説明して納得させてみた後、タイチは朋友会の若衆らが同じ中本の血の齢嵩のイクオに吐いた言葉が胸を刺すのだった。兄弟同然のタイチが吐いた言葉ならまだしも、タイチが率いる朋友会の若衆が吐いた言葉は、イクオが「田中の闘鶏場へシャモを見に行て来る」とその場を去ってからも胸にうずき、それで一層、黙っていろと口を封じたのに朋友会の結成をイクオに漏らした者に腹立ち、蓬莱の玉突き場に朋友会の若衆十人を集め、漏らすなと命じた秘密を漏らした者こそ足腰立たないようにし、血祭りに上げなければ朋友会そのものが成り立たないと、一人一人を問い詰めた。

タイチは十六で闘いに抜きん出ても物の加減をわかる齢ではなく、ただ問い質《ただ》すうちに秘密を漏らしたささいな事が人の世の正義を踏みにじった邪悪な裏切りのように直情的になり、玉突き台をスティックで叩き怒鳴り、へどもどした若衆におまえがそうかと殴りつけにかかり、遂に一人、泣きじゃくりながら自分が秘密を漏らしたと申し出る者をあぶり出した。へへという渾名《あだな》のタイチより一つ齢下の整った童顔の若衆は、誰よりも先にタイチが痛い目を味わわせてやるとスティックで胸から腹にかけて力いっぱい一打すると、悲鳴を上げ足元から崩れ落ちかかり、両脇から支えられると、漏らしたのはイクオの末の妹にであってイクオ本人にではないと抗弁した。

その抗弁がタイチには耳障《みみざわ》りだった。イクオの末の妹キミコとへへは仲がよく、へへは単に若衆らだけが集まった朋友会に加わった事が誇らしくキミコに話したが、女親のフサが末の種違いの弟アキユキと共に他で男と所帯を持ち、上の姉のヨシコは名古屋へ、二番目の姉のミエは男と別に家を出て暮らし始め、兄一人、妹一人になった路地の家で、外で遊び歩く兄のイクオの機嫌を取る為にへへから耳にした事をキミコが話すのは当然だった。タイチは涙を流し続けるへへに、キミコとつきあってそんな事も分からないのかと訊き、分からなかったと言うへへは子供だと嘲り、居並ぶ若衆らに足腰立たないようにしてやれ、血祭りにしろと命じる。

タイチはへへの悲鳴と泣き声を耳にしながら、一人、男衆らに混じって田中の闘鶏場の盆の前で、金も賭《か》けずにただぼんやりと蹴爪《けづめ》にカミソリをくくりつけられた二羽のシャモが血を流しながら蹴り合っているのを見つめているイクオを想像した。

へへが朋友会の一人一人に殴られ蹴られて出す声を聴いていてタイチはいたたまれず、へへの声が田中の闘鶏場で血を流し合いながら蹴り合うシャモを見ているイクオの声のような気がし、また胸の中にトモノオジの子分も大事じゃけど朋輩ないがしろにしたらあかんど、と諭した言葉も去来し、いま手を打たねば永久に藤が入る気もし、オリュウノオバが視《み》てもトモノオジが視ても、生来、人の上に立つ宿命のタイチ、「ちょっとイクオノアニ、心配じゃさか、田中の闘鶏場へ行てくる」と手下らに言いおいて蓬莱から大浜の方へ一人駆け出してゆく。大浜と言っても田中の闘鶏場のある大浜は、すり鉢形になり地引き網しか出来ないただ打ち寄せる波に岩砂利がごうごうと鳴る浜のあたりではなく、王子神社の脇《わき》の小高い山のあたりの事で、タイチは他の若衆同様、裏道を抜け、山道を通り、そのあたりも路地の裏山同様、天狗《てんぐ》が出る、狐狸《こり》が人を化かすという一帯なので、茂みからはばたく鳥にも注意をし用心に用心を重ねて、タイチは田中の闘鶏場の裏に出たのだった。

サイコロを振って丁か半か、花札をめくって桐、藤、赤タン青タンというのではなく、誰かが飼っているシャモを二羽闘わせ勝ち負けを決める素人にもすぐ手出しの出来るものだが、金を賭ける博奕《ばくち》に変わりなく、博奕は御法度《ごはっと》の世の中だからタイチが闘鶏場の裏の切り落とした崖《がけ》の上からぬっと顔を出すと、その崖を隠れ蓑《みの》にして闘鶏に現《うつつ》を抜かしていた男衆らの何人かが警察の手が入ったように驚き、若衆がのぞいたと知って、「ワレ、そんなとこに来くさって」とすごみ、タイチが相手にせずに朋輩のイクオをさがして眼を遣ると、「なんな、タイチ。アニ、ここにおるど」と白に黄金と銀が散った羽根の真紅の大きなトサカを着けたシャモを抱えたイクオが最前の諍いなぞ何の屈託もないという顔で声を掛ける。

「アニ」思わず口をついて出る声に自分で照れたように、ゆうに二間はあろうかというよう崖をタイチは飛び降りる。タイチにすごんだ男衆がその無鉄砲さに舌を巻くというように「おとろしよ」と声を出し、そんな者に関わりを持つのは真平だと、するりと盆を取り囲んで賭けに興じる人混みの中に身を滑り入らせる。

イクオに会ってみれば案じた事が嘘《うそ》のようだった。イクオは最前の事をおくびにも出さず腕に抱えたシャモを黄金の色より銀の色の方が勝っているから銀重ねだと言い、闘鶏場の持ち主の田中の親爺のものだと言った。

イクオはタイチを呼んで田中の親爺が自分で育てるシャモの籠《かご》の方へ行き、釣り鐘式の竹籠の中に入っているのが同じ雌雄から獲《と》った獅子龍だと言った。イクオは銀重ねをタイチに預けて竹籠から獅子龍を出し、いきなり広々とした外に出て四方を見廻すのを背を押さえ首筋を撫《な》ぜ、「見てみ、こう、こいつの金色も銀色も獅子か龍みたいに流れとる」と名前の故由《ゆえよし》を説明し、田中の親爺と一緒に山奥に行き、木樵《きこり》の元から頼み込んで貰って来た三つの卵のうちの二つ、それがタイチが抱えた銀重ね、イクオが背を押さえた獅子龍だと言った。銀重ね、獅子龍共に育ってこの方、三戦して負けを知らず、それで今日は川向こうの神志山の男がやはり向こうの盆で負け知らずのシャモを持って来て挑戦して来たので、田中の親爺からどちらを出せばよいか相談を受けたのだと言う。

「おまえ、どっちがええ？」イクオは謎をかけるように訊く。

タイチは謎をことさら解くつもりもなしに、銀重ねは美々しすぎ、活動映画の俳優に似ているると娘から騒がれるイクオに似ている、獅子龍は同じように抜きんでて模様が美しいが雄々しさがあって自分に似ていると思って、「そりゃ、アニ、その獅子龍の方が強いど」と答えると、案の定タイチはそう答えたというふうにニヤリと笑ってまた獅子龍を竹籠の中に納《しま》い、タイチの腕から銀重ねを受け取りながら、「これが強いんじゃ、これが」と嬉《うれ》しくてならないという声を出す。

イクオは人混みをかきわけ田中の親爺の家の裏口に向かった。闘鶏場も盆も田中の親爺のものだが胴元は以前から大浜の地引き網の網元がやる事になっていたので、田中の親爺も嬶《かかあ》も三人いる娘らも盆に集まった者らに握り飯や田楽、酒を売るのに忙しく、田中の親爺はイクオの顔を見るなり、「すぐにでも行けるようにしといてくれるかァ」と無造作に小刀のような刃の厚いカミソリを手渡す。

イクオは予期していなかったように、「おれが準備するんか?」と訊き直し、田中の親爺が普段より売り物の仕込みが遅れているので仕方がないのだと返すと、小躍りせんばかりになってそばにいるタイチに「四戦四勝じゃど、タイチ」と言いかける。

イクオは銀重ねの蹴爪に水糸でカミソリを結わえつけながら興奮したまま、銀重ねが両足で地面を蹴り、瞬間、羽根を広げ蹴りを相手のシャモの喉首《のどくび》に突き当てた姿は、何故こんなに奇麗で獰猛《どうもう》な鳥がこの世に在るのか、不思議でならない気になると言う。その言葉に不安になって、タイチがイクオの手で準備される銀重ねは他ならぬイクオから影の薄さが伝わり、せっかくの強さもこれまでの宿命になる気がして銀重ねから目をそらすと、イクオは察したように「タイチ」と呼ぶ。

「なんな？」タイチは答える。

イクオはいつ盆に出してもよいように準備の整った銀重ねを地面に置き、手を離し、闘う相手を捜すように周りを見る銀重ねを顎《あご》で差して、「俺は分かっとるんじゃ。こいつ、勝つど」と言う。

その準備が整った銀重ねを次の盆に出すと、田中の親爺が勢《せ》いてやって来るまでの間、人混みを離れて崖のそばの卵の殻や田楽の串《くし》を放り捨てた脇にイクオと一緒にいて、タイチは息苦しくてならなかった。

イクオが銀重ねの初戦からの闘いぶりを話し、トサカを咥《くわ》えて瞬時に地面を蹴る速さ、蹴る高さ、蹴りの強さを褒《ほ》めそやす度に、イクオがそう言うのだから、それは今日、銀重ねが闘う相手の姿だと思い、田中の親爺とイクオの目の前で相手の蹴爪に着けたカミソリで喉を深々と斬られた銀重ねが、血を噴き出しながら置物の鶏のように立つ事も出来ず前のめりに倒れるのを想像するのだった。

しかし事態は違った。イクオの手から持ち主の田中の親爺の手に渡り、さらに人混みの中の丸い盆の中にいる胴元の男衆に銀重ねが渡ったのが幸いしたのか、賭けを張る声がとどろき、一息したところで二羽、盆の中に放たれ、蹴り合ってほとんど一蹴りで、銀重ねは相手をカミソリで絶命させた。

イクオは胴元が勝負あったと判断するのを待ちかねたように盆の中に入り、一瞬、何を間違えたのか銀重ねが蹴りかかるのを避けそこねて腕をカミソリで斬られてしまう。

タイチはイクオの顔が曇るのを見た。

胴元の男衆が銀重ねを取りおさえようとするのをイクオは拒み、意地になったように血がにじんだ腕を庇《かば》いながら自分の手で銀重ねをおさえ、顔を上げて見廻し、賭けの配当に騒いでいる男衆らの中からタイチをさがし当て、まるでタイチが不安がっていたのはこの事だったと前から知っていたというように苦笑する。

しかし、後になってその事ではなかったと分かった。

何もかもタイチの蒔《ま》いた種だった。いやタイチが種を蒔いたと言うなら、そのタイチを種としてこの世に蒔いた者こそ、苦を背負うか無慈悲を糾《ただ》されてしかるべきだった。四粒の同じ種が狭いところに蒔かれると揃って双葉を出し、葉が育ち枝を張りはじめると自然に跳ね除ける者と、跳ね除けられる者が出て来る。大根なら南瓜《かぼちゃ》ならそれも許されようが、勢いよく跳ね除けるものがタイチ、跳ね除けられるものがイクオとなると、種を蒔いた者の御姿が見えないだけ二人には酷《むご》く、眼を覆いたくなる。


タイチが路地の朋輩三人と共に蓬萊にいると、イクオの末の妹が血相変えて飛び込んで来て、へへが毒薬を飲んで死んだと言い、兄のイクオの胸に顔をうずめて泣きじゃくり、「おまえら皆なが殺したんやァ」と胸を拳《こぶし》で打ちかかる。若衆らから離れて朝から蓬莱にたむろしていた娘らは、キミコがイクオの妹と分かっているものの、イクオを拳で打ち、止めにかかる腕を嚙《か》みつきにかかるのを見かねたように、「あのへへ」「あんな裏切り者」とへへをなじって暗にキミコを諫《いさ》めると、キミコは娘らに向かって「ワレらァ」と怒鳴り、「ワシがへへを殺したように言われたんじゃ」と歯を剝《む》き出して吠《ほ》える。そのあまりに子供じみた怒りようにタイチが笑い、タイチの手下の朋友会の若衆らが同調すると、他所でどんなにワルだと恐れられようと路地の目と鼻の先に生まれ育った自分には一つも怖くないというように、「タイチ、ワレが殺したんじゃ」と男のような口をきく。

興奮してわめくキミコの髪を娘にするように撫ぜつけ、「どうしたんな、兄やんに話してみ。初めから話さなんだら分からんが」とイクオはささやくように語りかける。やっと静まり椅子に腰かけたキミコの股《また》が、タイチや若衆が椅子に坐った時するように大股なのに気づき、イクオは苦笑しながら手を添えて閉じてやる。キミコは娘のように股を閉じて坐り直すと、眼の前にしゃがみ低い優しい声でささやきかけるイクオに聞こえるようにしくしくと泣き始め、へへの母親に路地の家からへへの家まで引っ張っていかれたのだと打ち明けだした。

へへは毒薬を飲んで死ぬ枕元にキミコ宛の遺書を残していた。母親は捜しに捜して、死んで次の日になってやっとキミコが路地の中で父親に死別し、女親にもついこの間放り置かれた中本のイクオの妹のキミコの事だと分かり、へへの体中に殴打の疵《きず》がある事から、ダンスホールや玉突き場にゴロ巻く不良の一人の兄のイクオから妹のキミコと交際しているのをとがめられ、町家の者が路地の、しかも不良の親分格の妹にちょっかいを出して生意気だと半殺しの目に遭い、体も心も傷ついて毒を飲んだのだと決めて、路地の家に一人いたキミコを、「ちょっと顔を見たて」と引きずり出したのだった。

キミコにはへへの母親の言う言葉の何から何まで腑に落ちず、心外な事だらけだった。まず第一に、へへとは顔見知りだったが交際しているわけではなかった。兄のイクオは自分が取り巻きをいつもそばに置き、本心からか冗談なのか分からないまま取り巻く娘らをものにしているものだから、男の子と交際するのはよほど気をつけろと常日頃から口うるさいほど言っていたし、またキミコも、どう甘く見ても兄のイクオより清潔で奇麗な若衆がいるはずがないのだから、他の若衆やひ若い衆に興味もない。へへのような子供顔なぞまともに相手にした事もない。

家へ引っ立てられて行く道すがら、母親にそれとなしにへへなぞ交際相手として想像した事もないともらし、兄のイクオが映画俳優に似ている事、イクオが散髪屋のモデルになった事、その写真を女の子が奪い合いして持っている事を言うと、へへの女親は逃げないようにキミコの腕をつかんだ手にぎゅっと力を込め、爪を立て、「あそこあたり、きょうだいで、ひっつりはっつりかもしれんわなァ」とつぶやく。たとえ学校へろくに行っていないキミコでも、あそこあたり、と路地の事を言われ、ひっつりはっつりと聞かされれば、それが物珍しい言葉といえ引っかけたりはずれたり、くっついたりはがれたり、いずれろくでもない事を指す代物だとピンと来る。

それで何もへへの為に自分が厭《いや》な目を味わいに他所へ行く理由はないと、橋を越えかかったあたりで死んだ人間の顔なぞ見たくないと立ちどまった。手首を握った手にまた力が加わり爪を立てるのでキミコは「厭、行きとうない。勝手に死んだんやさか、勝手や。うちもうちの勝手や」としゃがみ首を振ると、へへの母親もキミコと同じように橋の上でしゃがみ、「なァ。見たて。最後やから、ノブヨシに顔見せたて。なァ」と口で哀願しながら心は鬼のように猛っているのだと爪を立てる。キミコが爪の痛みに顔をしかめると、母親は勢いた気持ちがもうこれ以上堪えきれないように泣きはじめる。

「なんでノブヨシはあんた好きにならなあかんの？　オバさんの家へ行かんと言うんやったら言うて。ここで言うて。周りに幼稚園からの女の子の友達もおる。近所にもちゃんとした家で奇麗なお嬢ちゃんおる。あんた、虫、湧《わ》いとるのと違う？　学校でもらう薬、飲んだ？」

母親は膝《ひざ》を抱えてしゃがんだキミコに訳の分からない事を訊く。

「なんであんた、うちのノブヨシが、好きや好きやと、何遍も遺書に書かんならんの？」

キミコは母親の涙を見てもひとつも悲しくなかった。それより、いつもヘラヘラ笑っているから渾名をつけられていたへへが本名をノブヨシと言うのを知り、お調子者の性格に似つかわしくないとおかしかった。

キミコがへへの家に行ったのは、動きたくない、歩きたくないと言い張るキミコに業《ごう》を煮やした母親が、それなら死んだへへの体に幾つも殴打された疵があるから、このまま警察に駆け込み、兄のイクオを捕らえてもらうと言い出したからだった。

キミコはへへの家へ連れて行かれ、寄り集まった親戚の者のぎすぎすした眼に射すくめられながら、土気たへへの顔を見させられ、ヘラヘラ笑いが永久に戻ってこないと思うと急にさみしくなり、死んだ男親のカツイチロウ、弟のタイゾウを思い出し、この間まで子供らがよじれ合ったところに今、キミコ一人住んでいると気づき、「兄《にい》やん救けて」と心の中でイクオに呼びかけながら手を合わすのだった。


キミコは眼からあふれ出た涙を拭《ぬぐ》おうとせず、イクオの手が髪にかかり娘にするように撫ぜおろすのを楽しむように甘えた声を出して泣き続け、傍にイクオの齢下の朋輩のタイチや朋友会の連中がいないように、イクオに「なんでワシが兄やんの代わりに、あんなへへのとこで嫌な目にあわんならん」と言い、へへを殴りつけ足腰立たなくしたのは当のイクオだと決めつけているように、「皆《みん》なから寄ってたかって、こんなになっとると、体、見せられた」と言う。

イクオは自分がやったのではない、タイチが命令し、タイチの手足となって動き始めた朋友会の連中がやったと弁解せず、妹のキミコが向こうの誤解のまま、おまえの兄がこんな酷《ひど》い常軌を逸した事をしたとへへの体の殴打の跡を見せられた苦痛を解くように髪を撫ぜ、ポケットから、あきらかに取り巻く娘らからの贈り物と分かる絹のハンカチを取り出し頰《ほお》の涙を拭ってやり、時折キミコの訴えかける言葉に「クソォ」と相槌《あいづち》を打つ。

キミコから見ても、向こうの女親や居合わせた親戚が言うように、殴打の跡は酷く生々しかった。死装束を着せた土気で小さくなったへへの腕をはだけ、胸をはだけ、土色のかさついた肌の下に、血ではなく黒い泥の塊が張りついたような脇腹を見せ、女親も親戚らも、どこのどんな育ちの娘にであれ若い者が恋をしてしまうのは止めようがないのに、それをこのように酷く折檻《せっかん》するとは、折檻した者に血も涙もない証拠だと口ぐちになじり、女親はへへをかき抱き、何でこんな栄養不良の赤毛の腹に虫の湧いたような娘を好きになったのだと言い、あげくは昂《たか》ぶり髪振り乱し、キミコにへへを生き返らせてくれ、そうでないならへへの事を一生忘れないでやって欲しいと迫る。

イクオはキミコの話を聞いて、タイチを鋭い目で見た。その一言でことさら弁解しなくともキミコの苦しみを解いてやれると言うように、「ワレ、生き返らしたれ。ワレ、へへの事、一生、思い出したれ」とタイチに言う。

タイチはイクオの目を見つめる。イクオの鋭い眼差しに、それまで何をするにも一緒だったのがバラバラになりはじめたのは勝手に朋友会なぞ作ったからだと非を鳴らす意を汲み取り、タイチはニヤリと笑い、「おう。生き返らしたるよ」と言う。

「へへぐらい生き返らしたらいでか。あいつ、くすぐったてみ。ヘラヘラ笑い出して、もう死んだふり止めたと生き返る」

「アホ」キミコが怒鳴る。

「何なよ、疣《いぼ》べべ」タイチはキミコの秘密を言う。

「くそタイチ、ばしきったるど」

キミコは秘密を言われ、まるでいまさっきまで甘ったるい声を出して泣いていたのも、へへの女親たちにひどい事をされたと訴えかけていたのも他所ゆきだったというように唇を噛み、手を振りあげ立ちあがる。

イクオはそこが蓬莱の玉突き屋ではなく路地の家だというように、「キミコ、はっさいぼし、すんな」と叱る。キミコは不満げに唇をとがらせる。

「あのくそタイチ、人の厭な事、言う」キミコはイクオに抗弁する。抗弁して、それでも秘密を言われて腹が立ってしょうがないように、「ワレ、見たんか？　見やさん事、言うな」と声を荒らげる。

タイチがまた「疣べべ」と言う。朋友会の連中が笑い、イクオの取り巻きの娘らが釣られてくすくす笑うと、興に乗ってタイチは片足で立ち、片足を後に上げ、「疣べべ、はーい」とからかう。

「兄やん」キミコは先ほどとは違う別な甘え声でイクオを呼ぶ。イクオは鋭い眼のままタイチを見つめ、「小さい女の子からかうより、へへを生き返らせたれよ、へへを」と怒鳴り、見つめ、その蓬莱に居合わせた誰よりも齢上で、人の生命が何より尊い事、その尊いものが大事に扱わねばたちまち壊れてしまい、壊れれば取り返しが効かないのだと、唯独《ただ》り知っているように悲しげな顔になってタイチを見、息を一つ吐き肩を落とす。

イクオはタイチの気持ちも分かる。毒を飲んで死んだへへを悔やんでもしようがない。死んだ者はどう手を尽くしても生き返らない。それよりキミコの股間《こかん》にあった疣をからかった方が面白い。タイチがキミコの疣を実際に見たのかどうか定かでない。キミコの股間に疣が確かにあったのはイクオの家族、皆な、知っていた。サーカスの綱渡りの真似をし「サーカスでござーい」と片足で立って片足を上げると、誰かが「疣べべでござーい」と声を掛け、それ以降、キミコは疣べべとからかわれた。

タイチのからかいが功を奏したのか、キミコは股間の疣を朋友会やイクオの取り巻きの前で言われた事が、へへの死顔を見せられ、殴打の跡を見せられた苦痛より衝撃だったらしく、イクオが路地の家に戻る間、タイチが昔からどんなに嘘つきだったか言い続けた。蓬莱の玉突き屋にイクオが居るからたむろしていたと露骨に朋友会の連中に言って、キミコと並んで歩くイクオに従《つ》いて来た娘らに、キミコが股間の疣はタイチのでっち上げた嘘の一つだと言うように、タイチとタイチの弟のミツルの二人は鯉《こい》が井戸の中で泳いで廻っていると嘘をついて大人をだました、と言った。

二人の兄弟の質《たち》が悪いのは、嘘に嘘を重ねる事だった。井戸の厚い木蓋《きぶた》を開けて、「大っきな鯉じゃ、これぐらい」とミツルが嘘を考え出し、「おっ、大きいね」とタイチが相槌を打ち、その後は誰が騒ぎ、誰が真に受けて井戸の中を竹竿《たけざお》で突ついて騒がそうと、「こんなに大っきいんじゃ」「がぼっと口を開けた」と嘘に嘘を重ねる。

そのうちタイチの女親が「ミツル、まま食べるよー」と間延びした声で呼びに来る。女親はけっしてタイチの名を呼ばない。タイチは小さい頃から外をほっつき歩き家で女親なぞと飯を食べた事なぞないから、女親はタイチなぞ呼んだところで「外でうで卵食うたり、餅食《もち》うたりしとるのに、お粥《かい》さんら食えるかァ」と答えるのがオチだから、脳天から出るような高い歌うような声で「ミツルー」と弟だけ呼ぶ。井戸の中をのぞき込む若衆や中を竹竿でひっかき廻す若衆の周りに女子供がたかっているので、女親は見当をつけて「ミツルよー」と声を出してやって来て、ミツルの手をつかむ。

ミツルを飯だと家に引っ張って行こうとするのを見て、ミツルと兄のタイチが井戸に大鯉が棲《す》みついているのを見つけた、それで大鯉をつかまえてやろうとしていると言って、しばらく子供を連れ戻すのを待てと若衆の一人が言うと、母親は脳天から飛び出したような高い声で表情一つ変えず、「いっつもこの子ら、そんな事、言うんやよー」と日常茶飯事の事で驚くにあたらないとミツルの手首をつかんで歩き出す。

娘らはキミコの真似するタイチの女親の物言いを笑い、イクオがどこの女親も似たり寄ったりだと苦笑すると、キミコをなだめるのがイクオの関心を魅《ひ》く事だというように、ひとしきりタイチの悪口になる。玉突き屋にたむろしているが、タイチが一番玉突きが下手だ、言葉が乱暴だ、朋友会がいつもひと固まりになってタイチの後を従いて歩くので、玉突き屋の隣の散髪屋はせっかくイクオをモデルにして写真を飾っているのに客が怖がって入ってこないとボヤいていたと悪口を並べ、イクオが朋輩の悪口を聴きたくないと苦ると、途方に暮れたように黙る。

駅前の踏み切りを越え、朝鮮人らの集落の前の野菜畑から近道して路地と朝鮮人らの集落を別ける目印のようになっている溝を跨《また》ぎ越えようとして、そこから見える家の柿《かき》の木に弟のアキユキが登っているのを見つけ、イクオはキミコに無言のまま眼で教えた。柿の木は折れやすく子供の頃からイクオも何度も落ちた、危ない、と言ったつもりが、キミコはいくら男まさりでも女の子だから柿の木が脆《もろ》いなぞと思いもつかず、へへの女親や親戚に寄ってたかってされた事が一気に吹き飛んだような明るい顔になり、「母さん、来たんかいの?」と訊く。

「さあよ」と答え、へへに好かれ遺書にまで書かれるようになってもキミコはまだ女親を欲しい齢だと思い、兄の自分がいくら言葉を重ねて並べるより女親の顔を見、一言二言なだめられ髪を撫ぜられた方がぐすぐすとくすぶっている気も晴れると気づき、「見て来てみ。来たあるかもしれんど」とキミコを促す。

イクオにそう言われると一層親恋しさが募ったように、「うん、見て来る」と言い、走り出して溝を難なく飛び越えて、柿の木の枝から枝へ移ろうとしたアキユキに「ワレ、人の陣地に来て荒らしくさって」と怒鳴る。その声があまりに大きく言い方が男のようだったものだから、イクオの取り巻きの娘らは一斉に笑うし、柿の枝に移ろうとしたアキユキも度肝を抜かれたのか、「オレの陣地じゃ」と怒鳴り返し、声を荒らげたのが誰なのか分からなかったのか小さな青い実のついた茂った葉の間から下をのぞこうと体を動かし、足元の枝がずるりと付け根から裂ける。

　アキユキが柿の木の枝を摑《つか》んだまま下に落ちるのは、あっという間だった。下に落ちたアキユキは痛みに呻《うめ》き、柿の木の枝が裂けたのはキミコの声のせいだと言うように、「ワレらァ、イボベべー」と怒鳴り、さらにキミコの後から歩いてくるイクオを見つけると、「イクオー」と怒鳴る。

　イクオはアキユキのその言い方を笑った。

「笑たなー」とアキユキはイクオをにらみつけ、家の中に向かって「オカー、キミコとイクオが柿の木から落として笑う」と女親に嘘を言いつけにかかる。

「嘘やー」「違うのに」娘らは口々に言った。

「こいつは、こんな事ばっかし言うんじゃ」

　イクオが言うと、アキユキは「今に見とけ。ばしきったるさか」と言い、また「お母ちゃん、こいつら僕を柿の木から落とした」と甘え声を出して女親を呼ぶ。

　女親の声がした。イクオは聴き取れなかったが、柿の木の下に落ちた姿のまま足を擦《す》ってぐずるアキユキを見ていたキミコがその声を耳にしてみるみる顔が曇るのが分かり、女親が家の中からどう言ったのか分かった。五人いるきょうだいのうち末の一人だけ男親の違うアキユキを可愛いと女親が思っているのは誰もが分かっている事だし、誰もそれに異を唱える者はいないが、女親がアキユキの嘘を真に受けるのはやりきれなかった。

女親は「キミコ」と名を呼んだのだった。「アキユキはまだ小っさいんやど」とも言った。

イクオならその女親の言葉の中に、眼で見なくともアキユキが嘘を言っていると分かっている、ぐずるとうるさいからなだめてやれ、という含みが混じっているのが分かるが、女親の優しい言葉を欲しいさかりのキミコはただそのまま聴き、顔を曇らせただけでなく涙を浮かべ、「もうどこそへ行きたい」と首を振る。

それでも家に入り女親の顔を見ると、キミコは機嫌を直した。女親はキミコ一人の手で行き届かない流しの隅や仏壇の中を磨き、障子の破れ目を張り、ササゲの走りが路地の角の八百屋に出ていたから買って来たと竈《かまど》に火を熾《おこ》し、ササゲの実の入ったオカイサンをつくる。火のそばに女親が坐り、流しにキミコが立っているのを見ると、イクオは女親がアキユキ一人連れて他で男と所帯を持っている事がなかった事のような気がし、アキユキをからかって遊ぶのも勢いがつく。

しかしアキユキは他で育っているので、以前のようにイクオのからかいに乗らなかった。他の家で義理の中で育っているせいか分別くさくなり、以前ならすぐ地金を出すところをじっと我慢し、それで最前、柿の木から落ちたのはイクオとキミコのせいだとなすりつけたのは、下に落ちた衝撃が強く体があまりに痛いので、他のなさぬ仲でついた手《て》垢《あか》が取れて路地の家の生き残った五人きょうだいの一等末として下にも置かない暮らしようだった昔の習性が出たものと知れ、イクオは安堵《あんど》するやら戸惑うやら、仕方なしにキミコには触れさせもしないギターを、「アキユキ、弾いてみ」と貸し与えた。

ギターはこう抱える、指で弦をこう押さえる、こう弾く、と手を取って教え、アキユキがボロンボロンとかき鳴らし始めると、女親と名古屋に奉公に出た上の妹のヨシコの話をしていたキミコが振り返り、きつい眼でアキユキを見、「あくもんか、アキユキら弾けるもんか」と負け惜しみを言う。

キミコが何を言いたいのか分かっている。歌舞音曲をよくするのは中本の一統の血だった。女親がアキユキと共に他に移ってから、家の中を、ここはイクオの部屋、ここはキミコの部屋、今はダンスホールに出入りする若衆と駆け落ちしていないが女のきょうだいの中で一等カンの強いミエの部屋、と分けた時に、男親のカツイチロウの残した深編笠、黒の袈裟《けさ》、尺八という虚無僧《こむそう》の道具一式を見つけたのだった。深編笠の中には裏に金具を打った履いて歩けばじゃらじゃらと音の立つ雪駄《せった》が入っていて、誰に訊かずとも男親のカツイチロウが中本の血のうずきで興に乗って虚無僧の姿をし尺八を吹いて花街のあたりを流したのだと分かり、イクオは妹二人に勧められるまま虚無僧の衣裳《いしょう》をつけ、吹いた事のない尺八を吹いてみた。初め音は出ないが、吹き続けていると音が出、そのうち節のようなものをつけられ、小一時間もすれば虚無僧の新参者だとごまかせば通るくらいになり、それならやってみようと妹二人を連れて路地の中を廻ったのだった。

尺八の音を聴きつけ顔を出した何人もがカツイチロウが生き返ったと思ったと言うのを聴いて、イクオは男親のカツイチロウが花街で尺八を吹き、お布施を貰う段になって深編笠を取って顔を見せ、芸者らがその男振りに驚くのを楽しんだのだと思い、体の中を流れる中本の血の淫蕩《いんとう》さを知らされたのだった。

ササゲのオカイサンが炊きあがる頃になって、女親は「こうしておれん」とそそくさと支度をし、ギターを覚えきらないうちにアキユキを連れて帰りかかる。

「もうちょっとおって、ギター、覚えていけ」

アキユキ一人だけ残れと言うと、女親は何を思ったのか、「そんなん覚えんでもええ」と強い口調で言い、それだけでは他で二人どうやって生きていこうとしているのか伝わらなかったと思ったのか、「バクチも要《い》らん。三味線も要らん。土方の家やのに」とつぶやく。

イクオが苦笑しアキユキからギターを取り上げ、「三味線と違う。ギターやど」と言うと、アキユキはこまっしゃくれた口調で最後に裏切るように、「ペンペンと鳴るの、一緒じゃだ」と言う。


ササゲのオカイサンの炊き上がらないうちに女親とアキユキが帰り、イクオは家の中に火の温《ぬく》もりはするが空洞が開いたように思え、キミコも同じ気持ちだろうと、自分の部屋からギターを抱えて竈の火の前に坐りギターをかき鳴らす。釜《かま》の中でくつくつ炊き上がるオカイサンの音に、女親と弟が他所の家へ戻っていったという事を忘れたようにキミコは横坐りになって竈に燃える火に見入っている。

女親と弟が自分らのそばにいないさみしさにキミコが気づくのは時間の問題だった。二番目の弟のタイゾウが死に、男親のカツイチロウが死んだ。女親が路地の三朋輩の一人と自称他称するイバラの留と関わり持つのも、子を孕《はら》み、相手のあまりの極道さと女癖の悪さに怒り腹立ち、相手憎さに腹の子を堕《お》ろそうとあれこれやり、イクオが諌め周りの者が忠告し、それで産む事に決めてイバラの留をつかまえ、腹の子は自分一人のものでおまえには無縁だと路地の中で獅子《しし》吼《く》し廻し、弟のアキユキを産んだのも、イクオは理解できた。男親が違えども、他のきょうだいと何一つ変わる事のないきょうだいとして育って来て、女親は新しく現れた男と所帯持つので男親の違う弟一人連れて家を出る。イクオは妹らにどう慰めの言葉をかけてよいのか分からなかった。言葉の代わりにギターを弾き、イクオの覚えている曲の何から何まで悲しげで虚ろで、弾き続けているると中本の血の自分がギターの音のようにはかなく、生きている事すら無意味なもののように思え、涙が音の甘い響きと共に眼に湧いて出る。

イクオはその涙が誰にも理解されないのを知っていた。ギターの音と共に涙がにじむと女親に言えば、鼻で笑い、仕事を覚える齢になっても遊び呆《ほう》けているからだと言うし、女親は思いついたというように、それが仏の因果で七代に渡る中本の血だと決めつける。確かに中本の血だった。

あまりにギターの音がせつないので弾くのを止めると、竈の火に見入っていたキミコが、「兄やん、ワシらもへへみたいに死ぬのか?」とつぶやく。

「どうしてない？」イクオが訊き返すと、「へへ、兄やんの子分やったやろ」と言い出す。

「ワシ、へへの事、何とも思てないけど、兄やんとワシが行たら、へへ嬉《よろこ》ぶ。父やんもタイゾウもおるし。ワタシら、父やんやタイゾウに会えたら嬉しいし」

イクオはキミコの頭をこづき、「アホよ」と笑う。

「父やんやタイゾウがおまえの顔見たら真っ先に何と言うと思う。キミコ、疣べべ治したかよ？　と訊く」

キミコはイクオの一言に急に見入った火の魔力から醒め、まだ死ぬのを考えるには早すぎる、花なら蕾《つぼみ》、鳥なら巣立ち前の齢相応の口調で、「イクオ、ワレー」と怒鳴り、ぶちかかり、イクオがギターを抱えたまま竈の前から飛びのくと、竈の脇に立てかけた火箸《ひばし》を握る。振り下ろす火箸を避けてイクオがギターを抱え土間に裸足で飛び降り、「疣べべ治さな、誰も相手にするかよ」となおからかって裏口から外に出ると、キミコは「オカイサンら、ぶちまけたるど」と竈の前で仁王立ちになって怒鳴る。

「おう、ぶちまけたれ。あんなババの作った物ら、食いたない」

イクオはそう言ってみて、売り言葉に買い言葉のつもりが、胸の中にわだかまっていた本心を言ってしまったと気づき、不意に腹が立つ。腹立ちは八百屋の店先にササゲが出ていたからと言って買って来てオカイサンを炊く無神経な女親に対してだった。炊き上がったオカイサンを、昔のように初物をまず仏壇にささげ、イクオとキミコ、女親とアキユキの四人で食べるのならよいが、食べもしないし炊き上がりもしないうちに帰り、ただイクオとキミコに楽しかった昔を思い出す虫を起こしたのだった。

　しかしイクオはそれをキミコの前でどう言っても、キミコのさみしさを煽《あお》るだけだと分かっていた。それで、キミコに「へへのとこへ行こか?」と訊いたのだった。キミコは驚き、「いやや」と竈の前でわめき、イクオを見つめる。そのキミコの真剣な眼を見て、イクオはキミコが自分の言葉を一緒に死のうかと言ったと誤解したと気づき、一層、へへの女親や親戚らがまだ幼い傷つきやすい盛りのキミコの心をいたぶったと思い腹立ち、イクオは戸口から自分をまばたき一つしないで見つめるキミコに怒鳴る。

「アホぬかせ。俺らが何で死なんならん。へへの親らに怒鳴り込んだるんじゃ。おまえらの子が死んださか、俺の妹に一緒に死ね、言いくさるんか、へへ死ぬの、キミコに惚《ほ》れとっただけと違う。他にも理由ある、と言うて、タイチも朋友会も連れて行たる」

　キミコは明るい外に立ったイクオが変わるのを見ていた。へへのところへ行こうか、とイクオの信じられぬ声を耳にした時、兄のイクオは白っぽかった。裏の戸口の向こうに広がった畑の緑や柿の木の葉の光を受けて、イクオは透明な感じだった。キミコの眼に、イクオは信じられないほど美しかった。それがキミコの聞き間違いで、兄のイクオが言ったのは、妹の自分を家に連れて行き、死人を見せていたぶったへへの親の元へ怒鳴り込みに行こうという事だったと気づいて、白っぽい印象のイクオの姿が光を撥《は》ねる。兄のイクオが光りながらそこに居て自分を救けてくれると思い、川で溺《おぼ》れかかってイクオの腕に取りすがった時のように、太い腕や厚い胸を持った屈強な若者だった事に気づいた。

　キミコは混乱し、声を上げて泣いた。


　蓬萊で玉突きに興じるタイチを、イクオはかつて一度も見せた事のない剣幕で怒鳴り、タイチは出鼻をくじかれたのか、それとも皮一つ下に流れる同じ中本の血の濃さで、一旦はキミコを連れ、常時まといつく娘らともども路地の家に戻って起こった事々を感じ取ったのか、渋々と玉を納いスティックを自分で納って、それでも朋友会の手前一言なかったら朋輩で齢上というだけで易々と命令に屈すると誤解されると言うのか、「俺ら、へへを殺したんと違う。勝手に死んだんじゃさか、へへの親に罪なすりつけられても、言い切ったろらい」とうそぶく。

「おう、言え。死んだりする者が悪りんじゃ、と言うたれ」

　イクオが言うと、タイチは朋友会にへへの家へ行くのだから外へ出ろと眼で合図し、カツとシンゴが玉突きにまだ興じているのを見て、「シンゴノアニもカツノアニも一緒に行てくれ」と言う。カツは「不始末したんじゃさか、俺らが行たら向こう何言い出すか分からん」と取り合わない。カツもシンゴもへへの事に関してはイクオの言う通りだと思っているので、へへの家にはイクオとキミコ、タイチと朋友会が行くのが筋だと言った。

タイチは唇を噛み、仁王立ちになったイクオを見て、「アニ、俺を売るんと違うんじゃろね」と訊く。

「おまえをこの俺が何で売らんならん」イクオはそう言ってキミコの「ワシらもへへみたいに死のか？」と言った声を思い出し、また不意に腹立ちに火がつき怒鳴る。

「俺はキミコが何でへへの事、苦しまんならんと落とし前つけるだけじゃ」

蓬莱の玉突き屋からへへの家のある町の高台あたりまで、イクオとタイチらがひとかたまりになって連れ立って歩くと、立ち止まり振り返り何事が起こったのかと目を凝らさぬ町の者はいない。いずれ十五、十六の無分別を絵に描いたような若衆だし、また心の中に、へへが死んだのは自分らのせいではない、へへ自身の勝手だ、と言う大人が聴けば通らぬような物言いがあるので、町の者らが立ち止まろうと振り返ろうと大声を出しけたけた笑い、互いに小突き合って繁華街の通りを横に一列になって歩く。

二月の一等寒い時期にある神倉神社の火祭りの神事でなら、浄《きよ》めの酒に酔った若衆らが声を荒らげ歌を歌い我が物顔で往来を練り歩くが、新緑が目に鮮やかに映る季節、町の者らは不審げな眼を向け、そのうち若衆や娘らの真中に路地のイクオやタイチがいるのに気づき、どこかを集団で打ち壊しに行こうとするのか、対立する不良の組と喧嘩に行くのか、と噂《うわさ》し眉をしかめる。

イクオは町の者らの棘《とげ》の立った眼差しを気にし、死んだへへの家へ行くというのに頭を小突き合ったり尻を小突き合ったり、誰が何点多い、誰に何点貸した、とビリヤードの事を言い合う朋友会の若衆のはしゃぎ振りを苦々しく思っているが、タイチは騒ぐ事が死人の家へ出掛ける辛気臭さを払ってくれるというように率先して朋友会の若衆を小突き、逃げかかる一人を舞うように身を躍らせてつかまえ、「まいった」という若衆に、「おまえが一番弱いんじゃさか、負けた分、払わなあくか」と小突く。

「一番弱いて言うても、タイチさんと変わらへん」

「変わる」タイチは言う。

「変わると言うたら変わるんじゃ。一点でもよかったら変わるんじゃ」タイチはまた小突きかかる。

若衆は「変わらせん」と言って逃げかかる。それを追うタイチの騒ぎようが目に余るというようにイクオは「何、嬉しいんな」と言い、口数少なく何をどう言っても悪戯《いたずら》盛りのタイチらには通じないとあきらめきったように脇目をふらずに青い顔で歩くキミコを見る。キミコの男親似の顔は物言わないと大人びて見え、イクオを取り巻く娘の齢になれば誰よりも器量よしになると思い、イクオは今その事がキミコの幸せの薄さの証《あかし》のようでやり切れない。

高台の坂の上り口にさしかかると、男が歩いてくるイクオらを見てあわてて姿を消し葬儀の花輪の飾った坂を登り、黒白の幕を掛けた家の中から黒の着物に身を装った男が二人の男衆に護衛されるように姿を現す。イクオとタイチが驚くより先に男は「やっと来たかよ」と声を出す。タイチは案の定、自分を売ったと物言いするように鋭い視線をイクオに向け、イクオが取り合わずタイチより齢嵩の者としてそう声を出すのが当然のように、「なんな、カドタのマサル、ここへ何しに来たんな？」と機先を制する。

「何な、と言うて、このあたりの町内会じゃのに、来いでよ」カドタのマサルはそう言ってからことさら顔をしかめ、「ナカモトのイクオよ、おまえら、えらい事したてくれたの」と低い声を出す。

「えらい事、言うて何ない？」イクオが訊き返すと、キミコがいままで堪えに堪えて来たのだというように「何でワシらになすりつけるんな」と怒鳴る。

「カドタのマサル、えらい事言うの、何ない？」

タイチがカドタのマサルの吐く言葉は一から十まで自分が引き受けて答えると言うように割って入り、「何ない、このあたりも縄張りにしとるんかい？」と訊く。

カドタのマサルはタイチの物言いが直截《ちょくせつ》すぎるというように戸惑った振りをし、「さっきまで、ずっとなだめとったんじゃ」と言い出す。

「ナカモトのイクオもタイチも、カツもシンゴも、言うてみたら俺らの兄貴分の三朋輩の子供と一緒じゃさかい、よう知っとる。何どの間違いじゃ、イクオやタイチらが一緒に楽しに遊んどるものを殴ったり張ったりするもんか、と親をなだめとったんじゃ。シャモのトモキやイバラの留や隼のヒデの子供じゃど、遊び盛りで悪さの盛りかも知れんが、ようしつけられとる、連や朋輩にそんな事せん、と言い続けたんじゃ」

　カドタのマサルがへへの体を抱いて離さず半狂乱になった双親をなだめ続けたと言うと、タイチは恩着せがましく物を言うなと言外に言うように、「おおきによォ」と言い、久し振りに出くわしたカドタのマサルを煽らないではおかないというように、「礼如さんからもろた葬式まんじゅうにも、えづいたんじゃけど、この線香の匂いじゃね」と突拍子もなく言ってぺっと音させて唾を吐き、「おまえらも虫酸が走らんかァ」と朋友会の若衆に訊く。若衆らは口々に「えづくよ」「胸がむかむかする」と言って唾を吐く。タイチはイクオが朋友会の若衆と同じように唾を吐かないのに腹立ち、今度はイクオを煽るように、「イクオノアニら、このごろオリュウノオバとこによう行っとって、葬式まんじゅう幾つももろて食たんかいね。カドタのマサルらの葬式の格好見ても、えづかんわだ」と言う。

「何で葬式の線香の匂いにえづくんな」イクオは言う。

「腹に虫、わいとるんじゃろ」カドタのマサルが言って笑った。つられてイクオの取り巻きの娘らが笑うとタイチは顔を赫《あか》らめ薄笑いを浮かべたカドタのマサルをにらみ、「おまえの腹の中にうじ虫、わいとるんじゃ」と吐き棄てるように言い、そう言っても腹立ちが収まらないとあたりを見廻し、「俺はおまえやヒガシのキーに一生大きな顔させん」と言い、世の中の一切の邪悪は腹にうじ虫のわいたカドタのマサルやヒガシのキーやんらが作り出している、その邪悪を根絶する為に朋友会を作った、その大事な朋友会の取り決めを簡単に破ったへへを制裁した事にどんな非もないと言うように顔を上げ、イクオをまっすぐ見て、「イクオノアニ、こんなうじ虫みたいな奴らに何にも言われる事ない、へへの親に本当の事、言いに行こら」と思いつめた声を出す。

　イクオはタイチの気の強さの浮き出たきらきら光る眼を見て、心の奥で双葉の頃から一緒に育って来たタイチが実のところ自分とは似ても似つかない姿形だったと知り、奈落に突き落とされるように悲嘆の声を上げるのを気づくのだった。

　タイチはへへが制裁で死んだのではなく毒を飲んで死んだのだから何の科《とが》を受ける筋合いもないという。だがイクオは言いたい。取り決めを破ったからと言って人を制裁してよいのか、怨みがあるから殺してよいのか、イクオはタイチの目を見て心の中で物を言いかけ、タイチに何を言っても「しょうないわだ」と、生き抜くには人を払い除けるしかない、戦い勝ち抜くしかないと言葉が返ってくると思い、あきらめ、「行こか？」と傍らのキミコに語りかけ、髪を撫ぜる。栄養が悪いのか縮れ少し赤毛のキミコの髪は自分を取り巻く娘らの髪の感触とまるで違うのに気づき、イクオはタイチに言いたい事は女親のフサに言いたい事とよく似ていると思い、「キミコ、つらいか？」と訊く。

　キミコは首を振る。

「よっしゃ、中に入ろら」イクオは言う。

　カドタのマサルの脇を通り抜け玄関に立ち、イクオはキミコの髪に手をやったまま、キミコも自分も人を払い除けたり勝ち抜いたりした者ではない、女親や弟にまで払い除けられ置いてけぼりにされた中本の血の兄妹としてへへに会いに来たし、女親や親戚の誤解を解き、気持ちを晴らしに来たと思い、奥に向かって声を掛ける。

玄関に漂う線香の匂いが葬儀の家特有の悲しみのように思える。いま一度声を掛けてキミコと二人立っていると、何の他意もなくただ生命を払い除けられた者の霊を悔やみに来た気がし、イクオはキミコが他の女のきょうだい同様、心の優しい娘になると思い、ふと思いついて、「今度の三月三日、また皆なで三輪崎の浜へ弁当持って行こらい」とキミコの嬉びそうな事を言う。キミコはふと我に返り笑みまで浮かべ、「兄やん、ほんま？」と訊く。

「ほんま。名古屋からもヨシコ呼ぶ、ミエも呼ぶ」イクオは言う。イクオの胸の中にいつの事か忘れたが三月三日の雛《ひな》の日、子供らだけで磯遊びした記憶が蘇る。

どやどやと後からタイチらが入って来て、家の者が物音に気づいたのかやっと現れ、それですぐへへの男親らしい男が姿を見せたが、「帰ってくれ」と物静かに言うだけだった。

男は手を振った。イクオが物言うより先に、タイチが、「へへが悪りんじゃ」と思ってもみない事を言う。

「聞きとうもない。おまえらから何の説明受けても一緒じゃよ」男は言い、丁度、玄関の戸口に姿を見せたカドタのマサルに、「連れていってくれんかい？」と声を掛ける。

「へへが裏切ったんじゃ」タイチが幼い口調そのままで言いかかると、カドタのマサルが「もう、ここにおらん、さっき焼場に行たばかりじゃ」と葬儀に顔を出すなら時間に間に合うように来いと言い、薄笑いを浮かべ、イクオやタイチら十人、キミコや娘らを加えて十四人、夏の虫さながら飛んで火の中に入ったというように、「どうするんないのう」とうそぶく。

タイチは男親に仔犬を追うように玄関先で払われ、玄関口で逃げ口を塞《ふさ》ぐように立ったカドタのマサルに冷笑され、経を上げ体を火葬場に運んだ後、葬儀の家に来たのが極道者としての面子《めんつ》を失する出来事だったと気づいたように顔を真っ赤にし、男親をにらみ、「よっしゃ」と声を出す。

「警察へでも願え。どこへでも願え」

イクオはタイチの気性の激しさに呑《の》まれ、種の頃から双葉の頃から一緒に育った朋輩として、今のタイチの困惑も分かるので、へへの男親に言いたい事を言わず、タイチの朋輩ならそうやるしかこの場を抜ける手がないと、カドタのマサルに「俺ら、謝りに来たんでないど」と言い出す。

「おまえら、やる事に事欠いて俺の妹を引き込んで、妹、厭がとっとるのに、死んだへへを見せとる。毒飲んで死んだ者を生き返らせよ、と苦しめとる。妹にそんな事、出来ると言うんか?」

「親の気持ちじゃよ」カドタのマサルは言う。

「妹の気持ちは、どうするんな。勝手に惚れて、へへが毒飲んで死んださか言うて、妹が何でそんな目に合わんならん」

「どつき上げたんと違うんか」カドタのマサルは言い、イクオをにらみ、タイチの裏で糸を引くのはおまえだと言うように、「ナカモトのイクオよ、俺は、この水野の旦那《だんな》から、落とし前つけてくれ、と頼まれとるんじゃわ」と言い出す。

「何の落とし前じゃ」タイチが言う。

「警察へ願うのも、どうするのも、一応、同じ町内の俺の考えにまかせると言われとる。もう昔と違うんじゃ。ダンスホールでヒロポン射《う》って騒いどった頃と違う。ヒロポン射ったら警察に捕まる時勢じゃ」

「おまえら、ヒロポン売りまくっとるのに」タイチが笑う。

「皆な知っとる。街で遊んどる奴、カドタのマサルの金蔓《かねづる》、ヒロポンじゃというの、誰でも知っとる。太田屋じゃろ、それ丹鶴町の森永の飯屋じゃろ、あそこへ行たら、ヒロポン売っとる」タイチは秘密を暴露するというように言い、カドタのマサルが狼狽《ろうばい》すると薄ら笑いを浮かべた。

「もう行てくれ」へへの男親がカドタのマサルに加勢するように声を上げ、自分の声の大きさに煽られたようにいきなり玄関の板の間に坐り、床板に手をつき頭を擦りつけ、どうかこれ以上、堅気の家にヤクザ者の、耳にしていられないような話を持ち込まないでくれ、と言い出す。

イクオはキミコに声を掛け、誰よりも率先してへへの家を出た。黒白の幕がかかり花輪の飾られた高台の坂を下りながら、イクオはキミコの顔を見、優しいキミコだから、ヘヘを死なせてしまった男親の気持ちや女親の気持ちを分かってやって許してやるだろうと思い、ふと、ヘヘが自分やキミコとよく似ている気がする。

ヘヘがキミコを好きだという気持ちは、思いつめ遺書を書き毒を呑むほどのものではなく、極く淡いものだった。イクオが弾くギターに耳かたむけ、キミコと一言二言の言葉を交わし、ヘラヘラ笑って路地の家にいるイクオの周りにいつまでもいて、イクオがギターをかたづけ家から外へ出ると従いて来る。朋友会の結成をキミコに漏らしたのもタイチの言うような裏切りではなく、ヘラヘラ笑いの種にしたようなもので、それをタイチが裏切りだと言うのは、朋友会の結成がタイチの心の中で、朋輩のイクオやシンゴ、カツへの裏切りのようなものだという思いがあるからだと知れた。イクオはそう考え、体からふうっと人と諍いを起こすような力が抜けていく気がする。

タイチが朋友会を他の三人の朋輩に内緒で結成したのは、路地の三朋輩の三すくみが結局どうなったのか見ていたからだった。路地の三朋輩の一人、シャモのトモキはすでに酒一滴なければ呼吸も継げぬというほど一寸亭に居坐って酒びたりの毎日だった。イクオは四人の中本の若衆の齢嵩として、タイチのその動きも、シャモのトモキの酒びたりの毎日も、女親のフサやアキユキの人を払い除けるような振る舞いも、何に起因するのか知っていた。

誰もが本当の事を言わないだけだった。シャモのトモキはその男の噂が路地に渦巻き、その男こそが戦前からこの間まで路地の三朋輩の一人として名を売ったイバラの留の事だと知って、どこから金を都合したのか一寸亭に居続け、酒を飲み続けたのだった。後にタイチが町の誰もが予想だにしていなかったカドタのマサルと手を組んだ事、それどころかカドタのマサルが大阪で勢力を拡大したスガタニ組の傘下に入った折に、カドタ組の若頭に収まったのも、陰にイバラの留がいたのだった。

そのイバラの留の家はへへの家のある高台をさらに上ったところに、ヤクザ者の耳にしていられないような話一切と無関係だと言う顔をして建っている。

イクオは溜息《ためいき》をつく。謎のようなものが渦巻いているのを、タイチは朋友会をつくり、ヘラヘラ笑う気のよいへへを殴打してでも解こうとするが、イクオの方は解く気はない。

「キミコ、古座へ行てこか?」イクオは訊く。キミコが顔を上げ、イクオの顔を見てうなずく。

古座には女親の方のイトコがいる。その足でイクオは纏《まと》いつく娘らに「明日、戻ってくるさか」と言いおいて、キミコを連れて汽車で二時間ほど離れた古座に行ったのだった。

タイチはイクオのイトコも知っている。朋友会を率い、カドタのマサルと互角の身だと自らうそぶいても、路地で双葉の頃から一緒だった齢嵩の連がここではなく他所へ行って気晴らししてくると言い出すと、タイチはまだ四人で小魚のように群れていた頃を思い出すのか、「俺らも行こかいね」と言い出し、駅まで従いて行ったのだった。

汽車に二人が乗り込んで、所在なくそのまま駅前にたむろしていてもしようがないと、タイチは朋友会の連中を連れて蓬莱の玉突き屋に戻ったのだった。

イクオはイクオで、タイチはタイチで、種の頃から双葉の頃から一緒だった同じ中本の血の若衆といいえ、それぞれおのがじしの運命があると、かようなささいな事でも心の中に自分を言いくるめている。

タイチにしてみたら、眼線一つ指一つで手足のように動かせる朋友会を引き連れていた方が、路地の齢嵩の同じ中本の血の他の三人といるよりよほど心地よいが、路地の同じ血の若衆といる眠っているようなねっとりした楽しさはない。タイチが二十歳にでもなれば、同じ血のものが肌こすり合わす肌の温もり、匂いに陶然とばかりしていては世の中うまく渡っていけない、閨《ねや》から出て肌合いが違おうと他所の者らを集め引き連れるその朋友会と一緒に、カドタのマサルの企てるたくらみを暴く計画を練るのが尋常な事だと分かりもしようが、十六のタイチはイクオがキミコと汽車に乗り込んだ途端、窓から顔も出さなかったのを思い出して、齢嵩の者に突然、突き放された気になり、その分、蓬莱の玉突き屋に居残っていたシンゴやカツに、「アニ、俺も勝負に入れてくれ」と擦り寄る。

シンゴもカツもタイチが玉突きを好んでない事を分かっているし、勝負に入れてくれと言った事なぞ一度もなかったので怪訝《けげん》に思い、顔を見合わせ、シンゴがタイチに「どうしたんな?」と訊く。

タイチはへへのようにヘラヘラ笑いする。

「どうもしやせんけどよ」タイチは言う。言葉を言ってみてタイチは、イクオにもキミコにも謝らなかった、死んだへへにもへへの双親にも謝らなかった、と気づき、また天のどこかから自分を突き刺す針が降りはじめていると思って、そこに居合わせる二人の中本の血の若衆なら庇ってくれると、「俺にスティック、貸してくれんこ?」と身を寄せる。


次の日、イクオは一人で戻って来た。蓬莱に顔を出したイクオの顔を見るなり、「あいつらアニの家の前におったど」とタイチがイクオを取り巻く娘らの事を言うと、「あれら邪魔じゃ、これから男同士の話し合いじゃ」とイクオは言い、シンゴ、カツ、タイチの三人に蓬莱から川の方に歩いた城南のカフェに行こうと言う。

「朋友会、どうする?」タイチが訊くと、「あかん」と言う。

「なんでなよ?」タイチが問うと、イクオは昏《くら》い眼でタイチを見つめ、「オハルみたいな事ばっかりすんな」と吐き棄てるように言う。シンゴとカツが笑い立て、タイチはイクオの言うオハルが町の通りを芸者気取りでうろうろしている気違い女の事だと知っているものだから一層むかっ腹が立ち、「何がオハルみたいじゃ」と声を荒らげる。タイチが声荒らげると、シンゴがいままで聴き流し見流しにして来たが、四人のうちで一等齢下のくせに齢嵩の者に大声で怒鳴るのか、とすごむ。四人の中で一等おとなしいカツも、「タイチ、イクオノアニがおまえをオハルみたいじゃと言うんじゃさか、おまえ、オハルじゃ」と訳の分からない、だがタイチを馬鹿にしきった言い方をし、「どつき上げたろか？」とすごむ。

タイチには急にシンゴやカツまでイクオに同調し、あまつさえ自分が齢下だから態度が悪いと敵対しはじめるのが呑み込みかねた。普通の若い衆ならここで一歩下がるが、それでも持って生まれた闘いの資性がそう言わすのか、「何ない？　アニら、俺を売って向こうについたんかい？」と切り返す。

「かまんどォ、アニら三人、カドタのマサルの方についてもヒガシのキーの方についても、俺はシャモのトモキの跡目を継いどるんじゃさか、ひとつもこたえんど」

「何の跡目なよ？　シャモのトモキがいつタイチに跡目を継がした？　シャモのトモキがいっつも言いなかったか？　一人じゃあかん、朋輩大事にせえと言うて」

シンゴが言う言葉に、タイチは「知らん」と突っぱねる。

「シャモのトモキに盃もろたの、朋友会、みんな知っとる。朋友会いう名前つけてくれたのもシャモのトモキじゃ」

「オジ、アル中じゃ」カツがつぶやく。

「酒ばっかし飲んで、一寸亭で女の尻ばっかしいろて、気分ようなって朋友会という名ァ、つけたんじゃ。何が朋友会なよ」

カツは朋友会のホーとは、犬の肉を食う時に、ホー、トトかよ、と言って食ったから、犬の肉を以降ホートトと呼んだのと同じで、ホートトのホーだし、ホーホケキョのホーだと酒びたりのシャモのトモキがからかったのだと言う。

　タイチはカツにホーホーとからかわれ真っ赤に顔を赧《あか》らめ、それでもここでカツに殴りかかればイクオ、シンゴ、カツの三人に袋叩きになると踏んで思いとどまった。というのも、その蓬莱の玉突き屋にホーホーとからかわれた朋友会の九人が居合わせたが、その朋友会、タイチが集め、タイチの指図通りになるが、それもタイチが四人の中本の若衆の一人だからだし、それに朋友会結成の折りにタイチがシャモのトモキに、残りの三人の朋輩を大事にしろと釘をさされ、その朋輩を思う気持ちを文字に表して朋友会としたのを見ている。タイチがやれと命じ、自分から進んでカツになりシンゴになり、一等齢嵩のイクオになり殴りかかっても、それに同調すれば軍隊なら軍規違反になるのを分かっているから動かない。

　タイチは怒りを堪え武者震いしながら、カツでもシンゴでもなく、今、タイチの髪を摑んで揺さぶっているのは古座に一旦気晴らしに行って戻って来た一等齢嵩の洋画の俳優のように眉を少し斜めに傾《かし》げて立ったイクオだと分かっているというように、「イクオノアニ、ここで話、出来んのかい？　朋友会おったら都合悪りんか」と訊く。イクオはニヤリと笑い、「都合悪りさか、カフェへ行こらと言うとる」と、まるで洋画の俳優の真似をするような表情で言う。

　タイチは小声で「色男ぶんな」とつぶやいた。イクオはタイチがその色男振りに嫉妬《しっと》し、自分を何とかイクオの色男振りと互角にしようとして勝手に朋友会をデッチ上げていたというように、「色男ぶっても勝手じゃろがい、おまえも勝手に朋友会つくっとるんじゃさか」と言い、なお鋭い目で見つめるタイチに「おまえは、まだアニの言うとおりしたらええんじゃ、見てみ」とシンゴとカツを顎で差す。

「俺が一言二言、言うたらすぐ分かる。何も言わんでも、四人で話すると言うたら、カドタのマサルかヒガシのキーの事じゃとピンと来る」

タイチは一層その物言いに腹立ち唇を噛み、抑え切れず「早よ、言え」と怒鳴った。

タイチの怒鳴り声をイクオは意に介さなかったが、普段おとなしいカツが堪忍袋の緒が切れたというように手に持っていたスティックを放り投げ、「われ、アニらをなめとるのか」とタイチに飛びかかり、胸倉を締めあげる。

タイチはカツに何の抵抗もしなかった。胸倉を締めあげられて玉突き場の板壁に体を押しつけられ、タイチはいま怒鳴ったのは路地の齢嵩の朋輩を軽んじての事ではなく、闘いの性に生まれたタイチの荒っぽい照れの一つ、見栄の一つだとイクオは気づいてくれるというようにイクオを見る。

イクオはカツをなだめる言葉を吐くかわりに、カツがタイチを板壁に音立てて圧さえつけているのを見なかったように不意に玉突き場の外に歩き出し、玉突き場の外の踊り場で思いついたように振り返り、朋友会の若衆の一人に「ここに、おまえらおれよ」と声を掛ける。

それからイクオは蓬萊の玉突き屋の裏に出る階段を滑るように駆け降りた。タイチは元より、怒って板壁に圧さえつけ抵抗すれば殴りつけるという構えのカツですら玉突き場からふっと音もなく姿を消したようなイクオの動作に呑まれ、何を元に怒り諍っていたのか分からなくなり、体から力が抜ける。

カツが胸倉をつかんでいた手を離し、シンゴと一緒にイクオの後を追って踊り場の方に歩き出すので、タイチも後に続く。

城南のカフェに着いてみて、タイチはそこに居合わせた男を見て驚き、声を失った。男は驚くタイチを見て笑い、もう路地の三朋輩の一人のイバラの留ではない、路地の土地やオリュウノオバの家のある路地の裏山を持つ山林地主の番頭だと言い、タイチに向かっていきなりカドタのマサルと組んでみないかと切り出した。

朋友会を率いて一家を張った気になっていても十六のタイチ、路地の三朋輩と自称他称しイバラの留と名乗った男が、フジナミの市で別れて今ここにいるのが解せないし、三朋輩の片割れオオワシとも隼とも称せられたヒデを葬ったカドタのマサルと組めというのも分かりかねた。

タイチはカフェで押し黙ったまま物を食っているイクオの顔を盗み見るが、あらかじめ男と話が出来ているのか、それとも弟のアキユキの実の男親でもある男の前でどんな言葉も吐きたくないという意志なのか、どういう考えを抱いているのか表情にでも出せばよいものを、イクオは顔も上げない。

イクオにしてみれば、そのカフェの場をつくった事が思いのすべてだった。足らない言葉で齢下の中本の同じ血の若衆に路地の三朋輩が崩れてからの裏の裏を説くよりも、何故にイクオの体から急激に力が抜けていくのか、どうして三朋輩の一人シャモのトモキが一寸亭に居続けるのか、朝から晩まで酒を浴びるほど飲み続けるのか、百倍も千倍も物を言う。

裏切りと言えばその男以上の裏切りはなかった。イクオはまずタイチがそう考えると想像した。

路地の三朋輩はオオワシとも隼とも称されたヒデ、シャモのトモキ、それにイバラの留の誰が上、誰が下という違いのない友愛で固まり、それが終戦の混乱時なら比類のない強さともなったが、闇《やみ》市が形ばかりの昨今となると、友愛が仇となって三すくみになったのだった。

イバラの留は一人抜け、地主の番頭として姿を現した。男は一寸亭に居続けるシャモのトモキのそばに寄らず、路地にも出入りせず、イバラの留はフジナミの市で死にさながら別人になったように振る舞い、朋輩の片割れを葬った不倶戴天《ふぐたいてん》の敵カドタのマサルとヒガシのキーやんに近寄る。

イクオは酒を飲み続けるシャモのトモキの気持ちを分かっていた。シャモのトモキは一言も不平を漏らしはしなかった。

イクオの女親は男を嫌った。女親は男どころか路地の三朋輩すらまともでない者らが浮かれ騒いだだけだと端《はな》から取り合わなかった。

確かに女親の言うとおり、イクオの眼にも事態は急速に変わっているのが見え、駅前から蓬萊のあたりまで闇市が立ち人でごった返した事も、その人混みの中を路地の三朋輩が肩で風切って歩いていた事も、夢幻の出来事のようだった。

だがイクオはいつも女親が嘘をついていると思った。それが夢幻でないのは、昔、きょうだいでごった返した家に女親も弟のアキユキもいない事で分かる。女親は家を出て他の男と所帯を持ち、路地の三朋輩の時代があった事、路地の三朋輩の一人と祝言をあげ睦《むつ》んだ事があったのを隠したい。イクオから見れば、地主の番頭になり町の安泰の為に狭いところで割れて我を張ってもしようがないと、カドタのマサルとヒガシのキーやんに組の一本化を持ち掛けるが、この間までイバラの留と自称他称していた事を隠したい男と女親は瓜二つに映った。

イクオは顔を上げず、ただカフェの女給が男の指図通り持ってくる油で揚げた洋食を食べ続けながら、タイチが男の言葉をどう取るのか、男の裏切りをどう指弾するのか待ち続けた。

タイチはそのイクオを見て我慢しかねるように、「イクオノアニ」と声を掛ける。

イクオは顔を上げる。イクオはただ上気したタイチの顔を見、心の中で裏の裏でフジナミの市から姿を消したイバラの留は三朋輩の時なぞなかったというように変わり、今、不倶戴天の敵、オオワシとも隼とも呼ばれたヒデの仇《かたき》のカドタのマサルと手を組めと勧める男に変わっているのを見る不快さを分かれ、とつぶやいている。

イクオには男は不快極まりなかった。


男は一見して路地の三朋輩の片割れ、イバラの留と自称他称した頃と変わっていなかった。カフェの奥の座敷で、閉まった障子を引き上げれば川の見える明るい窓を背にし、胡座《あぐら》をかいて坐ってタイチの動きを注意深く観察し、イクオを見、おとなしいシンゴ、カツにも視線を投げる。ついこの間、一緒に腹こすりあっていた朋輩の一人が殺され、後の一人は意気をくじかれ酒びたりの身だというのに、男は何一つ屈折はない。

思うに、その屈折のなさ、人にどう罵《ののし》られようと、どう嘲られようと臆する事なく「おうさ」と相槌を打ち肩で風切るのは、オオワシとも隼とも称されたヒデ、シャモのトモキら三朋輩の得意とする事だった。ヒデが殺され、シャモのトモキが酒びたりになって久しく荒くれの姿を目にしなかったから、役者が斬《き》られの与三郎を若衆の前で演じているような男の姿に四人の若衆は呑まれている。派手に見栄を切るわけではなく、胡座をかいた身を半身ぎみに一つ前に乗り出し、「どうない？」と訊くだけで、男は斬られの与三郎だけでなく清水の次郎長にも森の石松にもなりおおせ、暗に四人の中本の血の若衆に、こんな荒くれの姿に魅かれたから終戦の混乱の納まりかかった今もまだ騒ごうとしているのだろうと訊き、荒くれの俺の言う事を聴けと言う。

イクオは男のその姿を見て、男が剝き出しにしている荒くれと中本の血はまるで違うと思い、その男の種を受けた弟のアキユキが、ギターの甘くせつない音に感応するイクオを訳の分からない兄だと思っていると気づくし、一方、同じ中本の血のタイチは、男の力や意地や人にどう嘲られようと鼻で吹いて意に介さない強さの漲《みなぎ》った姿に魅かれ、たとえそれが死んだ三朋輩や酒びたりの三朋輩の気持ちに背くとしても、極道は手のひらを返すようにして変わってこそ極道をまっとう出来ると悟ったように、「かまんよ」と男の言い出した事に乗る。

男はタイチがカドタのマサルと手を打ち、カドタのマサルとヒガシのキーが一本の組にまとまった中に納まるのを最初から露疑う事なかったと言うように、「そうか、そうか」と驚きもせず相好崩し、へへの事はすべて忘れてしまえと言う。カドタのマサルもヒガシのキーも、毒を飲んで遺書を残して死んだがへへはタイチらに殴り殺されたようなものだから一網打尽にして鑑別所にでも少年院にでも放り込めと警察にたきつけていたが、タイチが組に納まるなら話は違う。

男はタイチの同意を取りつけると、念の為にというように「かまんじゃろね？」とシンゴとカツを見、最後にイクオを見た。イクオの昏い顔からイクオの気持ちを読み取ったように「無理して入らいでもかまんのじゃ。ヤクザにゃならん、カタギの道行く、と決めたんじゃったら、サカズキ貰わなんだらええだけじゃさか」と言い、言外に、いろいろ言いたい事はあるだろうが、今は待ってくれと意を含むようにイクオに、「のう、自由じゃのう」と言葉を掛ける。

イクオは声も出さず、ただうなずくだけだった。

カフェで女が酒を運び飲むほどにイクオは何もかもがバラバラにほぐれ、何一つ思いのとおりにならないのをせつなく思い、涙がこぼれそうになって外に出た。男に乗せられてフジナミの市や飯場での出来事を得意気に話すタイチだけ残して、シンゴとカツがイクオの酔い方が尋常ではないと男に言われたからと後から従いてくる。その言葉を笑い、イバラの留の荒くれが手のひらを返し、今まで不倶戴天の敵だった者ともつるむというのなら、中本の歌舞音曲にわき立つ血の者はこうするというように、「酔うたぐらいなんな」と声を荒らげ、足元がふらつくイクオを両脇から抱えかかったシンゴとカツに「あすこへ行く」と右に曲がる、左に曲がると指示をする。指示する方向が路地の方ではないし、女郎のいる浮島でもない、女らがいてシャモのトモキが酒びたりになっている一寸亭のある新地でもないのを訝《いぶか》っていたシンゴとカツがダンスホールに来てはじめて気づいたように、「あれ、貰うんか?」と訊く。

イクオはうなずいた。シンゴとカツが、「あかんど」と両脇から抱えたままイクオをダンスホールから連れ出そうとするより早く、「誰な?」と声が掛かる。すたれて誰も寄りつかなくなったダンスホールを我が物顔で根城にしているお春が、灯《あかり》で充分三人の顔が見えるのに、「誰な?」と言いながら近寄り、「吾背らみたいな若いの、相手にせんど」と怒りにかられたような顔をつくる。その言葉にシンゴがむかっ腹立ったように、

「われらみたいなシワクチャのババとなんでオメコする」と怒鳴る。

「俺らに従いて廻る女の子、どっさりおるんじゃ。なんでおまえらとせんならん」

「なんな、何しに来たんな？」お春はぶつというように手を上げて構え、三人をにらむ。

「吾背ら、嘘ばっかし言い腐って。誰がただでヒロポンやったんなよ？」

カツが小声で「お春にマメ食わせ」と子供らがお春をはやす言葉をつぶやく。お春は街なかで子供らにはやし立てられたように「何をえ？」と頓狂な声を出してカツをぶとうとして駆け寄り、カツがお春の不意の攻撃から身をかわそうとしたので、イクオを両脇から支えているものだから三人でどうっと倒れる。倒れたカツをお春は子供らにするように「このガキ、このガキ」とぶち、カツが怒って足で蹴りかかると素早く元の位置に戻り、肩で息をする。

カツは起き上がって、ぶたれた怒りより街なかでお春をはやし立て怒ったお春にぶたれた子が信じているように、お春の手が触れた体のあちこちが膿《う》んで腐りはじめるというように自分の体を見て身震いし、ふらつく足で立ったイクオに、「アニ、行こら」と誘う。

イクオはお春を「オバ」と呼んだ。

「おれら、オメコの客と違う。ヒロポン、買いに来た。ヒロポン、売ってくれ」

「売ってくれ、言うて」お春は言う。

「売る言うて、持って行けんど。ここで射つしかないんやから」お春が言うと、お春にぶたれたカツではなくシンゴが、「イクオノアニ、お春らに体、触られたら腐って溶けていくど」と街なかの子供のような顔で言い、「おお気色悪りよ。誰も寄りつかんダンスホール、根城にして」と身震いする。

イクオは灯で発光したように見える白い上着を脱ぎ、カツに放って渡し、シャツの左腕をまくって、「腐ってもかまうかよ、溶けてもかまうかよ。どうせ死んだら、体、腐ったり溶けたりするんじゃのに」とつぶやき、「のう、オバ?」とお春の顔を見て相槌を求めた。

お春の体から漏れる芋飴《いもあめ》のような甘ったるい化粧の匂いに息を詰めながら、腐りでも溶けでもしてしまえと袖をまくって腕を差し出し、イクオはお春の甲にまで白粉《おしろい》をはたいた皺《しわ》くちゃの手でヒロポンを射ってもらい、体に液が入るや否や酔いが醒め、今まで積もりに積もっていた気鬱《きうつ》が昼日中の雪のように溶け出すのを知って、ヒロポンが体に毒と説くオリュウノオバの叱言《こごと》は中本の血に生まれついた自分には当たらないと思い、液が一滴残さず血管に入り、お春が注射針を抜くや体が軽くなったと首を左右に振って音を立て、「やれよォ」と溜息をつく。

「気色ええがい?　こんなええもん他にあろかよ」

芋飴のような匂いのお春は、ダンスホールのフロアの灯の下でシンゴやカツにはただ気色悪いだけ、ヒロポンを射った当のイクオだけに分かる優しい笑みを浮かべてイクオを見つめ、イクオが死んだ男親のカツイチロウと瓜二つだといまさら気づいたように、「首の骨、鳴らすんも、言い方も、よう似とるんじぇ」と言い、不意に思い出したというように、「夏になったら浴衣着てのゥ、裏に鋲《びょう》の打った雪駄チャラチャラ鳴らしてのォ」とカツイチロウが男前振りを見せびらかしに花町の方に歩いていたと言い出す。

カツが「オメコしてもろたかよ?」とからかった。

お春はからかわれたのに気づかず、どう答えようか一瞬とまどい、「してもらわせんよ」と言い、注射器を綿で包み医者の使うようなブリキの小箱に納め風呂敷にくるんでからスカートをたぐりズロースの中に入れ、顔を上げて、「誰もワシ、この中にヒロポン隠したあるの、知らんわ」と笑いかけ、「お春の股の汁でヒロポンもっとええ気持ちになる」と言う。

シンゴとカツはお春の色気違いの正体を見たと顔を見合わせるが、イクオ一人、お春のその言葉がどんな事を言っているのか分かったと素直に「おお、そうじゃねぇ」と相槌を打ち、カフェを出てシンゴとカツに身を両脇から支えられて歩いてきた事なぞ嘘のように、お春が切り出すより早くヒロポンの金を払い、礼を言ってダンスホールを出かかる。

フロアからテラスに出て、夜目にもくっきりと分かるほど繁りすぎたブーゲンビリアの枝が、ヒロポンの効き目なのかイクオに向かってしきりに物を言いかけているのに気づいて立ちどまると、フロアの方からお春が、「ワシ、いっつも手水《ちょうず》まで行かんとそこでするさか、その木も股の汁でうじゃうじゃ枝張っとる」と声を掛ける。

シンゴが「イクオノアニ、どしたんな?」と訊いた。イクオはなお問いかけようとするシンゴに黙れと唇に指を当てて合図し、聴き耳を立て、「どしたんな?」となお訊き質すシンゴに、「これら、物しゃべっとるど」とささやく。シンゴとカツは呆気《あっけ》にとられ、すぐイクオの耳には幻聴がしているのだと分かり、「アニ、ヒロポンやったらそうなる」と難問が突然、降ってわいたという言い方をするが、イクオにははっきりと声が聴こえているものだから、外の月明かりで浮かび上がったブーゲンビリアの枝や葉をよく見て耳を澄ましてみろと無言で教え、立ち尽くす。

お春がテラスに立った三人を見て、繁り切ったそのブーゲンビリアの何本かで小山のように視界を遮っているのに驚いているのだととったようにフロアの方から歩いて来て、「夏になったらようけ花咲くんじゃわ」と声を掛ける。

「オバ、この木、しゃべっとる」イクオがつぶやくと、お春はこともなげに、「花も生き物やのに、しゃべるよ」と言い、イクオをどうなだめればよいのか途方に暮れているカツとシンゴに、「ワシに触られたら腐るんやったら、この木に触られても体、腐る」と言い、不意に気づいたように、「ここに入れとるいうの言うたら承知せんど」とヒロポンの隠し場所の口封じにかかる。

カツがお春のヒロポンになぞ興味はないと言うように「誰もそんなもの欲しと思わんわい」と毒づき、それよりブーゲンビリアが物を言っている幻聴に取り憑《つ》かれたイクオをどう正気に戻そうかと思案しているのだというように、「見てみ、ワレ千毒あるさか、アニ、変な事言うとるがい」と言うと、お春は千毒という言葉に怒り心頭に発したといきなり「ワレ、また言うか」と金切り声を出し、カツに爪を立てて飛びかかる。

カツは月明かりしかないテラスでお春の動きを読み切れず、爪の立った手でワシづかみにされ、驚いて声を上げ、お春の手を離そうと足で蹴りかかる。一回二回と足で蹴り、痛みに堪えかねてお春が手を離し、ブーゲンビリアのしゃべる声を耳にして棒立ちになったイクオに、「アニ、もう行こら」と呼び掛け、肩に手を掛けると、イクオが顔を上げ、いままで誰も耳にした事のないような深刻な声で、「えらい事じゃ、つらいヨー」と言う。

「イクオノアニ、何ない？　何を聴いたんない？」

「えらい事じゃ」イクオはまたつぶやく。

シンゴが「何ない？」と訊き直すので、イクオはブーゲンビリアの枝葉がしゃべる事を言おうとし、声が喉を通って外に出るその瞬間、微かに吹き込む風で枝と枝がこすれ葉と葉がこすれ、小波《さざなみ》のような音になり、その音がイクオの体の中の血管に入ったヒロポンの透明な愉楽の波を集め選り分けた声のように聴こえ、思わず口を閉ざす。

それを口外すれば禍事《まがごと》は一刻の猶予も与えず、いま襲いかかる。口外さえしなければしばらくは皆なが皆な、今のイクオがそうなようにまるで重力のない極楽にでもいるように体が軽やかで痛苦もなく気鬱もなく、この世に生を受ける事がこれほど愉悦に満ちた事かと思うほどの日々が送れる。

イクオは口を折り、お春がイクオの気持ちを見抜いたように視線を投げるのを疎《うと》ましいと思い、ブーゲンビリアの声に「分かった」とだけ答えてシンゴとカツを誘ってダンスホールを後にする。


カフェで男に会ってほどなくして、男の仲介で二つにも三つにも割れていた路地の三朋輩の地勢が元の一つになる手打ち式が神社で行われ、花町で宴会が開かれ、ずらり勢揃いした近隣の極道の面々を見て、まずタイチがイクオに、「シャモのトモキもおる、イバラの留もおる。おらんのヒデノオジだけじゃ」と言って、昔と何一つ変わっていないと言い出した。

盃を貰いにシャモのトモキの前に行くと、シャモのトモキはイクオにだけ分かるやり方で合図するようにイクオの目を見て、「イクオ、嬉しいのォ、ここにおるの、俺から言うたら朋輩と弟と子供らばっかしじゃ」と言う。盃をイクオが返しかかるとシャモのトモキは一瞬腹に手を当て、はっきりと合図を送る。

筋書きは四人の中本の若衆の後見人を自称するシャモのトモキが書いたのだった。朋輩を疑う気はないが、とシャモのトモキは手打ちの話を聴くと切り出し、日本刀や飛び道具を持つ必要はないと言ったので表面は丸腰だが腹にサラシを巻き、それぞれ一本ずつドスを忍ばせていた。

酔い切らないうちにカタをつけようと、宴会を開いてすぐに、シャモのトモキは事を起こした。

丁度、イバラの留が地主の番頭の身だからと招き入れていた芸者の一人から銚子を取って下座に移って「まあ、一つ」と床の間にヒガシのキーと並んで坐ったカドタのマサルに酒を注ぎかかり、最初は「まあ、兄貴から先じゃ」と固辞していたのがイバラの留に圧し切られ、注ぐ酒を盃に受けて一息に飲み干し、カドタのマサルが脇の芸者から銚子を渡され、下座のイバラの留に注ぎかかり、その瞬間を狙ってシャモのトモキは、「義理も仁義もないんかァ」と大音声を上げ、傍らに坐った半玉から酒を注がれていた盃を障子めがけて礫《つぶて》のように放ったのだった。

事はすべてシャモのトモキが仕組んだものだから、居並ぶどの名だたる極道やその若い衆より、シャモのトモキとシャモのトモキが手塩にかけた四人の中本の血の若衆の動きは素早く、シャモのトモキが酒の酔いか憤怒でか真っ赤に赧らんだ顔で諸肌《もろはだ》脱いで腹に巻いたサラシからドスを抜いて座卓に突き立てるのと、四人、目にも止まらぬ早業で人の頭をまたぎ、シャモのトモキの周りに集まり控えるのは一緒だった。

タイチは料理を並べた座卓の上を八艘《はっそう》跳びさながら跳び、つつと走り、シャモのトモキの左に控え、斬り合いになれば真っ先にカドタのマサルを血祭りにあげるというように四人のうち一人ドスを抜いて呆気に取られているカドタのマサルの脇腹に当てている。

事が瞬時に起こったものだから、居並ぶ近隣の極道もその若い衆もどう応じていいか分からない。その中で辛うじてタイチにドスを脇腹に突きつけられているカドタのマサルの若い衆だけバラバラとドスを抜きかかる。その気配を察したように、イバラの留が「鎮まれ」と怒鳴った。

カドタのマサルの若い衆の一人が座卓を蹴った。イバラの留は眼をむいて振り返り、「ワレら、親分が魂《たま》取られてもかまんのか」と怒鳴る。

「ワレら義理も仁義もないんかと言うんじゃよ。上座にふんぞり返って兄貴分に酒注がさして、それで極道の上に立てるというんかよ」シャモのトモキはイバラの留の声よりも大声で怒鳴り、ただ一点、地主の番頭の身になって目の前に現れ手打ち式を開いているイバラの留の眼を、古座の円覚寺の獅子頭のような眼でにらみ続ける。

シャモのトモキとイバラの留はまばたき一つせずににらみ合い、双方それが最後の路地の三朋輩の務めだと気づいている。シャモのトモキにしろイバラの留にしろ、世が世であるなら床の間を背にした上座を、たとえ座敷での芸者衆を多勢引き入れた宴会であろうと、一つも二つも格下のカドタのマサルやヒガシのキーに明け渡しはしない。神社で手打ち式を終え、座敷での宴会は地主の番頭になったイバラの留が持ったが、シャモのトモキにすればその席はいわば路地の三朋輩の解散式のようなものだった。

何もかもイバラの留が引き金を引いていた。イバラの留は二つにも三つにも割れて対立するより一つにまとまれとカドタのマサルとヒガシのキーに持ち掛けた。路地の三朋輩がうやむやのまま衰退したから二つにも三つにも割れるとシャモのトモキには言い、一つにまとまる為に力を貸せと言い、手打ち式に出て二つや三つが一つにまとまる後見人になれと言った。

シャモのトモキはイバラの留の申し出を受け入れ、四人の中本の若衆だけに、その席で一悶着《ひともんちゃく》を起こすから準備しろと、盃を投げ、ドスを座卓に突き当てる段取りまで言った。四人がすぐシャモのトモキの元に集まるという喧嘩の常道を教えたが、タイチは他の三人どころか事を起こすシャモのトモキ以上、事を起こされると読んでいた節のあるイバラの留以上の動きをやり、イバラの留が「親分の魂を取られてもかまんのか」と若い衆を怒鳴りつけるような事をしでかしている。

イバラの留はシャモのトモキの眼から本心を見抜いたように、シャモのトモキの眼を見ながら正座し、後ずさりし、音立てて畳に手をつき、「朋輩、全部、ワシが悪かった。どうか、そのドス納めてくれ」と謝る。

「朋輩どう思うか知らんけど、一応、今日からカドタのマサルもヒガシのキーも一つになって、大阪のスガタニのトシらの兄弟分じゃ。もうどこがどうという事ない。タイチらもそうじゃ。みんな互角じゃ。カドタのマサルが組長、ヒガシのキーが若頭という名ァになるけど、みんな兄弟じゃ。朋輩の弟分じゃ」

イバラの留はシャモのトモキにそう言ってから、「ナカモトのタイチよ、ドス納《しま》え。もうカドタのマサルもスガタニのトシと兄弟の盃、交わしとる。スガタニのトシにドス突きつけるか?」と訊く。

シャモのトモキが「タイチ」と名を呼ぶ。タイチはしぶしぶドスを納う。イクオは料亭を出る時、イバラの留に一人呼ばれ、「帰り道、トモキに気をつけたれよ。カドタのマサル、あれ、若い衆らに何させるか分からんさか」と耳打ちされた。イバラの留が自分を呼ばず、なぜ四人の連から抜け落ちかかっているイクオを呼ぶのかと、玄関に立ったタイチが怪訝な顔をしているのを見て、イクオが「何ない？」と訊き直すと、イバラの留が「金、持っていけ」と札束を手渡す。

「何ない？」イクオは札束を受け取ってまた訊き直す。

「何でもかまうか。兄やん、金、要るじゃろよ」

イクオはイバラの留の言う兄やんという物言いから、その金は中本の血の四人の若衆の齢嵩のイクオにくれた軍資金ではなく、イバラの留を男親とするアキユキの種違いの兄、イバラの留が一度は連れ添ったフサの最初の夫の子にくれたものだと気づき、「オジ、ヒロポン買うてもかまんこ？」と悪ぶってみる。地主の番頭だと言う男は、イバラの留の時代だった事なぞないように爽《さわ》やかに笑い、「かまんけど、体に悪りど」と言う。

「昔やっとったのも、もう皆なやめとる。皆な心配するじゃろよ」

「誰がよ？」イクオはことさら訊き、男はイクオの魂胆に乗らないというように「金の事じゃったら、いつでも言うて来い。材木一本、目つぶったら、玉突き屋で遊んだり、カフェに行たりする金に化けるんじゃさか」と言い、奥の方に歩いていく。

タイチに見つめられながら玄関を出て、イクオはタイチにその金を見せ、四人で遊べと言われたとタイチに渡す。

　シャモのトモキは酔って歌をうたっていた。シンゴはタイチにしきりにカドタのマサルの若い衆のうち誰が一等強いのかと訊き、ニシムラと言う十九の若い衆だとタイチが答えると、「ああ、あいつ」と答える。そのニシムラなら四人で早いうちに袋叩きにしてしまった方がよいと言い、シャモのトモキとタイチとシンゴ、カツの後を従いて歩き、夜の中から風に震える葉の音のように声が聴こえるとも聴こえないともつかない音で耳に響いているのを気にとめはじめたイクオに、「のうアニ、あいつ、悪り事ばっかししとるのォ」と訊く。

「誰がなよ?」イクオはシンゴにではなく、耳にささやきかけるような声に向かって訊く。

「あのニシムラ。覆面しとるんじゃ、覆面して女、引っかけて、浜で覆面した奴らに姦《や》らしとる」

　シンゴの言葉に重なって微《かす》かに家と家の間に届いて響く浜に打ち寄せる波の潮鳴りのように声が聴こえるが、歩く度に鮮明になったりただの風音になってしまい何を言っているのか定まらないので、イクオは焦れて立ち止まった。すると声はイクオと戯れるように不意に姿を隠し、シンゴ、カツに「どしたんな?」と不審がられながら夜の暗がりに立っていてもイクオの前に出て来ない。

　イクオは家と家の間の暗がりを見つめ動く物の気配もないのを知って、家並みの上にのしかかるようにある牛の背中と人の呼ぶ大岩の千穂ケ峯を仰ぎ、晴れた日は茶色に、雨の煙る日は紫に濡れて光る大岩のあたりに目を凝らし、「何なよ。何、言いたいんなよ?」と声に出さず心の中で訊いてみる。答えはないが、イクオが真剣に問うているのだときつい視線を投げると、一瞬、臆しあわてたように大岩のあたりで樹木が風にそよぎ音を立てる。音は左から右へ、浜の方から川の方へ動いてゆく。

シャモのトモキもタイチも立ち止まり、驚き顔でイクオを見ていた。

イクオは自分が声を出せば家並みの暗がりに姿を隠し、漆黒に塗りつぶしたような千穂ケ峯の山を駆ける声が二人だけの愉しみを他人に暴いたと失意に落ち二度と姿を顕さない気がして黙っているが、シャモのトモキとてタイチとて、親よりも妹弟《きょうだい》よりも味の濃いオジ、朋輩の仲だから、無言のまま牛の背中のあたりを仰ぎ見ろとあごをしゃくって教える。

歩き出すと声はすぐ姿を顕した。イクオの耳元で声はささやく。振り返ったり訊き返したりすればすねてすぐ黙りこくるのが分かっているので、イクオはわざと脈絡なく「海がの」とか「空に翔《と》んどるツバクロじゃとて知っとるんじゃのに」と謎のような一言半句、判じ物のような物言いにうんうんと頭を振り、歩き続ける。

家並みを抜け、路地の裏山についた道にさしかかり、満月が裏山の一本松のあたりにかかっているのが見えた時、声がはじめて「天狗の松のとこに月出とる。奇麗じゃのう」と判じ物の言葉ではない普通の言葉を吐く。声が何を言っているのか考え続けていたものだからイクオは鼻白み、次に腹立ち、「何なよ？　おまえ、誰な？」と怒鳴った。鼻歌を歌い続けていたシャモのトモキが振り返り、イクオをしばらく見つめ、「もうポン射つな」と一言つぶやく。

カドタのマサルの率いるカドタの一家に納まっても、中本の四人の若衆らの動きはそれ以前とさして変わらなかった。むしろ四人が四人共気抜けした。それまでなら曲がりなりにも敵対してくれる相手がいたものだから、こちらは蓬萊の玉突き屋を溜まり場にして、カドタのマサルやヒガシのキーの縄張りとする繁華街の方に繰り出し、太田屋や森永のカフェに顔を出して若衆らをからかい、パチンコ屋やスマートボール屋で玉が出るの出ないのと騒ぐのが面白かったが、イクオが行こうとタイチが行こうと若衆らは顔色変えるわけでもなく、むしろどうぞどうぞと真中の席を譲ってくれるものだから、遊び盛りの四人には張りがない。

それでシンゴが言い出した事にタイチが乗った。一年二年でなくこの先々も時代がどのように移り変わろうと極道として生きていこうと決心しているタイチには、イクオやシンゴ、カツと違い、先々の為に今、叩けるものは叩いておこうという目論見《もくろみ》はあっただろうが、イクオ、カツ、シンゴには暇潰《つぶ》し、憂さ晴らし以外、何ものでもない。

実際、イクオには気鬱な事ばかり続いていた。女親のフサが何を案じての事か、妹のキミコを路地の家から自分の手元に呼んでいた。イクオのすぐ下の妹のヨシコが名古屋の紡績に奉公に出、その下の妹のミエが若衆と一緒に家を出て戻ってくる気配がないので、兄のイクオが遊び歩きめったに戻らない家にキミコ一人置いておけない、イクオが毎晩家に戻ったとしても心配だと言い、女親は口に出してはっきりと、イクオがキミコと盆踊りの音頭のように兄と妹で出来てしまいかねない、と言ったのだった。

女親が男と互いに一人ずつ子を持ち寄って暮らす家でキミコが幸せにいくならイクオに何の気鬱もないが、キミコは事あるごとにイクオの前に来て、炊いた茶粥がまずいと男に鍋《なべ》ごと棄《す》てられた、漬物の刻み方が悪いと叱言を言われたと泣き、イクオはちりちり神経がひりつくが何一つ出来ないのを知り、ただ「くそォ」と相槌をうち、ただ「兄やんと今度、天王寺に行こら」とか「名古屋へ行て、犬山城見に行こら」と、いつ実現出来るかどうか分からない絵空事を言って慰めてやるしかない。

タイチやシンゴ、カツと共に昼の砂利浜に立ち、明るい海原を見て、イクオが真っ先に思ったのは、路地の四人の若衆がカドタのマサルの直系の若衆らをどう圧さえ込むかという事なぞではなく、天王寺や犬山城へ行かずともキミコを連れて浜へ来てやるだけで、「兄やん、つらい」と糸のような声で胸に顔をうずめてすすり泣くキミコを慰めてやれるという事だった。イクオはキミコの姿を思い、次にキミコがミエやヨシコに甘え、からかわれ、すね、どこへ一緒に行っても一人勝手な事をしているアキユキに当たり、逆に殴られるか石をぶつけられるかして怒りはじめる姿を思い浮かべ、タイチが昼日中に黒い布を頭と顔に巻きつけ、「アニ、俺じゃと分かるかいね?」と訊くのをおぞましいと思い、身震いし、「覆面らせんど」と言う。

「せなんだら、すぐバレてしまう」タイチはイクオが何を思い浮かべていたのか知らぬまま黒い布を差し出し、イクオが、覆面して映画の正義の味方鞍馬天狗だと名乗り、砂利浜に女を連れ出して同じように顔を分からぬよう覆面して姦《おか》し廻しているカドタのマサルの直系のニシムラらをこらしめるのを羞ずかしがっているというように、「あいつらも覆面しとるんじゃさか」と言う。

タイチは言い足りなかったと気づいてイクオの耳そばに寄り、「アニ、俺らであいつら叩きまくったって、女さろて、今度は四人で廻したろれ」とくぐもった声で言う。

「女さろて行くやろ、かついでの。大丈夫か、言うて寝かして、パッと覆面取る。アニが一番最初。齢の順番にパッパッと取ったら面白いの」

タイチはそう言って映画の鞍馬天狗さながら覆面を取り、「アニ一人で姦《や》りたいんじゃったら、俺らせいでもかまんけど」とまるで違った声で言う。

イクオは物を言いたくなかった。まもなくカドタのマサル直系の若衆らが女を連れて砂利浜にやってくると言い、木刀を振り廻し、こう殴りつける、こう若衆らを圧さえつけると黒い覆面をつけ、十歳の子供さながらチャンバラをやりはじめた三人を相手にせず、イクオは砂利浜に打ち寄せる波音に耳を澄まし、光を撥ねる海を見、祈るような気持ちで禍事は全部自分が引き受けると独りごちる。

声は顕れない。

「いま斬ったじゃろ」「斬られとるものか」とチャンバラの勝負を争うタイチとカツの声を聴き、砂利の上を走る音を耳にしながら、イクオは声が顕れるのを待ち、自分がいつ死んでも不思議ではないのに気づく。

波音が轟《とどろ》いていた。砂利浜の汀《みぎわ》に波が躍りかかる度に、熊野灘《なだ》の荒波にもまれ角の擦り減った砂利がぶつかり音を立てるのか、それとも波が砂利に身を打ち寄せて泣くのか、イクオにはそのうち波音は耳をつんざくように響く。

イクオはその波音に気を取られ、小一時間のうちに砂利浜のそこで何があったのか知らずに過ごした。ふと気づいてみれば、カドタのマサルの手下の若衆ニシムラがタイチを荒縄で巻き、砂利浜の上に身を転がし、足で顔を小突き、「簀巻《すま》きにして放り込んだろかの」と嘲り笑っている。イクオは瞬時に浜に打ち寄せる波音に気を取られて我を忘れていた事に気づき、ヒロポンを乱用しすぎたせいだと思い、イクオの周りの皆なが皆な、ヒロポンの乱用を諌めた事が腑に落ち、「何な」と怒鳴る。

覆面をして現れると目論んだカドタのマサルの手下の若衆らの誰も黒い布で顔を覆っている者はなく、ニシムラに足で小突かれるタイチ一人、顔からはずれた黒い布を首に絡め亀のように転がされ、「どうにでもしてくされ」と怒鳴っている。

「何な。どしたんな」イクオがなお言うと、タイチを小突いていたニシムラが、「ポン中のアニ、一人でぶつぶつ言うて、正気に戻ったかい」と訊き、周りに立った若衆らにケとるさか、皆な気色悪がって手出しせなんだけど、気ついて醒めたんじゃったら相手にしたるど。おまえらがここで待っとるの、お見通しじゃ」

イクオは立ち上がり、荒縄で縛られたタイチに「シンゴとカツは？」と訊く。

「飛んで逃げた」若衆の一人が答える。

「やるかい？」ニシムラは訊いた。

イクオはゆっくり首を振る。イクオは首を振りながら、荒縄で縛られ転がされたタイチではなく齢嵩の自分が不覚を取った事に気づき、中本の高貴にして澱んだ血がもう取り返しのつかないところまで自分を連れて来ていると思い、ふと「タイチや俺を殺すんかい？」と当のニシムラではなく、砂利浜の中の響き渡る波音に訊いてみる。頭のどこかに、タイチやシンゴ、カツはカドタのマサルの若衆らとの勝負に戦法を間違えて敗れ、シンゴ、カツは逃げ、タイチは捕まり屈辱される目にあったと分かるが、タイチがあってならないような目にあっている、子供の頃から闘いの性に生まれたと自称他称し全戦全勝のタイチが荒縄で縛られ転がされているのを見ると、それが現《うつつ》ではなくヒロポンのもたらす幻覚のように見え、このところついて離れない声の主が耳そばでささやき続けた凶事が嘘ではないと証す為にその場面を見せているように感じ、「おお、殺すんじゃったら、殺せ」と啖呵《たんか》を切ってみる。「そうじゃけど、タイチは関係ないど。俺一人で充分じゃ」

イクオのその言葉を聴き、ニシムラが拍子抜けしたように眼をそらし、「大っきい顔、これからしてみよ。これから何遍でもこのとおりじゃ」とタイチに言い、若衆らに向かって引き上げようと合図する。

カドタのマサルの手下の若衆らが引き上げ、荒縄で縛られ砂利浜に転がされたタイチを救け起こした頃に、シンゴとカツと共に朋友会が砂利音を立ててバラバラと姿を見せ、タイチは屈辱に我慢ならないというようにイクオを見、「俺に手かけた奴、一人一人刺し殺したるんじゃ」と言い、イクオに「アニ、本当にボケとったんか?」と訊く。イクオは戸惑い、どうとも答えようがなく、「もう、あかんの」とつぶやく。タイチは怒りのたぎる眼でイクオを見つめ、不意を衝かれ屈辱の目を味わったのは、若い身空でヒロポンにボケたイクオがいたせいだとなじるように、「ボケてもかまんけど、足手まといになるなよ」と唾を音させて吐き、初めて決心し宣言すると言うように、「もう、俺、アニらと一緒にならせん。アニら足手まといじゃ」と言う。

その決心が本物だったと見せるだけの為に、イクオが蓬萊の玉突き屋の踊り場で娘らに囲まれ、弾くには難しい曲をただ褒め言葉を欲しいだけの為にギターを鳴らしていると、タイチは朋友会の若衆の一人を「ナカモトのイクオさん、タイチさんが来てくれんかと言うとる」と呼びに来させ、イクオが渋々従いてゆくと、同じ砂利浜の同じ場所で、ニシムラをそっくり同じ形で荒縄で縛って転がしている。

タイチはまずイクオがギターを抱え取り巻きの娘らと共に現れた事に顔をしかめ、そう言わなければ味わった屈辱の全てが解消しないと言うように、「イクオノアニおらなんだら、こんなの、いっぱつじゃ」と言い、ニシムラの顔を靴で踏みつけ、「人をなめくさるなよ。ポンばっかし射っとるアニ救けよと思て、この前、不覚とったんじゃさか」と憎々しげに顔をしかめて言い、踏みつけ終わると球を蹴るように顔を蹴りつける。

ニシムラは悲鳴を上げる。悲鳴の声と共に顔の方々から血が流れ出し、砂利に伝い、砂利の下に消える。

「俺はおまえらと違うんじゃ。されたら二倍も三倍もにして返すんじゃ。俺が殺すと言うたら二言はないど。中本言うたら雪駄履いてチャラチャラしとると思うじゃろけど、俺は違う。双葉の頃から博奕場におった人間じゃ。天下取ると決めた人間じゃ」

タイチは言葉を一言言う度に弾みをつけるようにニシムラの体を足で蹴り、言葉を切る合図だと言うように顔を蹴る。

イクオはニシムラの顔の方々から流れ出す血を追い、悲鳴を耳にし心の中で呻き、まるで砂利浜に轟き満ちる昼の波音がタイチをしてイクオに酷い事の予兆を演じ見せつけているように思い、いったいどこに潜んでいるのか分からぬ、神なのか仏なのか鬼なのか分からぬ物に向かって、心の中で中本の血の一統のどこにも人に酷い事をやって嬉ぶような者はないとつぶやき、イクオを取り巻く娘らが手で顔を覆っているのを見て、「行こか」と言い歩き出す。

タイチはイクオが何の言葉もかけず身を翻して引き返しはじめたのを知って、イクオに酷い場面を見させなければ屈辱された事の腹の虫が収まらないというように追ってイクオの腕をつかみ、「行くなよ。イクオノアニ、見よよ」と引き留めにかかる。怒りしかない眼をしたタイチに前方を立ち塞がれてイクオは立ち止まり、眼を見つめ、ふっと優しく笑い、「タイチ、アニはやっぱし、これじゃよ」とタイチの手を振り払い、左手に持ったギターを上に掲げてみせる。イクオはそのギターを鳴らしてみる。

「タイチじゃったら一週間かかるの、アニ、三日じぇ。三日鳴らしとったら出来る。難しい曲でも三日じゃさか。さっき、この娘らに初めて弾いて聴かしとった途中じゃさか、まだ最後まで弾いたってない」

「ギターが何な?」

「何な?　て、ギター弾いとる方がええというんじゃ」イクオはそう言い、もう二度と同じ中本の血で双葉の頃から一緒だったタイチといえども腹と腹こすり合わせつるむ事はないと思い、タイチの制止を無視して歩き出し、同じように歩き出した娘らに、砂利浜のはずれの方を指さし、「あっちの方で初めから弾いたる」と言う。

タイチが背後で、「向こうでオメコするんか」と毒づく。

イクオの指が弦に触れる度に、まるでギターが耳から鳴り出すように柔らかで秘めやかな音が湧き出し、昼の砂利浜に注ぐ日射しの中を波音と波音の間を縫って響き渡る。娘らはギターを弾くイクオを守るように砂利浜に腰を下ろし、指の動きを見、音が高く昇る度に息をする事すら苦しくてならないような表情になるイクオの顔を見つめる。

　イクオはギターから湧き出した音に耳そばだて、次に湧き出した音が重なり、睦み波立ちながら空の高みに昇り、次に地面の下の奈落に堕《お》ちるのを我が事のように思いながら弾き続け、ふといつぞや青年会館の本講で礼如さんが説教の中で言った「あちらの山で鹿が鳴く、こちらの山でも鹿が鳴く」という情景が今のイクオの気持ちのような事を言うのだと思いつく。もちろん、まだ二十になったかならないかのイクオ、礼如さんのように、オリュウノオバのように、青い物一つだにない枯れ山水のようなあちらの山とこちらの山、二方で鳴き交わす鹿の無常を嘆じる声の意味を充分わからぬが、天女らに取り巻かれた仏のように娘らに見守られてギターを弾くイクオ、ぼんやりと前世でも同じような事があり、来世でも必ずや同じ事があると感じている。

　イクオは音がギターからでなく自分の指から湧き出している気がする。甘やかで切ない音の一つ一つが、五体を流れるイクオの血の飛沫《ひまつ》のような気がする。イクオはタイチではなく自分が高貴にして澱んだ若死にを宿命づけられた中本の本当の血だと思い、ギターを弾きながらいつ犯してしまったのかおぼろな仏の罪を悔やみ涙を流す。ギターの音が砂利浜に響き、イクオが涙を流している限り、鬼なのか仏なのか、他の者には到底聴き分けられない声が顕れ、酷い命令を発する事はない。

　声が命令を発する度にイクオは抗《あらが》った。声は物音の隙間から顕れ、想像を絶する事態が新宮に突発すると脅し、聴き流すとイクオの優しさにつけ入るように路地に事件が起こると脅し、それにも知らぬ顔をすると声は本性を顕《あらわ》し、イクオの親きょうだいを根絶やしにすると言い、それが避けたいなら女親のフサを殺せと命じる。時に弟のアキユキも殺せと命じる事もある。

声がそう命じるのは、憎いと思いながら心の反対側に女親が愛《いと》しい、弟が愛しいと思う気持ちもあるのを見抜いての事だと分かるが、声に憎い愛しいという二心を手玉に取られ嬲《なぶ》られ一人呻き、イクオは思わず「誰なよ?」と訊く。女親のフサの行状に慨嘆している様子から男親のカツイチロウかと訊いた事もあるし、仏なのか鬼なのか? とも訊いたが、声は笑うだけで答えなかった。

イクオは涙を流しながら、五体を流れる中本の血の飛沫のような音が砂利浜に響き最後の一滴が宙空にかき消えるのを待って、同じように涙を流しイクオの顔を見つめている娘らに「ええやろ?」と語りかける。

「ええわァ」娘らは口々に言う。イクオは娘らが同じ事しか言わないのに苦笑し、松林の方の砂利浜にいるタイチらを見て、「ほんまはタイチらもこんなん好きなんじゃけどの」と言う。

イクオはまだニシムラをいたぶっているタイチに遠くから語りかけるように言う。

「誰が一番強いと言うて騒いでもしょうない。やったらやられるの、当たり前じゃのに」

そのイクオの声がタイチに届いたのか、タイチが砂利浜のはずれの方に顔を向けてしばらく立ち、イクオが路地の方へ引き返しはじめると、「べべしい」と怒鳴る。その声がイクオの最後に耳にした双葉の頃から腹と腹こすり合ってつるんで来た同じ中本の血のタイチの声だった。
イクオは齢下のタイチにそうからかわれ、苦笑しながらぼんやりとタイチの最後の声を察知し、「われ、今度、会うてみよ。こづき廻したるさか」と憎しみもなく独りごち、砂利浜を歩く。

三月三日の雛の日に、末の妹のキミコが言い出し、二番目の妹のミエとアキユキを連れ、駅一つ向こうの三輪崎の磯へ弁当を持って遊びに出かけたのも、イクオにはそれが兄として妹や弟らにやってやる最後の遊びのような気がしたからだった。イクオに従いて廻る娘らはキミコやミエが自分らの用意した弁当を羞《は》ずかしがるほど料亭の料理そこのけのおかずを用意し甘い物を用意し、キミコやミエが娘らのあれを食えこれを食えという甘言に乗ると兄のイクオをそっくり取られてしまうというように断ると、アキユキを攻略しにかかる。何事も女親の腕が作る垣根の中で特別扱いされて育って来たアキユキは、娘らがつきっきりで介添えするのを当然の事のように物を食い散らし、倦《あ》きると磯を走り廻り、イクオが磯の岩のくぼみに潜んだ蛸《たこ》を見つけ仕留めにかかると、自分に摑まえさせろとダダをこねにかかる。キミコもミエも「兄やんに摑まえてもろたらええ」と言うが、アキユキは聴き分けず、案の定、水音を強くたててしまい蛸に逃げられてしまった。キミコが「ほれ見てみ」となじると、アキユキはイクオが蛸を発見してすぐアキユキに摑まえさせていれば失敗は起きなかったと言い、蛸が逃げたのはイクオのせいだと言い張り、皆なの失笑を買った。キミコもミエもイクオも笑ったが、その笑いに憎しみも敵意もない。

磯の岩場にくっついた小さな貝を家でゆでて針で身をつついて食べるのだと貝を集め、三月のまだ風に寒気の混じる頃なのに温んだ水に青や黄色の熱帯の小魚が泳いでいるのを見つけ、ひとしきり手拭いですくい獲るのに興じ、イクオはつくづく同じきょうだいが何故一緒にいられないのかと嘆じたのだった。シンゴ、カツ、タイチというイクオと双葉の頃から一緒だった連らが長じて何故バラバラになるのか。

アキユキが脇で小魚を追い込む役目をし、キミコとミエが潮だまりに沈めた手拭いを頃合を見て同時に引き揚げ、獲った小魚が跳ね廻るのをミエがジュースの瓶に入れる。小魚を傷つけないよう細心の注意を払うミエの横顔は、キミコと違いもう完全に娘の顔だった。

女親がアキユキを連れて路地の家を出てすぐに、ミエはイクオと齢の変わらない若衆と共に家を出て飯場に隠れ住み、キミコが女親の元に連れていかれてからやっと新宮に戻り、男と共に大浜のそばに借家して住んでいた。

イクオはミエに何も言わなかった。ミエは小魚を二匹ジュースの瓶に入れ、「アキユキ、こう、五匹になった」と瓶をアキユキに差し出す。アキユキはジュースの瓶に入った青や黄の小魚を見つめ、何を思ったのか、「兄やん、これ持っといてくれ」とイクオに瓶を渡し、磯を駆けて広げた荷物の方に行く。すぐ「痛い」と悲鳴がし、イクオもキミコもミエもあわてて顔を上げアキユキを見ると、遠くからイクオに中身の入ったジュースの瓶も持てというように差し上げ、右手の人差し指を顔の前に引き寄せ、「兄やん、白い骨、見えとる」と言う。

アキユキの指から血がしたたっているのがそこから見えた。

イクオはアキユキの指からしたたる血より、アキユキがイクオを呼んだのに驚き奇異に思い、背後から声を上げ従いて走るキミコやミエの気配を感じながら磯を跳び走ってアキユキのそばに寄る。

空のジュースの瓶一つでは何匹も小魚が入らないと思い、まだ中身の入っているジュースの瓶を開けようとしたが、栓抜きが見当たらないものだからアキユキは肥後ナイフで開けかかったのだ。力まかせにこじ開けようとしてはずれ、肥後ナイフの刃は人差し指の肉に深々と喰い込んだ。

イクオはアキユキが自分を呼んだのを奇異に感じたまま、痛みに呻きもしないし泣きもしないで、ただ海がなんぞ意味があるというように差し出したアキユキの人差し指を血を止める為に根元をきつくハンカチで縛り、「ほれ、背中に乗れ」とアキユキの前にしゃがみ、呆けたようなアキユキを背負うや、どこに医者があるのか勝手が分からないのに松林の向こうの三輪崎の漁師町の方に早足で歩く。

先になったり後になったりして砂浜を走るキミコやミエの声、イクオを取り巻く娘らの足音の向こうに、夜も昼も潮鳴りする新宮の砂利浜同様に三輪崎の湾の磯も鳴っているのを耳にとめ、巨大な魚の上顎のような形の湾がいまにも口をすぼめ、きょうだいや娘らはすっぽり呑み込まれてしまう気がするのだった。

イクオが一人、名古屋の紡績工場に働くすぐ下の妹のヨシコを訪ねたのは、三月三日の雛の日からさして経っていない日だった。白い背広に蓬莱の散髪屋からモデル代のかわりに貰ったポマードで髪をときつけ、駅を降りてから何度も鏡を見て我ながら惚れぼれする好い男だと確かめて前触れなくヨシコの前に姿を見せると、案の定、ヨシコは驚き、涙さえ流し、ヨシコの仕事仲間は隠していた恋人が現れたと騒ぎ、一つ違いの兄だと分かるとここでも娘らが従いて廻る。

イクオは雛の日の三輪崎の湾での磯遊びの話をヨシコにしてやった。

朝早くから娘らが食べ物を持って集まる。前の日から泊まり込んでいたキミコとアキユキが、若衆と大浜の方で寝泊まりしているミエの到着を首長くして待つ。日が射してしばらくして息急き切って駆けて来たミエを、「なんな、あんな不良、どこ、ええんな？」とキミコが大人ぶってなじる。

ヨシコはキミコの言葉に笑い入る。ことさらおかしげに笑うヨシコを見て、イクオはヨシコにも恋人がいるのを察知し訊こうと思うが、自分から訊かずともヨシコの方から打ち明けるだろうと思い、アキユキが生まれる前、まだ男親のカツイチロウが生きていた頃から子供らだけで繰り返した雛の日の磯遊びの悦《たの》しさを重ねるように、汽車に乗り込み三輪崎の駅に着いた時の皆なのはしゃぎようを話す。

磯遊びで蛸を自分で逃がしながらイクオのせいだと人になすりつけたアキユキの傍若無人ぶりは言ったが、ジュースの栓を肥後ナイフで開けようとし七針も縫うほどの怪我をした事には口をつぐんだ。ヨシコはイクオが悦しい部分だけ取り出し話すのを、さながら毎日、きょうだいよじれ合い、わがままを言い合い、喧嘩をしているように取り、急に自分一人損な役目ばかりさせられると不機嫌になる。

名古屋の紡績に奉公に出るのに女親は何一つしてくれなかったのに、何かあると金オクレと電報が来る。放ったらかしにしていると、ミエ、キトク、キミコ、キトク、の電報になる。最初は驚き帰ったが、その都度、危篤のはずのキミコやミエが駅に迎えに来ているので見当をつけ、アキユキが小学校に入る時はランドセルを、正月には早々と餅《もち》代《だい》を送った。

イクオはヨシコの憤慨を慰める術もなく、ただ「おうよ」とだけ答え口を閉ざし、ヨシコの口から「兄やん、昔はよかったねェ。父やんによう叱られたけど、よかったねえ」という言葉が出るのに耳をふたぎ、心の中で何の為に名古屋まで出掛けて来たのかと自問する。名古屋に来たのは妹のヨシコの顔を見たかったからだと独りごち、ふとヨシコに秘した雛の日のアキユキの事故が、いつも不意に姿を顕す声の禍事を予告する徴のような気がし、イクオはヨシコに「兄やん、新宮におったら、あかんようになるさか、飯場へ行くわい」と唐突に言ってみる。

ヨシコは一瞬、怪訝な顔をしたが、日ごろ同じところに長く居たためしがないし、双親そろっていなくとも家に女親がいたら安気に飛び廻るのが若衆の習性だと知ってもいるので、「そうかん」とうなずき、結婚するつもりの彼氏と会ってくれと言う。

イクオは練糸会社の事務をしている小さな紡績工場の跡取り息子と会い、その足で飯場に向かったのだった。名古屋からの汽車を降りてバスに乗り継ぎ、バスが途中から迂《う》回《かい》するので停留場で降り、飯場までトラックの為につけた急造の山道を歩きながら、声がいつ姿を顕そうとここでなら誰にも危害を加える事なく自分一人で処理出来ると思い、自分の足音に耳を澄まし、姿を見せぬ声を嘲り笑い、「なんな、現金なもんじゃね」と声に出して言ってみる。

「この山の中じゃ、誰もおらんど。確かにおまえの言うとおり裏切り者どっさりおる。皆な裏切り者じゃ。女親や弟だけと違う」

「やらな、あくもんか」声が姿を顕す。

「やるんじゃったら、ワレ、やれ。生贄《いけにえ》にするんじゃったら、したれ。姿も見せんと」

暗がりに落ち込もうとする山道を歩きながら、イクオは今日こそは声の本性を暴いてやると心に決め、もし草木にも霊が宿り、山や谷に神仏が棲むというなら聴いてくれと訴えるように大声で、「俺を中本の一統のイクオじゃとあなどって、姿も見せんと声だけでそそのかすんかァ」と怒鳴る。

「ワレ、誰な?　この俺に命令するの、誰な」イクオは怒鳴り、こだまが山を渡ってゆくのに耳を澄ます。

「人をそそのかしくさって。人を惑わしくさって。どうせ血の腐った中本の一統じゃさか、生贄に親を殺したり、弟を殺したりするじゃろとナメくさっとるんか?　姿を見せくされ。ワレから八ツ裂きにしたる。叩き殺したる」

喉が裂けたように声が嗄《か》れると、イクオの感じる喉の痛みをからかうようにくすくすと笑い声がする。イクオはその笑い声に一層腹立ち、石を拾って投げ、まだ笑い声が止まないので「ワレ、女か?」と怒鳴る。「女かよ、くすくす笑いくさって。人の耳元でささやきくさって」

イクオはそう怒鳴ってみて、ふと哀しくなる。誰が悪いわけでもない。誰が裏切ったわけでもない。ただ時が過ぎただけ、人に男と女の別があり、人が人に恋し肌与えただけだと思い、哀しみがイクオの胸の中から闇の中に溶け出しあたりに満ちていると思い、一歩すら歩きたくなくなり道にたたずむ。

苦しくてたまらなかった。この苦しみから抜け出せるなら何をしてもよいとイクオは道にしゃがみ込んだ。

イクオは山奥の勝手知った飯場で三月過ごし、その飯場で知り合った広島出の若衆とさらに山奥のダム建設の工事現場に移って一年過ごし、路地に戻った頃は幸なのか不幸なのかヒロポンを射つ悪癖も消え、あれほど山奥の飯場でぴったりと従いて廻って罵り嘲り酷い事をそそのかし続ける声もぷっつりと途絶え、若さの活力が内から輝き出るような筋骨たくましい若衆になっている。

誰もがイクオの変わりように驚いた。その驚く路地の者らが夢幻を見ているのではないと証すように、イクオの方もすぐ土方に働きに出る。ミエが若衆と所帯を持ち、キミコが中学を卒業するのも待たず天王寺のイトコの元へ子守りに出て身の廻りを世話する者一人もいないのに苦情も言わず元の路地の家に一人住み、朝、起き出して汗水たらして働き、夜、帰ってくる。

ただその姿もものの二月ももたなかった。路地の者らがイクオの働く姿に驚かなくなった頃、何を思ったのか、イクオは誰に迷惑をかけるわけではないと家の畳を剝がしネダだけにし、そこにゲージを入れて突然、養鶏を始めたのだった。田中の闘鶏場の親爺の口利きで五十羽、百羽と仕入れ、周りが悪臭に気づき餌《えさ》をつつく音に気づく頃は、家ごとすっぽりと大きな養鶏場になっている。

イクオは酒を飲んだ酔いを覚ます為にヒロポンを射ち、朝、日課になった三百羽いる鶏に餌をやり、鶏の産んだ卵を集めて肉屋に運んで家に戻り、ヒロポンの酔いで眠れぬまま難しいギターの曲を練習するのだった。弦をどんなに速く弾いてもどんなに強く弾いても、ヒロポンで加速された五体を駆け巡る血の速さに追いつかないのがもどかしく、イクオは外に出る。

明るい昼、イクオにはどこにも行く当てはない。声がそんなイクオを捕らえるのはわけのない事だった。声はイクオを嘖《さいな》み続けた。声は四六時中、耳に響いた。どこに逃げようと分かっている、どんなふうに姿形を変えようと本当のイクオは何一つ変わっていないどころか、益々、愛しさが増し憎しみが増すのを声は見抜いている。

イクオはギターを抱えたまま耳ふたぎ、声がはっきり女親のフサを名指して、ヨシコに何をしたのか、キミコに何をしたのか、ミエに何をしたのかとあげつらい、中本の血を嫌い疎んじ亡き者にしようとしているのに、カツイチロウの種のイクオがおめおめと手をこまねいているのはどうしてかと毒の声でなじる。

そうなじられ、イクオは一度ならず二度、三度と鉄斧《てつおの》を持ち、或る時は包丁を持ち、女親と種違いの弟が男と所帯を持つ家に押し掛け、二人を殺して自分も死ぬと眠りを破り、土間に立ち、鉄斧を持つ腕に力を込め、包丁を握る手に力を込めたが、女親の声を聴き、親が子に殺されるのに何も言う事はない、弟が兄に殺されるのに何も言葉はないと言って闇の中に坐った二人に何の手出しも出来なかった。

女親は力の抜けたイクオを、子のくせに、兄のくせに、親の幸せをねたみ、弟の幸せをねたむのかとなじり、若衆の身になってまだ子供だと思っていると怒り、これから親でもない弟でもないと思え、と帰りかかるイクオに悪罵《あくば》を投げるが、イクオはおそらく物も食べず酒を飲みヒロポンを射っているのだと心配してミエに食事を届けさせ、酒を飲むな、ポンを射つなと意見させる。

雛の日の二日前も、朝、炊きたての熱い茶粥を運んで来たミエが丸ごと鶏小屋になっている家でイクオの寝泊まりする為に申し訳程度に残している押し入れを改造した部屋の前に立ち、ギターを弾きながら声と話しているイクオに、「母さんも心配しとるのにィ」と涙を流して言う。

ミエはイクオの前に坐り、熱いうちに茶粥を食べろと鍋を包んだ風呂敷をほどきかかり、イクオが声に、それでも中本のカツイチロウの長男かとなじられ涙を流すと、イクオの顔になんぞが憑いているように驚き見つめ、「この間まるまる肥って帰って来たばっかしやのに、こんなになって」とイクオの顔を両手で触る。

イクオはギターを弾く手を止めなかった。ギターを弾く手を止めれば声は勢いを増し、何を言い出すかもしれなかった。

声は雛の日の前日になると朝からはっきりと、誰でもよい、女親の血の混じった者を生贄に差し出せと言い、イクオが「誰をよ？」と訊き返すと、新宮に女親と弟以外に血の混じった者はミエだと言い、朝飯を持って来る時に殺せるとささやく。

イクオは自分が何をしでかすか分からないと怖ろしく、朝から家を出、なるたけ女親の住む家やミエが立ち寄るかもしれない路地の家から遠く離れようと歩き続け、そのうち天のお告げのように、声の怒りを鎮めるのに誰を酷い目にあわせる必要もない、いつの頃からか誰ともなしに言う仏の七代に渡る罪のせいで若死にする宿命の中本の一統の血の自分が生贄になればよいと思いつき、イクオは嘘のように心が晴れたのだった。誰にも手をかける事は要らない、俺が行く。イクオは声に出して独りごち、笑みさえ浮かべ、夜の中を路地に向かって歩いた。

イクオは三月三日の雛の日、空が白み、まるで新宮中が波に呑み込まれ水の中にいるように青っぽく見える中を自分の足音を耳にしながら歩き、日がいま少し待てば姿を見せる時に路地の家にたどり着いた。

子供の頃ならもう妹らは磯遊びの準備を整え、夜が明けるのはいまかいまかと昂ぶり勢《せ》き、寝床にいる女親や男親に、「他所は寝とるんじゃさか」と叱《しか》られているはずだった。妹らは叱られても声高に話すのを変えない。そのうち妹の連の女の子らが、日が空に現れるのを待ちかねたようにやって来る。

イクオは空に赤らみが出来たのを知ってズボンのバンドを引き抜き、家の裏の柿の木の前に立った。柿の裸の幹を見上げ、水中から路地中が徐々に浮上するように空の雲という雲が桃色に輝き、空が透き通るような青に変わり、小鳥の声が路地の裏山から波を打って聴こえて来るのを知って、時が来たというように一等太い幹にバンドを通し輪をつくり、その輪に首を入れ、裏山で映画の真似をして蔦《つた》につかまってぶら下がる時のように足で幹を軽く蹴ってぶら下がった。

しばらくイクオの体は揺れた。

路地の裏山に刺した日の光が普段より早く若さの盛りで生命を絶ったイクオの体を包

みイクオを暖めようと、何のバチも当たらない。

トモノオジは潮水を呑もうと口を開いた巨大な魚の顎の形をした三輪崎の湾を見降ろし、いま最前、きょうだいらと潮の中に泳ぐ小魚のように磯遊びに興じていたのにとイクオの突然の変わり様を驚き、何故にそうなったのか、誰が悪いのか、誰をも責める筋合いではなく、礼如さんが説きオリュウノオバがうなずくように、熟柿が落ちるのではなく実を結んだばかりの青い小さな物がぽつりと地に落ちる、桜の蕾が開く事なく冷えて固まり茶化て死ぬこの世の無常の理のせいなのかと思い悩み、そうやって慰めてやるしかないように、「イクオよ、イクオよ」と声に出して名を呼び、それから何年も経った今だからこそ言える事だがと詫びながら、「皆な、すぐ行くんじゃわ、シンゴもカツもタイチも」とつぶやき、「礼如さんも、オリュウノオバも、このオジも」とつけ足してみて、不意にトモノオジは懐かしい者、愛しい者が行った後、なお生きながらえ、一人思いもつかなかった三輪崎の湾を見降ろす崖の上の精神病院に入っている自分が永久に行けず、声を嗄らし喉が張り裂けそうな痛みを味わいながら、来る日も来る日も海に怒鳴り、空の高みから溢《あふ》れこぼれ落ちる日の光に怒鳴り、何故に路地の者ばかりを嘖《さいな》むのか、オジとして親の代わりとして見守り支えになってきた中本の血の若衆らに酷いのかと詰め寄り、海の潮も日の光も一言もないのにたまらず、路地の家の柿の木にぶら下がったイクオの耳を聾《ろう》していた声とそっくりの潮の音で耳いっぱいにし、精神病院の裏庭の草叢に倒れ込み、潮音に心をさらわれ、潮の渦に身をさらわれ、ずぶずぶと海の奈落に引きずり込まれつつ、この時初めて、死んで畜生に転生するのでなく生きながら喉に鰓《えら》が出来、手足が胸鰭《むなびれ》尾鰭《おびれ》に変わり、そっくり生まれもつかぬ巨きな魚、クエと言えばクエ、イルカと言えばイルカとまがう魚に転生するのは、あの時、イクオに声一つ掛けてやっておれば苦しみの一つなりとも軽くしてやれたものをという罪によるのだと悟ったのだった。

柿の木にぶら下がったイクオのまだ冷えていない五体に溢れる中本の血が呼んだのか、朝まだき、普段なら起き出しもしない時に、タイチの弟のミツルが見つけた。まだぶら下がった弾みで揺れているイクオの姿を見、驚愕し飛んで近寄り、「誰か来てくれェ」と大声を出して人を呼び、革バンドをほどきにかかる。

イクオが家を養鶏場代わりにしていたものだから、イクオの体は青年会館に運び込まれ、ミツルが次々と集まった路地の者や朋輩らに、ミツルがイクオを見つけた時、日の光がイクオの周囲だけさながらダンスホールの照明のように空から当たり、体は発熱したように熱かったと、イクオをバンドからはずしたのを手柄のように言ったが、集まった者皆なが皆な、心のどこかに女親が種違いの弟を連れて路地を出て他所で男と所帯を持ち、妹らが他所に出て一人残って苦しみ荒れるイクオを見殺しにしている気があるものだから、誰もとがめないし、そんな事があるものかと鼻で吹く者もない。

女親のフサは他所から路地の青年会館に駆けつけるなり、仏壇の前に寝かしたイクオその体を抱え顔に頬ずりし、「どうしてなよォ、アイヤよォ」と生まれ在所の古座言葉を出して泣き、同じように知らせを聞いて駆けつけたミエが来ると、二人で頬ずりし名を呼び続ければ息を吹き返すというように、「アイヤ」「ニィヤン」と掛け合いし、ついに何の答えもないと分かると女親と娘、抱え合って泣き入る。

その二人に何の答えもなかったイクオの死顔から、タイチが朋友会の連と駆けつけ「アニ」と声を掛けると、まるで物言うようにたらたらと一条の血が流れ出して来たのだった。その場に居合わせた者、シンゴ、カツ、タイチにその連、さらにイクオの周りにこの間まで従いて廻っていた娘ら、その脇に居るシャモのトモキや路地の女や男、蓬萊の玉突き屋、散髪屋、一寸亭の親爺や内儀《おかみ》、田中の闘鶏場の親爺、仏壇に尻を向けて坐り込み物思いに耽《ふけ》ったように礼如さんとオリュウノオバ、皆なが皆な、仰向けに寝かされたイクオの左の鼻から流れ出し頰を伝って耳元に落ちかかる輝くように赤い血を見て何が起こるのかと息を詰め、耳元に滴となって落ち切ったきりなのを見て、いまさらながらイクオが中本のカツイチロウの種だったと思い知り、中本の七代に渡る仏の罪のせいで今、若さの盛りで命を絶たれたのだと得心したのだった。

イクオの左の鼻の穴から耳元に流れ落ちた血の跡をタイチは朋友会の連の一人が持っていた絹のハンカチで拭い、イクオの周りにいる者らは自分がこうなった時にもタイチの周りに集まる者だと思い、はっきり声に出して、「イクオノアニ。この血の着いたハンカチ、一生、オレが持っといたるど」と言い、涙でくもり手元が狂うのに苦心しながら丁寧に四つに折りたたみ、胸の内ポケットに納い込む。タイチはいま一度イクオの顔をのぞき込み、思いがこみあげて来たように物を言いかかり、喉元まで出た言葉をこらえるように顔を上げ、トモノオジを捜して物を言いかけ、不意にその事を言うにはトモノオジは不適任だと仏壇の前に坐ったきりの礼如さんとオリュウノオバを見て、「オレは同じ血でもこんな死に方せんど」と大声を出す。

オリュウノオバが誰よりも早く死んだイクオをののしるのかとなじるように、「なにをえ?」と声を荒らげると、「何で中本だけ、早よ死ぬんなよ?」と訊《たず》ねる。オリュウノオバはタイチの不意の問いかけに気勢をそがれ、その事ひとつだけ、仏壇に尻を向け、イクオに顔を向け、心の中で仏様に訊いていたのだというようにわなわなと震え出し、「オバ、産婆じゃのに。吾背らを抱きとめたんじゃのに」と大滴の涙を流す。

タイチでなくとも、そこに居合わせるシンゴもカツも中本の血の女らも、中本の種を孕んで子を産んだイクオの女親も、路地で若死にを目撃する路地の他の一統の者らも答えてくれるものなら問うてみたかった。

「何でなよ?」となお涙を流しわなわなと震えるオリュウノオバに言葉を投げつけるタイチを、「オジと外へ来い」とトモノオジは肩をたたいて青年会館の外に呼び出し、意見するのではなくやさしい言葉で慰めてやろうと声を掛けようとすると、青年会館の前の天地の辻と呼ぶ三叉路《さんさろ》に、昔の路地の三朋輩の片割れイバラの留こと佐倉の番頭がオートバイにまたがり立って柄の大きな子に金を渡そうとしている。子は一目でイクオの種違いの弟アキユキと知れた。

「いらんわい」アキユキは軽蔑《けいべつ》しきった声で金を断り、青年会館の前にいるトモノオジを見つけるや、くるりと佐倉の番頭に背を向け、胸そびやかせ肩怒らせ、ありありとイバラの留の種と分かる姿で歩いてくる。青年会館の前に立ったシャモのトモキことトモノオジを見たのか見なかったのか、オートバイは不意にエンジンを吹かし、三叉路から姿を消した。

アキユキはトモノオジの前に来て、「オレはつらいんじゃのに」と胸そびやかせたまま言う。

アキユキはタイチが出て来るのと入れ替わりに青年会館の中に入り、兄のイクオの顔を見てやれと路地の者らに促されて、突発した出来事に驚き、途方に暮れ、ただ嘆きの声を出し涙を流すしかないように泣く人の輪の中に入り、イクオの前に坐る。誰もが、不慮の事態を迎えた兄の短い生命を悔やみ、同じ腹のきょうだいの死を悲しみ、アキユキこそ、礼如さん、どしてな、オリュウノオバ、何んで人が死ぬ、カカさん、誰が悪い、と安易に答えられぬ問いを問い、号泣するものと固唾《かたず》を飲んで見守るが、アキユキはただ見つめ涙も流さず、イクオに呼びかける事もせず、そのうちすっと立つ。そのまま歩いて来て、靴をつっかけて青年会館の外に出てタイチの前に立ち、「タイチノアニ、知っとるこ?」と激しい気性の浮き出た眼で見る。八つも九つも離れた年少のアキユキにそう言われ、小童《こわつぱ》が何を言うかとむかっ腹立った顔をしてタイチはアキユキを見、「知っとる」と答える。そのタイチの答えを耳にしてやっと心の葛藤《かつとう》がほぐれかかったのか、タイチを見る眼にうっすら涙が溜まり、それを抑えようとするように、「これから田中の闘鶏場の方へ遠征に行くんじゃ」とタイチとトモノオジに言うのが何ぞ意味があるかのように言って三叉路の方に歩き出す。

タイチは何も説明しなかった。トモノオジも何もことさら言わなかった。包丁を持ち、鉄斧を持ち、そこへ女親、弟ともども並え、と繰り返した兄が、三月三日の雛の日の今日、自分で縊れて生命を断ったその事を、弟のアキユキは何と思っているか？　路地の三朋輩の片割れ、嬶捨てても朋輩捨てるなと言われるその朋輩、色より一分濃い博奕を打ち合ったイバラの留の種のアキユキだった。

トモノオジがアキユキの後姿を眼で追っていると、タイチが、「あれも極道になるんかいの？」と思ってもみない事を訊く。不意を衝かれうろたえると、タイチは一瞬、若死にする中本の血は極道には不向きな歌舞音曲の血だったと気づいているというように、男のトモノオジでもぞくっとする眼をつくり、「俺ら、何ぞに取り憑かれとってよう生き抜かんのじゃの」と言い出す。

「のう、俺が斬った張ったせんとイクオノアニみたいに優しい声出しとったら、女らすぐ従いて廻る。ワレ、あっち行け、女の匂い、臭いわ、そう言わなんだら、女ばっかしになる」タイチはそう嘯《うそぶ》いて苦笑し、思いがこみ上がったのか涙を眼ににじませ、堪えるように首を振り、青年会館の中を見て、「アニより俺の方が先じゃと覚悟しとったのに」とつぶやく。

イクオの夜伽《よとぎ》も葬儀も、路地の青年会館ではなく女親のフサが種違いの弟アキユキを連れて男と所帯を持つ家で行われた。路地のイクオの住む家が養鶏場同然になっているものだから仕方がなかったが、中本の四人の若衆を双葉の頃から、ひ若い衆の頃から、陰に日向《ひなた》に見守り支えてきたトモノオジにしてみれば、中本の種の子の宿命をまざまざ見せつけられる気がし、今さらながら時が移り、己が自身、尾羽打ち枯らし、人の後見なぞ到底出来る身ではないと悟ったのだった。

それでも路地の者らは子は女親のそばに居るのがよいと文句ひとつ言わず夜伽に出、葬儀に出たが、これが本当のイクオシスの電報を受け取り、天王寺から名古屋から夜行列車でやって来たキミコ、ヨシコの二人の妹、今はおしもおされもせぬ大組織の幹部にのし上がったスガタニのトシになると、中本のカツイチロウの長子のイクオがたとえ女親がそこに住むといえ、人から夜伽を受け、そこからあの世へ向かうのは腑に落ちかねると叱言をつぶやき、トモノオジを苦しめ、オリュウノオバを苦しめる。

夜伽で礼如さんは経を上げたが、葬儀になると女親が所帯を持った男の檀家になった寺が路地の者らの寺と違うから浄泉寺の和尚は脇に押しやられ、毛坊主の礼如なぞ出る幕はないというふうに一緒に並んで経を上げる事もさせず、参列者と同じ席に坐らせているが、この浄泉寺の和尚と礼如さんへの振る舞いから、路地の誰もが涙にくれているが実のところ女親のフサは三人の妹を可愛がらない、四人のカツイチロウの種をないがしろにしたと嘖み、荒れたイクオが生命を断って安堵もしていると見抜き、中本の種を孕《かな》み、イバラの留の種を孕み、いま新たに別な男と所帯を持つ女親を夜叉鬼人にも適う女だとささやき合う。

女親のフサの身に立てば、それぞれ顔も気質も違う三夫にまみえようと種を孕もうと、故あって別れ、故あってまみえた事で、それに路地の女なら誰しもの事、ほれヨソノイネはどうな、オチエノイネは、と指を折るだろうし、イクオが殺してやると来て、殺すなら殺せと居直り、赤子であるまいし大きくなった者をそばに置けるはずがないと言ったのも、決して人の道にはずれた事を言ったのではないと反駁《はんばく》する。

トモノオジは路地の者らの不満や不平を耳にし、また女親のフサが三朋輩の片割れとどうくっつき、種を孕んでどう別れ、その種の子を抱えて朋輩とはまるで違う実直を絵に描いたような男と新所帯を持っている気持ちが分かるものだから、一層己が身のふがいなさに嘆息をつき、夜伽の場でも葬儀の日も酒を飲み続けたのだった。酒を飲むと、わが子同然のように見守ったイクオに先立たれた悲しみはいや増しに増す。

イクオシスの電報を受け取ったスガタニのトシが、半信半疑のまま天王寺から夜行に乗り新宮の駅に着くと、同じ汽車からどこか見覚えのあるような顔の痩《や》せた女の子が降りて来る。その女の子と駅の改札口に歩くと、水飲み場にしゃがみ込んで娘が大声を出して泣いている。女の子はその娘の姿を見るや、突然、両手に持った土産の岩おこしを放り棄て、何が起こったのかと驚くような声で泣き始め、駆け出す。駆け寄った女の子を見て娘は、「死んだんやァ」と立ち抱え、「ほんまかん」と泣く女の子に、「ほんまや。ほんまやァ」と答える。

スガタニのトシは抱え合って泣く二人に、「ナカモトのイクオの妹か?」と訊いた。娘の方がスガタニのトシを見て、「そうやァ。死んだんやァ」と言う。スガタニのトシは誰かが魂胆あって自分を新宮に呼ぶ為に仕組んだものでもないし、悪戯でもない、一つ蒲団に身を寄せ合い腹こすれ合って寝た事もあった弟のような中本の四人の一人、イクオが本当に死んだのだと知った。

一緒に酒をつきあうおしもおされもせぬ極道に成長したスガタニのトシですら涙流すのに、種になる前から見守り続けたトモノオジが、何故、涙なしに一滴の酒すら喉に入れられよ。

朋輩のぬくもり

生きながら生まれもつかぬクエともイルカとも見まがう身になってトモノオジは水底深く堕《お》ち、潮の流れに巻かれてくるくる転がされ、こうはしておれぬと胸鰭《むなびれ》尾鰭《おびれ》を動かしてやっと身が落ち着くのを「やれョー」と溜息《ためいき》をつき、精神病院の裏庭で仰ぎ見る天の高みより百尋《ひろ》も千尋も高みにあるような水面を見つめ、オリュウノオバでもよい、居るのか居ないのかわからない何をしても仏様の事ばかり考えている、話してもこちらが鼻白むだけの礼如さんでもよい、誰か水面に顔を出し、水底をのぞいてくれないかと乞い願う。クエと言えばクエ、イルカと言えばイルカ、身がそう変わるのを罰として甘んじて受けるが、生まれもつかぬ身となって独りでいるのは耐えがたい。

トモノオジは何日も待った。水面に人影は映るが、水底をのぞく者は誰もない。声がし、水面に人影がし、水底をのぞく者がいるので小躍りすると、これが三輪崎の精神病院きっての阿呆男。朝から晩までヘラヘラ笑い、職員や患者のみならず犬猫から飛蝗《バッタ》、蟋蟀《コオロギ》の類、あげくの果てはサッシの硝子《ガラス》窓にまで頭を下げ、愛想笑いをやる。トモノオジは普段でもこの阿呆男に虫酸《むしず》が走るのに、水底をのぞき込み、怒りや嘆き、悲しみの固まりのような孤独の黒々とした影になった己が身にヘラヘラ笑いを向けられると我慢がならず、「ワレ、この俺《おれ》を誰じゃと思とる」と怒鳴る。怒鳴って潮が波立ち、急激に海が干上がったように、クエともイルカともつかぬ身のままトモノオジは草叢《くさむら》の上に投げ出される。空気にさらされ、肌がひりつき、節々が痛み、海の潮水を求めて喉《のど》がふいごのように鳴り、熱い。口に力を込め、あえぎ、この苦しみは精神病院の建つ巨《おお》きな魚の上顎《うわあご》の形をした湾の苦しみだと思い至っているとオリュウノオバが阿呆男の脇《わき》に立ち、同じようにヘラヘラ笑いをつくり、「またクエになったんかよ?」とからかう。「何、笑うんな?」あえぎながらトモノオジが言うと、「好き勝手な事したんじゃさか、クエにでもカラスにでもなるわい」とトモノオジの苦しみなぞ取るに足らない事だと鼻で吹き、草叢に身を臥《よこ》たえもがく脇に坐り、「トモキよ」と悲痛な声で呼ぶ。オリュウノオバの声を聞いてトモノオジは、瞬時にタイチ十八の頃、オリュウノオバが上げた声を思い出すのだった。

オリュウノオバは雨戸を誰かが叩《たた》いた時から、夜半、裏の山をホトトギスが声を上げて渡っていくような不吉な事、茂みの昏《くら》がりにまぎれたフクロウが一晩中鳴き続けるような尋常でない事が突発する兆しのように思え、身震いし、寝間で身を起こしはしたが、立って歩いていって土間に降り雨戸を開けるのを躊躇《ちゆうちよ》した。それでも物音に驚いて目覚めた礼如さんが起き出しかかるから仕方なく立って、灯《あかり》のひとつだにないが勝手知った葎《むぐら》の宿を何に蹴《け》つまずくことなく土間に降りて、無明《むみよう》も知らずんばたとえ髪に百足《むかで》がわき胸に蛆《うじ》がたかろうと安気でいられるものをと思いながら、「誰な？」と声を掛けてみる。すぐ答えがあり、その声を聴いてオリュウノオバは早鐘のように鳴る胸をおさえかねる勢いで雨戸の閂《かんぬき》をはずすと、まず弟のミツルがまろび入り、次にタイチ、その後に黙したままスガタニのトシが土間に立つ。スガタニのトシは土間に入るなり雨戸を閉め、閂を掛け、「奥へ入らしてもらえ」とタイチに命じる。その言い方にたとえ葎の宿とはいえ産婆と毛坊主の棲《す》みついた家だと思いが募り、「何なよ、タイチ。こんな時分に」と不安なまま訊《き》くと、「オバ、朝までかくもてくれ」と言う。

「何な、何しに来たんな？」オリュウノオバが問うのに答えず、タイチはミツルを促して板間に上がり、進んで竈《かまど》の前に胡座《あぐら》をかき、ミツルに坐れと命じ、「アニ、あいつらここまでは絶対入ってこん」とスガタニのトシに言い、それでも夜半、押し掛けて心苦しげな大人のスガタニのトシを見て、「ここのババもジジも、俺らの婆さや爺さみたいなもんじゃさか」と言う。

タイチにそう言われ「そうか」とうなずいてスガタニのトシは板間に上がり、身をずって開けた二人の中に坐って胡座をかき、オリュウノオバが春とはいえ火のない竈の板間では寒かろうと、「これ燃やせ」と木屑を渡すと、「おおきに」と礼を言う。木屑を竈に入れ、灰に埋もれた残り火をかき廻し器用に火を熾《おこ》すスガタニのトシを見てオリュウノオバは、スガタニのトシが向井又之丈と所帯を持ったツルの縁戚、糸をたぐれば田中の鉄男、小林の義次郎の血と察しがつき、ツルの一統なら物事の道理がよく分かるはずだと得心し、朝まで燃やすに足る木屑を揃《そろ》えてやる。木屑を積み上げ終わり、三人そのままにして朝まで寝間に戻って待ち、何も聴かないまま朝飯を作って食わせ送り出してやろうと、「吾背《あぜ》ら、寒て、木、足らなんだら、外にあるさか持って来て使えよ」と言い置き戻りかかると、タイチが「オバ、ここにおってくれ」と言う。

「何なよ?」オリュウノオバが甘えるのをたしなめる口調で聴くと、「オバ、どうせこのミツル、二、三年喰らい込んでここにおらんのじゃ」とミツルを顎で差す。スガタニのトシは竈の火を見つめ入るミツルの首筋を叩き、「一年か二年」と言う。「一年でも二年でも、少年院出る時はきっちりとワシとタイチが迎えに行たる。キャデラックに乗ろらい、のう、ナカモトのタイチ」

スガタニのトシの言葉を聞いて、オリュウノオバは改めて「何したんな、タイチ?」と訊いた。竈に燃える火が勢いつき、ふと掛かった釜《かま》に水が入っていたか不安になり調べてみようと歩きかかると、火に魅入られてそうしたと言うように、「ヒガシのキー撃ったったら、花火みたいにパーッと血ィ吹き出たど」とまだ幼い口調でミツルが答え、「拳銃、ここに入っとる」と胸を叩く。

「殺したんかよ?」オリュウノオバの声が震えた。

「即死じゃ、即死。頭、西瓜《すいか》みたいに割れたんじゃさか」スガタニのトシが頭を撫《な》ぜると、ミツルは火に見入ったまま身震いをひとつやり、タイチが「スガタニのトシのアニ」と呼び、小声で子供の頃からミツルは頭を触られるのが嫌いだと忠告し、スガタニのトシが「おう、そうか、そうか」と手を引くと、取り繕うように竈に木屑を放り込み、「ミツルは俺の弟じゃ。ようやった、えらい」と言い、「死んだイクオのアニの弔い合戦、これから始まるどォ。面白うなるどォ」と火に魅入られ呆けたようなミツルをあやすように声をつくり、イクオの初七日をこの間終えたばかりなのにと声を上げるオリュウノオバを見る。

「ホトキさんにも言うといてくれ。ナカモトのタイチ、ほんまに怒りはじめたんじゃ言うて。めそめそ泣くばっかしのと違て、中本にゃ、タイチもミツルもおると言うて」

その時、おうさ、と答えたのか、何をぬかすと怒ったのか、竈の火が吹き上がり、中に水がなかったらしく、掛かった釜が拳銃を撃つような鉄の破裂する音を立て、ばりばりとひび割れた。

朝までタイチとミツル、スガタニのトシは竈に火を焚《た》き、空が白みはじめるとすぐオリュウノオバの家を出ていった。オカイサンをつくってやるから今すこし家にいろ、その時間がないというなら熱い茶を一杯、飲んでいけと言うのを振り切り、タイチとスガタニのトシはまだ頬《ほお》に紅の残っているような幼顔のミツルを抱えるようにして雨戸を開け、無言のまま足音さえ殺して下の道へ降りてゆく。三人の姿が下の道に消えてからオリュウノオバは框《かまち》に坐り込み、ヒガシのキーを殺したというミツルがどうなるのか、タイチがどう出るのか、ぼんやりと考えている。ヒガシのキーを撃った拳銃を胸の内ポケットに納《しま》っているというミツルは、おそらくタイチとスガタニのトシに連れ添われ警察まで歩いていき、警察の前で別れ、一人中に入っていく。中に一人二人いる警官に胸の内ポケットから拳銃を差し出し、ヒガシのキーの頭を撃ち抜いたと言い、血相変えた警官に問い詰められ、しどろもどろになりながら、タイチの弟だがタイチとは無関係だ、拳銃は誰かが用意したのではなく道に落ちていたのを拾ったのだ、とでも言って、タイチとスガタニのトシが書いた筋書き通り自首し、逮捕される。

明けはじめる外を見て、萩の木の新芽の緑、馬目樫《うまめがし》の幹の色が框のそこからでもくっきりと見えるのに気づき、ふとミツルが生まれた頃、タイチとミツルの男親の菊之助は萩の木の新芽も馬目樫の幹も判別つかないほどだったと思い出す。菊之助の失明はヒガシのキーのせいではなく、勢力を競っているカドタのマサルの暴力沙汰によるものだったが、タイチにしろミツルにしろ、盲目の男親を見て育ち、人を殺らなければ殺られるか欠損を負わされ不如意をかこちながら暮らすというのを骨身に沁《し》みて育っている。

オリュウノオバは明るんだ外を見つめ、警察の中で唇を嚙《か》み、ヒガシのキーを殺したのだから少年院に入ると覚悟を決め、黙りこくるミツルを想像する。そのミツルにどう言葉を掛ければよいかオリュウノオバは分からない。

オリュウノオバは一時そうやって框に坐って外を眺め、起き出した礼如さんに「オリュウ、オカイサン炊かんのか?」と声を掛けられ、不意に心の中で空の釜が割れた時のような音が立ち、怒りがこみ上がり、「礼如さんが炊け」と突っかかる。「何でワシばっかし茶わかしたり、オカイサン炊いたりせんのならんな。たまには仏さんの事ばっかしでなしに、生きとる者の事も考えよ」

オリュウノオバは礼如さんに突っかかり、言葉を投げつけてもせんない事だと分かっているが、強い剣幕で物を言う。イクオが死んで初七日を終えたばかりだが、人は仏にすがるだけでは生きる業苦から抜けられない。礼如さんはオリュウノオバの物言いに「何、言うんな」と拍子抜けする返事をして、オリュウノオバが激しているのは竈にかけた釜を水も入れずに空焚きして割ってしまったからだと言うように、「鋳掛《いかけ》屋来たら直してもろたらええ」と言う。

礼如さんはしゃがみ、割れた釜の底の墨を火箸《ひばし》でこすってみて、仏にすがり念仏の一つでも唱える事が釜の底のひび割れのような生きる業苦を言い立てる事より大事だと言うように、「また、あれら騒ぎ起こしたんやの」とつぶやく。

その礼如さんの言葉を聴いてオリュウノオバは、目の前に奈落が姿を見せのぞき込んでいる気になり身震いする。そのオリュウノオバの身震いはミツルのしでかした事件を耳にしたトモノオジの身震いと同じだった。

朝、一寸亭の二階の座敷に寝ていたトモノオジは階段を忙しい足取りで上って来る物音に、カドタのマサルかヒガシのキーの放った刺客がトモノオジの命を狙いに来たのかと跳ね起き、「朋輩《ほうばい》」と入って来た佐倉の番頭からヒガシのキーが射ち殺されたと知らされ、トモノオジは「えらい事じゃ」と絶句したのだった。

佐倉の番頭は単刀直入に「朋輩、やらしたんかい？」と訊いた。トモノオジは身震いし、無言で今まで入っていた蒲団を見ろと教え、枕元に転がった酒瓶を教えた。

佐倉の番頭はまだ疑った。「わからんどォ」と声をつくり、何しろ事態は一変し、せっかく大同団結しかかった新宮の極道らがまたバラバラになる、ヒガシのキーを殺ったのはナカモトのミツルだが、カドタのマサル系とヒガシのキー系がぶつかる事は必至だと言い、トモノオジに服を着て調停役に立ってくれと言う。

トモノオジは佐倉の番頭からそこまで話を聞き、おそらくヒガシのキーを殺ったのは他でもない佐倉の番頭だとカンをつけ、新宮にいるスガタニのトシに会い話を確かめるまで話に乗るまいと決め、わざと気弱に顔をしかめ、「朋輩よ」と腹の中で舌を出しながら言う。

「俺ァ見ての通り、酒ばっかし飲んで、もう人前にも出れん状態じゃよ。極道でも何でもない、言うてみたら一寸亭で飼われとる用心棒じゃの。ここだけしか通用せん。もう誰も俺の言う事、きかん」

佐倉の番頭は苦笑し、そんな事はないと言い、トモノオジの魂胆を見通しているというようにニヤリと笑い、「朋輩、俺が昔のイバラの留で調停に立ってもええが、俺が調停に立ったら、ひょっとしたら血で血洗うより、棘《とげ》みたいに刺さっとる一人の魂《たま》、差し出したらええんじゃと決めるかも分からんど」と言い出す。

トモノオジは顔から火が噴く勢いで「なにをェ、朋輩、タイチの魂取るというんかァ」と怒鳴り、蒲団《ふとん》の下に敷いてあった刀を素早く抜き出したのだった。

佐倉の番頭はひるまなかった。刀を握ったトモノオジをにらみ、「棘、刺さったままじゃったら痛い。あれ、スガタニのトシと一緒におるじゃろが、スガタニのトシ、俺の手下じゃったの知っとるじゃろか？」と訊き、言外に、佐倉の番頭の目配せひとつで、スガタニのトシはたとえタイチであろうと魂を取ると脅し、スガタニのトシが弟同然のタイチにそんな事をするはずがないと言うと、誰が仕掛けたのか分からないが、ヒガシのキーがミツルに拳銃で射ち殺されたと言う事は、兄と弟、親と子、朋輩同士、裏切り合い、殺し合う時代になってしまったのだと言う。それが厭《いや》なら真中に立って抗争を収めて欲しいと佐倉の番頭は頭を下げ、トモノオジが刀を降ろしかかると金の束を無造作に蒲団の上に放り、「どうせタイチ、天下取るんじゃけど。まだ早い。いまはカドタのマサルですっきりまとめた方がええ」と言って立ち上がる。

佐倉の番頭が帰ってから、トモノオジは手速く身支度を整え、何よりも彼よりもタイチに会うのが先だと外に出る。

一寸亭の外に出たトモノオジの後から暖簾《のれん》を手で撥《は》ね上げて顔を出した一寸亭の親爺が、トモノオジの手にある刀を見て驚き、言おうとした言葉を呑《の》み込む。やっと口を開き、何を言うのかと思えば、「蒲団も上げさせとこかいのォ。雨戸も開けて風でも入れとこかいの」と、イクオの葬儀以来、独り籠《こも》って酒を飲み続けた座敷を掃除させようかと訊く。トモノオジは「おう」とだけ答え、朝の粗い光に眼が眩《くら》みながら外に出て、酔いが体にとぐろを巻いているのをかまわず歩き出し、ふと朋輩のイバラの留に脅される身になったと苦笑いし、タイチの為なら斬り死にでもしてやると猛っていた気が抜けるのを知り、「これはいかん」と独りごち、足速に歩いて路地の角の榎本《えのもと》の酒屋に行って、店を開けたばかりの内儀《おかみ》に頼んで気付けの一杯を杓《しやく》でもらう。内儀が仁王立ちになって刀を左手に持ち右手で杓から酒を呷《あお》るトモノオジに物を言いたげにしたが、酒を呷り終わって杓を内儀に返し、手で口の滴《しずく》を拭い、礼も言わずトモノオジは、駅からのびた繁華街への道をたどれば人に会うと思い、路地に入り、裏山の道を取って町に出ようと中腹にオリュウノオバの家のある坂道をのぼる。

トモノオジが坂道をのぼってゆくと薄昏い土間の框に腰かけたオリュウノオバは呆けた眼を向ける。オリュウノオバがなんぞ知っていると思い、「どしたんな?」とトモノオジが声を掛けると、「空釜、火にかけて割ってしもたんじゃよ」と答える。「おとろし。そんな事、苦にしとるんかよ。タイチ、魂取られるか分からん時に」トモノオジが言うと、オリュウノオバは呆けたまま頬にはらはらと涙をこぼし、蠅《はえ》を払うように手を振る。

「オバ、吾背《あぜ》ら取り上げた産婆じゃのに。何も言うてくれるな。聴かせてくれんな」

「何、聴いたんな?」トモノオジは聴く。

「何も聴かせん。何も見やせん」オリュウノオバは手を振り続ける。トモノオジはオリュウノオバのその仕種を見て、路地の唯《ただ》一人の産婆、毛坊主の礼如さんの連合《つれあい》で、タイチは菊之助の子、菊之助はゲンタの子と諳《そら》んじ、菊之助は何年何月何日に生まれ、何年何月何日に死んだと諳じているオリュウノオバが、タイチの身に降りかかる事ごとを今、見聴きしていると思って不安になり、オリュウノオバは嘆き、涙を流し、仏にすがるだけでよいが、種の頃から双葉の頃からわが子同然、見守り続けたトモノオジはタイチの運命に手を拱《こまね》いているわけにはいかないと、道を山の方に上がり、根方に祠《ほこら》を祭った一本松の前に出る。その一本松が天狗《てんぐ》が熊野の山の方から飛んで腰かける松だったが、トモノオジは天狗がタイチの運命の糸を握っているというように、刀の鞘《さや》を払い、祠の上に腕のように突き出した枝を狙い、「ワレ、タイチを亡き者にしたら承知せんど」と声を出し、一刀両断に斬って捨て試し斬りにするのだった。

　トモノオジは刀を鞘に収め、天狗を恫喝《どうかつ》した畏《おそ》れを呑み込むように息を吸って、後から「待て」と髪を鷲摑《わしづか》みにする腕が伸びてくる気配を案じながら下の町への道をたどり、谷王寺の菓子屋の前に出る。谷王寺の菓子屋の脇に出来た小さなアーケードをくぐり、そこから目と鼻の先にタイチの弟のミツルに頭を拳銃で撃ち抜かれたというヒガシのキーの事務所があるので、トモノオジは物陰に身を隠し、先をうかがい、ヒガシのキー系統の者らがいないのを確かめて進む。事務所を見通す事の出来る角で電柱に身を隠してのぞくと、案の定、事務所の玄関先に男らが立っている。四人まで数を数えた時、車が一台やって来て止まり、黒服の男ら四人降りる。中の一人の顔に見覚えのある気がしてトモノオジはしばらく考え、それがトモノオジの家で博奕《ばくち》の盆を催《ひら》いた時に奈良からやって来た極道だった事に気づき、ヒガシのキーが奈良の組と手を結んでいたのかと驚き、「えらい事になるどォ」と声に出す。トモノオジはタイチに一刻も速く、抗争になれば思わぬ広がりを持ち複雑な形を取ると教えてやりたいと、道を蓬萊の玉突き屋の方に取るのだった。

裏道から裏道へ、人目を避けて廻りながら、トモノオジは新宮にいるのは奈良の極道だけでなく大阪から来た大組織の幹部にのし上がったスガタニのトシもいると思い、奈良の組織と大阪の組織が新宮を傘下に入れようと大量に人を投入すると気づき、そうなれば齢端《としは》もいかないタイチは一層浮いてしまうと思案し、ふと佐倉の番頭が言っていた「カドタのマサルですっきりまとまる」というのが、タイチを救い、タイチを格上げする唯一の方法だと分かったのだった。

蓬萊の玉突き屋にタイチも朋友会の若衆もいない。それでそこにいなければ佐倉の番頭に絵を描かれおっとり刀で駆けつけたのだと弁解しようと心に決め、トモノオジがカドタのマサルの組の事務所に顔を出すと、玄関に朋友会の若衆が勢揃いしてたむろし、トモノオジの声を聴きつけて奥からタイチとカドタのマサルが相好崩しながら出て来る。カドタのマサルの後に顔に笑みをつくっているが眼光鋭いスガタニのトシが従《つ》き、親の仇《かたき》と狙うカドタのマサルと一緒にタイチが相好崩しているとは世にも奇異な事だとトモノオジが声を出すと思ったのか、「オジキ、もう何もかも済んだんじゃ。組長の目の上のタンコブも取れたんじゃさか」と言ってスガタニのトシは「タイチ、しっかり説明せえや。後見のシャモのトモキ親分じゃど」とタイチに目配せする。「うん。説明する」タイチは後見人を自称他称するトモノオジが拍子抜けするほど子供のように素直な返事をスガタニのトシに返し、「トモノオジ、ここじゃなんじゃさか、奥の組長の部屋に来てくれ」と先に立って奥へ引き返しはじめる。

部屋に入った途端、トモノオジは「何な、タイチ?」と不満の声を出した。タイチは不満の声に答えるより、先に極道の仁義からだと手をついて、いきなり弟のミツルが騒がせる種をつくったと詫び、トモノオジの眼を見つめ、今日からカドタ一家の若衆頭としてヒガシのキーの代わりを務めると言い出す。

「カドタのマサルの次か?」とトモノオジが驚くと、タイチは体を起こし、「すぐそばに来たんじゃ」と意味ありげに言い、「ポーン」と手で拳銃を撃つ真似をして声をつくり、「オジ、至近距離じゃど」と言ってニヤリと笑い、また「ポーン」と声をつくる。「可愛い奴じゃよ。トシノアニからもろた鉄砲持たせて、ミツル、頭もスイカも同じじゃど。ポーンと撃ったら割れる。スイカ撃てよ。うまないスイカ撃っても面白ない、うまいスイカ、あれら、アニを狙とる。アニを亡き者にするか、父さんみたいに目、見えんようにしようと思とる。そう言うただけで、ミツル、皆《みん》なで飯食っとるとこに入って来て、可愛らしい顔して、ヒガシのキーの頭、スイカみたいにポーンと割っとる」

「どこでよ？」

「養栄軒で昼飯食う会の時」

タイチはトモノオジの眼を見つめ、言外に意を含ませるように「至近距離」とつぶやく。トモノオジが、それはヒガシのキーを至近距離からミツルが撃った事ではなく、ようやく親の仇の至近距離に自分がたどり着いたとタイチが言っているのだと悟り、外に誰ぞ聴き耳を立てているかも知れんと案じながら「おお、そうじゃね」とうなずくと、タイチは立ち上がり、部屋を出かかって振り返り、「まァ、見といてくれ。天下、取ったる」と言い残していたように言い、廊下に出て「戦争じゃ、戦争じゃ」と闘いの性が浮かれて出たように小躍りしながら声を出す。

廊下に立っていたスガタニのトシが無言でトモノオジに苦笑を送るので、トモノオジが「奈良の方から来とるど」と声を掛けると、スガタニのトシは「あれら奈良の一家と盃交わしとったんじゃさか、飛んで来るじゃろ」と言う。

そのスガタニのトシは玄関の方に行きかけるタイチに耳打ちし、座敷の方を指差し「すぐ着替えよ」と言って思いついたようにトモノオジに、「羽織袴《はかま》、用意しとるけど、紋どれでもかまんかいの？」と訊く。

「トモノオジの紋もオレの紋も猪鹿蝶じゃ」タイチの軽口に「ワレ、何言う」と気色ばむと、スガタニのトシは路地の者にしか通用しない軽口が快いというように棘のない笑みを浮かべてから、「何もかも手筈《てはず》整えとる」と説明する。

養栄軒の昼飯会で撃たれたヒガシのキーの葬儀の一切は、カドタのマサルが新宮を縄張りにする組長として取りしきる。寺での葬儀の準備から他所から迎える極道の弔問客の案内まで、と言い、傘下の人数分以上に紋付き、羽織袴を方々から調達して廻ったとカドタのマサルはトモノオジの耳に口を寄せ、「鉄砲も刀もじゃけどの」と笑い、「死ぬ三日前から、オレとナカモトのタイチ二人で葬式の準備しとったんじゃから」とささやく。

トモノオジはタイチ、スガタニのトシ、カドタのマサルの三人と並んで若衆らの手で仕立て下ろしの紋付きを着、三人が三人共、葬儀ではなく晴れがましい席にこれから臨むように、「ええ男になった」「やっぱし日本人にはこれじゃのう」と機嫌よいのに気後れし、死んだヒガシのキーもその昔、トモノオジの小屋同然の家に出入りし博奕をした男だったのに悔やんでもやらないのは情が薄すぎると思い、羽織袴を着て男雛《おびな》のようになったタイチにぽつりと「ヒガシのキーもこのカドタのマサルも、オジに従いて廻ったの、吾背ぐらいの齢からじゃ」と言ってみる。そのつぶやきを耳にしてカドタのマサルが「そうじゃったのォ」と妙にしんみりした顔になり、目の上のタンコブ一つ取れて気が楽になったと上機嫌なのに、「あれは男気のあるええ男じゃったのォ」とトモノオジに声を掛ける。「博奕してもの、勝っても負けても、あんまりこだわらんのじゃ。顔つきも変わらんしの。いっぺん田中のシャモのそばで盆ひらいた時、何どで金要《い》ったんかいの。二人でイカサマやったんじゃ。顔つきも変わらん。えらい男じゃと思たの」カドタのマサルは言おうとした言葉を呑み込み、まるでイカサマ博奕を平然とした顔でやったから葬儀を出されるような羽目になると言わんばかりに冷たい眼になり、若衆に「寺に行て、通夜の準備も葬式の準備もおこたりないか、何遍も確かめよ」と言い放つ。若衆が答えるより先に、タイチが「おこたりない。百人斬《き》り込んで来ても相手出来る準備しとる」と朋輩にでも言うような口調で言うと、カドタのマサルはあきらかに腹立っているのに、そこにスガタニのトシとタイチの後見人たるトモノオジが居合わせるので仕方がないというように、「そうか、そうか」と言い黙り、それでは組長として一言なければしめしがつかなくなると悟ったように、「これ以上のゴタゴタは起こすなァ」と言い放つ。

「ゴタゴタ言うて、カドタのマサルよォ」タイチはまた朋輩に言うように言い、カドタのマサルに一歩も譲る気はないという顔を向ける。

「向こうの事務所に体置いとったら、何起こるか分からんと、寺に運ぶの認めさせたの、オレとスガタニのトシノアニじゃど。朋友会の若衆らと向こうの若衆ら、ちょっとはやったけど、あれら、オレや朋友会が手一つ振ったら、大阪から百人、二百人、来ると知っとるさか、寺で夜伽《よとぎ》も葬式も出すと認めたんじゃど」

「三日も前から勝浦の温泉に百人ほどおる」スガタニのトシが平然と言う。

「知っとる」カドタのマサルは言い、三人がかりで脅されているとでも感じるのか、着付けの終わった羽織を脱ぎ捨てようとして羽織を手に持ち、家紋が目に留まったのか、「椎《しい》の葉じゃというんじゃけどの」とつぶやき、そこにいる誰を挑発する気なのか、「母方の方が御殿女中しとったらしいじゃわよ、父方の方はあかんのじゃけどの」と言い出す。「いっそ猪鹿蝶の家紋じゃったら、ええんじゃけどの」

「じゃから、葬式終わったら、大阪の菱《ひし》の紋ついた羽織袴はけるように、盃受ける手筈整えとる」スガタニのトシが言うと、カドタのマサルは一瞬苦痛でたまらないという顔をトモノオジに向け、「猪鹿蝶じゃなしに菱の家紋のォ」とつぶやく。

トモノオジにはカドタのマサルの苦痛が分かる。一等最初に誰が絵を描いたのか、佐倉の番頭こと路地の三朋輩の片割れたるイバラの留か、全国の完全制覇を狙う大組織の意を受けたスガタニのトシか、タイチとスガタニのトシは大阪から百人の男を新宮と目と鼻の先の温泉地勝浦に遊ばせ、準備をしたのだった。

トモノオジはようやく事の一部始終を呑み込んだ。スガタニのトシから拳銃を一丁手に入れたタイチは弟のミツルに、養栄軒で新宮の極道集まって昼飯を食うから、その席で至近距離から頭を撃てとそそのかす。頭を撃つ相手はカドタのマサルでもよいし、ヒガシのキーでもよかったが、闘いの性に生まれたタイチは猫が獲物をなぶり殺しするように憎い親の仇は自分の為に取って置こうと、弟のミツルにヒガシのキーを名差す。ヒガシのキーを殺すのはまたスガタニのトシにもカドタのマサルにも都合がよい。カドタのマサルがミツルに魂を奪《と》られていたら、跡目をヒガシのキーが継ぎ、あげく奈良の組織が入り込み、スガタニのトシがタイチを後押ししたとしても抗争は長引く。カドタのマサルにしてみれば、自分を狙ったかもしれない拳銃だったが、それがヒガシのキーの頭を砕いたので目の上のタンコブが一つ消えた。タイチはまだ幼くじっくり時間をかけて手なずければよい。

　黒白の垂れ幕を張り花輪を飾り立てた寺で棺の中に安置されたヒガシのキーの顔を見て、トモノオジは誰もが驚くのを知りながら、男に生まれ、男の性の為に親からもらった何物にも替えがたい生命を無駄にした、生命を無駄にさせて平然と自分もタイチもスガタニのトシもカドタのマサルも生きていると、声を上げて号泣した。

　タイチは号泣するトモノオジの姿を見て、近隣のこの男ありと言われる錚々《そうそう》たる極道が居並ぶのにと舌打ちし、トモノオジの気持ち一つだに分からぬまま、後見人を自称他称するトモノオジの涙は闘いの性に生まれた自分の汚点だと言うように背後から、「オジ、裏で休もらい」と声を掛けて立たし、「つらいよォ、つらいよォ」とまだ声を上げて泣くトモノオジに閉口しているという顔を作って棺を取り巻いている居並ぶ面々を見廻し、「事故で死んだんじゃさか。流れ弾に当たって死んだんじゃさか」と言う。事故でも流れ弾でもないのは居並ぶ面々よく承知の事だが、ねめつけ見廻すタイチではなく、下座に坐り、坐りきらないのは寺の縁の方にはみ出して数を誇示しているスガタニのトシの手下の男衆らに口を封じられたように異を唱える者もなく、それでタイチは何を思ったのかダメを押すように「不運の親分じゃ。オジ、向こうで思いきって泣いたてくれ」と言ったのだった。

タイチに背を支えられ通夜の始まる寺の大広間から脇の小部屋に案内され、トモノオジの酒の相手をしろとタイチに命じられたと朋友会の若衆らがどやどやと入って来て周りを取り囲み、一晩でも二晩でも意気地に生命を賭けるしかない極道の運命を語ってやりたいと思っているタイチが用があると大広間の方に戻るのを見て、トモノオジは何もかもが変わり、舞台が一回転したと悟ったし、自分は手塩にかけたタイチとスガタニのトシの手で無用の長物にさせられたのだと悟ったのだった。

親が子に喰い荒らされ骨抜きにされ無用の長物にされて何の不満があろう。それは、礼如さんが説きオリュウノオバが言う仏の有難い摂理のようなものだと分かるが、ただ、タイチとスガタニのトシがヒガシのキーの通夜と葬儀を無事に済ませ、カドタのマサルが盃を交わしていた奈良の極道が一波乱起こす事なく引き上げ、それを待ってカドタのマサルが大阪に上がり全国制覇を狙う大組織の盃をもらったと聴かされ、一寸亭の座敷に巣くったネズミのような身だと自嘲するトモノオジの胸に忸怩《じくじ》たる思いがよぎる。

しかしトモノオジの内心がどうであれ、全国組織の盃をもらったカドタのマサルの組で二番手の若衆頭に収まったタイチは羽振りよく、ひいては朋友会も威勢がよかった。

しかもタイチの事だから、後見人を自称他称するトモノオジをないがしろにするどころか、折りに触れて顔を出し、その都度、一寸亭の主人や女中らに小金を握らせたし、また一寸亭の主人が闇《やみ》市のあった頃もそうだったがキナ臭い事が好きな質《たち》で若衆らに甘い顔をしたものだから、朋友会の若衆が常時、何人かたむろし、一寸亭の座敷に巣くったネズミと自嘲するトモノオジの周囲は一気に華やいで見える。その頃、一寸亭が玄関を広げ、カウンターを長くして椅子を増やし、奥にいままでより二倍も体が沈み込むようなソファを置いたのは、あきらかに朋友会の若衆目当てだった。

　トモノオジが座敷から起き出してカウンターの椅子に坐って女中に気つけの冷や酒を頼むと、朋友会の若衆が奥のソファに坐れと言う。冷や酒を一口含み、口の中で広がる匂いに安堵《あんど》する気持ちが湧《わ》くのを知り、酒をまじないの札のようにごくりと呑み込んで、トモノオジは「要らん。あんなとこで呑めるか」と断りコップの酒をすすり出すと、丁度そこへタイチが入ってくる。「オジ、朝から酒かよ」と声を掛け、トモノオジの隣の椅子に腰かけ、女中に自分も一杯くれと頼んでから、カウンターにいる朋友会の若衆らを「おまえら、あっちへ行とけ」とソファの方へ人払いする。カウンターに並んで何をするわけでもないから余計、タイチがトモノオジのいるところが上座、ふかふかのソファなぞ意味がないと言っているようで嬉《うれ》しく、トモノオジはタイチに言わずもがなの極道の極意を説くというように、朋輩を大事にしろ、人を売るな、とトモノオジが見聞きしていた地廻りや馬喰《ばくろう》、博奕《ばくち》打ち、木馬《きんま》引きらの男の話をしてやり、ふとタイチらが双葉の頃からヒロポンの味を覚えていたのを思い出し、「タイチ、今の吾背じゃったら何でも出来るかもしらんけど、ヒロポンだけ扱ったらあかんど」と言う。トモノオジの見つめる眼をタイチがちらりとそらした気がして、口に含んだ酒を呑み込まず見つめ直すと、タイチは急に十七の若衆に戻ったように切れ長の眼を伏せ、コップの冷や酒を見つめ、顔を上げる。「どしたんな?」と訊くと、タイチは澄んだ覚悟を決めた眼でトモノオジをまっすぐ見て、「スガタニのトシノアニに流してもろて、流しとる」と言い、トモノオジが驚き訊き質《ただ》す言葉を封じるように、「身内がエラいんじゃよ、身内が。オジの言うように朋輩大事にせえ言うての」と丸椅子の上で胡座をかき、それから店にいる若衆らに、パチンコ屋にでも行ってこいと言う。

一寸亭を出かかる若衆に「アカダマじゃど」とパチンコ屋の名前を出すのを聞きとがめ、「どしたんな?」と訊くと、「アカダマのパチンコ屋で路地の男が暴れ、止めに入った店員に、自分はナカモトのタイチの親戚だと言って強引に玉を出さした」と言う。「あれ、親戚でもないが、パチンコの玉ぐらいまだかわいらし」と苦笑し、トモノオジの顔を見、「オジ、朋輩が悪りんじゃよ、朋輩が。ナカモトのシンゴとナカモトのカツが、この俺を脅すんじゃ」と言い出す。

シンゴとカツは、タイチが若衆頭をしていようと全国組織からカドタのマサルと同格で盃をもらった身であろうと、そんな事なぞ種の頃から双葉の頃から一緒だった朋輩の自分らには通用しないというように、羽振りのよいタイチに分け前をよこせと言った。

「何をよ?」とタイチが訊くと、「ヒロポンじゃだ」と言う。「そんな物ないど」とタイチが言うと、二人は小刀を同時に抜き、「他所の奴らおまえを怖ろしがっても俺ら、違う」と言い、ヒロポンがなければヒロポンのような物をスガタニのトシに頼んで大阪から流してもらい、それを二人に流せばよいと言う。

「こんな狭いとこにヒロポンやシャブ流したら皆なアホになる」となおタイチが抵抗すると、「ちょっとだけ流すだけじゃ」とカツが言い、「ワレ一人だけええ目しょと言うんか」と小刀で斬りつけにかかる。

「イクオノアニおる時と違うど」シンゴは小刀を持って構えながら言う。タイチは小刀を構えるシンゴの顔を思い出したのか酒を呷り、髪をかきあげ、トモノオジに「この新宮中、ポン中、シャブ中ばっかしになっても、アニらと渡りおうて殺ったり殺られたりするよりましじゃと思ての、かまん、どんどん流したる」と挑戦するような眼で見て、「オジの言いつけ、よう守っとるじゃろがい」と笑う。笑うと若衆の地金が浮き出、トモノオジは地金が若衆頭を張るには柔らかすぎるようで目の遣り場に困る。


タイチが街をゆくと朋友会の若衆が後を従いて歩く。カドタのマサルの組の若衆頭といえまだ十八を越えたばかりの齢、組織の二番手の重さを充分気づいてはいるが、昼日中、蓬萊の玉突き屋から繁華街の若衆らのたむろする太田屋へ、気さくな女三人のやる喫茶店へ、路地の裏山の夏芙蓉《なつふよう》の花に朝な夕な群れる小鳥のように前になり後になって群れて笑いさんざめき歩き、ふと繁華街に侵入する車用に新しくつけた交差点の信号が赤なのに気づき、ひょいと身を屈めて拳《こぶし》ほどの石を拾いあげ、「見とけよ」と若衆らに言いおいて放る。タイチが信号に何の怨みを抱くはずがないし、ましてや警察を煽《あお》る気も繁華街の者を脅す気もない、ただ信号の赤い色に悪戯《いたずら》心をそそられ、飛ぶ鳥でも落とせるほど正確に石を投げられるという程度の事だったが、石は信号の硝子を割り、面白い事が突発したとタイチと朋友会の若衆ら、繁華街の者らの顰蹙《ひんしゅく》の眼を受けながら駆け出す。

新宮唯一の組織カドタ組の若衆頭のタイチがそんな塩梅《あんばい》だから、タイチの生まれた同じ路地で湧いて出たようなひ若い衆らは、朋友会に入っていずとも朋友会の名をかたり、駅前の広場に用もないのにたむろし、行き交う者らに悪さをする。汽車通学する女生徒をからかい、或《あ》る時は高校生にガンをつけたと難くせをつけ三人がかりでよってたかって殴りつけた。その高校生の親が警察に駆け込み、警察と市の補導員が広場を監視しはじめたので行き場をなくした路地のひ若い衆らは自然と路地のナカモトのシンゴの家へ寄るようになった。というのも十三、四のひ若い衆ら、終戦直後ならいざ知らず、世の中治まった今、皆なが中学に通っているのに学校に顔を出さず遊び歩いている。タイチの周りにいる朋友会の若衆らは、若衆頭のタイチと同じ路地の出だというだけでタイチの名を出し朋友会をかたるひ若い衆が一寸亭に出入りするのを嫌い、顔を見る度に、「ワレら向こうへ行け」「図に乗るのもほどほどにしとけよ」と陰に日向《ひなた》に脅したものだから、一等遊びたい盛りのひ若い衆らは水が上から下へ流れるように当然の事として路地の中本の血の若衆でイクオの死んだ後一等齢嵩《としかさ》のシンゴの元に集まったのだった。

オリュウノオバもトモノオジも、後年、タイチに降りかかる難儀の数々は、路地のひ若い衆らが種の頃から双葉の頃から一緒だったシンゴの家に朝な夕なたむろした事がそもそものきっかけだったと気づいている。


大阪のスガタニのトシからタイチの手を通って流れてくる少量の覚醒剤をシンゴとカツが握っているので二人は勢いがよく、それにタイチを脅して上手くいったと思い込んでいるから、障子を開け放ち縁側に坐り、昔、タイチらと行った飯場の話をするにも声が大きい、聴き耳をたてずとも聴こえて来る話のほとんどが、早死にしたイクオを中心にしたシンゴ、カツがいかに齢下のタイチを救けたかという恩着せがましいものばかりで、耳にした者らは苦笑を禁じえない。

その手柄話をしている最中に当のタイチが路地を歩いて来る。タイチはシンゴが縁側に猿股ひとつの裸で注射針の痕のついた両腕をまる出しでひ若い衆らに囲まれているのを見て立ちどまり、蓮池跡に出来た路地の道から立ちのぼる湿気と日の光にむせたように顔をしかめてから、ひ若い衆らに「学校へ行かなあかんど」と声を掛ける。学校の門をくぐった事もないようなタイチにそう言われ、ひ若い衆らは軽口を言われたように嬉しげに笑い、白の上下を着たタイチの姿を眩《まぶ》しげに見る。シンゴも組の若衆頭におさまったタイチが自分の家に来たのが得意な事のようにタイチに眼をやり、ひ若い衆らに話したのが嘘でも作り話でもないと誇示するように、「今度またフジナミの市へ行こらい」と謎めいた言い方をする。

タイチはまた湿気にむせたように顔をしかめ、憮然《ぶぜん》として「あくかよ、シンゴノアニ」と縁側のシンゴの前に立つ。タイチは顋をしゃくり「針の痕だらけじゃだ」とつぶやき、身をどけてしゃがんだひ若い衆の一人の頭を触る。

「おまえら、あかんど。もうそろそろシンゴノアニもイクオノアニみたいにボケてくるど。さばくだけじゃ、自分でやらんと言うたさか、流しとるのに、自分でやっとるんじゃ」

タイチはひ若い衆の頭を指で突つき、「腕、見せてみ?」と命じる。ひ若い衆はしゃがんだまま腕を上げ、その手首をタイチの手が摑《つか》み、注射針の入ったのが一目瞭然の青い小さな痣《あざ》を見つけ、「シンゴノアニ、どうするんな?」と声を荒らげる。

「何なよ」シンゴが口をとがらせる。

「何な言うて、分かっとるじゃがい。狭い新宮の中でも何じゃのに、他所に流さんと、うちうちでさばいとるんじゃがい。何人もオバらから怒鳴り込まれたし、これらも俺のとこにケツ廻してくる」タイチはそう言ってまだ眩しげに自分を見るひ若い衆らの名を一人ずつ呼んだ。

キクオ、ヨシカズ、マサフミ、漢字で書けばたいそうな名前のついた三人は、若衆頭

い
をする
タイチの耳にも、路地の三朋輩、中本の四朋輩の後に続くワルはこの三人をおいて他にないと路地の者らが噂《うわさ》しているのが入っている。齢は十三と十四、中学一年と中学二年、その三人の名が一挙に上がったのは、普段、山学校専門で学校へ行った事のない三人が学校へ行き、授業中の教室に天井から一升瓶と共に墜落しての事だった。酒を飲む場所にこと欠いて、あろう事か授業中の教室の天井裏にもぐり込み、酒盛りし、酔って天井を踏み抜き転がり落ちる。タイチも笑ったし、トモノオジもオリュウノオバも手を打ち涙を流して笑い転げ、読み書き算盤《そろばん》を第一という殊勝な風潮にワルの三人、身をもって一矢としたと教師や父兄の驚き入る姿まで真似した。

そのワルの三人、酒を飲んで酔って天井から転がり落ちるなら手を打って笑えるが、ヨシノオジ、マッドウノオジ、東の井戸のそばのパリキ博士と渾名《あだな》されるおとなしいタマジノオジ、と路地の働き盛りの男衆に一本何がしかの金で覚醒剤を流す遣い走りをやり、その駄賃でシンゴから覚醒剤を買って針を体に刺し、そのうちシンゴからもらう駄賃だけではまかなえないと、中学、高校の区別なく恐喝を繰り返しはじめると、組の若衆頭たるタイチが見過ごす事出来ない。

「シンゴノアニ、どうするんな?」タイチは言う。

「どうするんなと言うて、これら自分の事じゃだ」

シンゴは、三人のひ若い衆らが遣い走りの駄賃で覚醒剤を買って射つのも、買う金を欲しさに脅迫を繰り返すのも関知した事ではないとうそぶき、タイチが目の前に立って吐言《こごと》を言うのがうっとうしくてならないというように周囲を見廻し、ふとひ若い衆のしゃがんだ脇の地面に生え出た草に米粒ほどの黄色い花がついているのを見つけ、しばらく無言で見つめ、「どう、俺も池の方まで行てこ」と立ち上がる。タイチは瞬時、シンゴの言う池がどこを差すのか戸惑い、池とはどこの事なのかと訊く代わりに「どうするんな?」と声に出すと、シンゴはタイチの方を見て怪訝《けげん》な顔をつくり、「タイチ、どしたんな、何どあったんか?」と訊く。

「ポンでもうボケとるんかよ」タイチの声を聴いて子供のように地面にしゃがんだキクオ、ヨシカズ、マサフミのひ若い衆三人が声を立てて笑い、しゃがんだ姿のままでは足がしびれると伸びをするヨシカズが、「ボケてもクスリの袋の数、間違えへんど」と合の手を入れる。

シンゴはズボンをはき、シャツをはおり、雪駄《せった》をつっかけて外へ出るなり、「お前、持っとるんかよ?」と訊く。何を持っているというのかと訊こうとするより先に、シンゴはおったシャツの胸ポケットをさぐり、「自分が持ってないわだ」と家へ戻り、ハンカチにくるんだ硝子の注射器を持ってくる。

シンゴの後に従いてタイチは路地の道をたどった。その昔、蓮池を充たした清水が湧いて出るそばの小さな泉の前に来て、シンゴは「お前も射つかよ?」と訊く。「オジらも射つんじゃったらここに限ると言うとる。オカイサン炊いてもうまいし、飲んでもうまいし」

タイチは小さな泉の横の大石にまたがるシンゴを見る。シンゴは石と石の隙間からかたまりになって湧出しつづける清水に眼をやり、その清水の姿が五体を駆け巡る覚醒剤の愉楽の形だというように見とれ、ふと思いついたように「イクオノアニもここの水でポン溶いて射ちいたんじゃわ」と言い出す。

その時タイチの後から「よごすなヨー」と老女の声がする。十八のタイチ、声の主を確かめるより先に「うるさい、クソババ」と怒鳴り振り返り、声の主が産婆のオリュウノオバなのを知って一層悪ぶるように「これから池の水でヒロポン射って極楽見てみよとしとるんじゃのに」と言う。オリュウノオバはタイチの物言いに腹立ったようにすげた口を一層すぼめ物を言いかけて止め、息を一つ吸って路地の家の白蟻《しろあり》の穴のある板壁に手をつき、「ヒロポン、何本射ち込んでも、吾背らに極楽が見えよか」と言い返す。

「オバに、何、分かるんな」タイチは売り言葉に買い言葉を返し、ふと思いついて「オバ、ヒロポン一本、射ったろかァ?」と訊く。

「何もかも忘れるど。キクオもヨシカズもマサフミも、三人共、もう酒ら飲んだりせんと、ヒロポン覚えたら、他に何も要らんと。オバじゃったら、もうホトキさんも要らん、葬式まんじゅうの礼如さんも要らん言うど」

「タイチ」よろける体を家の板壁に手をついて支えながらオリュウノオバは名を呼ぶ。

「オバらヒロポン射たいでも、ホトキさんも礼如さんも要らんと思とる」と言い、歯のない口をあけて笑い、「吾背ら哀れなもんじゃねえ」と言ってから、板壁についた手を離して皺だらけの人差し指を耳に当てる。これも皺だらけで干涸《ひから》びたかんぴょうのような耳の穴を二度三度ゆっくりこすり、「こうしてみいだ」と言う。

シンゴも従いて来た三人のひ若い衆も、オリュウノオバの言うとおりにするが、タイチはしない。

「タイチ、教えたるさか、オバみたいに指でしてみいま」

爪の長い曲がった干涸びた草の根のような指で干涸びた耳の穴をこするオリュウノオバの術にかかったようにタイチが指を耳の穴に持っていくと、「指、気色ええか、耳、気色ええか？」と訊き、タイチが何の判じ物かと見つめると、オリュウノオバはまたすげた口を開けて笑う。

「耳の方が気色ええじゃがい。タイチよ、オバらずっと耳じぇ。吾背ら男、指じゃだ。指じゃさか、親にもろた五体に針立ててヒロポン射ったりするんじゃだ」

オリュウノオバはその時、千年も万年も生きているような路地で唯一人の産婆のオリュウノオバの術にかかって呆け金縛りになったタイチが、中本の血の若衆として、本能で、指と耳のたとえは単に男と女の体の仕組みの違いを言ったのではない、むしろ仏様や礼如さんにつかえ慈悲を受ける事は指ではなく耳の受ける触覚、愉楽のようなものなのだと言ったとぼんやりと悟り、さらにワルぶるようにぺっと唾を吐き、「幾ら気色ようても、萎《しな》びたらあくかよ」と悪態をついたのだと思った。

タイチの悪態にオリュウノオバは返す言葉もない。「悪り奴らじゃネー」とつぶやき、それでもタイチとシンゴが気にかかってならないようにその場から離れない。

シンゴに勧められ、タイチはオリュウノオバが見ているのにもかまわず自分から腕をまくって差し出し、シンゴの手で清水で溶いた覚醒剤を体に入れたのだった。血管に液が入った途端、タイチは日を浴びて湿気が道からゆらゆらと立ちのぼる路地がまるごと入り込んだように熱くなり、板壁にもたれタイチを注視するオリュウノオバが実のところタイチを見ているのではなく、タイチになる前の種、その種になる前の道の方々に立つ陽炎《かげろう》のようなものを見ているのに気づく。種も種になる前の陽炎のようなものも、指と耳の区別はない。タイチは、シンゴの差し出した腕に覚醒剤の液の入った注射針を立て、「おお、気色ええよ」と声を出すシンゴの顔を見ながら液をあます事なく血管の中に入れてやり、二人の体に入った注射針を清水で洗ってから、黙って見つめているオリュウノオバに、「あの世もこの世もないど、のお、オバ」と声を掛ける。

「体の中で血、どんどん湧いとるの、分かる。ピストルで撃たれても死なせん。ドスで刺されても死なせん。ヒロポン射ったら不死身になった気する」

「イクオノアニ、死んだわだ」シンゴが首を廻し音を立てながら世迷い言のようにつぶやき、オリュウノオバが板壁に手をついて立ってその場を離れず二人を注視しているのは清水を小便で汚したり唾を吐きかけたりする悪さを監視しているのだと踏み、からかうように「もう俺ら若死にする齢じゃのう、タイチ」と声をつくる。「何してもかまうかよ。バチ当たっても怖ろしない。ここへ小便してバチ喰ろても怖ろしない」

シンゴが悪戯っぽく笑いオリュウノオバに眼をやると、オリュウノオバの眼から水のように涙が一条、頬にたれる。

清水の脇にいるタイチとシンゴの姿はオリュウノオバの眼には先に若死にした同じ中本の血のイクオにも半蔵にも重なり、五体を駆け巡る血に溶けた覚醒剤の愉楽にことさら上げる声が、若さの盛りで死ぬ中本の一統の若衆の、仏をなじる声のように耳に響く。

オリュウノオバはタイチとシンゴのそばを離れなかった。二人に言ってやる言葉は山ほど胸の内に渦巻いていた。しかし小魚のように群れたひ若い衆の頃ならいざ知らず、飯場にも行き他所の飯を食った若衆の身に何を説いてもはねつけられるし、そうでないなら山と言えば河、天と言えば地と反対をやるのが関の山だと分かっていたから、タイチとシンゴが清水の脇から腰を上げ、路地の天地の辻の方へ向かいかかるのに黙って従いて歩き、二人が気にして振り返るのに「まあ、聴いてみいま」と声を掛ける。タイチが「なんなよ、オバ?」と面倒くさげに顔をしかめると、ここぞとばかり、「オリエントの康も、吾背みたいに悪りなかったど」とタイチの関心を魅《ひ》きそうな名を出した。

オリュウノオバにしてみれば路地に湧いて出たワルの若衆ら誰が上、誰が下という違いなどなく、盗人のケンキチは盗人のケンキチとしてオリエントの康はオリエントの康としてあったが、路地の男衆やひ若い衆に覚醒剤を流すシンゴをとがめに来て、行きがけの駄賃にシンゴと並んで覚醒剤を射つタイチがふがいなく、朋輩の誘いに乗ってズルズルと覚醒剤に溺《おぼ》れ身を持ち崩して行く気がし、言わなくともよい事なのにと思いながら、「トモキにもスガタニのトシにも訊いてみい。オバらにあの若い衆、芋飴どっさりくれたんじゃ。吾背、何にもないわだ」と言ってみた。タイチは苦笑し、「オバもかよ」とつぶやく。「おお、オバもじゃだ」

　タイチはオリュウノオバの声に途方に暮れる顔をする。その時だった。清水の脇にいたひ若い衆が一人、オリュウノオバの背後から頓狂《とんきよう》な声を上げ、「シンゴノアニ、タイチノアニ」と呼んだ。オリュウノオバが声に振り返るより先にタイチが「てんごうすんなよ」と声を荒らげ、タイチを見るオリュウノオバに、「あれら、俺によってたかって芋飴くれ、何くれと言うさか、怒っとるんじゃ」と言い、オリュウノオバに術を施すというように手を上げ、指で清水の方をさす。清水からさして隔たっていなかったがオリュウノオバの眼に清水の湧くのが蛇の塊だとは見えず、むしろ地の底から湧き出す清水の力があまって青黒い塊となってよじれあい蛇のように見えるのだと、ひとりごちた。

「おとろしね」「気色悪り」

　ひ若い衆三人の声に煽られて駆け寄ったシンゴは「おお、えらいもんじゃね」と清水をのぞき込み、「いつ、こんなに集まったんな」とつぶやく。

　タイチの後に従いて清水に戻り、清水に塊となってよじれ渦巻き泳ぐのがまぎれもなく蛇なのを確かめ、蛇が他の生物とは一つも二つも違い賢いのを知っていたが、タイチとシンゴが五体に入れる薬を溶き、血のついた注射針を洗った清水にほんの一時の間に塊になって群れている事が仏の霊異のように思え、思わず手を合わせる。タイチがそのオリュウノオバに、「オバ、この蛇ら、オバに怒って出て来たんじゃわ」と言い、身をかがめて清水の中から塊をすくい、手の上で重心を取るように身をくねらす蛇をオリュウノオバに差し出す。

「なんな」と言いかかってそれっきり息が詰まりオリュウノオバが力なく崩れ落ちかかると、タイチは蛇の塊を清水に放り投げ、あわててオリュウノオバの腕を取る。気を取り戻したオリュウノオバをタイチは清水の岩に坐らせ、清水に蛇が湧いたと聴きつけて集まって来る路地の者らに、嘘か本当か分からぬ口調で、清水の蛇は弟のミツルの飼っていたものだと言い出した。

弟のミツルは路地の裏山から蛇の卵を三十個も集めて来た。それを家の物置に隠し、卵から蛇が出る頃には物知りのオリュウノオバと礼如さんに聴いたと言って蒲団の中に入れ、ミツルは親の蛇のように昼も夜も抱いて寝た。そのうち蛇は次々にかえり、自然にミツルを親と思い、ミツルの言う事を聞いた。

「あれ、この蛇ら山に放したの、ヒガシのキー、射ち殺すの決めてからじゃの。蛇、小っさい時から育てたさか、蛇、放ったらかしにするの、つらい、と言うたけど、皆なの為じゃさかしょうない言うての、それで兄やん、一緒に来てくれ、言うんで、俺が一緒に山に行た。山に入って、ミツルが蛇に言うたんじゃ。アオと別れるみたいじゃの」

タイチはニヤリと笑い、浪曲か地芝居か、飼っていた馬と泣き別れるくだりのようなものだと、裏山で蛇と別れるミツルを思い出して言う。

蛇はすでにミツルの異変を知っている。ミツルが胸ポケットに拳銃を入れている事も、その足で養栄軒に出かけてヒガシのキーを撃つ事も知っている。蛇は動かない。ミツルは蛇に二年経ったら会えると言う。二年経てば家へ来い。それまで山で暮らせ。そう言ってからミツルは兄のタイチに腕を小刀で斬れと言い、タイチが渋々小刀で傷をつけ血を流すと蛇を次々とつかみ、タイチの血を鼻先にこすりつけ、匂いをかがし、舌でなめさせた。

「蛇は絶対、覚えとると言うんじゃ。兄貴と俺に何どあったら蛇は仇取りに行くと言うんじゃ」

タイチは周囲を見廻してからまた清水で群れる蛇の塊をすくい取り、水が垂れるのもかまわず胸に抱き、塊となってよじれ合うのが愉楽そのもののように動く蛇の背や腹を撫ぜ、「これら、俺の血の匂いかいで、俺が朋輩のシンゴノアニに刺されでもしたと思て、ここに来たんじゃ」と言い、まるで覚醒剤を射つ事が朋輩に刺される事と同じだと言うように、「のう、シンゴノアニ。俺らシャブ射っただけじゃのォ。ええ気持ちになっただけじゃのォ。これら誤解したんじゃ」と問いかける。

シンゴは無言のまま清水に湧いた蛇を見ている。オリュウノオバはタイチの腕に抱かれ警戒する事もなく支えにした腕に寝そべる蛇の塊を見て、蛇はミツルの飼った蛇かもしれないが、仏が路地に遣わした無言の生物のような気がし、「タイチよ、水の中に置いといたれ」と言い、タイチが清水に戻すのを待って、「吾背らの兄弟じゃわ」とつぶやく。

オリュウノオバのつぶやきをどう耳に入れたのか、「おお、そうじゃね」とタイチは答え、清水に戻した蛇の中から一匹すくい上げ、牛の追い綱を馬喰がいなせに肩に引っかけるように掛け、背中を這《は》って自分の首にくるくると胴を巻きつける蛇の鎌首《かまくび》を見て、「これ、毒のあるハビじゃの」と事もなげに言う。タイチは居合わせる者らが驚くのを気にも留めず、清水の蛇がタイチの言葉を待ち受けているというように「何にも心配要らんさか、山に帰れよ」と語りかけ、首に絡んだ蛇が動きかかると鎌首を小突き、「おまえはしばらく俺と一緒じゃ」と言い、蛇が物言うように舌を出すと「一人になるんと違う、俺と一緒じゃ」とまた小突く。

タイチが蛇を首に巻きつかせて路地を出て行ってからしばらく皆な、清水のそばに居て水に群れる蛇を見ていたが、そのうち櫛《くし》が欠けるように一人減り二人減りして気づいてみればオリュウノオバとシンゴの二人になっている。

清水に湧く蛇に見とれているのが尋常でないと気づいたようにシンゴは顔を上げた。

「オバ、帰らんのかよ？」

オリュウノオバがその物言いに言葉を返そうとすると、シンゴは「ほんまかいね」と真顔で訊く。「あれら、井戸に大鯉泳いどると嘘ついた事もあるしね」「ほんまじゃわ。見たら分かるがい」オリュウノオバが清水の蛇を顎で差すと、覚醒剤の幻覚が急に切れたように「おお」と素直にうなずく。

清水に湧いた蛇の姿は一日経てば消えていたが、タイチはしばらく蛇を首に巻き、誰彼なしに驚かし楽しんでいたらしく、五日も経ってオリュウノオバの前にただの茶色の紐のように伸びた蛇を肩に掛けてやって来た。オリュウノオバにも一目で蛇が嬲《なぶ》られすぎて弱っていると見てとれるので「タイチ、山に帰したれ」と諭すと、タイチはいきなり蛇の頭を小突く。「やるど」と声を掛け、蛇が鎌首をもたげるのを見てから、「まだ死んだりせん」と蛇がとぐろを巻かず紐のようにのびているのは山に帰りたいから弱ったふりをしているのだと笑い出す。

蛇はタイチが人を脅かす度にタイチの肩の上で鎌首をもたげて緊張し攻撃の姿勢を取ったが、何事も本気で受け取る蛇はそのうちいつになっても脅かすばかりで喧嘩《けんか》をしたり殺しあったりしないものだから露骨に山に帰りたいと言うようにだらしなく紐のようにのびて肩にぶら下がっている。

「オバ、見てみ」タイチがそう言って身動きを止め口を閉ざすと、肩にぶら下がっていただけの蛇の腹に動きが現れ、ずるずると腹を擦って動き出し、頭からポトリと地面に落ちる。「じゃがい」タイチはオリュウノオバを子供のような顔で見て、地面に落ちて途方に暮れたように動きの鈍い蛇を無造作に拾い上げた。

哀れにもまたタイチの肩にぶら下げられた蛇が中本の一統の若衆の誰の生まれ変わりか、半蔵かオリエントの康か、はたまたこの前首を縊《くび》って死んだイクオか、オリュウノオバはワルの盛りのタイチにどう説く方法もないのを知り、心の中で、ただ賢《さか》しらの蛇に転生した宿命を受けるしかないど、タイチを見守れ、とだけつぶやき、窮状を訴え救けを求める蛇の目を見て見ぬふりをした。

夕方から天気が狂いはじめ次の日から三日間雨になり、オリュウノオバの家の裏の山が崩れたのも、下の路地の道までついた坂の赤土が粘土のように溶け、路地の者の祥月《しょうつき》命日に出掛ける礼如さんが滑って腰を打ちつけたのも、オリュウノオバはこの時、タイチの手から無理をして泣きわめいてでも蛇を救けなかったせいだと思ったのだった。

打ちつけた腰の痛みで経をあげに行くのを渋る礼如さんに、昨日は誰々の命日、今日は誰の命日と諳じているのを言い、晴れ上がった外に出ると痛みなぞ消えると促していると、下の道をタイチとシンゴ、それにカツ、昔のように前になり後になりながら歩いているのを見て呼びとめ、タイチの肩に蛇がないのを知って「どしたんなよ？」と声を掛けると、下の道から「死んだんじゃよ」とタイチの声が届く。雨が降り始めたのはそのせいだと身震いし、「どしてな？」とオリュウノオバが訊き返すと、山の中程にあるそこから下の道にいる者にはしたなく大声で話を交わすものではないと諫《いさ》めるように家の中から礼如さんが、「オリュウ」と呼ぶ。

オリュウノオバは礼如さんの声を鼻で吹く。雨で粘土を塗りつけたようになった坂道で滑り腰を打ちつけて経をあげに行くのを渋る毛坊主の女房で、立派な境内を持つ寺の住職の御門跡ではないし、また、血にまみれ生まれ出た赤子の泣き声が大きければ大きいほど嬉《よろこ》ぶ産婆の身だとうそぶき、わざと大仰に「なにをえ？　どして蛇、死んだんなよ？」と蓮《はす》っ葉な口調でオリュウノオバは訊いた。タイチはそのオリュウノオバの勢《せ》いた口調が面白いというように両脇にいるシンゴとカツを見て、「このアニら、二人で寄ってたかって葬式まんじゅう喰わしたんじゃだ」とからかう。毛坊主の礼如さんをからかう葬式まんじゅうという言葉を耳にしたのかしなかったのか、家の中から礼如さんがまた「オリュウ」と呼ぶ。オリュウノオバは礼如さんの声をまた鼻で吹き、心の中で、ムカデムチムチ、クイックク、クイックク、と礼如さんをからかう言葉をつぶやき、「吾背ら、物言わん物をいじめ殺したんか」と声を荒らげると、一等齢嵩のシンゴが事情を説明するというように「オバ」と呼び、「あの蛇、カツに飛びかかったさか、タイチに殺されたんじゃ」と言う。

一寸亭にいるタイチの元にシンゴとカツが行き詰をしていると、いきなり蛇がカツの腕に噛みついた。毒が廻り切らないうちにとタイチとシンゴはカツの腕を切って血を吸い出し事なきを得たが、タイチは蛇に噛みつけと命じていないと怒り、カツの持っていた短刀で二つに断ち斬った。カツの右腕のシャツをタイチがめくり「こう」とオリュウノオバに見えるように腕の包帯を見せるのを見て、オリュウノオバは、種の頃から双葉の頃から一緒だった三人が小刀を抜いて諍《いさか》う事がまた起こったのだと気づいて息を呑む。

　タイチは暗に諍いに勝ったとオリュウノオバに伝えるように、「アニ、もうちょっと腕、上げたれ」とカツの腕を手で持ち上げ、「オバ、黒ずんどるとこ、見えるじゃがい。吸い取れ切れなんだあの蛇の毒、アニの腕の中に残っとる」と言い、眩しげにオリュウノオバを見る。

　オリュウノオバを見るそのタイチの眼が物言いたげなのに気づいたが、また家の中から礼如さんが「オリュウよォ」と呼ぶので何の含みがあるのか訊きそびれ、齢下のタイチに命じられて上げにくい腕を上げて見せているカツに「医者に行かなあかんど。毒ちゃんと抜かなあかんど」と声だけ掛けて家に入ったのだった。

　仏壇の前に敷いた蒲団に横たわった礼如さんは外から入って来たオリュウノオバを見て、「オリュウの大声に阿弥陀《あみだ》様も耳痛いと言うとった」となじりかかる。叱言は聴きたくないとオリュウノオバが枕元から立ち上がり、薬を煮出した薬罐《やかん》をかたづけにかかると、礼如さんは「もうワシも長い事ない、さっきからずっと阿弥陀様、枕元に立つんや」と言い出す。礼如さんのその言い種をオリュウノオバは「どこに阿弥陀さんよ」と笑う。オリュウノオバは産婆として取り上げた子供にばかり眼が行き、亭主をないがしろにし、仏をないがしろにする。礼如さんがそうなじる度に、亭主も大事だし、礼如さんも仏様も尊いが、我が子同然の取り上げた子らが、博奕をしたり喧嘩をしたり、思いもかけぬ同士が乳繰りあったり獅子吼《ししく》ったりするのに魅かれ耳目をそばだててしまうと答えるのだったが、夏物の掛け蒲団を重たげに撥《は》ねて痛む腰を庇《かば》いながらのろのろと起き上がり、開いた仏壇に灯る燃え尽きかかった蠟燭を継ぎ足そうとする礼如さんを見て、オリュウノオバは胸を衝かれる。

オリュウノオバはタイチの物言いたげな眼を思い出したのだった。タイチが仏の子だったら四六時中、寝ても起きても仏の事しか関心のない礼如さんは仏の弟子。路地の会館で法事の最中にワルらが仕組んでものの見事、袈裟《けさ》の襟首から入り込み肌を噛んだムカデすら殺さなかったし、血を吸う蚊《か》ですら蚊帳の中に入らなかった己が悪いのだと打つ事をしなかった。仏の弟子のその礼如さんが生命の長くないのを言い、蠟燭《ろうそく》を継ぎ足そうとして手間どり仏壇の火に先に消えられてしまう。痛む腰に手をやり、中腰になったまま礼如さんは「ああ、もうじきやの」と優しい声でつぶやく。

礼如さんはそれから一月ほど寝込んだのだが、その間に何に由来するのか、路地に次々と災難が降りかかった。

明け方、すやすや眠る礼如さんの脇で誰かが呼んだ気がして目覚め、ただ裏山の雑木の繁みを風が渡って行くだけだと知って仏様と礼如さんに心の中で礼を言い念仏を唱え再び寝入りかかろうとすると、下の方で焼夷弾《しょういだん》でも破裂したような音がたてつづけに二度立った。オリュウノオバは身をすくめた。山の中腹にあるオリュウノオバの家にまで路地の者の声が響き、騒ぎが大きくなる度に胸が早鐘のように鳴り、これ以上速く心臓が動けば息がつけなくなるという時になって、タイチとシンゴ、カツ、それに齢端もいかないひ若い衆が家の戸を叩いた。オリュウノオバはタイチの顔を見て安堵した。パリキ博士と渾名のついたブリキ職人がひ若い衆の一人ヨシカズに頼まれ、鉛筆のキャップに火薬を詰めていて火が吹き出したと言った。

「パリキは?」とオリュウノオバが訊くと、カツが「知らん」と言う。

「知らん事、あるかよ」オリュウノオバがたしなめカツの顔を見、一瞬、息を呑む。それまでことさらカツの男振りのよさを気にかけた事はなかったが、オリュウノオバの家のたたきのほの昏い灯に浮き上がったカツはまぎれもなく中本の一統の血だと分かるほど棘のある梅が開いたような風情があり、それが物の言い方をたしなめられ、ふくれっ面をし、オリュウノオバの眼をうるさいと言うように「鉄砲の弾みたいに飛んだんじゃわ」と言う。

翌日の朝になって、二発の音の大きさにもかかわらずブリキ職人にも誰にも怪我がなく、ただ火薬が破裂した時に起こった火災で仕事場にしていた土間を焼いただけだと分かったが、災難の火はカツに移っていたらしく、三日後の朝、突然、カツが路地の裏山の一本松の根方で口から緑色の泡を吐いた姿で死んでいるのを川向こうの市木の行商女が見つけた。行商女は普段なら昔の裏山の道を野菜や蜜柑《みかん》を詰め込んだ籠《かご》を背負って降りて来て山の中腹にあるオリュウノオバの家で荷を降ろし、休憩がてら商いをするのだったが、一刻も早く知らさなくてはと荷を放り棄て丸腰でオリュウノオバの家の土間に転がり込んだ。若い男が死んでいると耳にして、中本の一統の若衆を思い描いたが強引に振り払い、何よりも一刻も早くそばに生命のある者が行ってやるべきだと下の道を通りかかる者を呼び、老いの身にはこたえる坂道を息を切らし立ちどまりつつ登り、熊野の山々を縦横に飛び交う天狗が飛来するという雲つくほど大きな松の根方、天狗を祭った祠の横に倒れている若衆の前に行く。まぎれもなく中本の一統、ゼンノスケの子のカツがオリュウノオバにたしなめられた時見せた不平だと言う顔で土気て横たわっている。

次々集まった者に囲まれ、つらい、悲しい、という言葉も出せぬままただ泣き、何の理由があって若死にするのかと嘆く女らの声を耳にし、オリュウノオバはイクオが死に、すぐ続けてカツが死に、また中本の血の誰かが死ぬと考え、改めて何の因果でこんな事をすると、仏の情け容赦のなさを心の中でなじってみる。

礼如さんも、理由を言わず次々に死ぬ中本の一統の若衆をよほど哀れに思ったのか、打ちつけた腰の痛みと体の衰弱で起き上がる気力もなかったが、路地の男衆に頼んで担いでもらって会館に行き、夜伽の経を上げ、疲れて横になった枕元にタイチ、シンゴを呼び、「死んだら、あかん」と説教しはじめる。

タイチもシンゴも最初はカツの突然の死の衝撃があるものだから神妙に聴いているが、そのうち横になった礼如さんが言葉を言う度に首を振るのに気づき、真似をしはじめる。首を振りながらタイチは「おうよ」と相槌《あいづち》を打ち、「そんなに簡単に死ぬかよ。葬式まんじゅう、やるより、もろた方がええ。礼如さんとこの、うまないけど」と悪態をつきはじめる。

その悪態を聴いて笑っていたひ若い衆の一人ヨシカズが、夜伽の翌日、葬儀の日、これも何の理由も明かさず、自分の家の鴨居にイクオと同じようにバンドで輪をつくり、首を縊って死んだ。

短い間に一人ならず二人まで自分で手をかけて死ぬのに路地の者らは打ちひしがれ、ヨシカズの夜伽も葬儀も悲しみより重苦しさが勝り、そのうち誰の口からともなく清水に湧いた蛇がたたったとか、土砂で埋め込まれた蓮池そのものがたたったのだと言い出し、誰もがうなずいたが、タイチ一人、鼻で吹き、悲嘆にくれるオリュウノオバのそばに来て、耳元で「イクオノアニやハンゾウノオジがこっちへ来いと呼んだんじゃわ」とささやく。

「面白いと。面白てくろなっていくと」

タイチは女を口説くような眼でオリュウノオバを視《み》る。

満開の夏芙蓉

　オリュウノオバが床に臥《ふ》したきりになったのは、仏の弟子たる礼如さんの今生の生命が風もないのに蠟燭《ろうそく》がかき消えるように消えて十年の歳月を経ての事だったが、路地の者もタイチもトモノオジも思い出してみるに、字の一字だに読み書きの出来ぬオリュウノオバの物覚えのよさは礼如さん死して冴《さ》え渡り、床に臥してからは一層細かく正しく森羅万象に及ぶほどになり、路地の者らも、タイチもトモノオジも、何もかもを記憶したオリュウノオバはまた誰彼なしに先々の瑣末《さまつ》な事まで予知し見通し、それが慶事ならそれとなしに一言二言ほのめかしもするが、禍事《まがごと》なら生きる為の昂《たか》ぶりをそいでしまうと親心で口閉ざし、路地の裏山の中腹の粗末な小屋同然の家の障子を通して伝って来る生きいる物の生命の境《くぎり》がぶつかって立てる音に耳を澄ましている。床に臥し、開いた仏壇をぼんやり眺め、かすむ眼で若衆の誰かが持ち込んだそれ自体ぼけた礼如さんの写真を見つめてうつらうつらしながらオリュウノオバはすでにその時、トモノオジが三輪崎の精神病院に収容される事も、そこでタイチの訃報《ふほう》を耳にし、生きながら或《あ》る時はクエの身になり或る時はイルカの身に転生しながらタイチ誕生からその死まで思い出したどり、アル中の頭にはおぼつかぬ事をオリュウノオバに問うて質《ただ》している今をも思い出している。

オリュウノオバは床に臥したまま魂を蝶《ちょう》に変え、わずかに開いた障子戸の隙間からするりと身を滑らせて外に出、明るい日射しの中を風に乗ってただ茫々と過ぎた時の波のうねりを楽しむように舞い、陸に打ち上げられて苦しい息を継ぐイルカの身のトモノオジの傍《そば》に来て「トモキよい」と声を掛ける。蝶の身のその姿もその声も、トモノオジにはイルカに転生して見る幻覚だと分かっているが、陸で継ぐ息の苦しさ、直に日の光の当たる肌の痛みを床に臥したオリュウノオバが知っていてくれていると思うと慰めにもなり、ふいごのように喉《のど》を鳴らしながら、「オバ、ぐるっと輪かいて、辛い事、次々起こった時の事、話してくれ」と頼む。

イクオが死に、カツが死に、まだひ若いヨシカズが何の理由をも明かさずに首《くび》を縊って死に、すぐに木馬《きんま》引きの男衆の末っ子が、朝、炊きたての茶粥の鍋《なべ》に尻餅《しりもち》をついて大火傷をする事故があり、何のたたりかとおびえ、そのうち路地の中で輪を描いて災禍が起こっていると言い出し、川向こうの村から祈禱師《きとうし》を呼んで拝んでもらった。拝み念じ声を張り上げて祈禱師は、清水に湧《わ》いた蛇も災禍も清らかな花の咲く蓮池を潰《つぶ》し埋め立てて路地をつくったせいだし、その蓮池に注いでいた幾つもの清水を無造作に石で塞《ふさ》ぎ土で固めたせいだと言い出し、路地に唯《ただ》一つ残った清水にぬさを飾り榊《さかき》を捧げ、水を清め積もった穢《けが》れを祓《はら》うお祓いをやりはじめた。オリュウノオバは人の後に立って同じように頭を下げて祓いを受け、タイチの言葉を思い出したのだった。

身も心も生命の昂ぶりに震えるような楽土があってそこからオリエントの康が声を掛け、半蔵が手招きする。一つ間違えば食う米に難儀するここに永らえるより早々に楽土に渡る方がよい。オリュウノオバは祈禱師の声を耳にしながら思い出したタイチの言葉にうなずくが、たとえタイチが、天空から眼を皿のようにして落度がないか仏様にこと細かに見つめられ、髪の毛ほどの落度があろうものなら仏罰を投げつけられる中本の血のまぎれもない若衆だったとしても、力を込めねば声も出ないほどだから、言葉を吐く度に首を振る礼如さんの姿を真似るワルの盛りの者の言う楽土なぞ信じられないと首を振る。そのオリュウノオバの眼に涙が浮かんだのを見て、路地の女らは路地に生まれて暮らす苦しさに気づいて「つらいねェ」と涙を流し、いま、かくかくの理由で災禍が次々と起こるので、災禍の根元を祓い浄め祈っていると言うのに「何で次々、死ぬんないね?」とつぶやく。

清水での祈禱が終わりかかり、区長が集まった者らに要領の悪い挨拶《あいさつ》をしている最中に、タイチとシンゴがひ若い衆二人を連れて清水の上の繁みから「オバら、山の上へ行てみ」「湧いとるど」と口々に言い、また蛇が湧いたのかと驚く者らに「見てみい、こう」と丸めた霞網《かすみあみ》を放る。男衆が受け取った途端、網から石のように小鳥が一羽翔《と》び上がる。タイチが翔んだ小鳥に驚く男衆に、「まだ生きとる。いま仕掛けて、すぐ引っ掛かった奴じゃさか」と言い、居並ぶ者らに清水を祓い浄め祈禱するより、裏山の頂上の夏芙蓉《なつふよう》に群れる湧いて出たような小鳥の声を愛でる方が死んだ者の供養にもなり、悲しみも癒えるというように、「ええ声で鳴くど。欲しだけ、獲《と》ったるど」と言う。タイチはオリュウノオバを見つめ、またオリュウノオバを口説きでもするような物言いたげな表情をつくり、「朋友会の奴らの、見た事もない鳥じゃと言うんじゃ。いっつも朝夕、夏芙蓉の樹で騒いどるのに、のォ」と相槌《あいづち》を求め、オリュウノオバが何を言いたいのか見つめると、「死にかかっとる礼如さんにじっくり姿、見せたらいいし」と他所言葉を使って言って、繁みをまた先頭を切って上ってゆく。

霞網の小鳥は金色の羽根を細かい網に絡め、もがき、短い声を上げた。オリュウノオバが何言わずとも、男衆や女らは手をのばして鶯《うぐいす》よりも小さな華奢《きゃしゃ》な金色の羽根の小鳥を丁寧に網からはずし空に放った。最後の一つをはずし終えて空に翔《か》け上がるのを見て、オリュウノオバは災禍の一等締めくくりに仏の弟子礼如さんが死ぬのだと思い、まだ日暮れには早い午後の青い空を見上げ、鳴き声に耳を澄ますのだった。

金色の小鳥の高い澄んだ鳴き声は空が青く光り、日の光に微《かす》かに色が付きはじめる頃から聴こえはじめ、朝顔が閉じ松葉牡丹《ぼたん》の小さな花が閉じ、代わりのように白粉《おしろい》花が開き、夏芙蓉の白い花が開く頃になって波を打って路地のいたるところに響いた。夏芙蓉の匂いに誘われ、匂いに狂喜し、手に垂れるほどの甘い蜜に歓喜したように裏山の夕暮れを鳴きながら飛び交い、夜を繁みの葉蔭で眠り、空が白みはじめるや日が此岸に戻って来た事を寿《ことほ》ぐように鳴く。

その金色の小鳥が、昼間、何の異変の徴候もないのに鳴きはじめたのだった。外にいたオリュウノオバがあわてて家に戻った。礼如さんに異変はない。礼如さんが昂ぶったオリュウノオバをなだめるように、「鳴き声、よう響く」とささやくように言うのを聴き、何が起こったのか確かめようと外に出直して下の道をのぞきかかると、真昼だというのに空の日が欠けかかり、方々から軍鶏《シャモ》の鳴く声が幾つも響く。

耳鳴りのように響く金色の小鳥の鳴き声と路地の男衆らの飼う軍鶏の声、犬の遠吠えを耳にしながら、我を忘れてオリュウノオバは、あれよあれよという間に欠けていく日を見つめて立ちつくし怖ろしさに震えたのだった。

暗くなりきらないうちに家の土間に駆け込み、オリュウノオバは驚きのあまり息を呑《の》んだ。腰を打ちつけて寝込み、体を動かすのも手足を動かす事も難儀だった礼如さんが律儀にも袈裟《けさ》を纏《まと》って仏壇に向かって坐り経を上げていた。

「礼如さん、元気になったんか?」声を掛け駆け寄るオリュウノオバに礼如さんはゆっくり振り返り、オリュウノオバも仏様の一人だとでも言うように手を合わせ、優しさにあふれる眼で見つめうなずく。夜のように暗くなった家の中で仏壇の蠟燭に浮かび上がった礼如さんの姿はこの上なく尊く、自然に涙があふれ、その涙でくもった眼でオリュウノオバは微笑を浮かべ手を合わせて動かない礼如さんの体がぼうっと光の塊のように輝きはじめるのを見て、路地の毛坊主の礼如さんの魂が五十年に一度百年に一度の皆既日蝕のその日その時、オリエントの康が行き、半蔵が行き、イクオがカツが次々と行き着いた仏の蓮花の台《うてな》に光の船に乗って船出したのだと識《し》った。駆け寄ろうにも金縛りになって駆け寄れず立ちつくし、オリュウノオバは尊さに眼が眩《くら》み涙でかすんだまま、手を合わせた礼如さんが光の腕に抱かれるようにゆっくりと仰向けに倒れるのを見つめた。

さらに不思議な事は起こった。金縛りから解け、ようように駆け寄って息のない礼如さんの傍に坐り込み、礼如さんの手足を撫《な》ぜさすりながら一人此岸に取り残されるたとえようのない不安を訴えるように、「礼如さんよォ、何で独り置いていくんなよォ」と泣いていると、そのオリュウノオバに物言うように息のない礼如さんの口が開き、中から桃色の舌よりも赤い霞《かすみ》のようなものがあらわれ、芳香が広がると共に光を発し、小さな金色の阿弥陀如来《あみだにょらい》が姿を顕《あらわ》す。一つ姿を顕し、それが広がった桃色の霞に乗るように宙に浮き、風に誘われるようにふわふわと土間から戸口を抜けて外に出、裏山の方に消えるとまた一つ顕れ、十五の数になったのだった。

礼如さん成仏の時の口から顕れた十五の阿弥陀如来の霊異をオリュウノオバ以外、直に眼にした者はいなかったが、信心深い者だったら皆既日蝕の昼日中の真暗闇を裏山の中腹にあるオリュウノオバの家から光の塊が一つ出る度に明るくしていったのを見たはずだったし、十五の光の塊を数えて日が元に復したのも眼にする事が出来たはずだった。

後になってオリュウノオバの話を聴いて、十五の光の塊は礼如さんの口から出た金色の小さな阿弥陀如来の姿だったと信心深い者らは識ったが、礼如さんを葬式まんじゅうと渾名《あだな》で言い、ムカデクイック、クイックと揶揄《やゆ》するワルらは哀れにも小さな火の玉が飛んだにすぎないと言う。信じる者は信じるし、信じない者は信じないとオリュウノオバはことさらワルらに太刀打ちしようとも思わず、礼如さんの成仏を境に路地の中で輪を描いて次々と起こった災禍が鎮まったのを見て仏壇の蠟燭を灯し線香を上げ、諳《そら》んじた経を上げ、空にある日を寿ぐように鳴く小鳥の声、ここが極楽とも浄土ともまがうような路地だと知らせるように甘い香りを放つ夏芙蓉の香りを礼如さんのものだと思いながら、生命と生命がぶつかって立てるような路地の物音に耳目をそばだてている。

タイチが二十の時、弟のミツルが少年院から戻った。さっそくタイチはそのミツルを使って朋友会とは別にシンゴやひ若い衆二人らと共に蓮池会という路地の若衆らだけの組をつくらせ、それぞれ会長を置くという策に出た。というのも十人で始まった朋友会に、タイチがカドタ組の若衆頭だったからタイチ直系でない若衆らが次々と加わり二十三人にまでふくれ上がっていた。二十歳のタイチは二十三人の朋友会を抑える為にヒガシのキーを射ち殺して少年院でハクをつけて来たミツルを会長にして蓮池会をつくったのだが、一寸亭のトモノオジの寝起きする間に集めた面々を見て、タイチがどんなに自慢しようと自転車の両輪のように滑らかに二つが動くはずがないのは明らかだと分かった。

皆《みん》なを帰らせ、トモノオジは「あんまりはっきり二つに割ったらあかんど」と忠告した。「二つに割ったら、どっちに肩入れしても反発喰らう」

タイチは「おうよ、分かっとるよ」と言い、蓮池会の方は弟のミツルが一人前になるまで続け、その後ミツルをスガタニのトシの舎弟に送ってから解散さすのだと言い出し、「若衆らよりオバやオジらがえらいんじゃよ」と苦笑する。「ミツルには言うとるんじゃ。朋友会は人数多なったと言うても兄やんの遊びの連《つれ》じゃから、言うて。ミツルらの仕事はオジやオバらじゃの。何人も土建屋始めたが、ゴネまくっとるんじゃ。カドタの親方は手出さん。それで朋友会の一人出たら、俺《おれ》の手下じゃというんで余計、騒ぎ大きなる。オジとオバが俺の母さんの家へ乗り込んで、母さんにある事ない事でっち上げする。他所で若いけどカドタ組の若衆頭じゃというて怖ろしがってくれとるのに、オジやオバにかかったら赤子扱いじゃ。そうじゃんであれらの蓮池会にオジやオバを抑えさす」

「ほうほ」とトモノオジはタイチの話を耳にして思わず小馬鹿にする声を出した。すかさずタイチは「なんな、オジ?」と不平の声を出し睨《にら》むが、トモノオジは気にせず、「おまえが出来んもの、ミツルやシンゴらに何が出来よか」と鼻で吹かんばかりに言ってから睨み、すごむタイチを逆に脅すように「身内を甘ァ見とったら命取りになるど」と言う。

二十歳の不平顔のタイチを前に、飲み続けているせいでからきし味のしなくなった酒を含み、トモノオジは一瞬、一寸亭の親爺が水を混ぜたのではないかと疑いがよぎり、同時に、トモノオジの朋輩《ほうばい》のオオワシとも隼とも称されたヒデとイバラの留を想い出し、朋輩が朋輩を葬る事もあると思って、タイチに見つめられると胸の内を見透かされる気がして、「親爺に、一番ええ酒、持って来いと言うて来い」と命じる。タイチは「酒じゃ酒じゃ」と怒鳴ったが、親爺の返事も女の声もないので立って外へ出る。トモノオジは若さの盛りのタイチの後姿を見て、朋輩と朋輩が生命の奪《と》り合いをやり、兄と弟が生命の奪り合いをやるのが此の世の人間の業だと思い、その事をタイチにどう伝えようかと考え込む。極道というのは人間の業の上に業を重ねたようなものだから、義理だ、恩だと言っても信じるな、朋輩といえども弟といえども信じるな、と口の中でもごもごつぶやき、切羽詰まった事態に追い込まれたタイチの驚愕《きょうがく》の顔を想い描いているところに、タイチが封を切っていない酒の一升瓶をぶら下げて戻って来、「まだ飲むんかと、親爺はあきれとった」と言う。

「シャモのトモキが飲まんでおられよか。馬喰《ばくろう》でもしとったら、今ごろ天満の出腰のように羽振りようなっとるじゃろし、材木担ぎでもしとったら地主の番頭にでもなるじゃろが、博奕《ばくち》に血道あげて、朋輩よう裏切らん極道じゃたさか、身がしぼんでいかんように酒飲むしかあるもんか」

トモノオジは高笑いし、心の中で二十歳のタイチに業に業を重ねる極道の奥義を教えるにはしのびないと思い、ふと今、一生に一回か二回しかないだろうが、ここという時に眼をつむって朋輩を裏切れ、親でも兄弟でも売れ、と後見人たるトモノオジが教えるのを躊躇《ちゅうちょ》した為にタイチが酷《ひど》い目にあうと気づき、笑いが凍りつく。

タイチ二十四の時、路地に不思議な事が起こった。その出来事が後々の世まで語りつがれるのは、齢《とし》もタイチと同じ二十四の若さのまっ盛りで生命を断った中本のイクオの命日の三月三日の事だからだった。

そもそも三月三日の日が路地に格別の日としてあるのは、終戦の騒ぎも消え世の中鎮まって景気が上向きになっても、路地には日傭《ひやと》い人夫、賃仕事の暮らしの者が多く、町家の子供らがその日に飾る雛《ひな》人形を買ってやれず、つい親らは弁当一つ、駄菓子の類を持たせ子供らを磯遊びにおくる習わしに頼ったからだが、その日の朝早くから子供らが騒ぐものだから、親らも親でない若衆らも普段より早めに起き出し、若衆らは所在なく、それで自然に磯遊びの子らが出たり入ったりしている三叉路《さんさろ》の駄菓子屋に集まり、子供の籤《くじ》引《び》きをやってみたり、絵型を舌でなめ枠を壊す事なく上手に兎《うさぎ》やチャボの影絵の形に刳《く》り抜けば当たりという遊びをやっている。大きな図体の若衆が何人も狭い駄菓子屋の中に入って、朝まだ肌寒いから股火鉢をやったり、外の日なたぼっこ用の縁台にいるのは店をやる老女に迷惑至極だが、子供よりはるかに多く金を遣うし、それにまた「おばさん売ってえ」と声を掛けて入ってくる子は必ず誰かの一統の子だから、握った金の多寡と駄菓子の値段をひきくらべ、あの飴《あめ》にしようか、このキャラメルにしようか、と迷っているのを見ると必ず「片っぽう、オイサン買うたるわ」と申し出る。製材や山仕事の日傭い人夫に出かけたり職にあぶれた者らがそうだから、カドタ組の若衆頭のタイチはもっと金を遣った。どこの一統、誰の子という別けへだてなくキャラメルや飴を買って与えた。

日が昇り切り、子供らが青年会館の前に一同勢揃いして引率の者につきそわれて出かけてから、急に静まり返った路地に気づいて所在なくなった親らが見ている前で、踏み切りの方からの道を人の子にしたら丁度イクオくらいの牡牛が一頭、追い綱から解かれて嬉《うれ》しくてならないように駆けて来て三叉路の駄菓子屋の前に止まり、一声挨拶するように鳴き、他の誰でもないタイチに顔をこすりつけ、手をなめる。

最初タイチは気色悪がりヘラヘラ笑って取り繕ったが、そのうち駄菓子屋の中に入れば中へ、縁台の方へ移れば縁台の方へ従《つ》いて廻る牛にあきれ、誰言うとなしに牛は二十四の齢で若死にした種の頃から双葉の頃から一緒だったイクオの転生の姿だ、いや転生が不憫《ふびん》なら極楽にいるイクオが何かを言わんが為に遣わしたものではないかと言い出し、路地の者らが次々顔を出して牡牛を取り囲んだのだった。

牛に特別な事があろうはずなく、すぐ常盤屋という肉屋が駆けて来て屠場《とば》に運ぶ途中のを逃がしたものだと分かった。だが、牛が手綱に率《ひ》かれて渋りながら連れ出されるのを見ると、一層タイチ誕生の頃からまといつく霊異の一つに見えてくる。

その不思議な出来事が起こってすぐにタイチの耳に蓮池会を率いる弟のミツルが、無断で昔、三朋輩の頃、出入りがあった浜五郎の盲目の息子を脅し金品を奪ったと噂《うわさ》が入って来た。噂を確かめる為に朋友会のたむろする太田屋へ行き、威勢のよいマサキやトミタを呼び、直にミツルの話を切り出さず、「どうない、蓮池会とうまい具合に行っとるかい？」と小当たりにすると、マサキやトミタはそれなら言うがと前置きして思いつく限りの悪罵《あくば》を吐き、若衆頭タイチの実弟という威を着たミツルらがやった数々の悪事を並べ立てる。マサキやトミタがまず口に出したのは蓮池会の女ぐせの悪さだった。女と見れば片っ端から声を掛け、落ちると見るとこまめに通って落とし、用がなくなるとさっと棄《す》てる。それがまだ誰のものでもない女ならまだしも、人のものでも朋友会の若衆の女だろうと頓着せず横から手を出し、その為に何度も朋友会の者らは蓮池会と喧嘩《けんか》になりかかった。

ミツルは朋友会がパチンコ屋や繁華街に喰い込んでいるものだから新手の金蔓《かねづる》をいつも捜していた。落とし遊ぶだけ遊んでから他の女が何人にも廻されているのを見せて脅し、女をトルコに売ったし、豆腐屋がカドタのマサルの開いた賭場で負けが込み、金貸しから金を借り、また賭博《とばく》につぎ込んで負け借金の火だるまになったのを聴きつけ、ミツルは豆腐屋から何がしかの金を貰い金貸しに借金を帳消しにしろと脅しに行き、行きがけの駄賃に金を奪ったという。タイチはその金貸しは浜五郎の盲目の息子かとも確かめず、何故その話を詳しく知っているのかと訊かず、朋友会の中から蓮池会とミツルを槍玉《やりだま》に上げる声が湧いているのだから蓮池会とミツルに皆なの前で制裁を加える必要があると考えたのだった。

蓮池会をつくったのは朋友会を抑える為だったし、蓮池会にミツルを入れたのは実の弟のミツルを自由に使える鉄砲の玉にしておく為だったと思い出し、或る夜、大浜に朋友会全員と蓮池会を集め、皆なの見ている前で一言の口答えも許さずミツルを木刀で殴りつけ、膝《ひざ》を折って兄のタイチに謝らせた。その事が後々どう響くのかタイチは気づかず、ただ中本の女たらしの血そのものだった父親とまるで同じ事をしている、金貸しが盲目なのは兄のタイチが斬りつけたからだと知らないで脅しに行ったのか、と実の弟にはがゆさいっぱいのまま殴りつけたのだった。

後になってこの時ミツルを殴りつけた事が、朋友会の威勢のよい若衆だったマサキをカドタ組でカドタのマサル、ナカモトのタイチの次の位置につける結果になるのは、タイチが内々の兄弟喧嘩とも見える制裁を朋友会に見せた事もその理由だったし、その足でマサキが浜五郎の息子の家に行き、他人の前で兄が弟を力いっぱい木刀で殴る姿を眼で見ているように報告し、父親を斬り殺され自分の両眼まで潰されたタイチへの怨みが一つ晴れたようで手を打って喜び、金の後楯を約束した事も理由だった。

トモノオジもその日のうちにシンゴからいま眼の前で兄が弟を打ちすえるというあってはならない事が起こっているように聴かされ、何故、路地の者は親兄弟、力を合わせ互いを守り合って敵と当たらないのかと落胆したのだった。

案の定、タイチの蓮池会で朋友会を抑えるという目論見《もくろみ》は失敗した。目に見えてミツルは元気がなくなり、蓮池会が溜まり場にしていた喫茶店も人の出入りが極端に少なくなり、ミツルもシンゴもひ若い衆らも路地の中でごろごろしている事が多くなる。タイチは蓮池会が形もないほどになっているのをまだ気づかず、路地に舞い戻ってミツルを連れ出したり、シンゴを連れ出したりしてカドタのマサルの開いた賭場に行き、或る時は大阪から来た組の幹部と酒を飲む席に行くが、意気が上がらない。意気が上がらないと見たタイチは、次の手を打つ。

ミツルがタイチに制裁を受けてから、肩で風切る朋友会とは逆に蓮池会の方は意気の上がらない事はなはだしく、路地の三叉路の駄菓子屋や会館の日当たりのよい縁側にたむろする姿は一帯を縄張りにしたカドタ組の若衆頭タイチにお墨付をもらった極道の端くれではさらさらなく、山仕事や土方の日傭い仕事にあぶれ所在なく娘や子供をからかい暇を潰すただの若衆にしかすぎない。ブラジル帰りのトウキチという男衆が、路地で名高い盗人のケンキチ、ドロンのオミネと呼ばれる男女二人と組んで駅前の呉服屋から着物、羽織、帯、足袋の一切を盗み警察に見つかり、その蓮池会の若衆の前を路地から引っ立てられていく。

知らせを受けて、タイチもオリュウノオバもトモノオジも唖然とした。一寸亭に巣くうトモノオジの元に、「オジ、知っとるこ？」とタイチが駆け込み、オリュウノオバに警察に引っ立てられて行く三人の一部始終を聴いたと話すが、そもそもオリュウノオバが直に見た事ではないので話が枝葉に絡まり確かではないので、仕方なくタイチと共にたのだった。トモノオジは一寸亭を出て路地に行き、裏山の中腹のオリュウノオバの家へ坂道を上った。

「オバ、達者なこ?」と戸口から声を掛け、返事もないがこの家で女親が自分をひり出した、この家でタイチも誕生したと家の温《ぬく》もりがなつかしく土間に入り、框《かまち》を上がり、奥の仏壇で死んだ礼如さんに手を合わし、「ムカデ、ムチ、ムチのオジも何しとるんないね」と訊《き》くタイチに「さあよ」と答えると、タイチ、頭を振り、「向こうでもこうしてお経上げとるんかいの」と言うのにトモノオジ、笑っていると、外から蕗《ふき》を抱えたオリュウノオバが「タイチ、トモキ、吾背《あぜ》ら何しいるんな?」と蓮《はす》っ葉な物言いをして入って来る。

「何しいるんな、言うて、この家に金目の物、どこにあろ」トモノオジ、答えると、オリュウノオバ、「吾背ら不信心者に金目の物、分かろか」オリュウノオバは框に人の家のように腰かけ、裏山で摘んで来たと言う蕗の皮をむきはじめ、そこに当のタイチがいるし後見人のトモノオジがいるというのに、ブラジル帰りのトウキチ、盗人のケンキチ、ドロンのオミネの三人組の逮捕を一部始終見ているタイチとトモノオジが、言いしれぬ衝撃を受け絶句し、ことごとくタイチが実の弟のミツルを人前で男気の芽を摘むような激しさで殴りつけた事に起因すると知る姿を言う。

タイチは「ほうほ」とオリュウノオバの想像を鼻で吹くが、「そうじゃろね」と同意するトモノオジを見て、警察に盗んだ赤い柄の着物を鼻先に突きつけられながら「ワシが何したと言うんなよ、エエ？」と獅子吼《ししく》って抗《あらが》うドロンのオミネを驚き入って見つめる蓮池会のミツルやシンゴを物陰から見つめていた気がしはじめる。

　タイチは蕗の皮を器用にむくオリュウノオバの萎《しな》びた指を見つめていた。その指に諭されるように、ミツルを殴りつけ蓮池会を抑え過ぎた為に、路地に巣くう盗人のケンキチ、ドロンのオミネが羽根をのばし、ブラジルから舞い戻ったばかりのトウキチを引き込んで盗人をしはじめたと反省し、「オバ、ミツル殴りつけて、俺ァ、取り返しつかんことしたんじゃの」と言い出し、何を思ったのか一緒に来たトモノオジに「話でもしといてくれ」と言いおいて、ふっと立ち上がる。

　トモノオジとオリュウノオバは同時に顔を上げ、二十四のタイチの反省し思い詰めた真顔を見た。オリュウノオバは瞬時にして、その真顔から高貴にして澱《よど》んだ中本の一統の血の若衆が生命の盛りの時に宿命に抗い神仏の与える因果に挑みかかる輝きを読み取ったし、トモノオジの方は路地も世間も両肩に背負って立ってやるという男気を読み取った。

「蕗の青い汁でかぶれんなよ」と言いおいてオリュウノオバの脇を土間に降り、振り返りもせず戸口を外に出て日の眩しい坂を下に降りて行くタイチの後姿を見て、オリュウノオバもトモノオジも路地の千年に渡る痛苦をタイチこそ癒してくれると確信し、蕗の青い汁に染まる気になりながら、タイチの種の時代から語り合う。

　タイチがオリュウノオバの家の坂を降りて行ってやった事はすぐ分かった。タイチはどこでどう手に入れたのか大枚の金を持って戻り、蓮池会のミツルとシンゴを連れてオリュウノオバの家へ来て、当のタイチの話に興じているオリュウノオバとトモノオジに、「この金、元手に、ロトのテラしてくれんこ?」と言い出す。ロトとは何だ? と訊くトモノオジに、タイチもミツルもシンゴも、宝籤《たからくじ》だと言い、警察に逮《つかま》ったブラジル帰りのトウキチの話から、向こうで流行《はや》りに流行り熱狂して死人まで出るほどの宝籤だと説明する。0から9までの数字を三桁《けた》、勝手に書ける紙を売り、十日に一度、オリュウノオバの家でオリュウノオバが数字を書き、当たれば大金が転がり込む。

「知らんよ、字、よう書かんのに」オリュウノオバが言うとタイチは苦笑し、「オバ、盗人したらブタ箱にぶち込まれるけど、ロトじゃったら、ちょっと金で大金入ってくるさか」と言い、字を書けないなら頼母子講の要領で大枡《おおます》に数字を書いた将棋の駒《こま》を十個入れ、目張りした上から三個針で突つくだけでよいと言い出し、枡と針を用意させ、将棋の駒の代わりにちぎった紙を入れ、針で突いて実演してみせる。三度針で紙を突いて数字を読み上げ、「オバ、字、読めなんでも、ミツルやシンゴノアニ、字読む。オバ、これらズルせんか見とるだけじゃ」と言う。オリュウノオバはブラジルで死人まで出るほど熱狂していたと聴かされ、嘘《うそ》をついたつかないと言って路地の者らが騒ぐと不安だったが、タイチに制裁を受けたミツルが眼を輝かせ、朋輩の二人までですでに若死にされている中本の血のシンゴが、「オバ、蓮池会、責任持って券、売る。大っきい頼母子じゃさか」と胸を張って説くのを聴いて、「ワシも買えるんやったら、やる」と引き受けたのだった。

　タイチもミツルもシンゴも難問が解けたように一斉に声を上げて笑い、タイチは同じ中本の血の二人より一つも二つもワルの血が騒ぐというように板間に坐ったオリュウノオバを抱え込むように身を乗り出し背中に手を当て、「オバ、礼如さんと所帯持ってなかったら、ドロンのオミネ鼻で吹くくらいのバクチのオリュウになっとるじゃがい」と煽《あお》る。

「そら、なっとる。ドロンのオミネら、みっともない」

「もうちょっと若かったら、嫁にもろて、方々のテラ、連れて歩いたるんじゃけどの」

「いまからでも遅ないど」オリュウノオバは言う。「女に齢らあるもんか。このバクチのオリュウと組んで行たら、今までこんだけ仏さんに仕えてきたんじゃさか、負ける事ない。仏さんが丁か半か、耳元で言うてくれる」

　トモノオジはオリュウノオバに不信心者だから博奕によく負けたとあてこすられたと取って、「ほうほ」と小馬鹿にした声を出す。

「そんなんじゃったら礼如さんと一緒にバクチしたらよかったのに。いまごろ勝った金で城山ほどの寺に住んどるじゃろに。山から蕗取って来いでも、店で金出してきれいに皮むいたの買えるのに」

　そうして始めた宝籤は燎原《りょうげん》の火のようにまたたくうちに路地に広がり、器から水が溢《あふ》れこぼれるように外の者も券を一人買い、二人買いしたので、二月目に入ると、布で目張りした一升枡の中に入れた将棋の駒を針で突くオリュウノオバの手元を見つめる者らの中に、どこの誰やら知らぬ者らが何人も混じっている。

オリュウノオバが一つ駒を針で突くと、ミツルが針を刺したままの駒をオリュウノオバの手から受け取り、周りを取り囲んだ者らに見せ、数字を読み上げ、駒をまた枡の中に入れ、布で目張りする。オリュウノオバがすぐ針で突きかかると、「もっと振らんかよ」と声がかかる。ミツルが「振っても一緒じゃ」と声に答えながら振ると、「違う、違う、オリュウノオバに振らせ、オリュウノオバに」と声が飛び、ミツルは不満げな顔をつくり、オリュウノオバに枡を差し出す。

「この婆さの力より若衆の力の方が、こね廻せるのに」オリュウノオバはミツルを庇《かば》うようにつぶやいて、まじないのように二度振り、針で突きにかかると、「同じとこばっかし突くなァ」と声が飛ぶ。声に機先を制せられて突こうとした場所をはずし枡の縁の方を突くが、手応えがない。針をぐるりと廻し先に当たった駒をかき寄せ刺しにかかると、それがイカサマでもしているように見えるのか、「オバ、自分の番号札、突ことしとるわだ」と誰かが言う。駒に針を刺し、枡ごとミツルに渡してから顔を上げ、周りを取り囲んだ者らに「オバの買うた番号の駒、針の方に寄ってくるの、よけとったんじゃわ」と言うが、ミツルの手元を見つめているので誰からも声が返って来ない。

針で刺した駒の順に数字が三つ並び、その日の宝籤は井戸の脇の女衆と、どこの誰やら知らない男衆の二人が当たり、ミツルとシンゴは配当を二つに割って払った。男衆はシンゴから手渡された金をすぐポケットに納《しま》い、何の言葉も出さないまま取り巻いた人の輪から抜け、「何な、金つかんだら用ないんか？」「落とすなよ」と路地の者らのからかいを尻目に坂を下に降りてゆく。

井戸の脇の女衆の方は思わぬ大金を手に入れ、浮かれはぜるように笑う。一人帰り二人帰りして、いまさっき声が飛び交い溜息をついたのが嘘のように静まったオリュウノオバの家の縁側に帰りそびれたように腰掛け、ミツルとシンゴの二人がはずれ札を一枚一枚、本当に自分らが売った札かどうか確かめ帳簿をつけるのを見、丁度、坂を上ってくるタイチの顔を見るや弾かれたように立ちあがり、「おおきにヨー」と大声で礼を言い、感極まって涙を流しはじめる。

「おうよ」と苦笑しながらタイチは答え、子供に自転車をせがまれていた、八百屋のつけも酒屋のつけもたまっていた、と涙ながらに語るのをタイチは女衆と並んで縁側に坐って聴き、うなずき、家の中で誰が何枚売り上げた、誰々は何枚と読み上げ帳簿に書き込むミツルとシンゴの姿を注視する。タイチが何を言わずとも、一つ手をゆるめればイカサマが混じり、金を猫ババしようと思えばすぐにでも出来る宝籤をしっかりと睨みをきかせおさえているとオリュウノオバは頼もしく思い、いままでした事もないのにタイチやミツル、シンゴに茶の一杯でも飲んでもらおう、菓子の一つでも食べてもらおうと立って流しの方に歩き、番茶がよいか玉露がよいか問わずもがなの軽口をタイチに言おうとして縁側に眼をやり、涙ながらにくどくど亭主の稼ぎの足りなさを言っていた女衆の手が並んで坐ったタイチの太腿《ふともも》に置かれているのを見て胸が鳴るほど驚く。茶を飲ませる気も失せたし、ましてや菓子なぞもらったばかりで仏様にも礼如さんにも上げていないものを食べさせる気はなくなったが、女衆がどういうつもりでタイチの白いズボンの太腿に手を置いているのか詮索《せんさく》する為に、「タイチノアニ、茶でも飲むかァ」と声を掛けてみる。女衆はオリュウノオバの眼が老いぼれてかすみ、そこからそこの距離すら効かないというように太腿に置いた手でぽんと一つたたき、「オリュウノオバ、お茶飲むかと？」とタイチに言う。

「オカイサンの茶かよ？」ワルのタイチらしくまぜっ返しが返ってくる。女は煽るように笑い、「オリュウノオバサン、何のお茶なん？ と言いる。オカイサンのお茶か？ そう訊きいる」と眼だけがかすんでいるどころか耳まで遠いというように大声で言い、ミツルとシンゴが吹き出すと、「礼如さん飲んどった、ええお茶あるんやで」と女衆はオリュウノオバを庇うように言う。

女衆の言葉はワルのタイチ、ミツル、シンゴにからかいの口実を与えるだけなのは、当のオリュウノオバは一等よく知っている。案の定、タイチは太腿に置かれた女の手を払いもしないで頭を振りはじめ、「オバ、茶飲む時も頭、振っとったか？」と言い出し、ミツルとシンゴがタイチを真似て頭を振りはじめると、「オメコする時もかいね」と小声でつぶやく。

「なにをえ、バチ当たりら」とオリュウノオバが怒鳴ると、タイチは頭を振りながら説教をはじめた礼如さんを真似、手を伸ばし指を突き出し、「あちらの山で鹿が鳴く。こちらの山でも鹿が鳴く。家の中ではオリュウも泣く。オメコオメコとオリュウ泣く」と調子をつけて言い、礼如さんの真似をしたはずみのように手で女衆の胸に触れる。オリュウノオバはタイチのからかいもミツルやシンゴの笑い声も腹立たなかったが、タイチに胸を触られ、羞《は》ずかしげもなしに露骨に答えるように太腿に置いた手に力を込める女衆に腹立ち、「もう行てくれ。おまえらみたいなバチ当たり、見たない」と怒鳴ったのだった。

声を出すと涙が眼に湧く。ミツルもシンゴも当の女衆ですら、何故涙を流すほどオリュウノオバが怒ったのか分からなかったが、タイチ一人、オリュウノオバの気持ちを察したように、「おお、怖ろしよ、久し振りに礼如さんの、思い出したんじゃと」と縁側から飛んで逃げるというように立ちあがり、「ミツル、シンゴノアニ、いつまでもおったら、オリュウノオバに取って喰われるど。腰抜けるまで相手させられるど」と声を掛け、呆けたように見つめる女衆に片目をつぶって合図する。

ミツルとシンゴは坂を下に降りて行った。

タイチと女衆はオリュウノオバが一部始終を知っているというのに、齢を取れば眼も耳も効かず、男と女の気持ちの綾《あや》なぞ皆目見当がつかなくなるというように山の上に向かって歩いていった。

オリュウノオバは日の当たる縁側に腰を降ろし、タイチが女衆の据《す》え膳《ぜん》を食わぬ手はないと女衆の肌に手を掛けるのを思い描きながら、日が瓦屋根に当たり、杉皮葺《ぶ》きの屋根に降りつむのを見つめる。風に微かに夏芙蓉の匂いが混じっているのを感じとめ、花に盛りがあるようにタイチに男の盛りがあって何が悪かろうと思い、頭を振って礼如さんの真似をするタイチを真似、「あちらの山で鹿が鳴く。こちらの山でも鹿が鳴く」と礼如さんの名調子をつぶやいてみる。

あちらの山で鹿が鳴く、こちらの山でも鹿が鳴く、とタイチが真似る礼如さんの説経の名文句ではないが、蓮池会がロトと称する宝籤が路地の中のみならず垣根を越えて蔓《つる》を伸ばし繁茂する野茨《のいばら》や葛《くず》の茎のように路地の外に広がりはじめた頃、タイチと蓮池会のミツル、シンゴが女を誰彼なしにいじくっているという噂が立った。

路地の天地の辻と呼ばれる三叉路の駄菓子屋の脇に置いた涼台に腰掛けたオリュウノオバに、タイチと手を取り合って山の頂上の一本松の方へ向かった当の女衆が、オリュウノオバが老ボケて夢幻を見ていたと言いくるめようとするのか、タイチと男女の仲になったのは自分一人ではないと暗に弁解しようとするのか、ヨネキチの女房もサダオの嬶《かかあ》もパチンコ屋に勤めるオリトの娘も、と名を上げ、「まあ、えらい若衆らじゃわ。やっぱし中本の一統じゃわ」とタイチらをさかりのついた犬をでも言うように言う。その女衆の脇に立った女衆が何を感心するのか「あのオリトの娘もかん」と溜息をつくと、女衆が「三人と交互にしとるんや」と口を出す。女衆の言い方が一方的に人の噂を煽るだけなのがオリュウノオバは気に障《さわ》り、「よう知っとるわだ。タイチが言うたんかよ？」と合の手を入れてみる。

「タイチらも、ミツルもシンゴも、ようオバとこ来て、あれもした、これもした、と包み隠さず言うけど、オバはあれらにひ若い衆の頃からいじくった女の事は口裂けても言うな、と教えとる。オバには言うけど。山の一本松のとこの草、前の晩の雨で濡れとったさか、相手のイネに悪りさか、タイチ、下になってした、とか」「タイチから聴かせんけどよ」女衆はオリュウノオバが自分の事を言っていると気づいて顔を赧《あか》らめる。その女衆にオリュウノオバは言いきかせるように、「あれら今、一番嬉しい盛りじゃのに。イクオの分もカツの分も楽しむんじゃのに」とつぶやく。

二人の女衆は礼如さんが死んでから一層老け込んだオリュウノオバの顔を真顔で見つめる。オリュウノオバは女衆らの眼に見つめられながら、種から芽吹き、双葉を出し、茎を伸ばした中本の一統の若衆がどこに種を蒔こうと新しい生命の為に根を張ろうと、食い物の垢のついた歯で物言われ噂される筋合いではないと思い、宝籤の日、枡の中の将棋の駒を針で突くオリュウノオバの手元を喰い入るように見つめ、数字を読み上げる度に熱い溜息をもらす路地の者らに、タイチこそオリュウノオバと礼如さんが待ち望んでいた仏の子だと言いたくなる。

仏の子と言えば、すでに若死にしたイクオにしてもカツにしても、叔父に当たったり齢の離れたイトコに当たったりする半蔵やオリエントの康や三好にしても仏の子には変わりはなかったが、千年も万年も生きて来たような自分が齢取り、無明《むみよう》の暗がりをくぐり抜け光の溢れる現世に飛び出た生命を最初に抱き取る力も弱まったと気づき始めると、生命の盛りにいるタイチこそ最後の仏の子だとすがりつきたくなる。

仏の子は路地の何も彼《か》にも変える。仏の子に降りそそぐ日の光は一本だに肌を痛く刺し貫く針でないものはなかったし、天の甘露の雨も、夏芙蓉の花の匂いを伝える風も、タイチには苦痛でなかろうはずはないが、二十四のタイチは痛苦を痛苦と思わず、一切合財が愉楽だというように路地に現れる。どこで仕立てたのか白の幅広のズボンに胸元に小さな龍の刺繍《ししゆう》の入った絹の白シャツを着、飴色のワニ皮の靴、バンドをして若衆らを連れて路地に現れ、山の中腹にあるオリュウノオバの家が心浮き立つ音楽が鳴るダンスホールだとでも言うように坂道を小走りに上がり、「オバ、おるんこ?」と声を掛ける。体に痛むところ一つもないがタイチの顔を見ると甘えの一つも言ってみたくなり、板間にわざと足を投げ出して手で足首撫ぜ、「足、痛て」と顔をしかめると、タイチは女衆をくどくように「どう?」とオリュウノオバの足首に手をかけて土間にしゃがむ。

タイチはオリュウノオバの足首を撫ぜ、「リュウマチかいね?」と声を掛ける。痛みはどんな具合だ、立てるのか、歩けるのかと訊ね、オリュウノオバが嘘ばかりついて心配させられないと、「タイチノアニにさすってもろたら、ようなったよ」と悪戯《いたずら》っぽく笑うと、お姫様を相手にする若侍のように土間にしゃがみオリュウノオバの投げ出した足首を撫ぜたまま、「俺にさすってもろて気色ようならん女、おるか」と怒ったような声を出し、ニヤリと笑い、「オバ、もうちょっと足開いたら、黒いの見える」と言う。

オリュウノオバはすかさずタイチの手を払い、投げ出した足を引っ込めた。身を起こすタイチの顔に向かってふくれっ面をつくり、「見もせんと。オバら赤っかいままじゃのに。礼如さんも、オリュウ、赤いままやねェ、と言うてくれたんやのに」と言い、「オバ、まだ赤っかいんこ?」とからかうタイチに、「おうよ」とうなずく。

湯を沸かす竈《かまど》の火が爆《は》ぜ、木屑が燃え崩れかかったので木屑を継ぎ足し、オリュウノオバはふと立ち上がる竈の火と共に体に猛った力が漲《みなぎ》るのを知り、火を見つめながら「タイチ」と呼んでみる。

「オリュウノオバら、いっつもこんなじゃ。仏さんにつかえて、仏さんの事ばっかし考えて色も欲ものうなった礼如さん、オリュウノオバ見て、火みたいじゃさか畏《おそ》ろしと言う。畏ろしとは何事な。オリュウノオバ、礼如さんにのしかかった。オリュウ、わし、もう仏さんの弟子じゃさか。そうかん、そう言うんやったら、いっぺん仏さんをここへ連れてこい。何から何まで抗《さか》ろたる。竈の火が畏ろしんかよ? 火みたいに赤いの、火傷すると言うて厭《いや》がるんか? 女、子供産む時、火吹き上げるくらい熱いじゃど。火傷するんじゃど」

「礼如さんも仏さんもオリュウノオバにおうたらあかん」タイチの相槌に馬喰のような物言いでオリュウノオバは「おうよ」と答える。

「誰もかなうかァ」猛ったままオリュウノオバは言い、仏の弟子の礼如さんにも仏さんにも一度もそんな物言いした事はなかったと思いながら、タイチがオリュウノオバが本心を言わずとも心の中で考えた事を察したように靴を脱いで板間に上がり、オリュウノオバと並んで坐り、竈に燃える火を見つめる姿に見入る。

オリュウノオバと並んで見つめる火は、タイチには二十四の齢にして見える人の世の業苦の火に見える。借りた女親の腹を蹴って種から芽吹く時、業火はタイチの体を包み、真っ赤に炭のように熾《おこ》って飛び出して、産婆のオリュウノオバの手に抱きとめられ、体を洗われた。オリュウノオバが種の時から芽の頃から一緒だったイクオの死んだ二十四の齢のタイチに、燃え盛る火を畏れる事ない、飛び込めと勧めるなら、何を躊躇する事があろう。

タイチは竈の火に見とれながら、「オバ、俺の頼み、きいてくれんこ」とつぶやく。二十四のタイチはオリュウノオバの返事を待たず身を起こして竈にかかった釜の中をのぞき、湯が沸いているのを確かめ、土間に降りて脇に立てかけた盥《たらい》を引き出す。「何な?」オリュウノオバが訊くので、タイチは「もう、これっきりじゃよ」と答える。タイチは自分を見つめるオリュウノオバが、言葉に出して説明しなくともやる事の全ての意味を分かってくれるはずだと思いながら、釜の中から湯を汲み出して盥に注ぎ、水でほどよい温かさに薄め、絹のシャツを脱ぎ、ズボンを脱ぎ、サラシに下穿《したば》き一つという姿になる。下穿きを取り、サラシを取り、素裸になって盥の中に入って湯の中にゆっくりしゃがみながら、「オバに体、洗てもろたら、矢でも鉄砲でも怖ろしないど。弾き飛ばすど」と微笑み、慶事なのか凶事なのか胸騒ぎがして呆けたオリュウノオバに、「オリュウノイネよい、早よ、してくらんし」と他所言葉で優しくからかう。

オリュウノオバは、若さの盛りのたるんだところ一つない輝くような桃色の肌のタイチを見、「オバがイネに見えるんかよ」と半畳を返しながら、ロトという宝籤のおかげで沸き返り、貧苦も病苦も無縁で満開の夏芙蓉の甘い匂いにむせかえるような路地で、タイチが何事か起こそうとしているのだと案じ、「オバ、早よ、洗てくれ」と促すタイチに、「勢《せ》かんと、タイチノアニ、待ってくらんし」と湯女《ゆな》にでもなったように思いながら手拭いを用意して素直に桃色の張りのある大きな背の脇にしゃがむ。湯に手拭いをつけ掬《すく》い、その手拭いで肩引きのあたりを撫ぜると、タイチはそこが愉楽の中心だというように、「おお、気色ええよ」とオリュウノオバに悪事をもちかけるように声を出す。

オリュウノオバが体を洗ってやった二十四のタイチがやろうとした事は悪事でも何でもなく、路地の覇気のある若衆なら一度はかかる熱病の類《たぐい》のような新天地に移住する計画だった。盗人のケンキチ、ドロンのオミネと共にブタ箱に放り込まれていたブラジル帰りのトウキチが釈放されて路地に戻ると、元々、路地を沸かせている宝籤がトウキチの教えたロトというものから編み出したものだったから、タイチもミツルもシンゴもトウキチの家に出入りし、嘘か本当か分からぬ新天地の話を耳にしている。

土地はどこに家を建てようとどこを耕し畑にしようと勝手だった。四方どこを見渡してもただ広く遮る山がない。オリュウノオバはだだっ広いそんな土地に放り置かれてはさみしさでかなわない、家々のすぐ裏に山があるから鶯が鳴き、梟《ふくろう》が鳴き、金色の羽根の小鳥が朝夕群れて飛んで慰めてくれると思うが、夜毎トウキチの家に集まる若衆らは、路地の辻々に籠《こも》る煙りの匂い、物を煮炊きする匂いにうんざりしたように、「広て、ええねェ」と溜息をつき、見つけ次第、掘って持ち帰り金に換えられる金銀、宝の山に焦がれる。

見る物、聴く物、新天地はここと一切合財、違う。川は海のように広く果てがない。海は魚の大群が手づかみ出来るほどの数で群れている。漁師になろうと思えば誰でもなれ、山師になろうと思えば誰にでもなれる。

トウキチの家に集まる若衆は嘘か本当か分からないトウキチの話を聴きたいばかりに一人増え二人増えし、そのうち宝籤のある日になるとその連中が大挙して押し寄せるものだからオリュウノオバの家に入りきらないくらいになり、誰が言い出したのか、タイチと蓮池会がオリュウノオバに青年会館に来て宝籤を突いてくれと申し込んできた。タイチの頼みだったが、オリュウノオバは自分の周りを蓮池会だけでなく、普段、博奕や騒ぎと無縁な向井の一統、池口の一統、小林の一統の若衆が加わり、さらに新天地の甘い蜜の匂いをかぎつけたような利に聡《さと》い大下の一統の若衆らが加わっているのを見て、若衆の博奕騒ぎに加担するのもここが潮目だと思い、「いらんわ」と突っぱねたのだった。

タイチがこの二十四の齢から数えて正確に十二年後、三十六の齢で見るも無惨な姿で死体で発見されるのは、そもそもはこのオリュウノオバの「いらんわ」という一言に端を発していると、オリュウノオバもトモノオジも考える。

タイチはオリュウノオバを見て一瞬悲しげな顔をしたのだった。

オリュウノオバは中本のミツルを会長に頂く蓮池会くらいならよい、蓮池会の他に若衆が加わってもよいが、青年会館まで出掛けるつもりはないと、暗に拒む理由を説くようにタイチを見返したが、タイチはオリュウノオバに拒まれ、宿命を甘受するように「よっしゃ」と言い、「蓮池会が責任持ってロトやっとるんじゃさか、青年会館でミツルに突かす」と言ったのだった。

宝籤の場所がオリュウノオバの家から青年会館に移り、数字を出すのがオリュウノオバからミツルに変わり、そのあげく数字すら読めないオリュウノオバの為に目張りした枡を使った方法ではなく、トランプをめくる方法を取り、路地で唯一の産婆のオリュウノオバとひ若い衆に毛の生えた程度のミツルでは霊力が違うのか、新しい方法が簡単すぎたのか、青年会館で始めた一回目から、トランプに印をしている、めくる指が動いた、と不平を言う者が現れた。

その時は宝籤に当たったのが池口の若衆だったので不平は治まったが、二回目、三回目、四回目と続いて共同井戸の東側に家を持って住む向井の男衆、小林の若衆、女衆と続いたので、共同井戸の西側に住む池口や大下の若衆や女衆らがミツルや蓮池会の連中はあらかじめ当たり数字をそれとなく東側の者に教え、印をつけたトランプの札をミツルが引いていると言い出した。大下の若衆は激昂してミツルの胸倉をつかみ、「われら、自分らだけ、ええめしょうと言うんか」と詰め寄り、止めに入った蓮池会の者に、「これら、昔から信用出来るか。ブラジルへ行ても、これらだけ宝握って、俺らを裏切るんじゃ」と怒鳴る。

オリュウノオバはその顚末《てんまつ》を耳にして溜息をつく。オリュウノオバが溜息をつくように大下の若衆をなだめる蓮池会の若衆も、自分もまた池口や大下の若衆同様に共同井戸の西側に住む若衆だから、苦笑し、溜息をつき、「アニも何言うんなよ。何時の事、言うとるんな」と言う。大下の若衆は、蓮池会の若衆がそう言うのは共同井戸の東側に家を持つ一統の中本や向井に骨抜きにされたせいだと見て薄笑いを浮かべ、「おお、おまえらタイチやシンゴに従いて行け。タイチやシンゴに従いていてケツの毛までむしられて泣き面かけ」と言い、路地の他からも何人も宝籤を買って来ているというのに、山の裾野に小屋掛けし、蓮池を徐々に埋めて出来た路地の共同井戸の東側と西側にあるささいなこだわりをあげたてる。

共同井戸の東側に位置した一統の者らは蓮池の埋め立て地に住んだ者らに冷淡だったし、意地が悪かった。タイチの血は路地の東側に一等古くから住んだ中本の一統だった。

タイチは路地の東の井戸の古くからある中本の高貴にして澱んだ血の一統の若衆だっ

た。西の井戸の大下の若衆が、蓮池の消えた今、路地の日々の暮らしの中にある微かな差異をほじくり出すように、東だ、西だと言い立てるのを耳にして、タイチは早死にした同じ中本の一統の若衆の名を呼び起こし、ぼんやりと自分にもその時が迫っているのを感じたのだった。

いや十八の齢で若死にする、二十歳で連の誰よりも先に死ぬと腹をくっていたタイチにしてみれば、イクオ、カツに先を越され、二十四の齢になって体力も気力も満開の夏芙蓉さながら威勢を誇るが、これが礼如さんやオリュウノオバの信心する仏のくれた生命かという疑いが湧き起こり、宝籤に当たらないものだから歯を剝《む》き出して東の井戸の者らを罵る大下の若衆をとがめもせず、そもそもブラジル帰りのトウキチから耳にしたロトを真似て中本の血の一統三人が宝籤をやりはじめたのが間違いだったと思うのだった。

大下の若衆は一言二言吐いた罵りの言葉で充分カドタ組の若衆頭に納まったタイチや、蓮池会を結成し肩で風切るミツルやシンゴの顔色を失くさせているのに図に乗って、「中本の一統ら、雪駄《せった》チャラチャラ鳴らしとったらええんじゃ」とわめく。「のう、女の尻、追いかけて、三味線弾いて蟋蟀《キリギリス》か蟋蟀《コオロギ》みたいにしとったらええんじゃ」

大下の若衆は止めに入った向井の若衆を「われらカラスじゃ」と内々で固まり身びいきの連中だとなじり、腕で跳ね飛ばし、半蔵、三好と、と名を挙げる。夏も冬も雪駄チャラチャラ鳴らして女の尻を追いかけていた中本の一統の中にタイチとミツルの男親菊之助の名が挙がり、種の頃から双葉の頃から一緒だったイクオの名が挙がるに及んで、黙って成り行きを見守っていたタイチが「アニよ、中本の血じゃとて優しい人間ばかしとは限らんど」と一言あると、それが蓮池会を掌中に収め、朋友会を取り仕切り、カド夕組の若頭に納まるナカモトのタイチの堪忍袋の切れる音と取ったのか、ミツルがいきなり大下の若衆に殴りかかり、続いてシンゴが加勢する。大下の若衆に加勢するのが池口の若衆一人、後は東の井戸側の向井や小林の一統の若衆、蓮池会のひ若い衆ばかりだったから止めるのも力が入らず、たちまち大下、池口の若衆がミツル、シンゴに叩《たた》きのめされ、蹴り上げられる。

女らも男衆も「やめよ」「何で仲間喧嘩するんな」と周りから声を掛けるが、事が宝籤の話で、博奕に負けた者がゴネるような話だったから、一統の血を嘲られたミツル、シンゴの憤りに弾き飛ばされ手が出せない。タイチとて大下の一統の若衆の罵りで男親や朋輩まで名を挙げられているものだから、生命の一つ二つ代償にもらっても腹立ちが鎮まるものではなかったが、入り乱れる若衆らの体越しにのぞけば、鼻血を吹き出し瞼《まぶた》を切って血だらけになって倒れ、ただ大下の若衆は次の攻撃を避けようと顔の上に手をかかげているものだから、放っておけば殺してしまうと、「もう止めよ」とミツルとシンゴに声を掛ける。

「タイチ兄《にい》やん、こいつは父《とう》やんの悪口言うた」「おうよ。父やんの悪口だけでなしに、イクオノアニの悪口も言うた」「こんなもの、ぶち殺したってもかまんのじゃ」そう幼い口調で言うミツルをタイチは肯《うべな》い、一統を侮辱する者を間髪を入れず征伐したと褒《ほ》めるように肩を叩き、「もう、ほっとけ。他所の者じゃったら簀巻《すま》きにして海の中に放り込んだるんじゃけど、こいつらも同じ路地じゃ、生命まで取る事、要らん」と言う。

ミツルはタイチに肩を抱かれ思わぬ事を耳にしたというようにタイチの顔を見る。タイチは弟のまだ幼さの残っている顔を見返して教え諭すように言う。

「東じゃ西じゃ言うても、路地から一歩出たら一緒じゃがい。言うてみたら内々じゃのに、その内々で何んで罵りあわんならん。どこ見ても同じじゃのに。東も西も同じ蓮池の上じゃのに」

ミツルは心のどこかにあった兄のタイチに殴りつけられたわだかまりがこのときになって氷解したように明るい顔でうなずく。

しかし氷解どころか、ミツルとシンゴ、タイチにわだかまりをつくり、事ある毎に、何が同じ路地じゃ、何が内々じゃ、とタイチの吐いた言葉を嘲り、蓮池会のやるロトという宝籤はイカサマだと言いふらしたのがミツルとシンゴに半殺しのめにあった大下、池口の若衆だった。

大下の若衆も池口の若衆も、ミツルやシンゴに対抗して蓮池会のような連を集めるまでに至らなかったが、どこでどう伝手《つて》を見つけたのか、親の遺《のこ》した資産を元に盲目の身で金貸しをしている浜五郎の息子の元に出入りし、路地の東の井戸の中本の一統の悪口を並べ立て、若さの盛りで生命の断ち切れる高貴にして澱んだ血を嘲り、そのうち盲目の金貸しから「あんな者おるさか、人が苦しむんじゃ」と暗に亡き者にするのをそそのかされる。盲目の金貸しにそそのかされ、利に聡い大下の一統の若衆はタイチが尋常の若衆ではなく、中本の七代に渡る仏の罪を背負い、路地の痛苦を癒さんと仏が現世に遣わした仏の子とも知らず、金貸しのちらつかせる小金に眼が眩み、怨みも晴れるし金も貸してもらえ一挙両得だとドスをふところに入れ、タイチの出入りする繁華街の太田屋や「森永」新地の一寸亭の近辺をうろつき始め、様子をうかがっている。

新地の一寸亭の並びで曖昧屋《あいまいや》をやる「当たり屋」の内儀のモンノイネが当の大下の若衆から聞いたと、タイチをつけ狙っている話をオリュウノオバは耳にし、思わず「バチ当たりの一統は」と罵ったのだった。「逆子で産まれた者は逆子みたいに考えくさる。タイチを殺すんじゃと。そんな事、誰も許すもんか。この産婆のオバが許さんわ」オリュウノオバは火が体中から吹き上がるように思いながら、話を持ってきた当たり屋のモンノイネに、女親が尻口で物を考える人間だから、子は逆子に産まれ、すぐ逆怨みし、決してあってはならん事を思いつく、となじり、中本の一統を悪く言うなら大下の一統はこうだと、誰と誰がひっつりはっつりだった、誰が盗人だった、彼が間男した、と並べ立てた。

逆子に生まれた大下の若衆の性根のひん曲がり様をなじり続けたが、たとえ長じて性根が悪かろうと無明の暗闇から出た赤子に何の罪もないと、大下の一統に多い唇の奇形も白子の事も黙り、ただ呪いをかけるように「タイチを亡き者にして、あの一統がよう行くもんか」と唾を竈の灰に吐く。たとえ理由があってそうしたといえ、産湯を沸かし、仏に供える御飯《おっぱん》を炊く竈に吐いた唾の罰のように、ほどなくタイチが大下の若衆にドスで刺されたと聴いて、オリュウノオバは自分のせいだとうろたえ、それが出来るなら竈に吐いた唾を口に戻したいと思ったのだった。

タイチも油断していた。

路地に噂が渦巻いていたのに、大下の一統の若衆が自分をつけ狙っているのを誰からも耳打ちされていなかったのか、それとも若さの盛りとカドタ組の若衆頭を張る自分の勢いに眩み警戒しなかったのか、朝まだき、町から裏山についた新道のとば口で、物陰から飛び出た者に襲いかかられる。足音に気づき、咄嗟《とっさ》に身をそらし最初の一撃はかわしても、刃をかざした者が目と鼻の先に迫るまで気づかなかった体勢の不利は避け難く、次に突き出したドスの一撃を腹に受ける。

一撃の強さでタイチはもんどり打って倒れるが、瞬時にのしかかりかかる者を足で蹴り上げて跳ね起き、相手がはずみで落としたドスを靴先でぽんと脇に蹴りやり、胸のサラシの下に常時呑んでいるトモノオジにもらったドスを抜きかかると、大下の一統の若衆は一撃を受けたといえ弱る気配のないタイチに刃を持たれたら勝目はないと思うのか、身をひるがえして町のアーケードの方へ逃げ出す。タイチは追いかかり、それが仏の慈悲というものか、朝日が路地の裏山を黄金色に眩しく照らすのを見るともなしに見て、今は追いかけて大下の一統の若衆を刺すより、一撃を受けて血の吹き出る傷の手当をする事だと思い至って留まり、ドスを鞘《さや》に納め、自分の腹を刺した大下の一統の若衆のドスを電柱の陰から拾い出し、裏山についた新道を歩きはじめる。

新道が裏山の頂上付近にさしかかった時、どこでどう騒ぎを知ったのか、弟のミツルと朋友会の若衆二人が「アニ」「タイチノ兄貴」と追って来て両脇からタイチを支える。黄金色の光は透明に変わっているが、名残のように空の雲が桃色に染まり、その色の変化に煽られたように夏芙蓉に群れる小鳥が空高くせわしげに翔び交うのを見、タイチは腹から流れズボンを染める血を小鳥らが心底案じていると感じるのだった。

ミツルと朋友会の若衆の手で腹のサラシを巻き直してもらい、オリユウノオバに声を掛けるなと二人に命じて声を殺し、足音をひそめてオリユウノオバの家の前を通って坂を降り、路地に入る。医者に手当をしてもらってから、タイチはミツルを遣いに出して一寸亭のトモノオジにもオリュウノオバにも事の一部始終を伝えたのだった。

トモノオジはすぐ医者に駆けつけ、タイチの受けた腹の傷が生命に別条のないのを確かめてから、蓮池会のミツルやシンゴに会の面子《めんつ》にかけて大下の一統の若衆を捕らえろと厳命し、朋友会の若衆らには、同じ路地の若衆がタイチを亡き者にしようとする後ろには必ず誰かが糸を引くという筋があるはずだと説明し、大下の一統の若衆が誰の元に出入りしていたのかと訊いたのだった。

後々になってトモノオジは分かった事だが、タイチの元に駆けつけた二十幾人の朋友会の若衆らが、タイチの手下であるが、同時にカドタのマサルの率いるカドタ組の若衆らでもあったのを甘く見すぎていた。五人六人ならいざ知らず、十五人、二十人ともなるとタイチを慕う気持ちの上にも強弱があるし、中にはいつかタイチに取って替わろうと敵意を心に秘めている者もある。その邪《よこしま》な敵意を抱く者らが混じる事を見越して当のタイチが心底身も心も許せる蓮池会をミツルやシンゴに結成させ、邪な者らの動きを封じようとしたのだろうが、事は裏目に出ていて、朋友会の若衆ら何人もが、蓮池会がこの騒ぎを引き起こした、蓮池会のやるロトという宝籤の怨みで大下の一統の若衆がタイチを刺したと言い、誰も背後で糸を引く者はいないはずだと言う。

そこまで言う必要はないと思いながらトモノオジは、路地の三朋輩の時代、カドタのマサル、ヒガシのキーにナカモトのタイチが台頭する時代、ヒガシのキーの亡き後のカドタのマサルとナカモトのタイチの手打ちという極道の歴史を述べてみて、カドタのマサルは自分の傘下に収めているもののナカモトのタイチを煙たくてしようがないはずだと、暗に大下の一統の若衆の背後にはカドタのマサルがいるとカマをかけると、朋友会の若衆ら何人も、「そんな事、ない」「組長はそんな事、せん」と声が上がる。その声の面々ら、後々、タイチが亡き後、若衆頭補佐をやったり、温泉街の地廻りを一手に引き受けた者だが、物心ついた頃から裏街道を渡り、人の腹の底を見据えてきた海千山千を自称するトモノオジにすら、その時はまだ唇の赤い濁りのない澄んだ眼を持っていて、組長はそんな事を考えないと言うものだから惑わされて、組長のカドタのマサルを疑うのは現役から退いて一寸亭のネズミ同然の身の疑心暗鬼のように思えてくる。

だが、事態はタイチの傷の療養中に着々と悪化の一途をたどる。

朋友会の全員がタイチの役割をするわけにいかないと、カドタのマサルは三人の若衆を選んで金貸しや材木商や温泉街の業者らに引き合わせ、暗にタイチから三人の若衆らに用心棒も集金も引き継がせると動きはじめたし、その頃合を計るように、朝、路地の中に十幾人の男らがなだれ込み、逮捕令状だと紙をかざし、蓮池会の若衆らを引っ立て家宅捜査をはじめる。

オリュウノオバは起き出して湯を沸かそうと水甕《みずがめ》からひしゃくで釜に水を入れているところだった。男らは三人、土間に立ち、紙切れ一枚をかざして「おばあちゃん、すまんよ」と妙な物言いし、上がり込み、何が起こったのか分からず呆けたオリュウノオバを尻目に、押し入れ、仏壇の中をかき廻し、そこに目指す物がないと米櫃《こめびつ》の中をのぞき込み、一升枡を取り出して「あった、あった」と言う。その声を聴いて初めて、ロトという宝籤が博奕の類だとされて家宅捜査を受けたのだと気づき、オリュウノオバは怒りに震え「なんな、吾背ら、人の家の米櫃のぞき込んで」とわめく。「米もちゃんと買うたんやど。その一升枡も盗んだんと違う。買うたんやど」

男らはオリュウノオバの怒りの真意を見透かしているように鼻で吹き、一升枡を手早く風呂敷に包む。「あと、針じゃが、針はどこでも都合つく」男の一人は言う。

「ます、返してくれ。ます、なかったら、どうして米、はかるんな、これからオカイサン炊ことしとるのに」

　ミツルの家でもシンゴの家でも自分と同じように男らに声を荒らげていると思いながら枡を包んだ風呂敷を持つ男につかみかかろうとすると、男はオリュウノオバの手を払う。

「博奕があかんと知っとるじゃろ」男は冷たく言う。

　誰が仕掛けたのか何が災いしたのか、ロトと称する宝籤が博奕の類だとされ、蓮池会の若衆の家からオリュウノオバの家、男衆の家、女衆の家に家宅捜査の手が入り、その同じ朝、タイチの入院した病院の玄関先でミツル、シンゴが警察に捕まったのだった。

　タイチは病室に駆け込んで来た蓮池会のひ若い衆の一人に知らされ、一も二もなく跳ね起き、ひ若い衆に肩を支えられて病室を抜け出た。それっきりタイチはまる三年、どこでどう過ごしたのか、ぷっつり姿をくらました。

　姿をくらました当初、宝籤を売ったり買ったりした者らが残らず警察に調べられ、宝籤に当たった者は金を取り上げられると話が伝わり、上に下にの騒ぎが続いたものだから、誰もタイチの噂をしなかったが、一年の刑を終えてミツルとシンゴが刑務所を出て路地に戻って来て、姿を消したタイチはどこで何をしていると論議の的となった。口さがない連中は宝籤の上がりの大枚をひっ摑んでタイチは高飛びし、フジナミの市か大阪で女と暮らしているのだ、いや大阪のスガタニのトシの一家にワラジを脱ぎ、そこですることがないから放蕩三昧《ほうとうざんまい》していると言ったが、弟のミツルがスガタニのトシに電話を掛けて問い合わせ、そこにタイチが居ないと分かると、何をして人にそんな事を噂せしむるのか、耳被いたくなる事が次々に口の端にのぼる。いわく、タイチはカドタのマサルと浜五郎の盲目の息子の奸計《かんけい》にかかった。というのも、タイチを刺した大下の一統の若衆がタイチに怨みを持つ盲目の金貸しの元に出入りしていたとすでに分かっているものだから、宝籤の手入れがあったその日、ひ若い衆に肩を支えられ病室を抜け出、高飛びのつもりで難なくカドタのマサル、盲目の金貸しの用意した車に乗り込み、縛り上げられ目張りされ簀巻きにされ、ダムの中に放り込まれた。いや、タイチは車の中で刺し殺された。頭を叩かれ、ヘラヘラ笑ってばかりいる阿呆になり、カドタのマサルがその昔、盃を交わした事もある奈良の一家の離れ座敷に犬のように飼われている。

一年が二年になり、ぷっつり姿を消したタイチの噂を誰もしなくなって、オリュウノオバは耳を被い眉をしかめた事さえ何の話も聴かない今よりましだと溜息をつき、朝夕、竈に火を熾す度に「どしたんな、タイチ、何、起こったんな？」と問いかけ、嘆き、そのうち「話、違うど」と怒りにかられるのだった。

「オバ、吾背を手に取り上げた時、分かったんじゃのに。この子じゃ、と思たんじゃのに。死んだんかよ？　ええ、何の功徳もせんと、そこらの若衆に殺されたんか？」オリュウノオバは竈の火に向かって訊ね、中本七代に渡る仏の罪はタイチで解けると思いをかけた自分が千年もの間、死ぬ事もやらず老いの身をさらしている悪霊の類のような気がし、「タイチよい、オバとの約束、果たしてくれ」と涙を流すのだった。「オバ、字の一つも知らんさか、人の誕生も命日も諳じとる。オバの分からんとこで死んだんかよ」オリュウノオバはつぶやく。

竈の火が爆ぜ、「おうよ」と声がした気がして顔を上げると、夢なのか幻なのか土間の中にタイチが立ち、怒ったように鋭い眼でオリュウノオバを見つめている。気後れし、声を聴かれてそば羞ずかしくなり、「何な、タイチ」と声を掛ける。タイチは若衆を叱るような口調のオリュウノオバの声を聴いて、三年の間姿をくらました事を言い訳するように、「やれよう、やっとオリュウノオバにも会えた」と框《かまち》に腰かける。

茶を飲むか、飯を食うか、と訊いてもやりたかったし、手の一つ、足の一つでも撫ぜさすり、無事な姿でいてくれたのを寿ぎたかったが、優しい声一つ出せば、中本七代に渡る罪を解くべく生まれ若死にするタイチを疑いなじりまでした産婆の身のふがいなさを目の当たりにする気がして、三年間、何事もなかったというように、「外から木、持って来てくれんこ？」とぶっきら棒に頼む。タイチは何を得心したというのか「おうよ」と腰軽く立ち、戸口を外に出て木屑を抱え、外から「オバに見せよと思て連れて来たんじゃ」と言い、何を言うのだと怪訝な顔のオリュウノオバに「こう」と言う。その一言の間に、オリュウノオバなら臨月の腹を抱えた娘が天の高みから舞い下りたと思うとタイチは笑い、娘に土間に入れと促しながら、呆気《あっけ》に取られているオリュウノオバに、「仕事、持って来たんじゃ」と言う。

タイチの運び込んだ木屑をオリュウノオバは竈に突っ込み、腹に不平が湧いて出たようにすげた口元をつぼめ、「眼も悪りなったし、力ものうなったし」とつぶやく。タイチは臨月の娘を框に腰かけさせ、「俺の子、抱いても落としたると言うんかよ？」と不平顔のオリュウノオバに挑むように言う。

「カドタ組の若衆頭で、スガタニのトシの兄弟分で、シャモのトモキを後見人に持つナカモトのタイチじゃぞ。言うてみたら路地の出世頭じゃ。他所で三年、飯喰うて来たんじゃ。俺が右じゃと言うたらカドタのマサルも逆らえん。嫌々でも右に従いて来んならん。その俺の子、オリュウノオバ、よう抱かんと言うんか？　抱いても落としたると言うんか？」

「落とさへんけどよ」オリュウノオバはなお不平顔になる。

「何な？」タイチは訊く。

「何なて」と言い淀んでから、オリュウノオバは娘の顔を見、腰の張り具合を眼で計り、「吾背は木の股から産まれたんか？　女心というの、幾つになってもあるの知らんのか？」とからかいの声を出す。

「三年も姿、見せんと、誰も彼も、あのアニ、どこにおるんないね？　こんな糞喰うた路地知らんと見棄てたんかいね？　殺されたんかいね？　と心配しとったら、いきなり臨月の娘連れて戻って来る。十日も持ちこたえられん具合やのに、どこで何しとったか知らんが、いきなり連れて来る。腹の子、タイチのかよ？」

「俺以外、誰のが入る?」

　オリュウノオバはニヤリと笑う。

「男がどうして言える? オバ、タイチがどこの嬶や娘と逢引きしたんか、ちゃんと知っとるど。亭主も男親も、口つぐまれたら何にも分からん。オバ、いっつも黙っとるが、お前がおらん間に生まれた子、何人あるか知っとるか?」

　オリュウノオバは指を折る。

「タイチの子が三人、ミツルの子が三人、シンゴの子が三人」

　タイチの顔が曇るのを見て、オリュウノオバがタイチを打ち負かしたというように笑い、「皆な、オバの夢で見た子供やけどよ」と言うと、タイチは返そうとした言葉を呑み込み、「俺の子もミツルのもシンゴノアニのも、仏さんの姿しとったかよ?」と訊く。オリュウノオバはタイチを見つめ、何を言おうとしたか分かるとうなずき、「おうよ」と答える。

「掌の中で光るし、後光もさしとる。泣き声も鈴を転がすようやし」

　タイチはいま鈴を転がすような泣き声を上げる赤子を抱いているというように掌《てのひら》を広げるオリュウノオバを見つめ、それから何を思ったのか、オリュウノオバを真似るように両の掌を広げ、「オバ、こう」とくぐもった声で呼ぶ。タイチの広げた両の掌の上にも、光って後光が射し鈴を転がすように泣く夢幻の赤子がいるとうなずくようにオリュウノオバは「おうよ」と答え、タイチの掬い上げた夢幻の赤子を見ようとして、ふと両の掌の小指が喪《な》いのに気づき、驚愕し、思わず「どしたんな?」と訊いた。

「どした、こしたと言うて」と、タイチは夢幻の赤子がオリュウノオバの驚愕の声で瞬時にかき消えたというように掌を返し揃えてみて、「オバ、指だけと違う。あっちもこっちも傷しとる」と言い出す。

「何をえ、タイチ。何をえ?」オリュウノオバは右の小指も左の小指も欠けたタイチの掌を見て絶句する。タイチは驚き入るオリュウノオバを見てニヤリと笑い、「右の指つめる時も、左の指つめる時も、極道の俺に指の一つや二つ喪かってもかまん、その分、俺の赤子にちゃんと生《は》えて来ると思たんじゃ」と言い、まじないのように傍らの娘の臨月の腹を触り、「どう、見せたる」と土間に立って服を脱ぎはじめる。「他所に二年も三年もおっての、傷が体につかんというの嘘じゃわい」

タイチは脱いだ服を娘に渡し、土間の昏《くら》がりの中に立つ。肩から背中に甕のひび割れのようについた傷、左の鳩尾《みぞおち》にひきつれたような傷、臍下《へそ》から陰毛の際まで夜叉鬼人が鉄の爪で撫ぜ廻したような細い痕、タイチは一つ一つが酷《むご》く醜い肉のひきつれだとオリュウノオバに見せて確かめさせようと戸口の外の光に身をよじってさらす。

甕のひび割れのような傷も肉のひきつれのような傷も痛かろうとオリュウノオバは胸押し潰される気になりながら、心の中で若死にした中本の一統の若衆でこれだけの傷を受けたのは他にないと思い、傷の一つが一統の一人の生命を救け、痛みに呻《うめ》く声の一つが路地の者の痛苦を癒すと声に出さずに説いて、また「おうよ」とだけ答える。

外の明るい日に陰翳《いんえい》をつくったタイチの傷ある裸体を見つめていると、毛坊主の礼如さんと長い間添い、産婆として生命のこの世に躍り出る場にいて、総じて夢なのか現《うつつ》なのか分からない暮らしをしていた自分がタイチには禍事としか言えないような事を招き寄せる気がしてオリュウノオバは眼を閉じ、涙がまぶたからこぼれ頰を伝うのを知って、「もう他所へ行くなよ」と言う。「他所へ行かんと、ここで赤子産んで、カタギになったらええんじゃがい」

「礼如さんやオリュウノオバじゃあるまいし」タイチは世迷い言を言うなと鼻で吹き、眼を開けたオリュウノオバに自分の姿がどう映っているのかのぞき込むように見て、オリュウノオバの両の眼に映っているのは、ぷっつり三年の間、消息を断ち、体の方々に傷を受けて戻った自分にまぎれもないと得心したように服をつけ直す。服をつけながらタイチは三年前、蓮池会のひ若い衆に抱えられ病院を抜け出て、その足で高台に邸宅を構える身になった路地の三朋輩の片割れイバラの留の元に駆け込んだと言った。

タイチが今は浜村龍造と名を変えたイバラの留の元に行ったのは深い理由があった訳ではない、たとえ世間に向ける表顔《おもてづら》がどんなものであれ、シャモのトモキ、オオワシとも隼とも称されたヒデと並ぶ路地の三朋輩の片割れイバラの留の時代があり、タイチの極道の精神は路地の三朋輩を引き継いだのだと思っての事だが、高台の邸宅の裏口に立ったタイチを見て、イバラの留は瞬時、怪訝な顔をし、すぐにイバラの留の顔に戻り、警察はすぐ嗅ぎつけるから身を潜めるなら佐倉の屋敷に行けと勧めたのだった。

イバラの留の差し廻した車で佐倉の屋敷に三日いて、イバラの留は突然、浜松の組に高飛びしろとタイチに言う。タイチは何故、大阪でもフジナミの市でもなく浜松なのか理由が分からず食い下がり、出来るなら兄弟分の盃を交わし気心の知れたスガタニのトシの元に高飛びし、ほとぼりがさめるまでいたいと言うと、イバラの留はタイチがスガタニのトシの元にどうしても行くと言うなら、自分がおまえの生命をもらうと言い出す。というのも、タイチがスガタニのトシの元に行けば、スガタニのトシは大阪から人を出す。大阪の者らはカドタのマサルの面子を潰すような事をし、それでカドタのマサルは奈良の一家に声を掛け、いつの間にか狭い町で大阪の者らと奈良の者らが鉢合わせし、カドタのマサルとタイチの仲を取ったイバラの留やシャモのトモキの骨折りがフイになる。タイチは渋々、イバラの留の説得を呑んで浜松に飛んだのだった。

その浜松で三年間、タイチは軟禁状態だった。組の者らはタイチに従いて廻り、どことも連絡を取らせなかった。座敷牢に入れられていたし、番犬を飼う檻《おり》の中に放り込まれ、何日も食い物を与えられない事もあった。

「何でよ、何でそんな事するんな？」オリュウノオバが訊くと、タイチは「俺もそう訊いた。何で俺がこんな事、されるんな？」と、今、目の前に浜松の組の若衆が水を入れた金盥を持って立っているように言う。

若衆はタイチの顔を見てニヤリと笑い、せっかく喉の渇きを癒す水を持って来てやったのに余計な事を言うと、番犬の檻を足蹴にし、水を檻めがけてぶちまける。

タイチは檻の中で考えた。誰と誰が絵を描いたのか。誰も彼も疑わしかった。宝籤を最初に言い出したブラジル帰りのトウキチすら疑わしかったし、誰一人救けに来ない朋友会も蓮池会も自分を罠《わな》にはめたような気がした。飢えて渇き、時折り訪れる浜松の組の若衆らに、さあ遠洲灘に放り込みに行こうか、富士の裾野の樹海に埋めに行こうかと脅され、覚悟を決め、タイチは一人ずつ想い浮かべ、自分を亡き者にしたいかどうか、想像の中で問うてみた。オリュウノオバですら、トモノオジですら、手を叩き、足を擦って嬉《よろこ》ぶ気がする。弟のミツルにしろシンゴにしろ、タイチを殺す理由はある。子供の頃、裏山でミツルが転んだのを笑った、齢上のシンゴをシンゴノアニと呼ばずシンゴと呼びつけにした、というささいな事まで思い出し、そのうち一本の線が見えて来る。

一つはタイチを実際に刺した大下の一統の若衆だった。大下の一統の若衆が見えれば路地の中では中本の一統や向井の一統の東の側をよく思わないすこしばかり肌合いの違う西の共同井戸の男衆や女衆らが見えて来るし、それが路地の外に出れば金貸しをする浜五郎の盲目の息子、カドタのマサルが見えて来る。大下の一統の若衆が直にイバラの留と手を結んでいるのかどうか分からないが、イバラの留がタイチを浜松の一家に送った事を考えれば、最初から最後までタイチを亡き者にしようと絵を描いたのは、路地の三朋輩の片割れ、今、浜村龍造と名乗るイバラの留だと見えて来る。

タイチは悔しげに唇を噛み、「何が路地の三朋輩じゃ」とつぶやき、眼を上げ、日の光が地面から湧き立つような戸口の外を見つめる。その眼に何が映っているのか、戸口を見て、身は一時零落しても一家を張る器量を持つ極道だと気づいたように背を伸ばし、「やったるわい」とつぶやく。

オリュウノオバはただタイチの顔を見る。タイチは戸口に自分を誘う何物かが飛来したというようにふっと立ち、「オバ、もう行くさか」と声を掛け、框に腰掛けたままの娘を立たせる。

「オバに赤子を取り上げて欲しんじゃったら、毎日、連れて来いよ」オリュウノオバの声にうなずいたきり、どこへ行くのか、どこに娘と住むのか、タイチは何も言わず娘の手を引いて坂道を日の眩《まばゆ》い路地の道に降りてゆく。


オリュウノオバは戸口に立って、タイチと娘の姿が屋根や板壁に遮られるまで眼で追い、裏山の樹々にとまった蟬《せみ》が鳴き騒ぐのに気づいて、ふと外に出て木屑を積み上げた上の茂みに目をやる。身も心もくたびれさす蟬の声に煽られたように、ビシャコの小枝と橙色の小花をつけたコメショウブの茎に巣をかけた女郎蜘蛛《ぐも》が、何に驚いたのか巣の糸を威嚇《いかく》するように揺すっている。蟬が鳴き騒ぐのも蜘蛛が巣を揺するのも何の兆しをあらわしはしないと思うが、オリュウノオバはタイチの身に更なる酷い出来事が突発する気がして、思わず巣を揺すり続ける女郎蜘蛛に「何な、吾背が何、知っとるんな?」と声に出して訊いてみる。

オリュウノオバは自分の声を耳にし、女郎蜘蛛が巣を揺する度にコメショウブの葉が微かに音を立てるのを聴いて、女郎蜘蛛からもコメショウブからも茂り重なる裏山の夏草からも、タイチの一生の何から何までを見透かしているくせに訊く事はないと撥ねつけられた気がして、「おうよ」とまた肯い、涙滂沱《ぼうだ》となって立ち尽くす。

その日からタイチと娘は路地の東側、清水の湧いて出る泉そばの、一時、木馬引きのミツノアニと呼ばれた男衆が住んでいた空家に住みついた。他所のどの土地でもない、裏山にかき抱かれるような路地の蓮池の根元にあたる清水の湧く泉そばの空家に、鳥が巣を架けるように住んだのを知ってオリュウノオバは安気にはなるが、タイチから三年間に起こった一部始終を聴かされ、両掌の欠けた小指も満身の傷も見せられているものだから、朝鳴きする軍鶏の声にタイチを案じ、夕闇が濃く降り積もり行き交う者の顔さえ分からない頃になっても、坂の下の道で子供らが遊びに興じて声高に話すだけで不安になる。

当のタイチの方は両の掌の小指を詰められ、満身創痍《そうい》になったのをこだわらず、屈託がなく、臨月の娘と空家に移ったその日からタイチが生きて路地に戻ったという噂を聴いて駆けつけたシンゴ、ミツルをそばに置き、蓮池会のひ若い衆だった者らが土方仕事や山仕事をサボって周りに集まるのを拒みもせずに、タイチが行方をくらました三年間に路地に流れた噂を愉快げに聴いている。高飛びする為の車の中で目張りされ簀巻きにされダムの中に放り込まれたのも、頭を一撃され阿呆になり、座敷牢に閉じ込められたのもタイチだった。タイチは「おう、そうされたかも分からん」とうなずき、どこにおった、と訊かれる度に、「どこて？　この娘、連れて来たんじゃさか、唐天竺《てんじく》でもあるまい」とはぐらかしたのだった。

娘を毎日連れて来いというオリュウノオバの言いつけを守り、日の涼しいうちにタイチは娘の手を引いて坂を上がってオリュウノオバの家に来て、路地の男衆や女衆らからこう訊ねられた、ああ答えたと他人事のように自分の事を言い、ふと気づいたと言うように「オバ、俺は神隠しに会うとったんじゃの」と言い出す。

オリュウノオバは娘の下腹を圧さえ、圧さえた手に腹の子の手足が当たるのを確かめながら、「天狗に連れられて、天狗の娘、連れて戻って来たと言うんかよ？」と混《ま》ぜっ返すと、「あれら、何も気づいてない、俺が昔のままじゃと思とる。昔の若衆頭そのままじゃと思とる」と言う。

オリュウノオバはタイチを見る。タイチが真顔で見つめ返すのを見て、オリュウノオバは何がどう変わったのか知りたいと、ずばりと切り出してみようと、娘に腹帯をつけろと言ってから「生きて戻って来て、どうするんな？」と訊いてみる。タイチはオリュウノオバの物言いにもどかしさが解けたように、「そうじゃだ、生きて戻って来たんじゃだ」とうなずく。

「他所で、これの腹に俺の子入ってなかったら、まだ暴れて斬り刻まれとる。俺も斬ったけどの。斬りまくったったけどの。何遍も殺されかかって肚《はら》くくったんじゃさか。指詰めたの、腹の子、見てみたいと思て、もう暴れん、言うとおりすると詫び入れて、その赤ん坊に俺の指やるつもりで二本もしたんじゃさか。オバ、腹、触ったら分からんこ？」

　オリュウノオバは黙っている。タイチは膝を折って腹帯を巻く娘に目を遣り、焦《じ》れたようにオリュウノオバを見て、「腹の赤子よ」と言う。「二本の指、赤子にやったんじゃ。暴れもせん。怨みも持たせん。カドタ組の糞喰い親分をないがしろにせん、後見人の蝿の糞のイバラの留に迷惑をかけるような波風立つような事は一切せん、詫び入れてスガタニのトシのアニに迎えに来てもろたんじゃ。オリュウノオバは、ロト、悪り事じゃと思うか？　頼母子じゃがい？　オバやイネら、ロト当たって子供に自転車買うたた、米屋のつけ払えたと嬉《よろこ》んどったがい、カドタの糞喰い親分も蝿の糞の留も、俺がロトで人集めて、金集めて、路地の中で一家張りはじめたと、警察と組んで一網打尽にして、俺を浜松に放り込んだんじゃ。オジやオバらがしとった俺の噂、聴いてみ。何ど似とるじゃろ？　俺が死んだ、阿呆になったというの、違うだけじゃ」

「どうするんな？」オリュウノオバは訊く。

「赤子、産まれてからの事じゃ」

　オリュウノオバは不意に腹立つ。

「明日の日にでも出て来る仏さんと、そんな極道の穀潰《ごくつぶ》しと、何の因果があるんな？」

　タイチはオリュウノオバの腹立ちに煽られたように物を言いかかり、言葉を呑み込み、

「赤子の顔見てからじゃよ」とつぶやく。

そのタイチの子が産まれる日、オリュウノオバは眠って見た夢があまりに楽しく美しく、そのまま二度寝すれば夢を忘れてしまうと、起き出す時間でもないのに起き出し、仏壇に火を灯し、祈り、家の掃除をやり、土間を掃いた。それでも日がのぼらないので、竈に火を熾して産湯を沸かし、開けた戸口から夏の朝が明ける気配に気づき、外に出た。

空が白みはじめ、裏山の茂みが形を現しはじめるのを見て、オリュウノオバは夢とそっくりだと思い、身の置き所がなく、家の周りを掃き清めはじめる。夢の中で白み、次に黄金と朱に変わった雲の間から、裏山を抱えるように仏様が姿を現したのはほどなくだった。

仏様は裏山の中腹の葎の宿のようなオリュウノオバの家をのぞき込み、朝の日に浮び上がった裏山を見上げるオリュウノオバとタイチを見て微笑みかけ、振り返って無言で小さな光る雲を見ろと言うように見る。目を凝らしていると齢老いたオリュウノオバより目の効く若衆のタイチが、「ムカデクイック、クイックかよ?」と先に声を出す。「そうじゃだ」とオリュウノオバが答えた。それを聞いてオリュウノオバまで礼如さんをないがしろにすると仏様が眉をしかめた気がしてオリュウノオバはばつ悪げにタイチをつねる。「なんな、タイチ、その言い種」オリュウノオバは取り繕うように言ってから光る雲の上の礼如さんを仰ぎ見、「礼如さん、タイチの赤子、今日、産まれるんじぇ」と声を掛けた。

「そうやァ、ここにある」礼如さんが答えた。

仏様が両手を合わせ、小さな雲の礼如さんよりもっと小さな光る雲に両手を差しのべ掬い、オリュウノオバに抱けと差し出す。呆気にとられたまま落とさないようにそれを抱き上げた時、オリュウノオバは眼を覚ましたのだった。

タイチと娘が家に来たら真っ先にその事を言ってやろうと思っていて、いざ二人がやって来ると娘の腹の破水が始まっているので言う機会がなかった。呻く娘に手拭いを噛ませ、痛みに眼も眩む娘が握りしめる手の指に引っかかれぬよう注意して床の大黒柱に差し渡した綱を摑まらせ、オリュウノオバは盥に湯を張れ、押し入れの襖の前に積み上げた柔らかい布を取れとタイチに命じ、すぐ頭の出かかった赤子に気を取られ、タイチをその場から追い払うのを忘れていた。

頭が出かかって娘の力が足らないのか赤子の外に出ようとする思いが薄いのか手間どり、「力まんかァ」と二度三度怒鳴り、気を失いかけた娘の内股を腫《は》れ上がるほど叩いて、やっと赤子は外に出る。血にまみれた赤子をオリュウノオバは両の手に抱き、瞬時、夢の中で仏様に渡され抱き取った時よりも手応えがないのを知り、あわてて赤子の尻を叩く。二度まで叩いて赤子は眠りから覚めるように泣き声を上げた。

赤子が娘の腹から出る一部始終を見ていたタイチが、産婆のオリュウノオバよりも早く赤子を調べたというように、「男の子じゃだ。どこもおかしいとこない」と言い、産湯を使うオリュウノオバに向かって、「これ、中本一家の二代目になるんじゃさか、優しにしたてくれよ」と差し出口を入れる。娘を叩き、気を失ったのかまだ無明の眠りの中にいるつもりなのか声を上げない赤子の尻を二度叩いたのを暗に非難しての言葉だとオリュウノオバは思ったが、どうタイチに説明しても、長年、路地で子を取り上げて来た産婆の瞬時の勘を分からせるのが無理だとあきらめ、ただ赤子の体についた不浄物を産湯で洗い取る。

その赤子が産まれたのがまだ夏の熱の残った九月四日、七日ほど経ってタイチは名付けの日に方々からもらった産着や玩具の祝いの返しに紅白のまんじゅうを配り、そのついでにオリュウノオバの家へ寄った。タイチが坂を上がって来るのを見て、礼如さんの古い浴衣をほどき縫ってつくった襁褓《むつき》を十組、のし紙を乗せて置いてあったのを仏壇の前から引き出し、「オバ、おるこ」とタイチが肩怒らせて戸口に立ったのを見て、「おめでとうさん。これ」と差し出す。タイチはのし紙をつけた襁褓の束を見て「オバもくれるんこ?」と言い、男親の身分になっても若衆の口の効き方しかしらないというように、「そんな物くれんでも、余り物のまんじゅう、オバの為に持ってくるの、分かっとるじゃがい」とオリュウノオバのむかっ腹を立たせる。悪気がないと分かっているが、オリュウノオバはしばらく腹立ち、独りごちるように繁華街に買い物に行くには齢を取りすぎた、だから礼如さんの形見の浴衣をほどいた、十組二十枚、二日かかって裁断し縫ったと言い、やっと腹立ちがおさまりかかった頃に、タイチは紅白の紙を見せ、「オバ、俺の子のは、一番上に貼《は》っといてくれ」と言う。

「貼る、言うて、オバ、字の書いた物、貼ってないど。字、要らん。何て名付けたか言うてくれたら、オバ、その子、何年何月何日に生まれたか、覚えとる」そう言ってオリュウノオバが何と名付けたか赤子の名をタイチに訊くと、「そうやんで書いとるんじゃがい、この紙に」と答える。腹立ちがぶり返し、口をへの字に曲げ立ち上がりかかると、タイチは取り繕うようにオオワシとも隼とも称されたヒデの名にあやかってヒデジと名付けた、祝いの返しを持っていった方々から、ヒデジとは長男に付ける名ではない、と言われたと言い、「長男でも次男でもええ、強そうじゃがい」とうそぶく。

確かにタイチがヒデジと名付けたヒデジは三月までまるまると肥え玉のような赤子として育ったが、十一月の篠《しの》つく長雨が続いた或る日、風邪をひき、肺炎を起こし、あっけなく死んだ。

その頃タイチの家に元の蓮池会の若衆や朋友会の若衆がたむろし、狭い路地を傘《かさ》をすぼめもせず二つ三つ横並びして行き来したり、瞬時なしに駄菓子屋に行き、物を買い、大声を上げ、長雨で手持ち無沙汰をまぎらわす為、庇《ひさし》に引き込んだ縁台で腕相撲したり石をかついで力競べをしたり、路地の者の誰からも眉しかめられていたから、ヒデジが風邪をひいたのも肺炎を起こしたのも、路地の男衆も女衆も知らなかった。ヒデジが死んだ時さえ、タイチの家の戸口に集まった若衆らを見、中から女の悲鳴や男の怒声が聴こえるのを、若衆らが娘を引き込んでよからぬ事をしているのか、夫婦喧嘩か、と女衆らは思い、難を避けようと早足で家の前を通り過ぎたほどだった。

オリュウノオバの家へ傘もささずミツルが濡れそぼってやって来、タイチの三月になるヒデジが今、死んだ、と言い、茫然《ぼうぜん》として何をどうしてよいか分からぬオリュウノオバに、「オバ、兄貴、怖ろし事、やる。新宮中、血まみれにする」と言う。ミツルは外に立っていないで中に入れと言うオリュウノオバに、掃き清めた土間を雨滴で濡らすと首を振り、長雨の冷たさにかたかた震えながら、「皆な、殺す、と言う。新宮中のやつ、皆殺しにすると言う」と言い、タイチが苦しみ、生きる事に絶望したら同じ眼の色になると思うほど、死んだ男親の菊之助そっくりの眼で、「オバ、救けてくれんこ。ヒデジの魂、呼び戻したってくれんこ?」と訊く。

オリュウノオバはその物の言い方に思わず声を上げ、「何、言うんなよ」とつぶやいて、力なく板間に坐り込み、ミツルがなお「オバ、救けてくれんこ?」と震えながら言うのに「行てくれ」と手を払う。

ミツルが坂を下りて行ってから、オリュウノオバは仏壇の前に坐って誦じている経を上げ、タイチの子のヒデジが生まれる朝に見た仏様の夢はこの事だったのだと思い、仏様はタイチに心底から怒るように仕掛けていると気づく。

ヒデジの葬儀は、タイチが先々興す中本一家の二代目の物と言った事から、生まれてたった三月ほどこの世にいてまた無明の暗闇に戻った生命を弔《とむら》うものと思えぬほど盛大ににぎにぎしく、青年会館から路地の細い道を埋め尽くすほど花輪を飾って行われたが、どこでどうつながりをつけたのか、市長、市会議員、商工会議所の頭取が顔を出し、大阪に根を張る極道の全国組織、奈良の一家の極道らが大挙して集まった葬儀は路地の者の出る幕はなく、オリュウノオバの家に顔を見せる女衆のことごとくよく言う者はいなかった。新宮中の寺から一等目に綾なのをかき集めて着込んだような何人もの坊主のお経も、隅に華奢な体軀を粗末な法衣でくるんだ礼如さんが遠慮して坐り、従いていきかねるように小声で唱和していないものだから有難みが薄れ、味気ない。

オリュウノオバは女衆らに「おうよ」と相槌を打ち、心の中で仏の弟子の礼如さんが篤信のおかげで仏のすぐそばに行ったのだから味気ないと不平を呟《つぶや》いても詮ない事だと独りごち、タイチはそれを知っているからわざとにぎにぎしく盛大に人を集め、いままで金のない路地の者の祥事なぞ見向きもしなかった坊主らを何人も集めたのだと思い、女衆らに言い聴かせるように、「タイチに、オバの葬式の時にゃ、ヒデジの三倍も四倍も坊主集めたり、人集めたり、花輪集めたりしてもらうんじゃよ」と言ってみる。

ヒデジの葬儀のほとぼりがさめ、長雨が止んでみると、タイチの子のヒデジが人の生命のうごめきがこだまし音が湧き立つこの世から何をかき集め持っていったのか、心に沁《し》みるほど路地に音もなく、柔らかく温かい日の明かりが降りそそぎ、瓦葺きの家、杉皮葺きの家、トタンを貼りつけただけの家の屋根を万遍なく光らせている。その下に住む者らが金を持とうと朝の茶粥に入れる米に難儀しようと、善人であろうと意地くね悪く不平ばかり言い、唇が捩《ねじ》れていようと、路地に生まれ生きるのは、元来、仏の蓮花の台の楽土に生まれ生きているのだと諭すように、裏山の立ち枯れたような夏芙蓉の方から、長雨の頃は声音一つだに漏らさなかった金色の小鳥が柔和な日の光より優しく耳に当たる澄んだ高い声を出し路地の空の上を飛び交い、路地の女衆らが植えた空地や木枠の花にとまり、あるかないかの蜜をさぐる。

オリュウノオバは日の当たる縁側に終日坐り、柔和な日の光と天人の声のような金色の小鳥の鳴き声に耳を澄まし、たった三月で生命を断たれたばかりの紛れもなく高貴にして澱んだ血の中本の一統のタイチの子の呉れた愉楽としか言いようのない物に身を浸しながら、脈絡なく浮かぶ路地の者の生まれた月日、祥月命日を諳じてみる。半蔵の顔を想い浮かべ、カツイチロウの顔を、その子のイクオを想い浮かべ、ふと体一面に傷をつくり両掌の小指を詰めたタイチを想い、柔和な日の光も優しい金色の小鳥の声も、オリュウノオバには愉楽でもタイチには地獄なのだろうと気づき、小指のない両掌で両の耳を押さえ呻くタイチが眼の前にいるように、「おうよ。オバかて仏さんのする事、酷いと思う」と慰めの言葉を掛ける。タイチは弟のミツルが濡れそぼって戸口に立った時見せた男親の菊之助そっくりの眼でオリュウノオバを見、オリュウノオバの向こうに礼如さんが居るし、その向こうに癒し難い痛苦を容赦なく与えて寄こす仏様が居るというように、「言うてくれ。何したと言うんな」と呻き声を立てる。

「ヒデジが何したと言うんな？　この中本のタイチが何したと言うんな？　男親の菊之助が何したと言うんな？　中本の先祖が何したと言うんな？　仏さんの飼うとる鳥を殺

したんか、先祖が仏さんの化けとった鹿を殺したんか、牛を殺したんかよ？　オバ」タイチは怒鳴る。

「食う物ないさか鹿殺したり牛殺したらあかんのか？」

オリュウノオバはタイチの声に「食う物なかったら何でも食わいでよ」と心の中で即座に声が湧くが、そばに居てつかえた毛坊主の礼如さんが生命のある物を殺し食う肉食を忌み、肉であれ鳥の卵であれ口にしなかったのを想い口ごもり、胸痛いまま黙っている。

タイチには地獄のような苦しみが続いたろうが、オリュウノオバには縁側に終日坐ってうつらうつらするに絶好な柔和な日射しの日々が続き、ヒデジの四十九日も過ぎ、年も明けて正月のしめ縄も取れない頃、路地の者らが肝を冷やすような事が起こった。

ちょうどタイチの家のある清水の湧いて出る泉の並びの山の登り口にある納屋が、夜中に突然火を上げて燃え出した。目撃した朋友会の若衆がタイチの家に駆け込み、昼となく夜となくタイチの家に集まっていた若衆らが外に繰り出し、手早く青年会館の屋根の上の半鐘を鳴らし、「火事じゃ、火事じゃ」と叫んで路地の者らを起こし、タイチの指揮で会館の物置から消防道具を引き出して手早く火を消したが、夜が明け、焼け跡からガソリンの匂いがし、人の住まない納屋一軒だけ燃え落ちているのを見て、路地の女衆も男衆もつけ火だと言い、そのうちタイチの家に出入りする若衆らが面白半分に火をつけたと言い出したのだった。

タイチは噂を自分の嫁から聴かされ、嫁が冷たい眼を向けられると訴えるのを笑い、「何でも人のせいにするんじゃ、ほっとけ」と言い、火を見つけ、半鐘を鳴らし、消防道具を引き出すのがあまりに手際よかった、十着常備している路地の消防団のハッピが路地の男衆や若衆の手に渡らず、タイチ以下朋友会の主立った連中が羽織って現場に居たとあげつらい、つけ火は子を死なせたタイチの憂さばらしだと噂が広まっても相手にしなかった。

それが人にどう噂されようと頓着しないタイチの性格から由来するのか、それとも路地の外ににらみを効かせるあまり路地の者らの疑いや不安を針の先の出来事と軽んじる癖の陥穽《かんせい》か、本来はここでタイチはつけ火の犯人を探し出しその動機を質すべきだったがそれをせず、そのつけ火からすぐの二月六日の火祭りの夜、思いもかけない事態に立ち会う。

本来なら二月六日、雨が降ろうと槍が降ろうと、戦時中の空爆の時ですら行われた神倉山の火祭りには、タイチがカドタ組の若衆頭として、朋友会の親分として二十人、三十人率《ひ》き連れて先頭切って街を練り歩き、白装束にたいまつかかげて山の上の神域に登り、神火をいただき降りてくるところだが、死人のある家は喪に服し火祭りの参詣を遠慮するならわしで、タイチは家で、ヒデジと火祭りに加わる事は永久にないとほぞを噛んでいた。

その家に顔見知りの路地の男衆や若衆、女衆まで手に手に棒切れや野球のバット、どう使うのか菜切り包丁まで持ち、目をつり上げて立ち、外から「タイチノアニ、おるんかよ？　おるんじゃったら青年会館まで来てくれんこ？」と優しい声が放たれるや、「ちょっと来くされ」「どつき上げたるど」と怒声が闇の中で響き渡る。

その荒らげた声に気づいてタイチが戸を開けて外に出ると、温かい土地には珍しい粉雪が舞っている夜の中にいた路地の者らが取り囲んだ。「どうしたんない？」とタイチが訝《いぶか》ると、男衆の一人が「ワレが知らん事ない。おまえが指図したんじゃ」と怒鳴り、棒っ切れでいきなり打ちかかった。家の灯がもれてくるといえ粉雪の降りかかる曇り空の火祭りの日の闇夜だから充分目が効かず、咄嗟に避ける事も出来ず、タイチは棒切れで脇腹を打ちすえられ、火のような痛みに呻く。その呻きを耳にして嵩《かさ》にかかってまた打ちかかって来る男衆を体当たりしてようやくかわし、男衆の棒切れを取り上げると、荒くれのタイチの手に棒っ切れが渡ったらどうなるのか火を見るより明らかだとおびえたように、何の為にタイチを取り囲んでいるのか説明もせず男衆らが棒切れや板切れで殴りかかり、方々から打ちすえられ痛みに立つ事も出来ず崩れかかると、普段は人当りよく挨拶に笑みを返し家の土間でノコギリの目を研いでいる男衆が、これが同じ男かと驚くほどの怒髪天を突くのはかくやという顔で、「ワレ、来い。会館に行て、トキノオジの子のせちがわれようを見てみよ」と怒鳴り、いきなり棒切れで乱打され痛みに気を失いかねないタイチを引っ立てようとする。

雪が額にかかり溶けて滴《しずく》となり、鼻先にかかって滴となり、ぶらぶら揺れているのを理由もなく可笑《おか》しい気がするが、笑うに笑えぬまま両腕を捕虜か罪人のように握られ、家の戸口から青年会館まで引っ立てられ、入口に着き、集まった男衆や女衆の中に大下の一統の若衆がいるのをタイチは気づく。大下の若衆はタイチの視線から姿を隠すように、入口から横の暗闇の中に紛れる。

男衆らに青年会館の中に連れ込まれ、トキノオジの子の顔を見て、タイチは一から十まで分かった。

畳を敷いた大広間に女衆らの用意した火祭りの後の酒盛りの肴《さかな》が手つかずのまま置かれ、酒も一升瓶のまま封を切らずにのし紙をつけたまま置かれている。トキノオジの子のサトシという十三のひ若い衆は同じ頭寸の連のひ若い衆二人と祭りの装束のまま血だらけになって青年会館に駆け込み、火祭りはもう終わったのか？　どこで喧嘩したのか？　と訊く女衆らに、火祭りはまだ終わっていない、喧嘩ではない、朋友会の連中に袋叩きにあったのだ、と泣きながら訴えたのだった。

火祭りは古来からしきたりとして何日も前から穢《けが》れを嫌って穢れと思うもの一切を遠ざけた。女は親であろうと嬶であろうと姉妹であろうと触れる事も禁じたし、食う物ですら色のついた物は穢れとし、祭りのその時も酒、白飯、豆腐にカマボコを塩で飲み食いし、ようやく土地に三つある神社を廻る。三人の路地のひ若い衆は二つ目に参拝しようとした速玉大社の大鳥居の前で、祭りの氏子の一人一人の前に立ちはだかるようにたむろする朋友会の若衆ら六人ほどに出くわし、朋友会の若衆らがタイチの手下であるのを知っているから「頼むで」と声を掛けた。

その声を聴いて若衆の一人が「何な？」と言った。別の一人が「長山のガキか？」と言った。それでも路地のひ若い衆は朋友会の若衆らの悪意に気づかず、「頼むで」と声を掛け直すと、「ワレら長山の者が町の祭りに何しに来た？　穢しに来たんか？」と怒鳴り出す。

「帰れ、長山の者ら来たら、穢れる。朋友会の親分のナカモトノタイチでも、穢れとるさか、よう祭りに登らんのじゃ」朋友会の若衆は言い、「そんな事、あるかァ」と喰ってかかる路地のひ若い衆を、「帰れと言うんじゃ」「長山者《もん》を叩き出せと、タイチが言うたんじゃ」と担いだたいまつで殴りかかる。

タイチは青年会館の中で男衆や女衆に取り囲まれ、トキノオジの子のサトシが舌足らずに言う話を聴いて茫然とし、「誰と誰な？」と問い直した。トキノオジの子のサトシが「顔知っとるけど、知らん」と答えるのに、一瞬、いまここに朋友会の面々を連れて来て面通しすれば分かると思いつき立ち上がりかかると、男衆らが棒切れやバットを振りかざし、「ワレ、逃げるんか」「ワレ一人、ええ格好さらして、承知せん」と前に立つ。「雪駄チャラチャラ鳴らして、肌に白粉《おしろい》つけて女引っかけとった者が、エラいんかよ、俺らあかんのかよ」誰かが言うのを聴いてタイチは棒っ切れで殴りつけられるのを覚悟で男衆の前に立ち、「路地の長山で、オジやオバらから雪駄チャラチャラの血じゃと嘲られるのも腹立つけどの、自分の手下に長山じゃ、路地じゃとせせら笑われるのも腹立つ」と言い、トキノオジの子のサトシに自分と一緒に行って速玉大社の鳥居の前に立って路地の三人のひ若い衆を袋叩きにした者を見つけ出してくれないかと頼んだ。

顔が腫《は》れ上がって痛い、体が痛いと言うトキノオジの子のサトシの前に頭を畳にこすりつけさえして頼み、ようようにしてうなずくトキノオジの子のサトシに涙さえ見せ、「アニが極道になって朋友会つくっとるのも、蓮池会つくっとるのも、路地の者が吾背みたいな目にあわんようにと思てじゃ」と言い、取り囲んだ男衆らの中から「ワガだけと違うんかよ」「そう思うんじゃったら、旦那衆からぐっすり金脅し取って、道にでもバラまいといてくれ」と言うからかいの相手にかまわず外に出る。

夜更けてタイチは朋友会の三人の若衆を連れて青年会館に戻ったが、青年会館にいたのは火祭りの直会《なおらい》の宴会で酔い潰れた五人の若衆だけだった。仕方なく朋友会の若衆を連れて自分を殴りつけ取り囲んだ男衆や女衆の家を廻り、男衆や女衆に直接、タイチを殴りつけた時の憤りをそのまま若衆らにぶつけさせようとして、まず手始めに目立て屋を起こすと、前の怒髪天を突く勢いはかけらもなく、普段の人当たりのよい男衆に戻り、股引きの中に手を入れ、柔和な夢の中にいるというように、「人を分けへだてしたら、あかんのう」と言い出す。

「足、踏まれたら痛いやろ？　そうやけど踏んだ者は痛いの分からんわだ。それと同じじゃのに」タイチが男衆の寝呆けたような口調に苛立《いらだ》ち、「オジ、これらに指つめさせてもかまんのじゃ、これから足踏まれた痛み分かるように、半殺しにしてもかまんのじゃ」と言うと、男衆は「タイチ、これらに何しても分かろか」と言い、タイチがその言葉に不満でこれから寝入った路地の一軒一軒を起こし、袋叩きをそそのかしかねないと取ったように、「もう波風、立てんなよ」と言う。

男衆は家に入りかかり、ふと思いついたと振り向いて三人の朋友会の若衆に「アニら帰れ、いつまでもタイチに従いとったら、何されるか分からん。オジが見といたる」と言い、三人の若衆が歩き去るのを見て、タイチにダメを押すように「裏切んなよ」と言って家の中に入り、戸を閉めた。タイチは男衆に謎をかけられたように茫然と雪の止んだ冷たいだけの路地の闇の中に立ちつくしたのだった。

タイチの終焉

三輪崎の湾は何時見ても巨大な魚の上顎《うわあご》のように見えた。その湾を見下ろす崖の上に建った精神病院の裏庭に、トモノオジは終日、居続ける。トモノオジが坐った跡も、幻覚の中に現れるオリュウノオバの腰掛ける石も、そのオリュウノオバに見守られながら時々に応じてクエやイルカに生きながら転生し横たわった跡も、湾から強い潮風が吹き上がり、暴風雨《しけ》の雨が加われば、チガヤやヨモギ、ハマボウフウの草叢《くさむら》は乱れて瞬時にかき消すが、暴風雨が止み嘘《うそ》のように晴れ上がってしまえば、トモノオジは誰の制止も振り切って裏庭に出て湾を見下ろしてたたずみ、しゃがみ、横たわるので、草叢はそこだけ隙間があいている。

幻覚の中でクエやイルカに転生して横たわり、地上に生きる者が海に生きる身になり、それが陸の上に横たわる二重三重の呼吸の苦しみに悶《もだ》え草叢に転がっている間に、タイチの手下のそのまた手下に当たる路地の若衆が、或《あ》る日忽然《こつぜん》と姿を消したタイチが悪い噂《うわさ》通りに簀巻《すま》きにされた姿で見つかったと伝えてくれたし、簀巻きにされ放り込まれたダムの底で魚に喰いちぎられ、本人と確認出来たのは両手の詰めた小指と身にくっついていた服だけだったという姿のタイチの葬儀が、路地の者らの手でわびしくつつましやかに行われたと教えてくれたが、幻覚の中でトモノオジは、死体になり骨になって人の手で葬られたタイチが、自分の呼吸の苦しさで洩れる呻《うめ》き声と共に徐々に生き返る気がして、ハマボウフウの茎のちくちくと痛い棘《とげ》に肌を刺されながらことさらのたうち、尾鰭《おびれ》背鰭《せびれ》を打ち振り、三輪崎の湾を見下ろす崖《がけ》から続いた熊野の山々の彼方にまで届くように声を上げる。あまり力を込めすぎると腹の鱗《うろこ》がふくらんでこすれ筋がひきつれて痛むが、あびるほど飲み続けた酒のおかげでアル中となり、ここぞという時に後見人として助力のひとつも出来なかったトモノオジのする事はこれしかないと痛みをこらえて吠《ほ》えるように声を上げ続けると、オリュウノオバがトモノオジの顔をのぞき込み、「吾《あ》背《ぜ》も食うたんじゃがい」と意外な事を切り出す。

「何をよ？」

「何を言うて、死んだタイチの肉をよ。水の中で魚らに一つ食い二つ食いされて、足も手も体も骨だけになったんじゃと。吠えて食うてしもた肉、吐き出そと思てもあくもんか」

トモノオジは首を振る。あっちへ行けと胸鰭《むなびれ》を振る。その仕種がおかしいと笑うオリュウノオバの顔を見つめたまま、路地の三朋輩《ほうばい》の片割れ、シャモのトモキ、たとえひもじさに震えようとわが子以上のタイチの肉を口に入れるはずがないとうそぶき、タイチの死体に群れた赤や黄色の小魚の非情ぶりに憎しみがつのり、七生の後に必ずや報復すると誓い、呻き声を上げるのだった。

オリュウノオバはそのトモノオジを見て嘲り、生きながらクエやイルカの身に転生するような不信心者の考えそうな事だと蔑《さげす》んだ眼で見て、言い聴かせてやらなければ後々大事になると気付いたように真顔になって草叢の石に腰掛け、「トモキよい」と声を掛ける。たとえタイチの死体の肉をつつこうと、ひもじい小魚に何の罪もない。草木が長雨で立ち枯れ腐り溶けてこそ、地に堕《お》ちた種も芽吹き、双葉を出し、茎を伸ばす事も出来る。

オリュウノオバは路地の男衆や女衆に寄ってたかってタイチが脅されたという話を聴いて、タイチに殴りつけ脅しつけた路地の者らを逆怨みするなと諭した。タイチは「おうよ、オバ」と即座に火祭りの夜の出来事に何のこだわりもないと返した。その言い方がきっぱりしすぎていたので人の上に立つタイチに不憫《ふびん》がつのり、「皆《みん》な、よう行たら当たり前じゃと言うし、ちょっと悪り事あったら、寄ってたかってお前が悪りと言うんじゃわ」と毛坊主の礼如さんの例を引いてかばうと、タイチは「俺《おれ》があかなんだんじゃ」と言い出す。タイチはオリュウノオバを極道の者とは思えない力のある澄んだ眼で見て、「これから金もどっさり持って来て、オジやオバらに極楽の暮らしさせたるんじや。二度と町の人間らに、長山じゃ、穢多《えた》ぼしじゃと言わさんように、しっかり組をつくり直すんじゃ」と言い、オリュウノオバが訊《き》き返そうとする口を封じるように腰を上げ、「どう、行て来」と坂を駆け下りていく。

タイチがオリュウノオバの家から坂を駆け下り行ったのは、城山の下の元ダンスホール跡に出来た証券会社の事務所だった。その事務所にはカドタのマサルがいたし、証券会社の持ち主であり路地の地主の佐倉がいた。佐倉の脇に浜村龍造ことイバラの留がいたし、タイチが斬《き》りつけ失明させた金貸しの浜五郎の息子がいた。オリュウノオバは後で人の噂するタイチの様子を聞いて、直前の澄んだ眼と中本の一統特有の気品と人の上に立つ覚悟をした凜々《りり》しい姿を記憶していたので戸惑うほどだった。タイチは盲目の浜五郎の息子に度肝を抜かれ蒼白《そうはく》の顔になり、猿のようにおびえた眼で居合わせた面々を見て、そこに路地の三朋輩の片割れ、イバラの留がいたのに安堵《あんど》したように挨拶《あいさつ》した。そこで何を話したのか、居合わせた四人が四人、路地を快く思っていないし、いますぐにでも路地に火を放ち、さら地にし、路地の山を削り取り、地主の佐倉が何十年にも渡って青写真を焼いて来たようにデパートをつくり、ビルをつくりたいと思っていた連中だから、タイチが土下座したという噂も、親を殺され一生物も見えぬ身にされたのだから、即刻、生命の一つ二つもらってもよいと脅す浜五郎の息子に泣いて謝ったという噂も信じ難かったが、タイチはその日、大枚の金を持って戻り、朋友会の若衆らに殴られたというひ若い衆ら三人に金を渡し、残りを女衆らに渡し、路地が総出でやる春の磯遊びを兼ねた運動会にでも使ってくれと言ったのだった。

「何なよ、気色悪り」女衆の一人が言うと、タイチは片目をつむり、中本の血の若衆だと暗に言うように女衆の乳に触れるか触れないかに手を伸ばして引っ込め、「忍術したんじゃよ」と言い、ミツルとシンゴに「これで気楽になった」と笑いかけ、路地の外に向かって歩き出す。

その忍術とは何なのか、タイチは一寸亭のトモノオジの元に出掛け、打ち明けるように「一から出直すんじゃ」と言い、訝《いぶか》るトモノオジに朋友会を三人がかりで殴りつけてヤキを入れたと言い、浜五郎の息子の金貸しから金を巻き上げたと言った。

「どしたんない?」とトモノオジが訊くと、タイチはカドタのマサルが奈良の一家と気脈を通じ、浜五郎の息子の金貸しが金をつくり、覚醒剤を仕入れて流し始めたので、大阪からスガタニのトシの息のかかった者を呼ぶ、大阪から極道が集まれば今度こそカドタのマサルの生命はないし、浜五郎の息子の生命もないと脅して金を奪《と》ったと言う。

「そりゃあかんど」とトモノオジが声を荒らげると、タイチはトモノオジをアル中だとなめきったように顔をしかめ、手を振り、「奪れるとこから奪って、貧乏人にやったらええんじゃ」とうそぶく。

トモノオジは一寸亭のカウンターの留まり木に腰掛け直し、若さの勢いで何事も押し切ろうとするタイチにどうして駄目なのか説いてやろうとしたが、都合の悪い事に物も食わず酒ばかり飲むものだから二合か三合の酒ではや酔いが廻り、体がふらつき、留まり木から転げ落ちかかる。「ほれ、ほれ」と小馬鹿にしたようにタイチがトモノオジの体を支え、「しっかりせなあかんど」と言うと、タイチの朋輩のシンゴ、弟のミツルが声を立てて笑う。路地の者らに顔を立てる為というのは、雪駄《せった》チャラチャラの中本の一統でも闘いの性に生まれたタイチの体に湧《わ》き上がる男の意地として分かるが、無関係の者まで含め朋友会の面々を殴りつけヤキを入れた、佐倉、イバラの留の居並ぶ場所でカドタのマサル、浜五郎の息子を脅し金を巻き上げたとなると、路地の何一つ頼りにならない口さがない男衆や女衆に引き金を引かれ、むこう見ずの捨て鉢の事をやってしまったと言うしかないが、酔いがどうっと廻り、カウンターにもたせかけた背をタイチの腕に支えられ笑い声を耳にしていると、トモノオジの体の中から言葉が泡のように次々と消えてゆく。タイチの腹が体にくっつき、腕が背を撫《な》ぜるのが一度たりとも眼にした事のない我が子に介抱されているようで、瞬時、人生が路地の蓮池の底の泥から湧く泡なら自分もタイチも泡にすぎないと思い、二人抱え合って別な道を行く朋輩や手下に刺され血まみれになっている気がし、親と子が抱え合って死ぬとは何と切なく美しい話かと涙を流す。

タイチはトモノオジの涙の訳を分からない。「どしたんな、オジよ、泣き上戸かよ」とからかい、一寸亭の女を呼び、トモノオジが酔ってしまったから寝かしてやれと言いつけ、外に出る。

タイチが外に出て、一寸亭の女に支えられながら二階の座敷にむかい、初めてトモノオジはタイチの体から裏山の頂上に花をつけ甘い蜜で金色の小鳥を狂喜させる夏芙蓉《なつふよう》のような匂いが漂っていたのに気づいた。オリュウノオバは誰に言われなくとも、トモノオジが気づいたようなタイチに訪れる中本の高貴にして澱《よど》んだ血の宿命を感じ、路地の女衆らが春の磯遊びで取ってきてゆでたという湯気に磯の香の混じったざるいっぱいの貝を持って来て、タイチが金を出したので福引をやって楽しかったというのを耳にしても、タイチの体を赤や青の小魚のようにつついて食っているのだとひとりごち、心の中でおおきによ、と礼を言いながら、針でせせり出したあるかないかの身を食べる。

当のタイチも我が身の長くないのを気づいた。他の中本の一統の若衆のようにゴムまりから空気がもれていくような具合ではなく、むしろ生命の輝きの嵩《かさ》が増したように朋友会の若衆らを眼一つで動かし、気に喰わなければ殴りつけ、畏《おそ》れさせ、親分のカドタのマサルを子分同然にあごで使う具合だったが、ただそれも路地に戻ると体が術にかかったように荒々しい感情が消え、日がな一日でも三叉路《さんさろ》の天地の辻で涼台に坐り、まったりと漂う夏芙蓉の匂いをかぎ、職にあぶれた若衆や女衆らと話をしていたい。

外に出ると荒くれて、内にいるとこれが極道かと疑うほどおとなしいタイチを、路地の者らは悪く言うはずがなかった。元々の五体を駆け巡る血が歌舞音曲に寝食忘れるほどの中本のものだし、物さえ言わなければどこの役者かという顔だったので、夏芙蓉に群れる小鳥のように、タイチが外から戻り天地の辻にいると、娘や女衆らが集まってくる。天地の辻に涼台を置いている駄菓子屋も、誰かが喉《のど》が渇いたと言えばタイチがジュース、ラムネをごっそり買うし、擦《す》り寄った子供が籤《くじ》を引きたいとねだれば日当ての物が当たるまで引かせてやるものだから、タイチに不平をならすはずがなく、誰が言い出すのか、誰の嬶《かかあ》に手を出した、誰の娘を孕《はら》ませたという噂も、手を出してもらって得をしたとタイチの肩を持つ。

春が過ぎ、路地中の道という道をふやけさせてしまったような梅雨が終わり、蒸し暑い夏が始まり、丁度その頃がまた裏山の夏芙蓉の花が満開の時だから甘い匂いに頭が眩《くら》むのか外で夕涼みする者が増え、話し声や笑い声が夜更けてまで路地に響く。オリュウノオバは山の中腹にある家の雨戸の中にまで届く声を生命の賑わいと好ましく、産婆をやってよかったと産まれ出た子の一人一人の顔を思い浮かべるのが日課のようなものだったが、或る夜タイチに、「オバ、あれら違うんじゃ」と言われ、オリュウノオバはタイチの顔を見た。

夕涼みに集まった男衆の一人が「おお、肩凝るよ」と言ったのだった。女衆の一人が「仕事にもいかんとゴロゴロしいるさかやわ」と返すのに、タイチが何の魔がさしたのか、昔、ひ若い衆の頃、ヒロポンを射《う》ったのを思い出して、「一本射ったらすっとするんじゃがの」と言ってしまったのだった。

「一本くれよ」

「一本くれ、言うて、そんなもの俺の組は扱こてないど。金貸しや大下の若衆が流し出すの、俺が脅し上げたんじゃのに」

「吾背がしたらええわだ、金になるじゃがい、俺らにちょっと廻してくれたらええ」

男衆はタイチの一言に喰い下がり、タイチも根負けして男衆に覚醒剤を一本都合してやった。一本が二本になり、そのうち路地の他の男衆らからもせがまれ、拒むと脅し口調になり、仕方なく都合するとタイチが仏の生まれ変わりのような顔になる。

「何が仏なよ、ヒロポン射ったらどうなるか知っとるじゃがい、仕事もせん、嬶も子も要らんというようになる」オリュウノオバは思わず声を荒らげた。

タイチはそのオリュウノオバを心外だという顔で見る。タイチはオリュウノオバが誤解しているのだと思い、「十五も二十も毎日運ばすけど、金ら、ビタ一文取らせん」と言い、それでもオリュウノオバの腹立ちがおさまらないのを気づいて、「オバ、シャブ持って来たるの、悪りことと違うど」と言う。「混ぜ物の入っとるの持って来るんと違うんじゃ、オジら汗水垂らして働いた日雇い賃の半分出しても買えんようなの、ただで持って来る。オジら、シャブ欲しの、つらいさかじゃ」

「つらかったら、仏様おがんで信心したらええ」

「仏様て」とタイチは口応えしかかり、絶句し、オリュウノオバを見つめ、怒鳴り声を出すかと思いきや優しいまるで礼如さんのような声でささやくように言う。「長《な》ごう続けとったら体ぼろぼろになるものくれ言うて、寄ってたかって俺をさいなむと思たけどの、人、傷負わしたり殺したりするだけで何にもええ事ようせん者が、罪にちょっと上塗りしてオジらに気色ええめさせたろ思ての」

「それが罪じゃだ」オリュウノオバが言うと、タイチは「おうよ」と言ってシャツの袖《そで》をまくり、青い針痕を見せ、「オジらと一緒に射っとる。オジらぼろぼろになるんじゃったら、俺もなる」とつぶやく。タイチはオリュウノオバの眼から眼をそらし、立ち上がり、夏芙蓉の甘い匂いのする外に出て「オバみたいな匂いじゃね」と声を出し、夜の坂道を下に降りて行く。

オリュウノオバは家の中にいてタイチの足音に耳そばだて、下の道に降りて天地の辻の涼台にたむろする男衆や女衆の方に足音が向いてから頭を振り、「あれ、吾背らの匂いじゃだ」とつぶやく。

微《かす》かな風の流れが天地の辻で渦巻くように夏芙蓉の甘い匂いがあたりにとごり、燭光《しょっこう》の弱い電灯が駄菓子屋から洩れ、あるかないかの光を投げかける涼台にいた男衆らが、オリュウノオバの家から戻ったタイチの為に一つ身をずらす。タイチは何のこだわりもなく涼台に腰を下ろす。涼台で何を話す訳でもなかった。山仕事に出かけて蛇に追いかけられたと男衆の一人が言い出すと、賢《さか》しらの蛇の性に男衆らはうなずき、女衆の一人が会館の天井を這《は》っていた大蛇を思い出したと言い、礼如さんがまだ元気な頃、オジやオバらが若い時代、人生無常を説く講話の最中の礼如さんの前に大蛇がどさりと音を立てて落ちた事があったと話が出て、ひとしきり若衆が仕組んだ、いや違う、と盛り上がる。大蛇が天井から落ちたのは仕組んだものではなく、それが証拠に驚いた若衆が捕まえ打ちすえて殺しにかかるのを礼如さんが止め、「畜生が仏様の話、聴きにきとったんやのに」と言う礼如さんの言葉に、ワルの盛りの若衆ら手を引っ込めた。一部始終を見ていた女衆の一人が言うと、眼の前の暗い路地の道を、講話に気を取られて天井から落ちた蛇が這って逃げ出しているように皆なは黙る。

暗い路地の道を人が歩いて来て、「アニ」と呼ぶ。声を聴いてミツルだと分かり、タイチは立ち上がる。「さあ、ひと稼ぎしてこ」タイチが腕を振り、肩を鳴らすと、天地の辻に居合わせた男衆や女衆の中から「おおきによ」「また頼むで」と声が掛かり、タイチは路地きってのワルを証《あか》すように「おおよ」と胴間声を出す。わが声を耳にして腹の中に理由のない怒りがこみあがってくるのに気づき、「アニ、行こら」と子供の頃のように身を擦り寄せて脇に立つミツルを、「ワレ、こら」と頭をこづき、「何なよ、いきなり殴んな」と頭をおさえるミツルに、「朋友会をちゃんと締めあげとるか。あれらに二度とこの前みたいな事させたら、お前の魂《たま》ももらうど」と言う。

男衆も女衆も黙っている。タイチの振る舞いも言葉も、覚醒剤を只《ただ》で流してもらって嬉《よろこ》ぶ天地の辻に集まった男衆や女衆に向けられてのものだと気づいて苛立《いらだ》つようにミツルは「分かっとる」と怒鳴り、「殴るな」と言う。

不機嫌なミツルと並んで路地の道を外に向かって歩きながら、子供の頃からタイチが頭を小突く度に一つ覚えのように「殴るな」と言ったとおかしく、「殴らな、分かるもんか」と言ってみる。「殴らいでも、分かるもんは分かる」ミツルは言う。

繁華街に出てタイチはミツルの顔を見、ミツルが兄のタイチに理由なしに小突かれ苛立ちが昂じているのを知り、思いついて「また兄やんの為に勤めて来てくれるか？」と訊く。ミツルは歩を止めないまま「何なよ？」と訊く。タイチはミツルを見る。

「何て言うて、分かっとるじゃがい。兄やん、何言うか。兄やんの前に四つ、悪りもんある。四つ、毒の団子かいの、四つの重石《おもし》かいの。一つはカドタのマサルと言う。もう一つは盲目の金貸しじゃ。後はイバラの留と地主の佐倉じゃ。四つともないようになったら兄やんの天下じゃ。ミツルの天下じゃし、シンゴノアニの天下じゃ。路地の天下じゃ。四つじゃなかっても、一つでも二つでもかまん」

ミツルは黙ったまま歩き続ける。タイチはミツルの頭に手を触れる。小突きにかかったと錯覚したミツルはタイチの手を勢いよく振り払い、立ち止まり、「何で俺ばっかしなよ」と口をとがらせる。

「何でと言うて、おまえ、俺の実の弟じゃだ。兄と弟、一心同体じゃだ」タイチはそう言い、瞬間、血に混じった覚醒剤の幻覚のせいか、繁華街の照明の陰に自分の行動を監視する者らが立っている気がして、物を言うなと唇に指を当てて合図し、ミツルの手を引き、繁華街の脇道に入る。電柱の陰に身を隠し、ミツルを板塀に押しつけ、タイチは不意に体の中に湧いて出る不安を言い出す。四人が四人共、タイチを亡き者にしようと機をうかがい、刃をといでいる。路地をさら地にしたいと思っている佐倉は、路地に根を生やしたような極道のタイチをうとましいし、その佐倉の番頭になったイバラの留も朋輩のシャモのトモキの薫陶《くんとう》を受けたタイチが目障りでしようがない。カドタのマサルと盲目の金貸しは、タイチひ若い衆の頃から斬った張ったのしこりがある。タイチはミツルに説明しながら、体の中に湧き出て駆け巡る不安が、四つの毒の団子、四つの重石からではなく、いまさっき「おおきによ」「また頼むで」と掛かる声を背に出て来た夏芙蓉の花の甘い匂いのとどる路地の方から来るのに気づき、口をつぐみ、ミツルに語りかけるように見つめる。佐倉が薄ら笑いを浮かべ、イバラの留が「何な、どした？」と小馬鹿にするより、いやカドタのマサルが、土地一帯を取り仕切るカドタ組の親分の威厳を見せようとして、「ここは、おまえの出るとこじゃないど。面《つら》を洗て出直して来い」とすごもうと、タイチには「なんな、タイチかよ」「おおきによ」と何気ない路地の者の言葉の方が不安をかきたてるし、居ても立っても居られない状態にさせる。

オリュウノオバは、脇道で電柱の暗がりに身を隠し弟の眼をのぞき込むタイチに、その気持ちは半蔵にもオリエントの康にもあったものだと語りかけ、居ごこちの悪い不安になぞ構うことない、「タイチ」と呼ばれれば「おう」と答え、「梟《ふるつく》、昼、鳴かんか？」とからかわれれば、「オバも晩に豆よばすんじゃがい？」と切り返せば済む事だと諭しにかかる。半蔵やオリエントの康なら、からかいにはからかい、頓智《とんち》には頓智を返すが、女に囲まれ荒事一つする事なく死んだ菊之助を男親に持つタイチ、中本の一統の血を言い立てられたと取る。ただ張りのある男盛りの若衆をからかうだけの女衆や男衆の言葉に気圧《けお》されて、「梟、昼、鳴かんのか？」と声を掛けられ、路地のひ若い衆らが火祭りの日に朋友会の若衆に殴られた不祥事を言われた気がして、「おうよ、梟、昼も鳴くように仕込まなあかん」と答えている。

無言のミツルの眼がタイチを見つめ返し、タイチは体に火がつく。「よっしゃ」と答え、繁華街のどこの物陰にタイチの一部始終を監視する者がいようと、隙あらば刺し殺そうと狙っていようと怖れる事はないと、ミツルの先に立って歩き出す。

タイチがミツルと共に向かった森永のカフェでは、普段出入りしない路地の大下の一統の若衆が朋友会の若衆らと話をしていた。大下の一統の若衆はタイチの顔を見ると何のつもりか頭を一つ下げ、「よろしく頼むわい」と朋友会の若衆に言い置いて裏口から外に出る。タイチが言うよりミツルが先に、「何な、あんなもん、中に入れて」と朋友会の若衆をとがめると、大柄な若衆が、「勝浦の方、シャブ流してないんじゃったら、まかせてくれんか？　と頼んで欲しいと言うて来た」と言う。

「何じゃとォ」ミツルが声をあげると、大柄な若衆はあわてて弁解するように、「無理じゃと言うたんじゃけどの、同じ路地じゃさか、分かってくれるかもしれんと言うての」と言い、タイチを見る。

タイチが無言のままジューク・ボックスにもたれて見つめると、大柄な若衆は勢いに乗ったように「同じ路地じゃさか、タイチさん、分かるじゃろと言う」と繰り返し、タイチが低い声で「路地じゃ言うてかい」とつぶやくと「わしら分からんけどの」と我に返ったようにタイチから眼をそらす。

その大柄の若衆の眼の動きに煽《あお》られたようにタイチはぺっと唾を吐き、ジューク・ボックスから身を起こしざま大柄な若衆の胸倉を「ワレら、こら」と摑《つか》み、締めあげる。「ワレらに俺の仕事、口差しされる筋合いないど。ワレら黙っとったらええんじゃ。俺に言う事ない」

タイチは怒鳴るなり若衆の股間《こかん》を蹴りあげ、前屈みに倒れ込もうとするのを突き飛ばし、顔を殴りつける。殴った拳《こぶし》の痛みに火を点けられたのか、若衆の鼻から流れ出す血に闘いの性に生まれた身をあらためて悟ったのか、血の流れる顔を両手でおおいうずくまる若衆の頭を足で蹴り、踏みつけ、森永のカフェのフロアに顔をこすりつけ、「路地が何じゃと言うんな」と言う。靴のかかとが若衆の頭を破ったし、床に力まかせにこすりつけられる鼻からも唇からも血が流れているので、あたりに血が飛び、居合わせる朋友会の若衆らも眼をそむけるしかない。弟のミツルがタイチの夜叉のような怒りをなだめるのは自分しかないと、タイチの後から「兄やん、もうええ」と声を掛け、「ワレは」とはねのけられる。はねのけたミツルの体がジューク・ボックスに当たって音が立ち、タイチはふと怒りの火が消えたように一つ息をし、うずくまったままの若衆の脇腹を一つ蹴り、「ワレら、失せよ」と言う。

頰が擦《こす》れ腫《は》れあがり血にまみれた大柄な若衆を朋友会の若衆が抱き起こし外に連れ出しにかかると、居残った若衆らに、「ええか、今日をもってワレらの盃は返してもらう」

と言い出す。「カドタの欲ボケの腰抜けに泣きついたらええ」タイチはそう言い、打ちつけた腹を押さえて見ているミツルに、「ワレも俺の気持ち分かるんか」と怒鳴る。タイチは呆けたように見るミツルに歩み寄り、頭を思いっきり小突き、「分からんのじゃったら、兄弟の縁、切ったるど」と言い、なお呆けたように見つめ続ける弟のミツルに、「分からんのかよ、ワレ、親を殺されとるんじゃど。親の眼、潰《つぶ》されて殺されとるんじゃど」と怒鳴り、ようやく覚醒剤の中毒で暴れたのではないと納得したミツルが、「兄やん、俺が仇討《あだう》ちに行く」と答えると、「仇《かたき》ら討たいでもええ、あんな腰抜けは勝手に死ぬ」と言う。

「さっき言うた、カドタの親分、兄やんの毒の団子じゃ、言うて」

「毒の団子じゃけど、仇ら討つ必要ない」

ミツルは「何でよ？」と訊く。タイチはミツルの顔を見ながら、仇討つなら男親を女にだけまめな中本の血にした者だと思うが、ミツルにどう言葉を使って分からせる方法もないと、「あんな小物」とつぶやく。

オリュウノオバはその時のタイチの夜叉のような怒りを分かるが、ミツルも朋友会の若衆も分かるはずがなく、朋友会の若衆の誰が注進したのか、誰が聴いていたのか、タイチがカドタのマサルを親の仇として狙っている、カドタのマサルを小物、腰抜けとなじったとその日のうちに当のカドタのマサルの耳に入り、噂はタイチの気持ちとは違う方に渦巻いている。

明らかに噂をばらまいて廻る者がいたのだった。噂は最初、極道の者ら、馬喰《ばくろう》や山仕事の人夫らだけだったが、そのうち路地にも入り込み、男衆や女衆らが、タイチが遂に男親の仇を討ち、土地の天下を取ると言い、心の奥では活動か芝居のように面白い話だと浮いているのに心配げな顔をつくり、寝込んだきりになったオリュウノオバの耳に持ち込む者もいる。路地に顔を出すタイチやミツルに「あんまり悪り事すんなよ」と声を掛ける者もいれば、「やる時ゃ、しっかりやらなあかん」と励ます者もいたが、当のタイチもミツルも親の仇討ちの噂が渦巻いているのを気づかないものだから、「おうよ」と答えている。「そら、極道の極意じゃの」と答えるタイチではなく、親の仇討ちの相手とされたカドタのマサルは苦り切り、奈良の一家に連絡を取り、朋友会の若衆らの何人もに秘かに噂の真偽を質し、ついでにタイチとミツルの魂を奪《と》るのを持ちかけている。

路地にそのカドタのマサルの動きも伝わっていた。路地に元々ある東の井戸のあたりの若衆の旗頭か、中本の血のタイチなら何につけてもしっくりいかない西の井戸のあたりの旗頭か、タイチを刺した大下の一統の若衆だったか、カドタのマサルの元に出入りし、盲目の金貸しとつるむ大下の若衆がカドタのマサルの動きを逐一伝え、奈良の一家が十人ほど勝浦の温泉に泊まっていると路地の男衆や女衆に話している。

噂は一日遅れ、二日遅れでタイチの耳に入り、「どうするんな？　しっかりせなあかんど」と声を掛けられ、「奈良の一家らにおびえとって、何が出来よか」とタイチが鼻で吹くと、その鼻で吹いたタイチの、鋼鉄の体をしているから矢でも鉄砲でも持って来いと肩で風切る姿が噂になる。

路地の者らが予期した出来事は一つも起こらぬまま一月が過ぎ、二月が過ぎ、どうネジが狂ったのかタイチの嫁が寝込んだオリュウノオバの家に駆け込み、タイチが芸者を妾《めかけ》にしていると訴え、芸者と自分の二股をかけるなら浜松へ帰ると言い出した。オリュウノオバは極道の一家を張ろうという男だからとタイチを弁護したが、一度や二度の浮気ならよいが妾を置くのは厭だと言い張る嫁に手を焼き、オリュウノオバの身の廻りの世話をしてくれる女衆にタイチを探し出して嫁の前で両手をついて詫びさせた。両手をついて詫びても、嫁は女の勘で芸者とは本心で切れるつもりはない、芸者と切れるなら嫁の自分を棄てて駆け落ちをしようと思っているはずだと疑うのを聴き、心の中で嫁はタイチの若死にする高貴にして澱んだ中本の血を無自覚のまま気づき自分一人だけ可愛がってくれないと泣きくずれるのだと思いながら、女衆に起こしてもらい「吾背は何言うんな」と面罵《めんば》する。「どこの馬の骨か分からん吾背を、タイチの嬶じゃと思とるさか、子供も取り上げたし、優しいにしたれと廻りにも言うたんじゃのに。人に手ついた事のない男が手ついとるんじゃ、嬶が何がエラいんな」オリュウノオバは鴉《からす》のような声の醜さを知りながら言う。

「吾背にタイチはもったいない。吾背らの手の届かんとこにおるんじゃのに」オリュウノオバは言って自分の言葉にこらえきれなくなり、皺だらけの手で顔をおおって泣き出す。タイチが不意をつかれたように、「オバ、オバ」と呼び蒲団《ふとん》に起きあがったまま一人で倒れて横になる事も出来ないオリュウノオバの身を抱きかかえる。

タイチに背をかき抱かれ背中を撫ぜられてしばらくあやされ、ようよう止まった涙をぬぐうと、タイチは華奢《きゃしゃ》な骨とたるんだ皺だらけの皮がありありと分かるだろうに、浴衣の背に手を当てたまま「オバよ」と聴いた事もない口調で話しかける。

「嬶の不安がるのも分かるんじゃ。芸者、俺につきまととる」タイチはそう言ってオリュウノオバの前に胡座《あぐら》をかいて坐り直し、オリュウノオバと嫁の顔を交互に見て、「俺がどこへ行こか。この路地以外、どこがあろか」と溜息《ためいき》をつくように言い、嫁の膝に手を伸ばして手を取り「オバ、今度こそ俺の天下じゃ」と言う。

「のう、オリュウノオバ、俺が天下獲ってこのあたり一帯の極道の親分になったら、この山の上に城みたいな家、造ろかいの。カドタの組長の家ら較べ物にならんやつ、丹鶴《たんかく》城みたいなやつ」タイチはそう言って嫁の機嫌を取るように、「花も植えるとこつくったる。松も紅葉も桜も梅も植えたる」と話しかける。

「そんなのより、今、木の鉢つくって欲し」嫁が駄々をこねるように合の手を入れると、タイチはオリュウノオバを分かるかと問うように見て、「鉢、幾つも木でつくって、男親、花どっさりつくっとったのォ」と言う。「オバとこの仏さんに、よう花持って行かされたど。ミツルと途中で放ったたけど」タイチは苦笑し、男親の菊之助を思い出したのか悲しげな眼をし、「男親、カドタのマサルに下駄《げた》でどつかれて、体悪りなって首吊ったんじゃだ」とつぶやく。

「仇を討つんか？」オリュウノオバは直に噂を訊いた。

「仇？」とタイチは言い、オリュウノオバを真顔で視てからゆっくりと中本の血の一統特有の爽《さわ》やかなこぼれるような笑みを浮かべ、「知らんのこ？」と訊く。オリュウノオバは頭を振る。「仇、俺が討たいでも、仏さんが討ってくれとる。カドタのマサル、血吐いて死にかかっとる」それが証拠に奈良の極道らが見舞いに来ているし、カドタのマサルを頼みの綱とする盲目の金貸しもイバラの留もあわてふためいていると言う。そしてタイチは不思議な事を言った。

カドタのマサルが倒れ寝込んだと耳にした時、瞬間、眠りもしないし眼も閉じないのに、起きたまま夢を見た。路地の者らがあわてふためいていた。路地の中で水に身を投じて死んだ者がいる。今はない蓮池と思しき池のあたりを捜し廻り、ついに水に沈んだ体を見つけ、引き上げてみればまぎれもなく中本の血の男衆で、その男衆の腕が重いからなお力を込めて引くと、腕と腕を固く結んだもう一人の中本の血の男衆が上がり、さらにその男衆の反対の腕に腕をゆわえつけ入水していた別の中本の男衆の体が上がる。三人の中本の男衆の心中に気づき声を上げた途端に、夢は消え、タイチは暗澹《あんたん》たる想いにとらわれながら、カドタのマサルが倒れたと聴いた途端に見た白昼夢は自分の五体を駆け巡る中本の血の知らせなのだと思い、何の知らせかと考えた。考えたあげく、タイチは種の頃から双葉の頃から想い描いた天下を掌中に収める時が来たと取った。天下を取れば路地の裏山に城のような家を造る。松を植え、紅葉を植え、桜を植え、梅を植えると言うのを耳にして、オリュウノオバは極道者の家らしい花札の柄にそっくりの庭になると苦笑し、「オバも萩の花、好きじぇ」とからかいはしたが、起きて視たというタイチの白昼夢の不吉さに胸苦しく、「オバ、起きとったら、しんどい、寝かしてくれ」と駄々をこねてタイチに横にしてもらい、「寒なったら、足、痛むんじゃわ」と言って脚をさすってもらい、「はよ、暖かくなって欲しよ」と、オリュウノオバの針金のような脚をさするタイチを呆けたように視る嫁に話しかける。

「暖かくなったら、皆な、生き返る。草の種も豆の種も、ちょっと暖かいだけで鉢割れそうになっとる」オリュウノオバが言うと、タイチは「おうよ。春になって暖かくなったらすぐ磯へ行こらい」と言い出す。タイチは思いついたように脚をさする手を止め、「オリュウノオバ、今度の春の磯遊び、路地総出で行こらい」と言い、小声で針金に味噌塗ったような脚だとつぶやき、その脚では歩くのは無理だから自分が背負ってやると言う。

「金をぐっすり俺が出したる。誰も一銭も出す事、要らん。料理も俺が仕出し屋から一番上等なの取ったるし、ジュースもサイダーもビールも酒も、俺が全部出す。天下獲って、一家張って、磯遊びの日くらい費用を持てんで、何が天下なもんか。何が城みたいな家なもんか」

オリュウノオバは脚をさするタイチの手が強すぎるので「痛み取れた」と言ってタイ

チの手を払い、嫁に蒲団を掛けてもらい、「オバ、ちょっと寝るさかね」と言い、立ち去りかかる二人に「夫婦仲良うして。はよ、次の子、産んで」と声を掛けたのだった。

タイチは戸口を出かかり、中本の血がむくむくと湧き起こったというように、「のべつ幕なしにしとってもあかんというのに、これ、俺が家におったらしがみついて放さんのじゃ、もうしょうら、と膝突ついとる」と言い、嫁の尻を小気味よい速さで撫ぜる。嫁が不意を突かれ「あっ」と声を立てるのを床に横たわったまま見て笑い、オリュウノオバは路地の女衆が眠り込んでいれば自分を起こすだろうと眼を閉じたのだった。

それが、この世でオリュウノオバがタイチを眼にした最後だった。

オリュウノオバが眼を閉じたまま永久に目覚めず、実のところタイチが路地総出の春の磯遊びの日、忽然と姿を消し、誰もが行方を捜し、ついに簀巻きにされ骨だけの姿でダムの底から上がったのは、オリュウノオバの死後に視る地獄絵としてもよかった。

眼を閉じ、眠り、死んでしまったオリュウノオバの枕元にタイチが引き返し、涙を流してはいるが腹立ちの浮き出た声で、「何なよ、オバ。俺が負うて連れたるという た磯遊びにも行かんと、勝手に死んで」と怒る。オリュウノオバはタイチの怒る声を想像し、涙を流す。タイチはオリュウノオバが自分をこの世の最後の最後まで見届けないのに腹立ち、「何な、味気ない」と言葉を投げつける。タイチがそう言うなら、オリュウノオバも、味気ない、と言葉を返したい。

三月三日の雛《ひな》の日、種の頃から双葉の頃から一緒だったタイチの朋輩のイクオの命日、子供らは夜が明けないうちから磯遊びの楽しさに浮かれ、声を上げて走り廻っていた。オリュウノオバの家に世話に来る路地の女衆の何人もが、タイチが用意した酒もジュースも菓子も会館に山積みしていると言った。料理は仕出し屋で取るより、女衆らで作った方が旨《うま》いと何日もかかって作っていた。

「えらい散財やァ」オリュウノオバが金を出したタイチを自慢するつもりで言うと、口さがない賢しらの蛇の性の女衆は、「どうせヒロポンの上がりやさか」と言う。オリュウノオバは床に臥したまま一人、女衆の言葉に腹立ったのだった。背負って磯遊びに連れて行てくれると言うタイチが坂を駆け上がって戸口に立ち、「オバ、行こらい」と声を掛けてくれるのを今か今かと焦がれて待ち、春の日が外に射し、子供や女衆らの声が裏山の夏芙蓉の花に群れる金色の小鳥の声のように波を打って響くのをこの上ない愉楽として聴いていた。

「オバよ、起きとるかい」とタイチそっくりの声がした。いや、その声はイクオにも、半蔵にも、オリエントの康にも似ていた。

誰一人とってみても懐かしさと不憫さのこみあがらない者はない、その声の主をことさら問うようにオリュウノオバは「誰な？　半蔵か、三好か、タイチかよ？」と訊き返すと、戸の外にあわあわと広がる朝の光を背に若衆が枕元に向かって歩いて来て、オリュウノオバが一瞬に抱いた幻をかき消すように幼さの残った口調で、「兄やん、ちょっと来れんさか、俺が背負いに来たんじゃ」とタイチの弟ミツルが言う。

路地のあらかたの家族は駅に向かった、駅で思い思いに汽車に乗り、三輪崎の磯で落ち合う、さあ、寒くないように上衣をはおれ、二人だけで向かいあって汽車に乗るより、皆なと一緒になって子供らの騒ぎを聴くだけでも楽しいから、急いで身を起こせ、と言うミツルの言葉に従いながら、喉元までどうしてタイチが迎えに来ないのか問い詰める言葉が出かかるが、言葉を声に出せば、実の兄弟を別け隔てし、兄のタイチをだけ依怙《えこ》贔屓《ひいき》しているとミツルに思わせてしまうと、「おおきによ」と礼を言ってミツルの肩に腕を廻しひょいと背負われて、ミツルの腕がオリュウノオバの尻を支える恥ずかしさに「若衆の体、久し振りじぇ」と無駄口をたたくが、ミツルは無言のまま外に出て、振り返って戸を閉め、坂道を降りて行く。

日のあふれる路地の道を行き、タイチの家の前に来た時、開いた戸口をのぞき込んだが、中に人の居る気配はあるが誰の影も見えない。

駅に着き、ミツルに背負われたままプラットホームにたむろする者らの輪の中に入り、「ええねえ、オバ」と掛ける声に、「オバだけしか若衆に抱かれる楽しさ分かるかよ」と返し、「オバ、パン喰い競走したりするの、どうするんな」とからかう声には「坐ったままでも寝たままでも、野球拳できるど。籤引《くじび》きになったら、誰にも負けん」と切り返す。

汽車がプラットホームに滑り込み、どやどやと乗り込み、走り出してもタイチは来ない。

汽車に乗るとたった一駅だから席が暖まる暇もなく三輪崎に着き、そのまま漁師町の家並みを抜け、三輪崎の湾の窪みの極まったあたりの磯に出る道をたどり、荒い波が繰り返し磯の岩場をたたきつけたせいで岩が砕け擦り潰れたような黒い砂の浜に歩く。早くから磯に着いていた者らがミツルに背負われたオリュウノオバに「今日はオリュウノオバ、お雛様じゃ」と声を掛ける。砂浜に降ろされ、潮の香りのする風を受け、日の光の粒が矢のように天穹から落ちているのを見つめ、オリュウノオバは三月三日のこの日、首を縊《くび》って死んだイクオを思い出し、若死にする中本の一統の若衆は誰にも死ぬ姿を見せないと思い、路地から遠く離れた磯に居て、路地でオリュウノオバを呼ぶタイチの声を耳にした気がしたのだった。

タイチは「オバ、オバ」と呼ぶ。タイチは今、目隠しされ、口を塞《ふさ》がれ、身動き出来ないように手足を縛られている。

「オバ、オリュウノオバよ、俺ァ、どしたんなよ?」タイチは言う。

「オバ、何んで俺がこんな目に合うとるんな? 物見えんように両眼をテープでぐるぐる巻きにされとる、声を出せんように口を何重にもテープで圧さえられとる。どしたんなよ、オバ、オバじゃったら何から何まで分かる。誰がこんな事しとるんな? 何んでこんな目に合わされとるんな?」

オリュウノオバは首を振る。タイチはオリュウノオバが答えないのを納得しないというように、なお呼ぶ。オリュウノオバは磯遊びに興じる路地の者らの姿を追いながら、タイチが、目撃する者誰も居ない磯遊びの日の路地の死角を衝かれ襲われる姿を想像したのだった。

床についたきりのオリュウノオバさえ背負われて磯に出かけた路地に人っ子一人居ない雛の日、タイチの魂を奪ろうと狙う者らは首尾よくタイチを押さえ込んだのだった。魂を奪ろうと狙う者らは、テープで目と口を塞ぎ、海老型に手足を縛ったタイチの五体を駆け巡る血管の血が徐々に熱を持ち、赤くいこり始めるのを気づかなかった。タイチは目張りされて出来た闇の中で呻き、オリュウノオバを呼び、この世で唯一頼りとするオリュウノオバさえ答えを返さないし、不意に襲いかかった不如意を解いてくれないのを腹立ち、ただそうするしか方法がないように心で魂を奪ろうとする者らに、七生の後にもこの仇を報いてやると念じる。怒りで熱を持ちふっとうした血が管を破き、肌を溶かして闇《やみ》の中にしたたる。タイチの体が担ぎ出され、日の光を受け、風にさらされた時、魂を奪ろうと狙う者らはタイチの肌から滲《にじ》み出、衣服に吸い込まれた血が甘い芳香を発しているのに気づいたし、山の彼方から群れをなして金色の小鳥が飛来し高い鳴き声を立てながら甘い蜜を求めて狂気乱舞しはじめるのを、この世の出来事ではないように見ている。

魂を奪ろうとする者らは担いだタイチの体が焼けるように熱いのを気づき、瞬時、目糞鼻薬ほどの利権を狙って尋常ではない者を襲い簀巻きにしていると後悔し、縛ったタイチの腹に触っても脚に触っても踝《くるぶし》に触っても滲み出た熱い血がべったりと掌につくのを畏れ、憎しみを抱き、崖の上に放り出す。呻く声を上げ、もがくだけの体を見て、不意に生き返ればどんな報復を受けるかもしれないとおびえ、息の根を止めておこうと石で頭を砕く。血が流れ出ると、金色の小鳥の群れは一層激しく鳴いて飛び交い、魂を奪ろうとする者らが手で触るのも穢らわしく畏ろしいと足で呻き続ける体を転がして崖の端に寄せると、血溜まりに次々と舞い降り、タイチの体から流れ出した血こそ甘い芳香の立つ蜜だというようにすすり、魂を奪ろうとする者らが近寄ると蝿のように宙空に翔《と》びあがる。宙空に舞い上がった金色の小鳥の群れは空を狂気乱舞する群れに呑み込まれ、一時、大波のように空を舞い続けてまたタイチの血の匂いと味に魅《ひ》きつけられたように血溜まりに舞い降り、タイチの体に鉄の重りがくくりつけられ、崖の上から鉄の重りとしもども下のダムに蹴り落とされると、そのタイチの体を追って空からダムの水面すれすれまで急降下する群れの動きに驚き、後を追うように舞い上がる。

オリュウノオバはタイチの血の芳香と味に本能のまま魅かれる金色の小鳥同様、タイチの体を追って急降下し、水面すれすれまで来て空に生きる金色の小鳥のままでは水底深くもぐれないと悟り、一匹の小さな柳の葉の形をした魚に身を変え、ごぼごぼと大きな水泡を立てながら落ちてゆくタイチの後を追う。その小魚のオリュウノオバの前を、雲つくほどの大きさのクエのトモノオジが、「タイチよい、どしたんな、タイチよい」

と言っているつもりか、タイチが立てた水泡と同じくらい大きな泡を立てて泳ぎ降りて行く。小魚のオリュウノオバがようようにたどりついてみると、ダムに沈んだ杉の大木の根に赤子のような形でひっかかったタイチの体に、クエの身のトモノオジが頬擦り寄せている。

柳の葉のような小魚の身では、昂《たか》ぶってタイチの周りを泳ぎ廻り、ぐるぐると胴を巻いたロープ、目張り口張りしたガムテープを何とかはずそうとタイチの体を口でなめ廻すクエのトモノオジに勢い余って撥ね飛ばされかねないと、オリュウノオバは一歩も二歩も身を引き、親が子の骸《むくろ》をかき抱き嘆きにくれるのは人も鳥獣虫魚も変わりないと妙に感心しながら、柳の葉のような小魚は小魚らしく、オリュウノオバはオリュウノオバらしく振る舞うしかないと「タイチよ、可愛い者よ、何でこんな目に合うんなよ」と小声で囁《ささや》き、小さな泡の玉を吐きながら嘆き泳ぎ廻るのだった。

その声を聴きつけたのか、小さな泡の玉を見たのか、柳の葉のような小魚のオリュウノオバにクエのトモノオジは顔を向けてにらみ、突然、「オバ、いったい、こりゃ、どういう事な？　言うてくれ」と胴間声を出す。胴間声で起こった波に身をさらわれ、小魚のオリュウノオバは二度三度でんぐり返されながらダムに沈んだ杉の幹に生え出た藻の方に流されてようように身を立て直し、元のタイチの姿の見えるところまで息を切らせながら泳ぎ、「吾背がわが胸に訊いてみよ」と巨大なクエの胸を一撃で突き刺すような言葉を吐く。「吾背が酒ばっかし飲んでなかったら、こうはならん」オリュウノオバが言うと、トモノオジは呻き、胴間声を出しかかり、また波にさらわれかねないと案じて素早くタイチの陰に泳ぎ隠れると、「おうよ、そうじゃねえ」と意外にも素直に相槌《あいづち》を打つ。トモノオジは物思いに沈んだようにしばらく動かない。

「吾背がシャモのトモキらにしっかりタイチの後見しとったら、こんな事になろか」オリュウノオバは言う。トモノオジはうなずく。

「今の今まで吾背、何しとったんな。一寸亭の穴ぐらの中にネズミみたいにおって、ネズミは餅《もち》引き込んだり芋引き込んだりするだけじゃけど、頭の黒いネズミ、朝から一升瓶引き込んで日がな一日飲んどる。酔うてくだ巻いて、誰も怖ろしもんあるか、タイチの後見人じゃ、親じゃと言うて、タイチを亡き者にしようとする者らの動きを一つも見張る事も出来ん」

「亡き者にした者ら、誰らないね」トモノオジはつぶやく。小魚のオリュウノオバがびっくりするほど大きな声で「知らんのこ？　知らんと吾背はこのダムの底まで来とるんこ？」と訊き、クエのトモノオジがそれに答えて大きな身をもてあますように黙ったまうつむくと、「つらいもんじぇ」とあきれ顔でオリュウノオバは簀巻きにされて木の根にぶら下がったタイチに言う。

「可愛い者よ、吾背を亡き者にしたの、一番最後に吾背が見た、吾背の体に手をかけた者ばっかしと違うど。あれらだけと違う。このオバもそうじゃし、このオジもそうじゃ。今、吾背がこうなっとるのに、磯に行て人の払た金じゃさか、よけ嬉しと言うて走ったり転げたりして、鮨《すし》喰たり餅喰たり酒飲んだり騒ぎ浮かれとる者らも、吾背の頭石で叩いて簀巻きにしてダムに放り込んで亡き者にしたんじぇ。痛いこ？　苦しいこ？」

オリュウノオバはそう言って返答をうながすように後手に縛られたタイチの詰めた小指の傷跡を口で突つく。ダムに放り込まれたばかりだから傷跡の皮はまだ硬いが、三日もすればふやけ、小魚のオリュウノオバの力でも容易に傷跡から肉を突つき出して呑み込む事は出来る。

「てんごうすんな」トモノオジが言う。オリュウノオバは胴間声を出しかかるトモノオジを見る。

「何がてんごうな」オリュウノオバは中指の指先を口に啣《くわ》えて喰いちぎれるか試す為に身を左右に振ってみる。

「何でタイチにそんな事するんな。これ以上、酷い目、なんでタイチが味わわなあかんのな。もう誰にも指一本触れさせせんど、誰にもタイチ、突つかさんど。オバでもじゃ」

小魚のオリュウノオバの振る舞いを見るに見かねてタイチの体に垣を張ろうとするように、大きな身をぐっと突き出してトモノオジはオリュウノオバに近づく。口を開ければ一呑みというところまで近寄ったクエのトモノオジをオリュウノオバは歯牙にもかけぬという顔で見て、「阿呆よ。こうしてオバが喰たり、吾背が喰たり、路地の者らが喰たりしたらんで、どうやって成仏するんな」と強い声で言う。

「吾背も喰たの覚えとるじゃがい」オリュウノオバは突然言う。

「何をよ？」

「何を、て」オリュウノオバは怒りの浮き出た眼でトモノオジを見る。

「喰た口を拭《ぬ》ぐてもあかん。しらばくれてもあかん。皆なタイチを喰たじゃがい。三月三日の磯遊びの日、忘れたんこ？　このオバが女衆らに、一寸亭に巣くった頭の黒いネズミにも持っていたれよ、と言うて、磯で獲って来た貝《ばい》を笊《ざる》いっぱい運ばしたんじぇ。女衆らの作った鮨も持って行かせた。煮しめ物も刺身も酒もあったじゃろがい」

「磯の貝とタイチの肉と違うわだ」動顚《どうてん》のあまり難癖をつけると、トモノオジが苦笑する。それが気に喰わないと言うようにオリュウノオバは「本当は、穀潰《ごくつぶ》しの用なしの吾背が先にこんな目に合うくらいちゃんとした極道者じゃったら、タイチはこんな事にならせんのじゃわ」と莫連《ばくれん》女のように歯を剝《む》き出して言い、トモノオジを徹底して蔑《さげす》むというように「タイチは本物の中本の若衆じゃよ。吾背、どこの馬の骨ない？」と言い、振り返ってタイチの後手に縛られた指先を突つく。トモノオジは一言に呻き、この場に及んでタイチと自分を引き裂きにかかると苦しく、呻き声を上げたその口で、タイチの指の肉を喰いちぎろうと身を撥ね廻す柳の葉のような小魚のオリュウノオバを後から呑み込んだ。腹の中でオリュウノオバはばたばたと撥ねて暴れわめく。

「ワレ、トモキ、このオリュウノオバに何するんな。このオリュウが、生まれたのも知らん、誰の種でもない、畑でもないと空とぼけたら、吾背、仏さんとこ行ても、あっちへ行けと撥ねつけられるだけじゃのに」

トモノオジはタイチの体の周りを泳ぎ廻りながら、「何とでも獅子吼《ししく》れ。極道くずれに仏さんら要らん。どうせ地獄に堕ちるんじゃのに」と答える。泡の音と共に自分の吐いた地獄という言葉が甘く響くのに気づき、トモノオジは、中本の一統の血で一人、極道の道を歩き、人を傷つけ殺《あや》めた事もあるタイチも必ずや自分と同じように地獄に堕ちると思い、それが楽してならぬ事のように思え、海老のように身を折り曲げた姿で大木の根にひっかかっているタイチの顔をなめ、体をなめ、脚をなめ、「タイチ、オジと一緒にしっかり地獄に堕ちよらい。地獄で極道者として閻魔《えんま》さんの鼻あかしたろらい」と語りかける。腹の中でオリュウノオバが「バチ当たりが」と毒づく。「バチでもトックリでもかまん」クエのトモノオジは歌うように言う。「オジと一緒に地獄に行て、どうせそこでオオワシのヒデも待っとるじゃろから、大暴れしたろらい。ヒデノアニ、吾背見たら、ええ極道になったとひとしきり泣くんじゃ」トモノオジはタイチの耳元で言って涙を流す。

「地獄で新しい路地の三朋輩じゃ」

「アホよ」オリュウノオバの声がする。「タイチがもうここにおろか」

そのオリュウノオバの言葉は嘘でなかった。柳の葉のような小魚のオリュウノオバを腹に呑み込んだまま、何日、クエのトモノオジはダムの水底にいたのだろう、誰にもこれ以上手を出させない、近寄って来るどんな小魚であろうと撃退すると海老のような形で大木の根に引っ掛かったタイチの体の周囲を泳ぎ廻っていたのに、ある日、トモノオジが「タイチよ、地獄へ行こらい」と語りかけ、眠り込んでいるのを起こすように口で体を突つくと、塩の塊が水に溶けるように衣服の間から肉が溶け出し、血の色か肉の色かあたりを赤黄に染めたと思いきや白骨が現れる。腹に呑み込んだオリュウノオバを呼んで訊《たず》ねる声もなく、トモノオジ、ただ茫然《ぼうぜん》として眺め、肉が溶けきってなお後手に縛られた白骨の両の手に小指が欠けているのを見て、突然変異を起こしたのはまぎれもなくタイチの体だと確かめ、白骨のタイチにすがり寄り、「タイチ、どしたんな、タイチ」と問い、問うても答えぬものならと塩のように溶け出たタイチの肉をひときれでも喰っておこうと、赤や黄、黄金にも銀にも見える色の甘い味のする周囲の水を吸い込み、「どしたんなよ、タイチ、どしたんなよ」と心の中で訊く。

クエの腹の中のオリュウノオバは、心の中で訊く言葉に「オバの言うたとおりじゃ」と言い、ぶっているつもりか蹴りつけているつもりかピチピチと身を撥ねる。オリュウノオバの小魚が撥ねる度に喉に小骨のたったような異和が起こり、その異和が放っておけばタイチの体の骨まで喰いちぎりかねない勢いのクエのトモノオジを正気づける。

トモノオジは形のある肉の一片を追って深みから水の表に上りながら、次第に水の音が高まっていくのを知り、心の中で腹の中に納めたはずの小魚のオリュウノオバ、肉のタイチに、「誰も苦しむ事、要らんど。オジ一人で水から上がる時の苦しさ、味おたらええじゃさか」と言い、水の表まで浮きあがったタイチの肉の一片を喰い、水面でいつも聴こえる耳を聾するような潮の音をこらえ、息を詰める。

息を詰めれば苦しさが倍加する。しかし息を詰めていなければ間断なく吹きつける潮風が肌に痛いし、身を投げ出しよじる度に当たる草の茎や葉が竹の鋸《のこぎり》や包丁でぶすぶすと刺されるのもかくやと思うほど味の悪さが広まるので、トモノオジはもう一寸、もう一寸とこらえ、限度に来て肺が破裂するような気になって息をする。一つ息を吸い、一つ吐くと、ポンと小魚のオリュウノオバと肉のタイチが口から飛び出し、三輪崎の崖の上の草叢に飛び出す。水の中からよく崖の草叢の上まで運んで来てやったものだと小魚と肉片の二人を眺めると、最初に潮風が吹いて肉が飛ばされて草叢の中にかき消え、次に小魚がぴくんと撥ねて消える。トモノオジは思わず立ちあがって草叢を探し、「オバ、タイチ」と声を出した。

「オバ、どこへ行たんな？」トモノオジは草叢の中に分け入り、チガヤの葉と葉の間、根の間に動くものがないかと眼を凝らし、「オジ、何しいるんな」と後から声を掛けられ、一瞬、肉の一片までになったタイチが、水から上げた自分の努力で元の生身のタイチになったと思いもしたし、いや何もかもが酒の飲み過ぎの果ての幻覚、そもそも闘いの性に生まれたタイチが亡き者になろうはずがないと思い、「やれよォ」と声さえ出して振り返ってみて、そこに立っているのがタイチの実の弟のミツルと、タイチと種の頃から双葉の頃から一緒だったシンゴなのに気づき、自分に問い掛けるように「吾背ら、タイチ簀巻きされてダムに放り込まれとったの、知っとるこ？」と訊く。

「いつの事を言うとるんなよ」シンゴは苦笑する。「葬式も出して、俺らこれからどう仕返ししょうかと言うとるんじゃのに」

トモノオジは仕返しという言葉にシンゴを見る。中本の血の若衆特有の涼しげな眼を見て、何の仕返しする意気地があろかと言葉が湧き、言葉を呑み込むかわりにチッと唾を飛ばす。

ミツルが「仕返しする為、一人一人、調べとるんじゃ」と言う。

「兄やん、何遍も、水の底から物言うとったんじゃ。ダムのそばに鮎《あゆ》釣りに行っとった奴も、声、聴いとる。連《つれ》らとワイワイ騒ぎもて夜の川へ鮎突きにいたひ若い衆ら、兄やん、一人でしゃべっとる声、聴いとる。その声、ほんまに聴いたんじゃったら、ナカモトノタイチ、魂になって亡き者にされたと言いに来とったんじゃろし、嘘じゃったら嘘で、兄やんがダムに放り込まれとったの、そいつら何ぞで気づいとったんじゃろと思て、一人一人当たっとる」

「仕返しするんかよ?」トモノオジは訊いた。「仕返しかよ」トモノオジはつぶやく。そのつぶやく声が耳に籠《こも》り、間断なく吹きつける風で鳴る草の葉ずれと潮の響きにないまじり、自分の体がいま水から上がったばかりだから光にも風にも音にも無防備で痛くてたまらないのを知り、苦しさにあえぎ、トモノオジを見つめる二人に「ちょっとしゃがましてくれよ。横にならしてくれよ」と断ってしゃがみ、まだ水に濡れた肌に風が痛いと思って眼を閉じ、快楽とまがう肌の痛みを味わうように声を立てて草叢の中にゆっくり身を横たえると、ミツルとシンゴがはるか遠くにあるような声で、「オジ、どしたんな」「大丈夫こ?」と訊き、そのうち「小便ちびったんこ」とあきれ声を出す。「なんな、ズボンの中にちびったって」「オジもあかんね」トモノオジを嘲る二人の声を耳にしながら、トモノオジは、何にでも姿を変えられるオリュウノオバも肉片のタイチも、トモノオジが生きながら生まれもつかない身に転生する苦しみを現世で味わっているから極楽へでも地獄にでも行けるのだと、鋭い日の光の落ちて来る空を見て「オリュウノオバよ、タイチよい」と呼び、「いつまでもシャモのトモキにこうしとけと言うんかよ?」と訊く。

「オオワシのヒデ、またの名を隼のヒデ、イバラの留、朋輩に一歩も引けを取らん、泣く子も黙る路地の三朋輩の片割れ、シャモのトモキじゃど。東は尾鷲、フジナミの市まで、西は白浜、御坊まで縄張りにして、肩で風切って町、練り歩いとった親分じゃど。そのシャモのトモキに毎度毎度、クエになれと言うんかよ、イルカになれと言うかよ」

トモノオジの言葉に「ほうほ」とシンゴがからかいの合の手を入れる。「小便ちびってすごんでもあくかよ」

トモノオジは取り合わなかった。草叢に倒れ、痛みに苦しみ身悶えしながら日の光の落ちてくる空をにらみ続けていると、タイチの一生も二生も平気でこねくり廻す大きな者が姿を現し、わしづかみにし、体を虫のように潰す手がぬっと伸びてくる気がする。

トモノオジは空をにらみ続ける。常人の眼に空は青くのっぺりと広がるだけだが、大きな者に怒った苦しみ悶えるトモノオジの眼には無数の光の粒が切先鋭い矢のように降りそそぐ様が鮮明に見え、もったいぶらないで姿を見せろ、声でも出してみろとなじる心の隅に、草も木も、鳥獣虫魚、この世に生きとし生けるものすべて切先鋭い光に刺され痛みを愉楽と過ち愉楽を痛みと錯誤しているという思いがわき、天上天下、地上地下、森羅万象が誰かの見る夢幻のような気がしはじめる。

トモノオジは蛇がとぐろを巻くように身をまるめ、いや蛇ではないクエに転生するのだというように草叢の中で身をそらし、二度三度撥ねてみて光の粒が降りそそぐ天空の彼方にトモノオジそっくりのアル中の天人がいる気がしはじめる。そ奴、アル中になった経過も幻覚の中身もトモノオジそっくりだが、天に巣くった仏の一人だから幻覚の度に水の中のクエやイルカに転生するのでなく、地上の人間に転生してしまう。アル中の天人はトモノオジに転生してしまった幻覚をミツルやシンゴ同様の若衆らに嘲られて思わず「ワレら、どこそへ失せくされ」と怒鳴っている。若衆らは声を立てて笑う。トモノオジの天人は笑い声にあおられ本性が出て、「蓮《はす》の実でも池へ行て拾て来い」と言い、「どこにあるんなよ?」「いつの事なよ」と訊かれ、天人のトモノオジ、言わずもがなだったと気づき口を閉ざす。

草叢に転がったまま口を閉ざしついでに眼を閉ざして潮風を受けてそよぎ鳴り続ける草の音に耳を澄ましていると、トモノオジの体からゆっくりと何ものかが抜け出るのかじんわりとしびれるような感じがある。頭から顔、首、胸に赤子の柔らかな手が撫ぜるようなしびれが広がり、腰のあたり、臍のあたりまで来て急に抜け出た何ものかが身を起こした気がして痛みになり声を上げ眼を開けると、それは天人のトモノオジなのか元のトモノオジなのか、「やれよォ」と溜息をつき、転がったままの身に起こる痛みなぞ頓着しないというように一気に立ち上がり、激痛に立てた呻き声を聴いて鼻で吹き、「吾背、いっつも呻いとるだけじゃ」と言い、嘲り声で立っているシンゴやミツルに、「これもええとこあるんじゃさかぃ、そう笑たんなよ」と言う。

「おうよ」ミツルは立ち上がった方のトモノオジを眩《まぶ》しげに見て相槌をうち、転がったままのトモノオジに眼を遣り、哀れなもの見るように顔をしかめ、「そうやけど、このオジも、見とってつらいど」と言う。

「病院の誰の言う事も聴かんと、ここへ見舞いに来る度に職員らから苦情言われる。何遍も連れて行てくれと言われとる。路地に連れて帰っても、日がな一日歩き廻って、突然倒れ込んでクエになったりイルカになったりしてばたくっとる。面倒見よと思ても、誰も面倒見れんし、狂て呻いてばたくっとるの見るのつらいし、声を聴くのもつらい」

「シャモのトモキ様じゃど」転がったままのトモノオジが怒鳴る。

「おうさ。腐ってもシャモのトモキじゃ」立った方のトモノオジが言う。

転がった方、立った方、二人のトモノオジに同時になじられたと思ったのか、シンゴが「俺らのオジじゃけどの」と言う。

「イクオノアニやタイチらと、いっつもこのオジにくっついて廻っとったんじゃだ。オジら小屋でバクチしとる時のぞいたら、サラシにフンドシ一つの姿で、肩に女郎の着物ひっかけての、俺ら三人に飴《あめ》でも買うて食えと金呉れた。そのオジがこうなってしもたんじゃもの。見てくれ。手足動かして体振っとるの、海の中で魚になって泳いどるつもりなんじゃと」

シンゴはそう言ってから転がった方のトモノオジの耳元に歩き、身をかがめて「海の中の具合、どうない?」と言う。転がった方のトモノオジが声に抗《あらが》うように呻くとすかさず「魚になって何つらい事、見るんな。龍宮城へでも行て、乙姫さんに酒でも汲んでもろて来いよ」と笑う。

転がったトモノオジは呻く。

立った方のトモノオジは笑う。

「龍宮城じゃったら酒ばっかし飲めるわい」と立った方のトモノオジが言うのを聴いて、「ワレ、何ぬかす」と転がったトモノオジ、やっと声が出る。一気に、三輪崎の湾を見下ろす精神病院に入った途端どうして生きながらクエやイルカに転生するようになったか、巨大な魚の上顎の形をした湾、潮の泡、潮の音、タイチが路地から忽然と姿を消した後ささやかれた噂を言い、路地の最後の頼みの綱タイチを哀れむ気持ちを言いたかったが、陸の上で魚に転生した身では一語二語を発するのが精一杯で言葉は喉をふさぎ、呻き声にしかならない。転がったトモノオジは喉に詰まった言葉の苦しさに、「オバ、オリュウノオバ」と呼ぶ。声は言葉にならず、もどかしさのあまり転がったトモノオジは一層激しく撥ねてみる。その時、一陣の風があらぬ方から吹き、草叢が激しく鳴り、激しく身を撥ねていたトモノオジもあまりの異様さに眼を開け周りを見廻すと、巨大な魚の顎の形をした湾の方から五本の指のついた手としか思えない巨大な手が崖の方に近寄って来る。立ったトモノオジと傍にいるシンゴやミツルに見てみろと伝えようと顔を上げるが、三人が三人共、風のすさまじさに身を庇《かば》うのに心がいっているので伝えようがないし、三人の後方の天空からぬっとあらわれたもう一つの手も気づかない。二本の手がぐんぐん近寄り、転がったトモノオジは大きな者の指で虫のように潰されると思い、路地の三朋輩の片割れシャモのトモキと謳《うた》った自分の人生もこれまでと覚悟を決め、肉を潰され骨を砕かれようと痛みは一瞬だと目を閉じると、痛みどころか体に甘い感触が広がり、一瞬、心地よい眩暈《めまい》が起こる。転がったトモノオジは眼を開け、自分が畳三千丈、いや八万丈も敷けるほどの掌《てのひら》の中に転がっているのを知ったし、大きな二本の指が草叢の根元から小さな肉片をつまみ上げるのを見た。驚き入りまばたきもせず見ていると、二本の指は転がったトモノオジの前に肉片を置こうとする。指の腹にくっついたけし粒ほどの肉は指から離れず、指はまるで子供が鼻糞をなするように掌になすする。

「ワレ、何するんな、タイチの肉じゃのに」となじろうと大きな掌の上で撥ねて声を出しかかると、鼻糞のようになすりつけられた掌の上の肉がむくむくと膨れ上がり始め、あれよあれよという間にまぎれもなくタイチの姿を取り、「やれよォ」と立ち上がる。

　その中に乗せられていれば掌とは到底思いもつかない巨大な掌の中で、タイチは元の体に戻った途端、体についた水気を切るように身震いをひとつやり、周囲を見廻して合点したというように「やれよう」と声を出し、身を起こして立ち上がる。

「オジも起きよ」タイチが事もなげに言うので、トモノオジも頭を砕かれダムの底に放り込まれたタイチに艱難辛苦をねぎらう言葉をかけるのを忘れ、「クエの身で何で人間みたいに立てるんな」と返す。タイチは優しい眼で巨大な掌の中に横たわったままのトモノオジの頭から尾鰭に変わった足の先まで見て、「魚と違う、人間じゃだ」と言う。トモノオジが尾を振って違うと言うと、タイチはトモノオジの顔の前にしゃがみ、語りかける。

「御釈迦様の掌の中で、人間も魚も区別があるかよ。これからこの掌に乗って極楽に行くんじゃのに。そんなにしとったら、ヒデノオジ、トモノオジを見て、おおつらいもんじゃね、何しとるんな、と言うど。路地のオジやオバら寄って来て、何しいるんなよ、蓮池の鯉《こい》か、鮒《ふな》かよ、鮒じゃない、この体の動かし方、どじょうじゃ、と言い出して、トモノオジ、恥かくど」

「俺はクエじゃ」トモノオジは言う。

「吾背の肉喰たクエじゃ」トモノオジは胸にこみあがった切なさを吐き出すように怒鳴る。切なさがかき消えると、仏の掌の中にいるというのに、種の頃から双葉の頃からタイチの後見人として自称他称して来たにもかかわらず何一つ責務を果たさなかった後悔が頭をもたげ、苦しみが体に広がり、トモノオジを見つめるタイチと巨大な掌の持ち主に申し渡すように「俺はクエじゃよ、空の上でも海の底でもじっとクエになって動かんと生きるんじゃ」とつぶやく。

「そういうたらクエ、海の底に動かんとおるの」タイチは悪戯《いたずら》を思いついたような口調で言う。クエのままでいようとするトモノオジはタイチがにやにや笑い出したので苦虫を噛み潰したクエの顔でにらみつけ、その顔が面白いと声を立てて笑うタイチを不思議に思い、「吾背は怒らんのか？　亡き者にしたやつらを怨まんのか？　腹立たんのか？」と訊く。タイチは微笑を含んだまま「腹ら立つかよ」と言う。

「どうせ俺ら、若死にするんじゃのに。中本の一統の男じゃったら、生まれた時から知っとる。物心ついた頃から、誰そ耳元で若死にするんじゃさか、覚悟しとけよ、とささやく。イクオノアニも何遍もささやかれたと言うた。カツノアニも、まだ生きとるシンゴノアニも弟のミツルも、若死にするさか覚悟しとけよと言われとる」

「誰が言うんなよ」トモノオジが訊くと、タイチは「さあよ」と答えをはぐらかし、海原ほど広い掌の彼方を確かめるように顔をあげて遠くを見、「怒りもせん、怨みもせん、腹立ちもせん」とつぶやく。

　そのタイチの声を聴きつけたのか、広い掌の上に夏芙蓉の木に群れる金色の小鳥の群れが現れあたりを飛びかいはじめ、騒々しい鳴き声で「そんな事あるものか」と疑うトモノオジの言葉がかき消える。

掌の上に乗ったクエのままのトモノオジの言葉を耳にして相槌を打つように「そんな事あるものか」とつぶやいたのは、もう一人のトモノオジだった。もう一人のトモノオジは、路地の三朋輩の片割れ、泣く子も黙るシャモのトモキと呼ばれた頃と同じように股《また》を広げ胸をそらしてすっくと草叢の上に立ち、空から伸びた掌に乗ったタイチとクエのままのトモノオジが問答するのに耳そばだて、二人の周囲を乱舞する金色の小鳥に邪魔されかき消されてしまいかねないのに眼を凝らし、傍にいるミツルやシンゴが問いかけるのに心ここにないという風ありありのなまくらな返事をしている。

「オジ、正気にもどったんこ?」シンゴは何度も何度も訊き、その都度「正気じゃよ」と答えるが、心の中では同じ血の朋輩や実の兄が仏の掌にすくい上げられて極楽浄土に行くという訣《わか》れの今を知らず、どうでもよい事を訊くと鼻白み、タイチの非業の最期もクエのままのトモノオジの苦しみも周りがこんな連中ばかりのせいだと思い、一部始終を見届けてからヤキを入れてやると腹に決め「ちょっと待てよ」と言う。「オジ、何待つんなよ?　いきなり直立不動になって何、待っとるんない?」ミツルがヘラヘラ笑いながら訊く。

「待てと言うたら待て」もう一人のトモノオジは掌の中でびくびく撥ねつづけるクエのままのトモノオジを見つめながらミツルの頭をこぶしで小突く。音が出るほど小突いたのでミツルは痛みに呻き、「何な、オジ、何で俺を殴るんな」と喰ってかかるが、もう一人のトモノオジは動じず、「何で殴られるんか、胸に手当てて考えよ」とだけ早口で答え、空から伸びた掌が隠れるほど群れて乱舞する金色の小鳥の隙間からのぞけるタイチとクエのままのトモノオジを見つめる。

　掌の指が動き出し、空に向かってゆっくり昇りはじめたのを知ってもう一人のトモノオジは、それが今世での最後の最後、本当の見納めだと気づいて「タイチ、オジを待っとけよ。すぐ行くさか」と大声で怒鳴る。声が届いたのか、これから仏の掌に乗って向かう極楽がどんなところなのか、闘いの性に生まれた者にも一抹の不安が心によぎりそれで周りを見廻したのか、タイチはもう一人のトモノオジの方に顔を向け、心の中にむくむくと湧いて出る闘いの性を教えるようにニヤリと笑みをつくる。中本の一統の若衆のその笑みに女らは腰から落ち、極道の草分け、路地の三朋輩の片割れシャモのトモキとトモノオジは、タイチのその笑みこそ天下を我がものにする者の徴《しるし》と見え、生きる喜びに心が湧き立ち、「おう、極楽へ行てもやったれ、極楽で仏ら大きな顔さらすなと脅し込んだれ」と独りごちる。

　ミツルは小突かれた頭がまだ痛むとさすりながら「狂とるんじゃがい、オジ、わめいたり、にやにや笑たり、ぶつぶつ言うたり」とトモノオジの耳元で言う。トモノオジは取り合わない。

　空に湧いて出た金色の小鳥がもう寸分の隙もないほど巨大な掌をおおいつくし、どんなに眼を凝らしても、タイチやクエのままのトモノオジどころか掌の指すら見えなくなって、ふと金色の小鳥が空から降りそそぐ光の一粒一粒そのものだった事に気づき、

「あそこ見てみよ」とミツルに言う。

「どこよ?」ミツルは訊く。

「小鳥がわいとるじゃがい、光がわいとるじゃがい」

「おうよ、光わいとるのォ」シンゴは笑いをこらえ、小馬鹿にしたように言う。

「もうタイチもクエのトモノオジも極楽に行たど」

「トモノオジ、ここにおるわだ」シンゴは言う。

「そうじゃんで、クエのトモノオジ、極楽に行た」

「ここにおるトモノオジ、何ない?」シンゴは訊く。

「クエにもなれん地獄に堕ちるトモノオジじゃよ。俺がやったる。吾背ら従いて来るんじゃったら従いて来たらええ。タイチの怨み、このオジがとらいでどうする」もう一人のトモノオジは言う。

「地獄に堕ちたるんじゃ。吾背ら帰って一寸亭の掛け軸の裏さがせ。裏に刀入れとる。ピストルも弾も置いとる。箱ごと持って来て、夜五時にここへ来い」

「来てどうするんな」ミツルが真顔で訊く。

「どうせ車でここへ来るんじゃがい。五時に夕飯じゃさかの。狂たるのが、飯の時間に騒ぐんじゃ。狂たァるのも、職員らも、オジが一番狂たァると思とる。オジを怖ろしさか、誰も近寄らせん。オジ、この時の為に、飯の時間、ずっと狂た真似して来たんじゃさかか。吠えたり、わめいたりしての。ついに来たんじゃ。やったらなあかん者らが見えて来たんじゃ。オジはずっと我慢して来た。喰うか喰われるかじゃ。喰われてもかまん。蜂の巣にされてもかまん。そうやけど可愛い者の仇を取るんじゃ。病院で狂た真似ぐらいいくらでもしたる」

「トモノオジ、狂た真似しとったんか?」ミツルが訊く。もう一人のトモノオジはニヤリと笑う。

「真似しとったんかよ」ミツルは言う。もう一人のトモノオジはミツルの男としての器量を計るように足元から頭に向かって視線を這わせ、「お前らを地獄の道連れにしょうと思わん」と言う。

その時、もう一人のトモノオジは草叢の中で小魚が撥ねるのを気づいた。

「真似しとったんか」ミツルはつぶやき、もう一人のトモノオジを見る。

「晩の五時に来てくれ」もう一人のトモノオジが詳しく一寸亭の掛け軸の裏の壁に仕掛けがあると説明しはじめると、柳の葉の形をした小魚があきらかに話の腰を折るようにチガヤの葉の丈より高く銀鱗を見せて撥ね上がる。もう一人のトモノオジは柳の葉の形をした小魚に「何な、オバ、つらいもんじゃね」と声を掛ける。

「俺の周りうろうろせんと、タイチと一緒に行たらええじゃのに。あのクエのトモキと一緒に行たらええじゃのに。置いていかれたんかよ、わざと隠れて俺の周りうろうろしようと思うんかよ」

柳の葉の形をした小魚のオリュウノオバは、曲芸を楽しむようにまた撥ね上がり、こらしめの為につかまえてやろうと手を伸ばすが、「トモノオジ、狂た真似しとるんかよ」とミツルが怒鳴るのに気をとられ逃がしてしまう。

柳の葉の形の小魚はチガヤの葉の上に乗る。葉が揺れる度に小さな鱗がもう一人のトモノオジに物言うように光る。

解説

四方田犬彦

差別された者は美しい。彼は不浄な者として蔑まれるが、同時に世俗の者たちがけっして触れることのできない神聖さに到達している。

だが、なぜ彼は差別されるのか。なぜ美しいのか。中上健次の『奇蹟』は、自分の存在そのものが奇蹟であるという運命に気付いてしまった、一人の青年の物語である。

『奇蹟』は、あまたある中上健次の長編小説のなかでも、とりわけ荒唐無稽《こうとうむけい》な形で語り始められる。夢幻的な想像力が自在に展開されている。だが、そればかりではない。この長編は一見したところ、ガルシア・マルケスを思わせる魔術的リアリズムに訴えるように見えて、その実、堪《た》えがたい絶望と後悔をも表象している。そこでは作者がこれまでのすべての書くことの起源であると認めながらも、具体的にはけっして語ることをよしとしなかった根源的な物語が、深い悲痛さのもとに書き記されている。読者はそれを、ちょうどこの長編を真中まで読み進んだときに知ることだろう。

かつて中上健次は、みずから「路地」と呼ぶ新宮の被差別部落を舞台に、『千年の愉楽』という短編連作を執筆してみせた。主人公のオリュウノオバは年齢不詳の、おそろしく高齢な産婆であり、生涯を通して路地の赤子を取り上げてきた。いや、そればかりか、彼らの無頼な生と早すぎる死とを、ある無常の眼差しのもとに見つめてきた。『千年の愉楽』のなかではこの老婆が、生涯を閉じるまさにその瞬間に脳裏を横切る、あまりに多くの生の悲惨を、薄れゆく意識のなかで回想する。だがこの老婆の意識が途切れるときこそは同時に、被差別の栄光と屈辱の物語を無数に育んできた路地そのものが、宅地造成の土木工事によって消滅を余儀なくされるときでもある。

『奇蹟』ではより複雑な構成が採用されている。主人公として語られるのは『千年の愉楽』と同じく、路地に生まれ非業の死を遂げる若者タイチであるが、もはやこの時点でオリュウノオバは死んでいる。また路地はすでに地上になく、ただその残響のようなものだけが、周囲に曖昧《あいまい》な形で立ち込めている。オリュウノオバに代わって物語を語るのは、路地の最後の証人ともいうべきトモノオジである。トモノオジは零落した英雄で、その昔には「路地の三朋輩」の一人とも謳《うた》われた人物であったが、現在ではアルコール依存症が嵩《こう》じて幻覚を覚え、新宮の隣町、三輪崎の精神病院に連行されてしまっている。『奇蹟』は、このトモノオジが病院の草叢《くさむら》で、自分の身体が巨大な魚と化したという妄想に襲われるところから語り起こされている。そこへタイチの惨たらしい死を告げる路地の若衆が到来する。トモノオジがこれまでにない深い悲嘆と後悔に包まれたとき、もはや他界したはずのオリュウノオバが彼の脳裏に出現する。こうして二人の幻想的な対話のなかで、タイチの物語が語りだされることになる。この書き出しの設定はわれわれに、平安朝にあって成立した歴史書『大鏡』のそれを強く想起させる。百九十歳と百八十歳の二人の老人の対話によって描かれてゆく、藤原道長の栄光に満ちた物語とは、逆説的な意味で『奇蹟』のタイチの物語の先行者である。

タイチは路地に生まれ、七歳のときに日本の敗戦と父親の死とを知る。もの心つかぬころから悪逆の才に恵まれ、馬喰《ばくろう》小屋で見つけた機関銃を手にすると、殴り込みの真似事を行なってみせる。長じて子供を失明させ、覚醒剤に耽《ふけ》り、仲間を集《つど》って少女を輪姦する。十五歳の折にはもう一人前に白い背広を着こみ、いっぱしの極道ものとして路地を闊歩《かっぽ》している。彼は一人の娘を妊娠させるが、生まれた赤子が畸形児であったため、タイチは躊躇《ためら》わずに嬰児殺しを行なう。さらに女郎の足抜けを手伝ったあげくに、殺人を犯してしまう。どうやらこの頃から彼は、未来に自分を待ち受けているのは悲惨な死ばかりであると、漠然とだが覚悟するようになる。

このあたりまでが長編小説の前半であるが、中上はここでタイチをひとまず離れ、語りに意図的な脱線を試みている。ひとつは現在では人口密集地帯である路地が、かつて仏国土を思わせる蓮池であったという伝説を、文字通り実現させたことである。あるとき路地は近年にない激しい暴風雨に見舞われる。タイチは予定していた殴り込みが流れ、その腹いせに風に吹き飛ばされた家々の欄間を高々と持ち上げる。このとき奇蹟が生じる。洪水のおかげで、路地は一瞬ではあるが、かつての姿であった蓮池の姿を呈するのだ。

この始源を垣間見させる挿話を契機として、物語はタイチの朋輩であるイクオを中心に、しばらく展開されることになる。イクオは映画俳優に似た美貌の青年であるが、タイチの威勢に圧倒され、仲間うちでしだいに孤立感を深めていく。ヒロポンに軀《からだ》を蝕まれ、激しい幻想の虜となって自殺する。彼は「高貴にして澱《よど》んだ若死にを宿命づけられた」自分の血を深く自覚したのち、みずから死へと赴くのだ。

中上健次の生涯と作品について多少とも知っている読者であるならば、このイクオなる人物がそれまでの作品に、しばしば「郁男」という名前のもとに登場していたことを思い出すだろう。郁男のモデルとなったのは、現実に若くして自殺した作者の異父兄であった。その不幸な死が幼い作者に与えた衝撃の強さは、彼が形を変えながらも、繰り返し小説のなかでそれに言及したことからも推測される。いや、こうした表現では不充分かもしれない。精神に錯乱を起こして自殺した兄の存在は、中上にとって書くことの始まりを決意させた重大な事件であった。『奇蹟』ではその物語がはじめて、イクオなる人物の内側の視点から描かれている。この「イクオ外伝」なる部分は他の章のほぼ二倍の分量をもち、ちょうど長編の中央に位置している。それはいうなれば『奇蹟』のタイチの物語の雛形であり、中上の文学にあってもっとも原型的な、物語の核であるといえる。

「イクオ外伝」を通過したところで、語りはふたたびタイチを主人公として展開されることになる。イクオの自死の直後から、タイチの身の上には凋落が起こり始める。彼はヤクザ一家の若衆頭に取りたてられ、覚醒剤の虜となる。南米に移住する夢を抱きながらも対立する組織の者に刺され、消息不明となる。一度は路地に戻っては来るが反撥《はんぱつ》を買い、最後には何ものかに拉致され、惨たらしい水死体として発見される。ここで語りは冒頭のトモノオジの幻想に回帰する。錯乱のなかで巨魚に身を変えたトモノオジは、水中に投棄されたタイチの軀を自由にしようと虚しい努力を重ねる。そこへ小魚と化したオリュウノオバが現われ、タイチの肉片を喰らう。トモノオジは最後にオリュウノオバを丸ごと呑みこみ、草叢に吐き出す。タイチがみずからの分身をともなって昇天するさまを、トモノオジは幻視するのだ。

語りという語りが別の語りを誘発し、声と声が重なり合うなかで、何が現実で、何がほら話であるか、また何がアルコール依存症にもとづく幻想であるのか。『奇蹟』を読み進んでいくとき人を不安にするのは、いく層にも重なり絡み合った物語のうねりである。リアリズム小説に馴れきった読者にとって、この長編小説を読み通すことはかならずしも容易なことではない。だが近代以降の小説の規範をひとまず置いて、日本文学が前近代に蓄積してきた説話的想像力の回帰として捉えてみたとき、この『奇蹟』という作品が携えている真の豊かさが理解できることだろう。

そもそも登場人物は、どうして誰もが、例外なくカタカナで綴られているのか。それまで中上の他の長編では、登場人物たちはそれぞれ、「秋幸」や「龍造」といった風に、日本人に一般的な漢字名を名乗っていたというのに、なぜ『奇蹟』にかぎっては、「タイチ」なり「イクオ」といったカタカナ表記が採用されているのか。いったい「タイチ」とは、「太一」と綴るのだろうか。それとも「泰知」とでも書くのだろうか。作者がここで行なった実験を理解するためには、日本語の歴史においてカタカナがどのような役割を担ってきたかという問題に立ち戻ってみなければならない。

カタカナは現在では主に外国語の表記のために用いられ、日本語の表記体系のなかでは、平仮名と比較するといくぶん周縁的な地位に置かれている。だが中世においては口頭で語られた言葉を写し取るさいにもっとも一般的な文字であり、祝詞《のりと》、告文《こうもん》をはじめとして、神事にまつわる祈願誓約のさいに用いられもしていた。中上は日本の古典のなかで短歌にほとんど関心を示さず、もっぱら『竹取物語』や『今昔物語集』といった説話文学を賞讃してやまなかったが、こうした物語はことごとく漢字交じりのカタカナで記されていた。カタカナとはすぐれて口承性の高い記号である。ある人物の名を漢字ではなく、カタカナで表記をした瞬間から、その人物は匿名の者たちによって囁《ささや》かれる噂話の主人公として動き出すことになる。

カタカナの採用と並んで注目しておくべきなのは、中上がこの長編のなかで、意図的に同じ成句を繰り返していることである。その傾向はすでに『千年の愉楽』において見られていたが、『奇蹟』ではそれがさらに徹底され、かつてないまでに猖獗《しょうけつ》をきわめることとなった。タイチを名指すとき、語り手はいくたびとなく「闘いの性に生まれついた」という形容を頭に被せる。彼が生まれ育った路地は「夏芙蓉の花に群れる金色の小鳥」路地であり、若者たちはつねに「青い実のまま大きな力で地にたたき落とされるように」死へと赴いていく。あたかも同じ版木で刷ったかのように反復されるこうした表現は、この作品にいっそう即興的な口承性を与えている。

中上は『枯木灘』や『地の果て　至上の時』を執筆していたとき、まだ西欧近代が考案した小説という文学的範疇の内側に属していた。だが『奇蹟』においてあらゆる登場人物の名前から漢字を剝奪《はくだつ》し、彼らにカタカナ名を与えたとき、日本が近代以前に創りだしてきた豊潤な語り物語へと、わが身を意識して近づけていった。それはかつて谷崎潤一郎がかくも優雅に、かくもノスタルジックに謳い上げた、王朝に通じる径《みち》であった。だが中上は石ころだらけの危険な獣道を通って、この回帰を成し遂げようと試みた。最晩年に近づくにつれ道はますます険しくなり、足は苦痛に耐えかねてしばしばよろめいたが、彼は前近代への困難な接近を放棄しようとはしなかった。『奇蹟』はそのみごとな成果のひとつであるといえる。

（映画研究・比較文学）

初出　「朝日ジャーナル」一九八七年年一月二・九日合併号〜一九八八年一二月一六日号
単行本　一九八九年四月　朝日新聞出版社刊

本書は単行本初版を底本とし、「中上健次全集」（集英社）十巻の解題を参考に、明らかな誤植と思われるところを訂正いたしました。

奇《き》蹟《せき》

二〇一四年一二月一〇日　初版印刷
二〇一四年一二月二〇日　初版発行

著　者　中上健次《なかがみけんじ》
発行者　小野寺優
発行所　株式会社河出書房新社
〒一五一―〇〇五一
東京都渋谷区千駄ヶ谷二―三二―二
電話〇三―三四〇四―八六一一（編集）
〇三―三四〇四―一二〇一（営業）
http://www.kawade.co.jp/

ロゴ・表紙デザイン　粟津潔
本文フォーマット　佐々木暁
本文組版　株式会社キャップス
印刷・製本　凸版印刷株式会社

Printed in Japan　ISBN978-4-309-41337-2

十九歳の地図

中上健次　40014-3

閉ざされた現代文学に巨大な可能性を切り拓いた、時代の旗手の第一創作集――故郷の森で生きる少年たち、都会に住む若者のよる辺ない真情などを捉え、新文学世代の誕生を告知した出発の書！

千年の愉楽

中上健次　40350-2

熊野の山々のせまる紀州南端の地を舞台に、高貴で不吉な血の宿命を分かつ若者たち――色事師、荒くれ、夜盗、ヤクザら――の生と死を、神話的世界を通し過去・現在・未来に自在に映しだす新しい物語文学。

日輪の翼

中上健次　41175-0

路地を出ざるをえなくなった青年と老婆たちは、トレーラー車で流離の旅に出ることになる。熊野、伊勢、一宮、恐山、そして皇居へ、追われゆく聖地巡礼のロードノベル。

青春デンデケデケデケ

芦原すなお　40352-6

一九六五年の夏休み、ラジオから流れるベンチャーズのギターがぼくを変えた。“やーっぱりロックでなけらいかん”――誰もが通過する青春の輝かしい季節を描いた痛快小説。文藝賞・直木賞受賞。映画化原作。

ひとり日和

青山七恵　41006-7

二十歳の知寿が居候することになったのは、七十一歳の吟子さんの家。奇妙な同居生活の中、知寿はキオスクで働き、恋をし、吟子さんの恋にあてられ、成長していく。選考委員絶賛の第百三十六回芥川賞受賞作！

やさしいため息

青山七恵　41078-4

四年ぶりに再会した弟が綴るのは、嘘と事実が入り交じった私の観察日記。ベストセラー『ひとり日和』で芥川賞を受賞した著者が描く、ＯＬのやさしい孤独。磯﨑憲一郎氏との特別対談収録。

ヴォイセズ／ヴァニーユ／太陽の涙

赤坂真理　41214-6

航空管制官の女と盲目の男――究極の「身体（カラダ）の関係」を描く「ヴォイセズ」、原発事故前に書かれた予言的衝撃作「太陽の涙」、名篇「ヴァニーユ」。『東京プリズン』著者の代表作を一冊に。

ミューズ／コーリング

赤坂真理　41208-5

歯科医の手の匂いに魅かれ恋に落ちた女子高生を描く野間文芸新人賞受賞作「ミューズ」と、自傷に迫る「コーリング」――『東京プリズン』の著者の代表作二作をベスト・カップリング！

東京プリズン

赤坂真理　41299-3

16歳のマリが挑む現代の「東京裁判」とは？　少女の目から今もなおこの国に続く『戦後』の正体に迫り、毎日出版文化賞、司馬遼太郎賞受賞。読書界の話題を独占し“文学史的事件”とまで呼ばれた名作！

キャラクターズ

東浩紀／桜坂洋　41161-3

「文学は魔法も使えないの。不便ねえ」批評家・東浩紀とライトノベル作家・桜坂洋は、東浩紀を主人公に小説の共作を始めるが、主人公・東は分裂し、暴走し……衝撃の問題作、待望の文庫化。解説：中森明夫

みずうみ

いしいしんじ　41049-4

コポリ、コポリ……「みずうみ」の水は月に一度溢れ、そして語りだす、遠く離れた風景や出来事を。『麦ふみクーツェ』『プラネタリウムのふたご』『ポーの話』の三部作を超えて著者が辿り着いた傑作長篇。

ノーライフキング

いとうせいこう　40918-4

小学生の間でブームとなっているゲームソフト「ライフキング」。ある日、そのソフトを巡る不思議議な噂が子供たちの情報網を流れ始めた。八八年に発表され、社会現象にもなったあの名作が、新装版で今甦る！

ブラザー・サン　シスター・ムーン

恩田陸　41150-7

本と映画と音楽……それさえあれば幸せだった奇蹟のような時間。「大学」という特別な空間を初めて著者が描いた、青春小説決定版！　単行本未収録・本編のスピンオフ「糾える縄のごとく」＆特別対談収録。

異性

角田光代　41326-6

好きだから許せる？　好きだけど許せない⁉　男と女は互いにひかれあいながら、どうしてわかりあえないのか。カクちゃん＆ほむほむが、男と女についてとことん考えた、恋愛考察エッセイ。

福袋

角田光代　41056-2

私たちはだれも、中身のわからない福袋を持たされて、この世に生まれてくるのかもしれない……人は日常生活のどんな瞬間に、思わず自分の心や人生のブラックボックスを開けてしまうのか？　八つの連作小説集。

一人の哀しみは世界の終わりに匹敵する

鹿島田真希　41177-4

「天・地・チョコレート」「この世の果てでのキャンプ」「エデンの娼婦」——楽園を追われた子供たちが辿る魂の放浪とは？　津島佑子氏絶賛の奇蹟をめぐる５つの聖なる愚者の物語。

二匹

鹿島田真希　40774-6

明と純一は落ちこぼれ男子高校生。何もできないがゆえに人気者の純一に明はやがて、聖痕を見出すようになるが……。〈聖なる愚か者〉を描き衝撃を与えた、三島賞作家によるデビュー作＆第三十五回文藝賞受賞作。

ボディ・レンタル

佐藤亜有子　40576-6

女子大生マヤはリクエストに応じて身体をレンタルし、契約を結べば顧客まかせのモノになりきる。あらゆる妄想を呑み込む空っぽの容器になることを夢見る彼女の禁断のファイル。第三十三回文藝賞優秀作。

きみの鳥はうたえる

佐藤泰志　41079-1

世界に押しつぶされないために真摯に生きる若者たちを描く青春小説の名作。新たな読者の支持によって復活した作家・佐藤泰志の本格的な文壇デビュー作であり、芥川賞の候補となった初期の代表作。

そこのみにて光輝く

佐藤泰志　41073-9

にがさと痛みの彼方に生の輝きをみつめつづけながら生き急いだ作家・佐藤泰志がのこした唯一の長篇小説にして代表作。青春の夢と残酷を結晶させた伝説的名作が二十年をへて甦る。

きょうのできごと

柴崎友香　40711-1

この小さな惑星で、あなたはきょう、誰を想っていますか……。京都の夜に集まった男女が、ある一日に経験した、いくつかの小さな物語。行定勲監督による映画原作、ベストセラー!!

また会う日まで

柴崎友香　41041-8

好きなのになぜか会えない人がいる……ＯＬ有麻は二十五歳。あの修学旅行の夜、鳴海くんとの間に流れた特別な感情を、会って確かめたいと突然思いたつ。有麻のせつない一週間の休暇を描く話題作！

島田雅彦芥川賞落選作全集　上

島田雅彦　41222-1

芥川賞最多落選者にして現・選考委員島田雅彦の華麗なる落選の軌跡にして初期傑作集。上巻には「優しいサヨクのための嬉遊曲」「亡命旅行者は叫び呟く」「夢遊王国のための音楽」を収録。

島田雅彦芥川賞落選作全集　下

島田雅彦　41223-8

芥川賞最多落選者にして現・芥川賞選考委員島田雅彦の華麗なる落選の軌跡にして初期傑作集。下巻には「僕は模造人間」「ドンナ・アンナ」「未確認尾行物体」を収録。

ダウンタウン

小路幸也　41134-7

大人になるってことを、僕はこの喫茶店で学んだんだ……七十年代後半、高校生の僕と年上の女性ばかりが集う小さな喫茶店「ぶろっく」で繰り広げられた、「未来」という言葉が素直に信じられた時代の物語。

空に唄う

白岩玄　41157-6

通夜の最中、新米の坊主の前に現れた、死んだはずの女子大生。自分の目にしか見えない彼女を放っておけない彼は、寺での同居を提案する。だがやがて、彼女に心惹かれて……若き僧侶の成長を描く感動作。

野ブタ。をプロデュース

白岩玄　40927-6

舞台は教室。プロデューサーは俺。イジメられっ子は、人気者になれるのか?!　テレビドラマでも話題になった、あの学校青春小説を文庫化。六十八万部の大ベストセラーの第四十一回文藝賞受賞作。

枕女優

新堂冬樹　41021-0

高校三年生の夏、一人の少女が手にした夢の芸能界への切符。しかし、そこには想像を絶する現実が待ち受けていた。芸能プロ社長でもある著者が描く、芸能界騒然のベストセラーがついに文庫化！

引き出しの中のラブレター

新堂冬樹　41089-0

ラジオパーソナリティの真生のもとへ届いた、一通の手紙。それは絶縁し、仲直りをする前に他界した父が彼女に宛てて書いた手紙だった。大ベストセラー『忘れ雪』の著者が贈る、最高の感動作！

「悪」と戦う

高橋源一郎　41224-5

少年は、旅立った。サヨウナラ、「世界」――「悪」の手先・ミアちゃんに連れ去られた弟のキイちゃんを救うため、ランちゃんの戦いが、いま、始まる！　単行本未収録小説「魔法学園のリリコ」併録。

11 eleven

津原泰水 41284-9

単行本刊行時、各メディアで話題沸騰&ジャンルを超えた絶賛の声が相次いだ、津原泰水の最高傑作が遂に待望の文庫化！ 第2回Twitter文学賞受賞作！

泣かない女はいない

長嶋有 40865-1

ごめんねといってはいけないと思った。「ごめんね」でも、いってしまった。――恋人・四郎と暮らす睦美に訪れた不意の心変わりとは？ 恋をめぐる心のふしぎを描く話題作、待望の文庫化。「センスなし」併録。

待望の短篇は忘却の彼方に

中原昌也 41061-6

足を踏み入れたら決して抜けだせない、狂気と快楽にまみれた世界を体感せよ！ 奇才・中原昌也が「文学」への絶対的な「憎悪」と「愛」を込めて描き出した、極上にして待望の小説集。

夏休み

中村航 40801-9

吉田くんの家出がきっかけで訪れた二組のカップルの危機。僕らのひと夏の旅が辿り着いた場所は――キュートで爽やか、じんわり心にしみる物語。『100回泣くこと』の著者による超人気作。

リレキショ

中村航 40759-3

"姉さん"に拾われて"半沢良"になった僕。ある日届いた一通の招待状をきっかけに、いつもと少しだけ違う世界がひっそりと動き出す。第三十九回文藝賞受賞作。

銃

中村文則 41166-8

昨日、私は拳銃を拾った。これ程美しいものを、他に知らない――いま最も注目されている作家・中村文則のデビュー作が装いも新たについに河出文庫で登場！ 単行本未収録小説「火」も併録。

掏摸《スリ》

中村文則 41210-8

天才スリ師に課せられた、あまりに不条理な仕事……失敗すれば、お前を殺す。逃げれば、お前が親しくしている女と子供を殺す。綾野剛氏絶賛！大江賞を受賞し各国で翻訳されたベストセラーが文庫化。

走ル

羽田圭介 41047-0

授業をさぼってなんとなく自転車で北へ走りはじめ、福島、山形、秋田、青森へ……友人や学校、つきあい始めた彼女にも伝えそびれたまま旅は続く。二十一世紀日本版『オン・ザ・ロード』と激賞された話題作！

コスモスの影にはいつも誰かが隠れている

藤原新也 41153-8

普通の人々の営むささやかな日常にも心打たれる物語が潜んでいる。それらを丁寧にすくい上げて紡いだ美しく切ない15篇。妻殺し容疑で起訴された友人の話「尾瀬に死す」（ドラマ化）他。著者の最高傑作！

人のセックスを笑うな

山崎ナオコーラ 40814-9

十九歳のオレと三十九歳のユリ。恋とも愛ともつかぬいとしさが、オレを駆り立てた――「思わず嫉妬したくなる程の才能」と選考委員に絶賛された、せつなさ百パーセントの恋愛小説。第四十一回文藝賞受賞作。映画化。

インストール

綿矢りさ 40758-6

女子高生と小学生が風俗チャットでひともうけ。押入れのコンピューターから覗いたオトナの世界とは?!　史上最年少芥川賞受賞作家のデビュー作、第三十八回文藝賞受賞作。書き下ろし短篇「You can keep it.」併録。

夢を与える

綿矢りさ 41178-1

その時、私の人生が崩れていく爆音が聞こえた――チャイルドモデルだった美しい少女・夕子。彼女は、母の念願通り大手事務所に入り、ついにブレイクするのだが。夕子の栄光と失墜の果てを描く初の長編。